트로일러스와 크리세이드

Troilus and Criseyde

Geoffrey Chaucer

트로일러스와 크리세이드

제프리 초서 지음 | 김영남 옮김

문예출판사

| 차 례 |

일러두기

1. 번역 원본으로 도널드슨(E. T. Donaldson)이 편집한 중세 영어본 *Chaucer's Poetry : An Anthology for the Modern Reader*(New York : The Ronald Press Company, 1958)를 사용했으며, 번역 과정에서 Larry D. Benson, ed., *The Riverside Chaucer(3rd edition)* (Houghton Mifflin Company : Boston, 1974)와 John Warrington, ed., *Troilus and Criseyde*(Dent : London, 1974)를 참고했다.

2. 난해한 중세 영어 어휘 및 표현, 그리스와 로마신화 등에 대한 각주는 Norman Davis, et. al., *A Chaucer Glossary*(Oxford at the Clarendon Press, 1979); N. G. L. Hammond and H. H. Scullard, eds., *The Oxford Classical Dictionary(2nd edition)* (Oxford at the Clarendon Press, 1974); Edward Tripp, *The Meridian Handbook of Classical Mythology*(New York : New American Library, 1970)를 참고했으며, 각주의 내용은 비평적 관점에 따라 다를 수 있다.

3. 고유명사 표기는 두 주인공 트로일러스(Troilus)와 크리세이드(Criseyde)의 경우에는 영어식 발음을 따랐고, 그 밖의 경우에는 초서가 쓴 대로 고전 그리스어, 라틴어, 영어 등의 표기 방식을 따랐다.

4. 이 한글 번역에는 독서상 편의를 위해 중세 영어 원본에는 없는 연 번호를 각 연의 첫 머리에 표시하였다.

제1권

서시

이 글의 목적은 내가 여러분에게서 떠나기 전에   1
트로이의 국왕 프리아모스의 아들 트로일러스[1]가
어찌하여 사랑의 슬픔에서 사랑의 기쁨으로 갔다가
또다시 사랑의 슬픔에 빠지게 되었는지
그 이중 비애를 이야기하려는 것이다.
티시포네[2] 여신이여, 저는 쓰면서도 눈물짓고 있사오니
이 슬픈 시를 잘 지을 수 있도록 도와주소서.

고통 속에서 언제나 슬퍼하는 잔인한 분노이며   2
고문의 여신인 당신을 저는 간절히 부르노니,
슬픔을 전하는 도구인 저를 도와주시어
연인들의 하소연을 남김없이 토로하게 하소서.
진실대로 말하자면, 슬퍼하는 사람에겐
우울해하는 친구가, 그리고 슬픈 이야기에는
애절한 언어가 잘 어울리기 때문입니다.

---

1 Troilus : 작품의 주인공인 트로이의 왕자. 그리스어로 트로일로스(Troilos)로 호칭되나 영
   어식 발음 '트로일러스'로 표기했다.
2 Tisiphone : 알렉토, 메가이라와 더불어 분노의 세 여신들 중 하나. 신화에서 이들은 주로
   복수를 돕는 역할을 한다.

사랑의 신의 종들을 섬기는 저[3]는 죽는 한이 있어도   3
감히 사랑의 신께 도움을 청하지 못하겠으니
사랑의 신의 비위를 맞추지 못하여 어둠에서
그분과 너무나 멀리 떨어져 있기 때문입니다.
그러나 만약 이 시가 어느 연인에게 기쁨을 주고
그가 사랑을 얻는 데 도움이 될 수만 있다면
그 노고는 저의 몫이되 감사는 사랑의 신께 드리렵니다.

그러나 행복에 흠뻑 젖은 연인들이여,   4
만약 그대들에게 한 점 동정심이라도 있다면
그대들이 겪었던 지나간 가슴앓이와 타인들이
겪었을 역경을 잊지 말고, 사랑의 신이 그대들을
못마땅하게 여겼을 때 그 기분이 어떠했는지를,
혹은 그대들이 너무도 쉽게 사랑의 신의 환심을
샀던 것은 아니었는지를 생각해보라.

그리고 여러분이 앞으로 듣게 될 것이나   5
트로일러스와 같은 처지에 있는 사람들을 생각하여
사랑의 신이 하늘에서 그들에게 위안을 주고
또한 트로일러스의 불행한 운명을 통해
사랑의 신의 백성들[4]이 겪는 고통과

---

3 사랑의 신 큐피드의 화살을 맞고 사랑에 빠진 연인들, 곧 트로일러스와 크리세이드의 사
  랑에 대해 노래하는 서술자 자신을 가리킨다.
4 사랑에 빠진 모든 연인들을 일컫는다.

그들의 비애를 표현할 수 있는 능력을 내리도록
나를 대신하여 능하신 하느님[5]께 기도해주시라.

그리고 또한 사랑에 절망하며   6
결코 그에게서 치유받지 못할 사람들을 위해서도,
그리고 남자든 여자든 중상하는 말 때문에
억울하게 상처받은 이들을 위해서도 기도해주시라.
그렇게 자비로우신 하느님께 청원하여
사랑의 은총을 입지 못해 절망에 빠진 자들이
어서 빨리 이 세상을 떠날 수 있게 해달라고 부탁하라.

또한 사랑의 행복에 젖은 이들을 위해서는   7
하느님께서 그들에게 계속 행복을 허락하시고
그들의 연인들을 기쁘게 해줄 힘을 달라고 기도하고
영예와 기쁨을 사랑의 신께 돌릴 수 있게 하라.
원하건대, 내 영혼을 가장 이롭게 하는 일은
사랑의 신의 종이 된 사람들을 위해 기도하고
그들의 슬픔을 기록하고 자비롭게 사는 것이며,

또한 그들이 마치 내 사랑하는 형제인 것처럼   8
불쌍히 여기는 마음을 갖는 것일 터이니,
자 이제부터 내 이야기를 귀 기울여 들으시라.

---

5 작품에서 언급하는 신화 속 신(god)들과 구분하려고 서술자가 호칭하는 그리스도교 신
   (God)은 '하느님'으로 표기했다.

11

지금부터 나는 곧장 본 내용으로 들어갈 것인 즉
여러분은 크리세이드[6]를 사랑한 트로일러스의
이중 슬픔과 그녀가 죽기 전 어떻게
그를 배신했는가 하는 이야기를 듣게 될 것이다.
(서시 끝)

잘 알려진 것처럼 막강한 그리스인들은   9
일천 척의 함선을 이끌고 트로이로
쳐들어갔고, 전쟁이 끝날 때까지 거의 십 년의
긴 세월 동안 그 도시를 포위하고 있었으며
다양한 방법으로 트로이를 공격했는데
그것은 오로지 파리스가 헬레네에게 저지른
강탈 행위[7]를 응징하려는 일념에서였다.

그런데 트로이에는 매우 힘 있는 귀족이며   10
대단한 예언자인 칼카스라는 사람이
살고 있었는데, 그는 매우 뛰어난 예지를
가진 자였으므로 델포이의 아폴론
또는 포에부스라고 불리는

---

6 Criseyde : 트로일러스의 연인이며 점술가 칼카스(Calchas)의 딸. 그녀는 다른 문헌에서
   자주 크레시다(Cressida)로 명명되나 초서는 본서에서 그녀를 '크리세이드'로 표기하고
   있다.
7 트로이 왕자 파리스는 그리스 장군인 메넬라오스의 아내 헬레네를 납치해 트로이로 데
   려왔는데 이로 인해 그리스와 트로이 간의 전쟁이 시작됐다.

그가 섬기는 신의 답변을 통해
트로이가 멸망하게 될 것임을 알고 있었다.

그러므로 칼카스는 이것저것 계산해보고   11
또 아폴론 신의 응답을 통해 살펴본 결과
그리스인들이 군대를 몰고 와서
트로이를 멸망시킬 것임을 알게 되자
조속히 그 도시를 떠날 계획을 세웠다.
그는 그리스인들이 와서 닥치는 대로 트로이를
파괴할 것임을 점괘를 통해 알았던 것이다.

그리하여 미래를 내다본 이 예언자는   12
남몰래 떠날 계획을 세웠으며 지체하지 않고
매우 은밀하게 그리스 진영으로 달아났다.
그리스 측에선 그를 정중하게 맞았으며
온갖 예를 갖추어 잘 대접해주었으니
그는 그들이 두려워하는 온갖 위험에서
조언자가 되어줄 것으로 기대되었던 것이다.

이런 사실이 밝혀지자마자 트로이 시내는   13
벌집을 쑤신 듯 소란해졌고 사람들은 너나없이
역적 칼카스가 도망가서 그리스인들과
한패가 되었으니 신의를 저버리고 간 그를
응징하겠노라고 한목소리로 성토하며

"그와 그 일족들은 뼈와 가죽까지 통째로
당장 불태워 죽여야 마땅하다"고 말했다.

그런데 칼카스는 그의 사악한 역적 행위에 대해   14
아무것도 모르는 딸을 이런 불행한 상황에
놓이게 하였으니 그녀는 커다란 고민에 빠지게 되었다.
그녀는 목숨을 잃을까 봐 두려워 떨었고
무엇을 어떻게 해야 좋을지 알지 못했다.
더구나 그녀는 과부인 데다 혈혈단신이었으므로
슬픔을 털어놓을 친구가 한 사람도 없었다.

이 여인의 이름이 바로 크리세이드였다.   15
내 생각에 트로이 시 전체에서 그처럼 곱고
모든 사람을 능가하는 미인은 아무도 없었다.
그녀의 타고난 아름다움은 천사와 같아서
마치 불멸의 존재처럼 보였으니,
그녀는 인간적인 것을 부끄럽게 만들려고
하늘이 내려보낸 천상의 완벽한 존재 같았다.

이 여인은 온종일 아버지의 수치스러운 행위와   16
거짓과 배신을 자신의 귀로 들어야 했으므로
슬픔과 두려움에 거의 정신이 나갈 지경이었다.
그녀는 품이 큰 갈색 견직 과부복을 늘어뜨려 입고
헥토르 앞으로 나아가 무릎을 꿇었으며,

조용히 눈물을 흘리면서 애절한 목소리로
자비를 청하고 용서를 빌었다.

그러자 천성적으로 동정심이 많은 헥토르는   17
그녀가 슬픔으로 무척 괴로워하는 것을 보고는
그리고 또한 그녀가 대단한 미녀인 것을 알고는
곧 마음이 누그러져 위로하며 말했다.
"아버지의 배신은 불행한 일이니 그만 잊으시오.
그리고 그대가 원한다면 얼마든지 트로이에서
우리들과 함께 즐겁게 지내도록 하시오.

그대 부친이 여기서 살았더라면   18
사람들이 그대에게 부여했을 모든 명예를
그대는 그대로 누릴 것이며, 내가 아는 한
그대는 최대한의 신변 보호를 받을 것이오."
그러자 그녀는 매우 공손히 헥토르에게 감사했는데
허락만 되었다면 수도 없이 더 감사했을 것이다.
그녀는 물러나와 집으로 가서 조용히 살았다.

그리고 집에서 그녀는 분수에 맞도록   19
필요한 수만큼의 하인만을 부리며 살았다.
크리세이드는 그 도시에서 사는 동안
품위를 잃지 않았으므로 남녀노소 모두가
그녀를 좋아했고 사람들은 그녀를 칭찬했다.

그러나 그녀에게 자식이 있었는지의 여부는
책에 나오지 않으므로 그것은 그냥 넘어가겠다.

전쟁의 상황이 늘 그러한 것처럼 트로이와   20
그리스 사이의 싸움에는 여러 번 기복이 있었다.
어떤 날은 트로이 군대가 비싼 대가를 치렀고
그리스인들도 종종 트로이인들이 만만하지 않음을
발견했다. 그들이 서로 으르렁대는 동안
운명의 수레바퀴는 그들의 운명 길을 따라
계속해서 오르락내리락 굴러가고 있었다.

하지만 내 의도는 이 도시가 어떻게 하여   21
멸망에 이르게 되었는지를 얘기하려는 게 아니다.
그것은 나의 주제에서 크게 빗나가는 일이며
여러분을 너무 오래 기다리도록 만들 것이다.
트로이 역사가 어떻게 되었는지
상세하게 알고 싶다면 호메로스를 읽거나
다레스나 딕튀스[8]의 글을 읽어보면 될 것이다.

비록 그리스인들이 트로이를 에워쌌고   22
그 도시를 사방팔방에서 포위, 공격했지만
트로이인들은 매우 경건하게 신을 섬기는

---

8   다레스(Dares Phrygius)나 딕튀스(Dictys Cretensis)는 트로이전쟁의 목격담을 기록했다고
    전해지는 역사가들이다. 그러나 실제로 이들이 살았던 시대는 기원후 5~6세기다.

그들의 오랜 관례를 포기하려 하지 않았다.
그들에겐 그들이 무엇보다도 특별한 믿음을 보였던
팔라디온이라고 알려진 성보(聖寶)가 있었는데
그것은 그들에게 최우선의 경배 대상이었다.

어느덧 시간은 흘러 들판이 새 옷을 입는   23
사월 호시절이 도래했으니,
절정을 이룬 봄철의 푸른 잎들이 싱그럽고
붉고 흰 꽃들은 향기로운 냄새를 뿜어내는데
이때면 트로이 사람들은—내가 읽은 바로는—
갖가지 방법으로 그들의 오랜 관례에 따라
팔라디온 축제를 경축하러 나왔다.

그리하여 매우 많은 사람들이 너 나 할 것 없이   24
팔라디온 경배 의식에 참여하려고
가장 좋은 옷차림으로 사원에 몰려갔는데
특히 수많은 건장한 기사들과 수많은 젊은 규수들,
그리고 화사하게 빛나는 아가씨들까지 누구나
지위 고하를 막론하고 잘 어울리는 옷차림을 했으니
이 모든 것이 그 계절과 축제에 맞는 것이었다.

이 사람들 가운데는 과부의 옷차림을 한   25
크리세이드도 있었다. 그런데도 그녀는
우리의 알파벳 첫 글자가 '에이(A)'인 것처럼

아름다움에서 누구도 비할 수 없는 으뜸이었다.
미모는 보는 이들 모두에게 기쁨이었고
그녀보다 더 많이 칭송받는 사람도 없었으니
먹구름 속에서 반짝이는 별과 같았다.

검은 상복을 입은 그녀를 지켜본 사람들은   26
크리세이드를 두고 그와 같이 수군거렸다.
그러나 언제나 그녀는 욕먹을 것을 두려워해
문 옆 작은 터에서 다른 사람들 뒤에 선 채
자신을 매우 낮추고 말없이 혼자 있었는데,
옷차림은 수수했고 표정은 점잖았으며
차분한 눈빛과 태도를 갖추고 있었다.

젊은 기사들을 이끌고 다니던 트로일러스는   27
그들을 데리고 사방으로 이리저리 큰 사원을
돌아다니며 때로는 이곳으로 때로는 저곳으로
눈을 돌려 트로이 아가씨들을 살폈다.
그러나 그는 잠을 설치게 할 만큼
마음을 주는 여자가 전혀 없었기 때문에
멋대로 여자들을 칭찬도 하고 비방도 했다.

그는 이리저리 거닐다가 수하들 가운데   28
어느 기사나 종자(從者)가 여자한테 홀딱 반해
한숨을 짓거나 눈이 팔린 것을 보게 되면

뚫어지도록 지켜보다가 코웃음을 쳤고
바보짓 말라며 이렇게 말했다. "분명히 말하지만
자네가 아무리 잠 못 이루고 뒤척인다 하더라도
그 여자는 사랑 따윈 아랑곳하지 않고 잠만 잘 잔다.

사랑에 빠진 자들이여, 그대들이 어떻게 살고   29
얼마나 어리석게 정성을 쏟으며 사랑을 얻으려고
얼마나 애를 쓰고 사랑을 지키려고 얼마나 골치를
썩이고 있으며 그러다가 사랑을 잃기라도 하면
얼마나 비통해하는지 나는 들어서 다 안다.
오, 바보들이여, 유약한 데다 눈까지 멀고 마는구나.
자네들은 다른 이들의 슬픔에서 배우는 게 없구나."

이렇게 말한 뒤 그는 고개를 치켜들었는데 그 모습이   30
"보라, 내 말이 옳지 않은가?" 하고 말하는 듯했다.
바로 그때 사랑의 신은 자신이 무시당한 데
화가 나서 그를 응징하기로 결심하고
재빠르게 자신의 활이 건재하다는 것을 보여주었으니
그는 순식간에 트로일러스를 정통으로 쏘아 맞추었다.
이렇게 그는 거만한 공작의 털을 뽑을 수 있었다.

오, 눈먼 세상이로다! 오, 눈먼 계획들이로다!   31
모든 일의 결과는 얼마나 자주 오만하고
주제넘은 고약한 생각과 반대로 일어나는가!

거만한 자도 걸려들고 겸손한 자도 걸려드는 법이다.
트로일러스는 계단 위까지 올라갔으되
다시 내려와야 한다는 생각은 거의 하지 못했다.
그러나 어리석은 자의 기대는 무산되기 마련이다.

오만한 말 베이어드[9]가─우쭐한 기분에─   32
달리던 길을 벗어났다가 긴 채찍을 맞고는,
"비록 내가 살이 통통하고 털도 새로 깎아서
대열 맨 앞줄에 서서 달리지만
나 역시 말에 불과할 뿐이니 말의 운명을 좇아
동료들과 줄을 맞춰 함께 끌어야 하는 법이야"
라고 말했던 것처럼

이 사납고 오만한 기사의 운명도 그러했으니   33
비록 그는 존경받는 임금의 아들이었고
세상 무엇도 그의 뜻을 거슬러
마음을 뒤흔들 수 없을 것이라고 생각했지만,
그러나 첫눈에 그의 가슴엔 불이 붙고 말았으니
이제까지 오만함이 하늘 높은 줄 모르던 자가
한순간에 사랑의 포로로 전락하고 말았다.

똑똑하고 오만하고 고상한 사람들은 모두   34

---

9 Bayard : 중세 기사 이야기에 자주 등장하는 마력을 가진 말 이름.

이 사람을 본보기로 교훈을 얻을 것이니,
사랑의 신을 경멸했다간 당신들 마음의 자유는
순식간에 그에게 속박당하고 말 것이다.
옛날에도 그랬고 앞으로도 그럴 것이니
사랑의 신은 모든 것을 구속하는 신이요,
인간은 자연의 법칙을 어길 수 없기 때문이다.

이러한 사실은 이미 입증되었고 앞으로도 계속   35
입증될 것임을 여러분 모두 잘 알고 있을 것이다.
사람들은 가장 많이 사랑의 고뇌를 겪은 이보다
더 큰 지혜를 가진 사람이 없음을 생각하지 못하니
아무리 강하고 지체 높은 사람들일지라도
사랑의 신 앞에서는 옴짝달싹 못 하는 것이다.
이것은 옛날이든 지금이든 앞으로든 변함이 없다.

그리고 두말하면 실로 잔소리가 되겠지만   36
지혜로운 사람들도 사랑으로 즐거워했으며
무엇보다 슬픔에 빠져 힘들어했던 사람들은
사랑을 통해서 위로받고 치유도 받았다.
또한 사랑은 자주 잔인한 마음을 누그러뜨렸고
훌륭한 사람이 더 훌륭한 명성을 얻게 했으며
많은 사람들이 악행과 불명예를 두려워하게 만든다.

이렇게 사랑은 쉽게 물리칠 수도 없는 것이며   37

또한 그 본질이 매우 강력하므로
사랑의 신에게 구속당하는 것을 거부하지 마라.
그는 마음대로 당신을 구속할 수 있기 때문이다.
휘거나 구부러지는 가지가 부러지는 가지보다 낫다.
그러므로 내가 여러분에게 충고하는데
여러분을 선도(善導)하는 사랑의 신에게 복종할지어다.

그러나 다른 주변 얘기들은 접어두고   38
나는 특히 앞서 언급한 이 왕의 아들과
그가 겪는 기쁨과 싸늘한 근심들,
그리고 이 사건과 관련하여 그가 보여준
온갖 행위들을 이야기할 생각이다.
그리고 일단 얘기가 나왔으니
이야기를 계속하기로 하겠다.

트로일러스는 사원의 경내를 돌아다니면서   39
주변 사람들을 모조리 조롱하였는데
때로는 이 여자를 때로는 저 여자를 쳐다보며
그녀가 도시 여자일까 촌닭일까 생각하고 있었다.
그때 우연히 그의 눈길이 한 무리의 사람들에게
쏠리더니 마침내 크리세이드에게 가서 꽂혔고
거기에서 시선은 딱 멈추고 말았다.

그리고 그는 갑자기 그녀의 모습에 흠칫 놀라며   40

좀 더 유심히 그녀를 살피기 시작하더니 마음속으로
이렇게 말했다. "오, 신이여, 자비를 베푸소서.
이처럼 아름다운 여인이 이제껏 어디에 있었던 것인가?"
순간 그의 가슴이 요란하게 방망이질치기 시작했는데
남들이 들을까 염려하여 조용히 한숨만 쉬었고
그리하여 다시 처음처럼 조롱하는 태도로 돌아갔다.

그녀의 키는 아주 작은 축에도 들지 않았고   41
팔과 다리는 참으로 훌륭하게
여성적인 완벽함에 부합하였으므로
외모에서 남성의 완벽함을 뺨칠 정도였다.
또한 그녀의 순수한 성품은 크게 돋보였으므로
그녀를 보는 사람은 누구나 귀한 신분과
여성적인 고매함을 익히 짐작할 수 있었다.

그뿐만 아니라 다소 경멸하는 듯한 그녀의 표정과   42
몸짓은 트로일러스에게 실로 놀라울 만큼 많은
기쁨을 느끼게 했는데, 그녀는 마치 그에게
"저기요, 제가 여기 좀 서 있으면 안 될까요?"
라고 말하는 듯 약간 비스듬히 시선을 떨구었고
그러고 나서 환한 표정을 지었는데,
그는 그토록 아름다운 모습을 본 적이 없는 듯했다.

그녀의 얼굴을 보고 나자 그의 내면에서   43

커다란 갈망과 애정이 샘솟기 시작했으니
가슴 밑바닥엔 그녀에 대한 인상이
단단하고 깊게 각인되고 말았다.
조금 전까지도 시선을 이리저리 돌리곤 했지만
이제 그는 기쁘게 자제하려는 듯하였다.
그는 눈을 떠야 할지 감아야 할지 몰라 전전긍긍했다.

보라, 자신을 그처럼 현명하다고 호언장담하며   44
사랑의 고통을 겪는 사람들을 경멸하던 그가
사랑의 신이 그녀의 알 듯 말 듯 한 눈빛 속에
머물고 있었음을 전혀 알지는 못하고
그녀의 얼굴을 보는 순간 갑자기 가슴이 타들어가
죽을 것만 같다고 하니, 이처럼 사람을
돌아버리게 만드는 사랑의 신은 찬미받으소서!

이렇듯 상복을 입고 있던 그녀에게 마음이 끌린   45
트로일러스는 그녀를 쳐다보느라 정신이 없었다.
하지만 입을 꾹 다문 채 서서 자신의 욕망이나
그처럼 서 있는 이유를 아무에게도 내색하지 않았다.
경배 의식이 진행되는 동안 그는 태연한 척하며
때때로 시선을 돌려 먼 곳을 바라보기도 하고
그러다가 다시 그녀에게 시선을 돌리곤 하였다.

그러고 나서 그는 마음이 무척 혼란해진 가운데   46

사랑에 빠진 사람들을 조롱했던 일을 후회하며
황급히 사원에서 빠져나왔는데,
조롱의 화가 자신에게 미칠까 두려웠다.
그러나 어찌 되었든 그는 속내가
사람들에게 드러날까 염려한 나머지
가슴앓이를 위장하고 감추었다.

그리하여 그는 사원을 떠나서 곧바로   47
자신의 궁으로 돌아왔지만, 마치 화살을 맞은 듯
그녀의 얼굴이 가슴에서 떠나지 않았다.
그러나 그는 매우 행복한 척 내숭을 떨었다.
그러고는 속마음을 감추고 위장하려고
표정과 말을 매우 부드럽게 하며
사랑의 포로가 된 사람들을 웃음으로 대했다.

그리고 그는 말했다. "사랑에 빠진 연인들이여,   48
그대들은 모두 다 무척 즐겁게 살고 있구나.
그대들 가운데 정성을 다해 섬기는 영민한 자들도
기쁨을 얻는 만큼이나 자주 아픔을 얻는구나.
그대들의 노고는 참으로 오묘한 보상을 받는구나!
잘해도 잘한 게 아니고, 잘 섬겼어도 경멸당하네.
실로 그대들의 세상은 멋지게도 통제되고 있구나!

몇 가지 사소한 점들을 제외한다면   49

그대들이 바치는 온갖 정성도 그 끝을 알 수 없지.
익히 아는 바와 같이 세상의 그 무엇도
그대들의 종교[10]처럼 큰 헌신을 요구하진 않는다.
그러나 맹세하지만 그것이 최악은 아니다.
만약 내가 최악을 말한다면—비록 진실을
말했지만—그대들은 그 때문에 나를 미워하리라.

그러나 연인들이여, 최선을 다해   50
할 일을 다 하고 피할 일을 피한다 하더라도
그대들의 여자는 자주 그것을 오해하고
나쁜 뜻으로 받아들일 수 있다는 것을 명심하라.
혹은 다른 이유로 그녀가 토라져 있다면
즉시 한없는 불평을 듣게 될 것이다.
오! 그대들도 그런 자들 가운데 하나일 수 있다!"

이렇게 말하면서도 그는 할 수 있는 한   51
평정을 유지하려 했으나 모두 헛수고였다.
사랑은 그의 깃털에 끈끈이를 잔뜩 묻혀놓았으므로
다른 일거리 때문에 바쁜 척했지만
부하들을 속이는 게 무척이나 힘들었던 것이다.
그는 무척 힘들어서 어떻게 해야 할지 몰랐으므로
부하들을 각자 원하는 곳으로 보내버렸다.

---

10 연인들이 신봉하는 사랑을 종교적 헌신에 빗대어 표현한 말.

그러고 나서 그는 방에 혼자 남게 되자   52
침대에 털썩 주저앉더니 제일 먼저
땅이 꺼져라 한숨을 짓고 수시로 신음을 하며
끝도 없이 그 여자 생각만 하였고,
눈을 뜨고 있으면 그의 정신은 사원에서 그녀를
만났던 일과 그녀의 얼굴을 떠올렸으니
거듭해서 같은 생각을 하고 또 했다.

이렇게 그는 마음속 거울을 만들어놓고는   53
그것으로 그녀의 모습을 샅샅이 살펴보았다.
그리고 자신이 그런 여인을 사랑하게 된 것은
행운일지도 모르며,
만약에 그가 그녀에게 정성을 다 쏟는다면
그녀의 마음을 살 수도, 아니면 그녀의 추종자의
한 사람이 될 수도 있을 것이라고 속으로 생각했다.

그리고 그는 그처럼 훌륭한 여인을 얻기 위해서라면   54
비록 세상에 소문이 나더라도 어떤 고난이나 슬픔도
감내할 수 있으며, 욕망으로 창피를 당한다 해도
괜찮을 것이며, 오히려 모든 연인들에게
전보다 더 존경과 추앙을 받게 될 것이라고 상상했다.
이처럼 닥쳐오게 될 슬픔을 전혀 예상하지 못하고
그는 처음부터 하나하나 따져보았다.

이리하여 그는 연애 사업을 추진할 생각을 했는데,   55
우선 들통이 나면 좋을 게 전혀 없으므로
무엇보다도 주변 모든 사람들에게
자신의 사랑을 완전히 숨겨야 했으니,
그는 은밀히 일을 추진하리라 마음을 먹었다.
사랑의 씨앗은 뿌리기에는 달콤할지 모르나
너무 멀리 뿌리면 쓴 열매를 맺는다는 말도 기억났다.

그 밖에 그는 그녀에게 무슨 말을 해야 하고   56
무엇을 숨겨야 할지, 그리고 또 어떻게 하면
그녀가 그를 사랑하도록 만들 수 있을지
생각에 생각을 거듭하다, 갑자기 큰 소리로
노래를 부르며 슬픔을 극복하려고 했다.
크리세이드를 사랑하고 후회는 하지 않겠노라고
그는 크게 희망하며 굳게 마음을 먹었다.

나의 저자인 롤리우스라는 사람이 쓴 그대로[11]   57
그가 지은 노래의 전반적인 의미뿐 아니라
우리의 언어적 차이를 제외하고는 꾸밈없이,
트로일러스가 노래를 통해 이야기한 모든 것을
나는 한 마디도 빼지 않고 전할 것이니

---

11 서술자는 자신이 서술하고 있는 트로일러스와 크리세이드의 이야기를 롤리우스
    (Lollius)의 저서에서 가져온 것이라 말하고 있다. 롤리우스에 대한 언급은 작품 전체에
    서 여러 차례 나타나지만 그가 누구인지는 분명하지 않다.

그것을 듣고 싶은 사람이라면 누구든지
다음의 시행들에서 들을 수 있을 것이다. [12]

"오, 신이시여, 만일 이것이 사랑이 아니라면   58
제가 느끼고 있는 이것은 도대체 무엇인가요?
만일 그것이 사랑이라면, 사랑은 도대체 어떤 건가요?
사랑이 좋다면 이 슬픔은 어디에서 오는 건가요?
사랑이 나쁘다면 사랑에서 오는 고통과 역경이
제게는 달콤하고 마시면 마실수록 갈증만 더하니,
사랑은 참으로 이상하다는 생각만 듭니다.

만약 제가 저 자신의 욕망으로 불타는 것이라면   59
이 눈물과 탄식은 대체 어디에서 오는 건가요?
슬픔이 저를 즐겁게 한다면, 누구에게 하소연해야 합니까?
지치지도 않았건만 왜 기절하는지 알 수가 없습니다.
아, 살아도 죽은 것이요, 너무나 이상하고 달콤한 슬픔,
제가 동의하지 않았건만 어떻게 슬픔과 죽음이
제 마음속에서 사납게 날뛸 수 있는 겁니까?

그러나 만약 제가 동의한다면 저는 정말로   60
이런 탄식을 해선 안 되겠지요. 저는 바다 한가운데서

---

12 트로일러스의 노래를 기술한 58~60연은 페트라르카의 연작 소네트에서 라우라(Laura)
에게 바치는 노래를 옮긴 것인데 사랑의 모순적 감정을 비유적으로 표현하고 있다.

앞뒤로 난타를 당하며, 서로 반대 방향으로
끝없이 불어대는 두 강풍의 틈바구니에 낀 채로
방향타 없이 배 안에 갇혀 있는 신세입니다.
슬프도다! 이 기이한 질병은 대체 뭐란 말입니까?
저는 열병으로 얼어 죽고, 추워서 열 때문에 죽습니다."

노래를 마치자 그는 사랑의 신에게 애절한 목소리로   61
이렇게 말했다. "오, 신이시여, 마땅한 일이지만
이제 저의 영은 당신 것입니다. 신이시여,
저를 여기까지 이르게 해주신 데 감사드리나이다.
그러나 당신이 저로 하여금 섬기게 만든 그녀가
여신인지 여인인지 정녕코 모르겠습니다.
하지만 저는 항상 그녀의 남자로 살고 죽겠습니다.[13]

당신의 능력에 합당한 장소에 있으신 것처럼   62
당신은 그녀의 눈 안에 당당하게 서 있습니다.
그렇지만 신이시여, 저나 저의 봉사가 당신의

---

13 여기서는 사랑하는 남녀의 관계가 이른바 중세의 '궁정풍 연애(courtly love)'의 격식으
로 나타난다. 궁정풍 연애는 연인의 관계가 주종 관계처럼 이루어져 있으며 흔히 남성
이 '은혜'를 베푼―곧 남성에게 마음을 열어준―여성을 '섬기거나' 그 여성을 위해 '봉
사하는' 관계로 자주 그려진다. 작품에서도 알 수 있듯이 이들의 관계는 무엇보다도 절
대적인 비밀을 전제로 하고 있으며 상호간의 예의와 남성의 기사도 등이 강조된다. 11세
기경 유럽 귀족들의 놀이에서 발전한 궁정풍 연애는 이후 세련된 형식과 사상으로 발전
되며 문학에 접목되었고 크레티앙 드 트루아의 《랑슬로》, 단테의 《신곡》, 페트라르카의
《칸초니에레》, 그리고 초서의 《트로일러스와 크리세이드》 등에 주요 테마를 제공했다.

마음에 드신다면 제게도 은혜를 베풀어주소서.
저는 여기서 왕족 신분을 그녀 손에
내려놓고, 사랑하는 여인에게 하듯이
지극히 겸손한 자세로 그녀의 남자가 되겠습니다.”

사랑의 불—신이여, 제게는 그것을 허락지 마소서!—은   63
그의 왕족 혈통도 전혀 배려하지 않았고,
힘이나 뛰어난 용맹함에도 아랑곳하지 않고
사정없이 그를 다루었으며
그를 마치 괴로워하는 비천한 종을 다루듯 하였고
갖가지 방법으로 계속해서 불타오르게 하였으므로
그는 하루에도 예순 번이나 얼굴이 창백해지곤 했다.

날이 갈수록 그녀를 생각하는 기쁨은   64
점점 더 샘솟으며 커져갔으므로
그는 다른 모든 직무에 손을 놓고 말았다.
그래서 그는 뜨거운 열기를 진정시키려고
자주 그녀의 아리따운 얼굴을 보고 싶어 했으니,
그녀를 보면 편안해질 것이라고 생각했던 것이다.
그러나 가까이할수록 그는 언제나 더 뜨겁게 타올랐다.

불은 가까이할수록 그만큼 더 뜨거운 법이니   65
이러한 사실을 모르는 사람이 어디 있겠는가.
그러나 분명히 말하지만 멀리든 가까이든

밤이든 낮이든 지혜롭든 어리석든 상관없이
그의 가슴의 눈이라 할 심장은 언제나
그녀를 향하고 있었으니 그가 보기에 그녀는
헬레네나 폴릭세네[14]보다도 더 아름다웠다.

또한 그는 하루 중 단 한 시간도 그냥 지나침 없이   66
천 번씩이나 이렇게 혼잣말로 중얼거렸다.
"최선을 다해 섬기고 싶은 사랑스러운 이여,
지금 신에게 기도드리니, 크리세이드여,
내가 죽기 전에 나에게 자비를 베풀어주오.
내 사랑이여! 나의 건강과 신명이 달린 그대가 나를
가엾이 여기지 않는다면 나는 죽은 목숨이나 다름없소."

그리스인들의 포위와 자신의 안전에 대한   67
모든 두려움은 이미 그의 관심에서 떠났고,
그에게는 오로지 그녀의 자비를 입고
살아 있는 동안 그녀의 남자가 되는 것 외에는
어떤 욕심도 일어나지 않았으니,
보라! 이에 그의 목숨이 달려 있었고,
죽지 않고 살아남는 것도 이에 달려 있었다.

헥토르와 그의 형제 여럿이 그리스인들에게   68

---

14 Polyxene : 트로이 왕비 헤카베의 막내딸. 트로이 멸망 후 아킬레우스의 망령을 달래기
    위해 그리스인들에 의해 희생 제물로 바쳐졌다.

맹렬하고 무시무시한 공격을 했지만
그는 이 일에 단 한 번도 감동받지 않았다.
그는 보병이든 기병이든 누구 못지않은
가장 뛰어난 무사였고, 또한 위험한 곳에서
가장 오래 버티며 혁혁한 전공을 세웠으니
그것은 생각하기에도 참 신기한 일이었다.

그러나 그는 그리스인들을 증오한 것도 아니었고   69
도시를 수호하는 데 목적이 있는 것도 아니었다.
그를 미친 듯이 전투에 임하게 했던 것은
혁혁한 공을 세워 그녀의 환심을 사려는 데에
오로지 목적이 있었기 때문이었다.
이렇듯 그는 전투에서 연일 승리를 거두었으므로
그리스인들은 모두 그를 저승사자처럼 두려워했다.

그렇지만 이때부터 사랑은 그의 잠을 빼앗아갔고   70
식사를 원수 보듯 하게 했으며 또한 슬픔은
날이 갈수록 커져만 갔으니, 그를 유심히 살펴본 사람은
아침이든 저녁이든 슬픈 표정을 읽을 수 있었다.
그래서 그는 다른 사람들이 자신을 보고서
뜨거운 사랑의 열병을 앓고 있다고 의심할까 염려해
다른 병명을 둘러대었고,

몸 간수를 잘못해서 열이 좀 난다고 말하였다.   71

그러나 그의 여인이 이것을 알아채지 못했는지
아니면 모르는 척한 것인지, 이 둘 가운데
어느 쪽인지 나는 확실하게 알 수가 없다.
그러나 어찌 됐든 내가 책에서 읽은 바로는
그녀는 그나 그의 고통 혹은 생각에는
아무런 관심도 없는 것처럼 보였다.

트로일러스는 마음에 그러한 슬픔이 일자   72
거의 미칠 지경이 되었다. 그가 늘 의심했던 것은
혹시 그녀에게 이미 다른 남자가 있기 때문에
그에게는 전혀 무관심할 수도 있다는 점이었다.
그 때문에 그의 가슴은 피를 철철 쏟는 느낌이었다.
하지만 그로서는 온 세상을 다 얻는다 하더라도
감히 자신의 슬픔을 세상에 떠벌릴 수도 없었다.

그가 잠시나마 근심에서 벗어났을 때면   73
자주 탄식을 하며 혼잣말로 중얼거렸다.
"이 멍청아, 전에는 사랑의 고통을 비웃더니만
이제는 네가 그 덫에 걸리고 말았구나.
이제는 네가 사로잡혀 자신의 사슬을 씹고 있구나.
너는 스스로 방어할 수도 없는 일을 가지고
언제나 사랑에 빠진 연인들을 비난하곤 했던 것이다.

만일 모든 사실이 알려지게 된다면   74

그 연인들은 등 뒤에서 너를 경멸하고 비웃으며
이렇게 말할 거다. '보라, 저기에 그가 가는구나.
그가 대단한 지혜를 가진 사람이라던데
우리 연인들을 얼간이로 취급했었지.
이제는 그가 사랑의 신도 도와주지 않으려는
무리들과 함께 춤을 추고 있으니 참 고소하구나.

'그러나 오, 고통스러워하는 트로일러스,   75
그대가 운명적인 사랑에 빠진 것이라면
비록 동정심은 없으되 모든 슬픔을
알아줄 만한 여자를 만나도록 신께 기도해주겠다.
그러나 그대에 대한 그 여자의 사랑은
겨울의 달빛 아래 비치는 서리처럼 차가우리니
그대는 불속에 떨어지는 눈처럼 금방 녹아 없어지리라.'

신이시여, 저를 죽음의 항구로 보내시어   76
그곳에서 슬픔이 끝나게 하소서!
아, 제게는 차라리 그것이 큰 위안이 될 것입니다.
그러면 의심으로 시름시름 앓는 것도 끝나겠지요.
왜냐하면 제가 숨기는 슬픔이 세상에 알려지면
저는 그 우매함이 노래로 지어져서 불리는 바보보다
천배나 더 사람들의 웃음거리가 될 것입니다.

그러니 신이시여, 도와주소서! 그리고 사랑스러운 이여,   77

이처럼 꼼짝 못 하고 사랑의 포로가 되어 애원합니다.
오, 자비를 내려주오, 내 사랑이여, 나를 도와서
죽음에서 건져주오. 내 목숨이 살아 있는 한
나는 끝까지 당신을 나보다 더 사랑하겠소.
그러니 다른 약속은 아무것도 안 해줘도 좋으니
그냥 다정한 눈빛으로 나를 기쁘게만 해주시오."

이 밖에도 그는 다른 많은 말로 탄식했고   78
그러는 가운데 줄곧 그녀의 이름을 불러대며
자신의 슬픔을 토로했으므로
흡사 눈물의 바다에 빠진 사람 같았다.
모든 게 허사였다. 그녀는 그의 탄식을 듣지 못했다.
그리고 그가 자신의 바보 같은 행실을 돌이켜보자
슬픔은 천배나 더 커지고 말았다.

그가 이렇게 방에서 혼자 울고불고할 때   79
판다로스[15]라는 친구가 아무 영문도 모른 채
그의 방에 들렀다가 탄식 소리를 들었는데,

---

15 Pandaros : 또는 Pandarus. 원래 트로이전쟁 이야기에 자주 등장하는 트로이의 귀족이었
   다. 호메로스의 《일리아스》에서 힘이 넘치는 용맹한 전사로 묘사되고 있으나, 중세 문
   학에서는 주로 트로일러스(트로일로스)와 크리세이드(크레시다) 사이의 애정을 이어주
   는 재치 있고 음탕한 인물로 등장한다. 그의 이름에서 유래한 영어 단어 'pander' 또는
   'panderer'는 '뚜쟁이'라는 의미로 사용되고 있다. 초서의 원본에서는 그를 호칭하는 데
   에 'Pandarus'와 'Pandare'가 병용되고 있는데, 번역에서는 그리스식 명칭인 '판다로스'
   로 통일해서 표기했다.

친구가 매우 괴로워하고 근심하는 것을 보고는
이렇게 말했다. "아! 누구 때문에 이러시는 거지요?
신이시여, 자비를! 대체 무슨 불행한 일이라도 있어요?
그리스인들이 이렇게 빨리 왕자님을 지치게 했나요?

아니면 왕자님이 양심의 가책을 느끼는 게 있어   80
지금 엎드려서 기도에 몰입하고 있으며
자신의 죄와 잘못된 행실 때문에 눈물을 흘리고
두려움으로 이처럼 여위어버리신 건가요?
도시를 포위한 그리스인들이 고맙기도 하군요.
그자들은 우리의 즐거움을 접어두게 하고
우리의 쾌활한 젊은이들을 성스럽게 만들어주니까."

판다로스가 이렇게 말한 것은   81
트로일러스를 화나게 만들고
이렇게 해서 그가 잠시나마 슬픔에서 벗어나
기운을 되찾게 하려는 것이었다.
하지만 판다로스는 사람들의 온갖 보고를 통해
이보다 더 대담하고 더 바람직한 인물은
어디에도 없다는 것을 잘 알고 있었다.

트로일러스가 대답했다. "도대체 무슨 일 때문에   82
아니 무슨 행운으로 당신은 모든 이들에게 버림받고
이렇게 시름시름 앓고 있는 나를 보러 오게 됐소?

간절히 부탁하는데 제발 여기서 떠나주시오.
분명 내가 죽어가는 꼴이 당신 심기를
아프게 하겠지만 그래도 나는 죽어야만 하겠소.
그러니 제발 가주오. 이것이 내가 할 말의 전부라오.

그러나 내가 두려움 때문에 병이 났다고 생각한다면   83
그것은 아니니까 날 조롱할 생각일랑 마시오.
나를 고통스럽게 만드는 것은 다른 일이니까.
그것은 그리스인들이 한 것보다도 훨씬 더 엄청난 일이니
그 때문에 내가 슬퍼하며 시름시름 죽어가고 있는 것이오.
그게 무엇인지 내가 당신에게 말하지 않는다 하더라도
화는 내지 마시오. 나는 절대로 말하지 않을 테니까."

슬픔과 연민으로 눈물이 쏟아질 지경이 된   84
판다로스는 자주 이렇게 말했다.
"아! 이게 대체 무슨 일이란 말입니까?
내 친구인 왕자님과 나 사이에 애정과 신의가 있다면
그렇게 큰 걱정거리를 친구에게서 감출 수는 없는 법,
그런 잔인한 짓은 제발 하지 마십시오.
제가 판다로스라는 걸 잘 아시지 않습니까?

비록 제가 아무런 위로가 되어주지 못한다 해도   85
기꺼이 왕자님과 고통을 나눠 가질 것입니다.
진실로 말씀드리지만 즐거운 일뿐만 아니라

슬픔도 나누는 게 친구의 권리가 아닌가요.
옳든 그르든 세상이 왕자님께 무슨 말을 하든
저는 평생 왕자님을 사랑했고 앞으로도 그럴 겁니다.
그러니 걱정을 숨기지 말고 털어놓으시지요."

그러자 슬픔에 빠진 트로일러스는 한숨을 쉬며   86
이렇게 말했다. "당신에게 이 얘기를 하는 게
신의 뜻이기를 바라오. 그렇게 원한다니
비록 가슴은 터질 지경이지만 얘기해주겠소.
당신이 아무런 위로가 되어주진 못하겠지만
내가 당신을 신임하지 않는다고 생각하진 말아줘요.
친구여, 들어보시오. 내 사정은 이러하다오.

사랑의 신에게 맞서 아무리 저항해보아도   87
소용이 없으니, 그 사랑의 신께서는
절망으로 너무나 슬픈 상처를 입혀서
내 마음이 곧장 죽음의 항해를 하게 만들고 있다오.
게다가 욕망은 너무나 뜨겁게 나를 공격하니
그리스와 토로이의 국왕이 되는 것보다는
차라리 죽는 게 더 큰 기쁨일 것 같소이다.

나의 절친한 친구 판다로스, 이제 당신이   88
내 고민을 알게 됐으니 그만하면 됐소.
제발 부탁하는데, 나의 싸늘한 근심거리를

당신만 알고 절대로 발설하지 말아주시오.
만일 그것이 세상에 알려진다면 무엇보다도
많은 해가 따를지 모르니 당신은 즐겁게 살고
나는 남몰래 고뇌하며 죽어가도록 내버려두시오."

"어리석군요. 어떻게 왕자님답지 않게 저에게 그것을   89
그토록 오랫동안 숨기셨단 말이죠?" 판다로스가 말했다.
"왕자님이 그토록 사랑을 갈망하고 계시다면
저의 조언이 도움이 될 수도 있을 겁니다."
"희한한 일이로군." 트로일러스가 대답했다. "당신은
여태까지 한 번도 사랑에 빠져본 일이 없을 텐데
도대체 어떻게 나를 기쁘게 해줄 수 있단 말이오?"

"트로일러스 님, 제 말 좀 들어봐요." 판다로스가 말했다.   90
"제가 비록 잘 모르기는 하지만 과도함 때문에
큰 불행에 떨어진 사람은 훌륭한 본보기가 되면서
친구가 같은 불행에 빠지는 것을 막아주는 법이지요.
멀리 볼 수 있는 사람이 오히려 넘어지는 반면에
눈먼 사람이 안전하게 걷는 것을 저는 또한 보았지요.
바보가 때로는 똑똑한 사람의 길잡이가 될 수도 있어요.

숫돌은 자르는 도구는 아닙니다만   91
자르는 도구들을 날카롭게 만들어주지요.
만일 왕자님이 제 잘못들을 알고 계시다면

교훈이 되는 것이니 그것들을 피하시면 됩니다.
이렇게 현자들은 자주 바보들에게서도 배웁니다.
왕자님도 그렇게 하면 지혜를 잘 활용하시는 겁니다.
모든 것은 그와 상반된 것에 의해 밝혀지는 법이지요.

결코 쓴맛을 본 적이 없는 사람이   92
어떻게 단맛을 알 수 있겠습니까?
슬픔이나 고통에 빠져본 적이 없는 사람은
결코 마음의 행복이 뭔지 모를 거라고 저는 믿어요.
흰색은 검정색에 의해, 명예는 수치에 의해
서로 대비되면서 보다 분명하게 드러나지요.
지혜로운 사람들은 그와 같이 보는 것입니다.

이처럼 상반된 것들에서 교훈을 얻는 것이니,   93
그토록 자주 사랑의 비애를 겪어보았던 저로서는
왕자님이 갈팡질팡하는 그 문제에 대해서
마땅히 더 훌륭한 조언자가 될 수 있는 겁니다.
그러니 제가 왕자님의 무거운 짐을
함께 지고 싶어 한다고 해서 불쾌해하지는 마세요.
그렇게 하면 아픔은 견디기에 훨씬 덜 힘드실 테니까요.

오이노네[16]라고 불리는 양치는 처녀가   94

---

16 Oenone : 파리스의 부인. 스파르타의 헬레네 때문에 남편에게 버려졌다. 그녀의 편지는
   남편들에게 배신당한 여인들의 편지 15편을 묶은 오비디우스의 《여걸들》에 포함됐다.

왕자님의 형제인 파리스에게 사랑을 하소연하며
그녀의 무거운 마음을 편지로 써 보냈던 것처럼
저의 경우도 그와 같은 것임을 저는 잘 알고 있습니다.
왕자님도 그녀가 쓴 편지를 읽었다고 생각되는데요."
"아니, 아직 못 읽었소." 트로일러스가 대답했다.
"그렇다면 들어보세요." 판다로스가 말했다. "이런 내용이지요.

그녀의 편지에 따르면, '최초로 의술을 발명한   95
포에부스는 그가 잘 알고 있는 약초를 가지고
모든 사람의 아픔을 치료해 도움을 줄 수 있었지요.
그러나 그의 학식도 그에게는 전혀 소용이 없었어요.
왜냐하면 아드메토스 왕의 딸에 대한 그의 사랑이
옴짝달싹 못 하게 묶어버렸으므로, 그는
어떤 재주로도 자신의 슬픔을 치유할 수 없었습니다.'

제게는 불행한 일이지만 그것이 바로 제 경우입니다.   96
어떤 이에 대한 저의 지극했던 사랑이 절 아프게 합니다.[17]
그러나 제가 자신을 위해 조언해줄 수는 없겠지만
왕자님에겐 해드릴 수 있으니 절 나무라진 마십시오.
놀고 싶어 하는 매가 하늘 높이 오르는 법,
제가 하늘 높이 날아올라야 할 이유는 없지요.
하지만 왕자님에게 도움이 될 말은 해드릴 수 있습니다.

---

17 판다로스는 자신도 이루지 못한 사랑의 아픈 추억이 있음을 토로하는데, 이것은 작품에
    서 수차례 언급된다.

그리고 한 가지만 확실히 해두겠습니다.　　　　　97
비록 제가 고문을 받아 죽는 한이 있더라도
저는 절대로 왕자님을 배신하지 않을 겁니다.
또한 맹세하지만, 비록 그 사랑의 대상이
왕자님 형님의 여자인 헬레네라 할지라도
저는 왕자님의 사랑을 말릴 의도가 없습니다.
그 여자가 누구든 좋으실 대로 사랑하십시오.

그러니 저를 친구로서 완전히 신뢰하시고　　　　　98
왕자님이 겪고 계신 슬픔의 동기와 원인을
솔직하게 털어놓으십시오.
왕자님을 비난하려는 뜻은 없으니
저를 절대로 의심하지 말아주십시오.
기왕에 드리는 말씀인데 스스로 그만둘 때까지야
그 누군들 사랑하는 걸 말릴 수 있겠습니까.

모두를 불신하거나 혹은 모두를 다 믿는다면　　　　99
그건 모두 다 잘못된 것임을 알아두십시오.
그러나 그 중간을 취한다면 잘못된 게 아니지요.
왜냐하면 누군가를 믿는다는 것은 신의의 증거이므로
저는 기꺼이 왕자님의 잘못된 생각을 고쳐드리고
왕자님이 사람을 신뢰하며 자신의 애환을
털어놓게 하고 싶습니다. 그러니 원하시면 말씀해주세요.

현자의 말에 '혼자인 사람은 불쌍하다.   100
넘어지면 그를 일으켜줄 사람이 없다'고 하지요.
하지만 왕자님은 친구가 있으니 걱정을 말씀해보세요.
사실상 현자의 말씀을 들어보면 아시겠지만,
사랑을 얻는 가장 쉬운 방법은
그 눈물 방울들이 아직도 대리석에 남아 있는
니오베 여왕처럼 몸부림치며 우는 것이 아니죠.[18]

그러니 서글프게 우는 일은 그만두시고   101
이제 화제를 바꿔 슬픔을 줄여보세요.
그래야 슬픔의 시간도 짧아질 수 있을 겁니다.
어리석은 자들이 불운을 만나면
슬픔을 슬픔으로 증대시키며
다른 치료법은 찾으려 하지 않는 것처럼
왕자님도 슬픔을 좇으며 슬픔을 즐기지는 마십시오.

사람들이 말하지요. '불행한 사람에게는   102
고통받는 사람이 옆에 있는 게 위로가 된다'고.
우리는 이 말을 명심해야 하지 않겠습니까?
우리 둘 다 사랑의 고통을 앓고 있기 때문입니다.
솔직히 말해서 저는 슬픔으로 너무나 가득 차서

---

18 니오베 여왕이 18명의 자녀들을 자랑하자 달의 여신 디아나와 태양신 아폴론은 그녀의
    자녀들을 모두 죽여버렸다. 그 때문에 니오베는 돌로 변했으나 돌에서는 계속 눈물이
    흘러내렸다고 한다.

더는 불행이 들어올 수가 없으니, 그것은
슬픔이 들어설 공간조차 없기 때문입니다.

제가 왕자님을 속여 혹시나 그 여자를   103
꾀어가기라도 할까 봐 염려하지는 마세요.
오래전부터 왕자님도 잘 알고 계시지 않습니까,
제가 최선을 다해 사랑했던 사람이 누구인지를.
그리고 아시다시피 제가 아무 가식 없이 말하고 있고,
또 저야말로 왕자님이 가장 신뢰하는 사람이고
제 슬픔도 다 알고 계시니, 어서 털어놔보세요."

그러나 트로일러스는 아무 말도 하지 않았고   104
한동안 죽은 듯이 꼼짝 않고 가만히 누워 있었다.
그러더니 한숨을 내쉬며 벌떡 일어나
판다로스의 목소리에 귀를 기울였다.
트로일러스가 눈을 부릅떴는데
판다로스는 그가 미쳐버렸거나 아니면 금방
죽기라도 할 것 같아 더럭 겁이 났다.

"정신 차리세요!" 판다로스가 놀라서 크게 외쳤다.   105
"왜 그러십니까? 무기력에 빠진 것처럼 잠이 옵니까?
아니면 사람들이 악기를 연주하는 소리를 듣고도
너무나 아둔한 짐승이기 때문에
그 음악 소리의 어떤 가락도 마음속에서

그를 감동시켜 즐겁게 할 수 없는
이른바 하프 소리를 듣는 노새 꼴이 되신 겁니까?"

판다로스는 입을 다물고 기다렸다.   106
그러나 트로일러스는 아무런 응답도 하지 않았다.
그는 누구 때문에 지금 이런 상황이 되었는지
아무에게도 말하고 싶지 않았던 것이다.
현자들의 말씀에 따르면, '사람은 종종
자신이 두들겨 맞을 매를 여러 가지 방법으로
스스로 번다'고 하지 않던가.

무엇보다 특히 남에게 비밀로 해두어야 할   107
애정 문제에 조언을 구하는 일이 그러하다.
만일 잘 통제하지 못하게 된다면
그것은 저절로 순식간에 새나갈 것이다.
그래서 때로는 사람들이 추구하는 것에서
도망치는 것처럼 보이는 것도 신중한 처신이다.
트로일러스는 마음속으로 이 모든 것을 헤아렸다.

그렇지만 그는 "정신 차리세요!"라는 소리를 듣자   108
땅이 꺼져라 한숨을 내쉬며 이렇게 말했다.
"이봐요 친구, 내가 꼼짝 않고 가만히 누워 있지만
죽은 건 아니니 진정하고 소리는 그만 질러요.
당신의 말과 충고는 모두 다 들었어요.

46

하지만 당신의 덕담이 내게는 도움이 되지 않으니
나의 불행을 통곡하도록 그냥 놔두어요.

그렇다고 다른 치유법을 가진 것도 아니잖소.   109
나는 치유받을 생각도 없고, 그냥 죽어버릴 생각이오.
내가 니오베 여왕에 대해 어찌 알겠소이까?
바라건대, 당신의 옛 본보기들은 집어치우시오."
"아니지요." 판다로스가 말했다. "그래서 말인데요,
어리석은 자들은 자신의 애환을 즐겨
슬퍼하면서도 정작 해결책은 구하려 들지 않거든요.

이제 알겠는데 왕자님은 이성을 잃으신 겁니다.   110
말씀해보세요. 왕자님께 이 모든 고통을 안겨준 여자가
누구인지 안다면, 내가 왕자님을 대신해서
―왕자님은 두려워서 감히 직접은 못 하실 테니까―
그녀에게 왕자님의 고민을 말하고 왕자님에게
연민을 보여달라고 부탁하면 어떻겠습니까?"
"그건 정말 안 돼요." 트로일러스가 대답했다.

"아니, 왜 안 된다는 겁니까?" 판다로스가 물었다.   111
"나는 내 목숨이 달린 문제처럼 진지하게 말했건만."
"정말 안 됩니다." 트로일러스가 말했다.
"왜지요?"―"당신은 절대 성공하지 못할 테니까요."
"아니, 어떻게 아십니까?"―"그건 분명한 사실이오."

트로일러스가 말했다. "당신이 어떤 노력을 한다 해도
그녀는 나처럼 형편없는 놈을 받아들이지 않을 겁니다."

판다로스가 말했다. "참 딱하시군요! 어째서 왕자님은   112
아무런 근거도 없이 절망에만 빠져 있으십니까?
아니, 그녀가 아직 살아 있습니까? 세상에 맙소사!
왕자님이 사랑받을 가치가 없는지 어떻게 아시죠?
그런 고통에 반드시 치료법이 없는 것만은 아닙니다.
그러니 치료법이 없다고 단언하지 마십시오.
왜냐하면 미래는 종종 우연에 의해 결정되니까요.

저는 왕자님이 지옥에 있는 티튀우스[19]만큼이나   113
고통스러운 아픔을 참고 있다고 인정합니다.
책을 보면 독수리라고 불리는 새들이
쉬지 않고 그의 배를 찢어놓는다고 하더군요.
하지만 자신의 고통에는 아무런 약도 없다고
어리석게 고집을 피우시는 왕자님을
저는 도저히 참아줄 수 없을 것 같습니다.

그러나 왕자님이 자신의 용렬한 마음 때문에   114

---

19 Tityus : 제우스와 엘라라 사이에서 태어난 아들. 헤라는 제우스의 바람기에 복수하려고
    티튀우스를 시켜 제우스의 애첩 가운데 하나인 레토를 겁탈하게 한다. 이 때문에 레토
    와 제우스의 쌍둥이 자식인 아르테미스(디아나)가 아폴론에 의해 죽임을 당한다. 티튀
    우스는 타르타로스(지옥)에서 두 마리 독수리가 매일 간을 쪼아 먹고 그 간은 밤사이에
    다시 회복되어 낮에 다시 독수리에게 쪼이는 영원한 벌을 받게 된다.

그리고 분노와 어리석은 고집과 불신 때문에
슬픔의 원인을 얘기하지 않으려 하시고,
원인을 말하는 것은 고사하고
자신에게 도움이 될 일도 전혀 하지 않으면서
마치 절망을 선택한 사람처럼 누워만 있으려고 하시니,
대체 어떤 여자가 그런 맹추를 사랑하고 싶겠습니까?

만일 왕자님이 이렇게 죽고 그녀가 영문을 모른다면   115
그녀는 그리스 군대가 우리를 포위했기 때문에
두려운 나머지 왕자님이 목숨을 끊었다고 할밖에
달리 무슨 생각을 하겠습니까?
왕자님이 죽으면 무슨 상이라도 받을 줄 아십니까?
그녀도 그렇지만 도시 전체가 이렇게 말하겠지요.
'맹추가 죽었으니 악마는 그의 뼈다귀나 물어가라'고요.

왕자님은 여기서 혼자 징징거리며 주저앉아 울어보시죠.   116
여자가 전혀 모르게 사랑해보세요.
그녀도 왕자님이 전혀 느낄 수 없게 보답하겠지요.
구애도 안 했으니 상대방이 알 리 없을 테고
당연히 키스도 없는 거지요. 아! 스무 해 동안
정성을 쏟았으되 애인의 입술에 키스 한 번도 못 해본
비싼 사랑의 대가를 치른 사내가 한둘이던가요?

왜일까요? 비록 사랑한 여자가 예쁘기는 하겠지만   117

사랑을 얻지 못했다고 남자가 절망에 빠진다거나
비겁하게 자학하거나, 아니면 자결이라도 해야 합니까?
아니지요, 아니지요. 오히려 남자는 한결같이
소중한 마음의 여왕님을 섬기고 사랑하며
섬기는 것만으로도 분수에
천배나 넘치는 은덕이라고 생각해야지요."

이 말을 듣자 트로일러스는 귀가 번쩍 뜨였다.   118
그리고 곧 자신이 참으로 어리석었으며
판다로스의 말이 진실로 옳다는 생각이 들었다.
그는 자살을 해도 아무런 득이 될 수 없을 것이며
그것은 오히려 남자답지 못한 행동이요 죄가 될 것이며,
그녀가 자신의 슬픔을 전혀 알 수도 없을 터이니
죽음을 두고 그녀를 탓할 수는 없다고 생각했다.

이런 생각을 하며 그는 땅이 꺼져라 한숨을 쉬고는   119
말했다. "아아! 그러면 어떻게 해야 합니까?"
그러자 판다로스가 대답했다. "왕자님만 괜찮으시다면
저에게 고통의 원인을 다 말하는 게 최선의 방법입니다.
그리고 만일 왕자님께 제 조언이 조만간
아무런 도움도 되지 않는다고 생각하시거든
저를 갈가리 찢어 나무에 매달아놓아도 좋습니다."

"말은 고맙지만." 트로일러스가 말했다. "슬프게도   120

그런다고 일이 해결될 수는 없을 것 같아요.
내가 잘 아는데 운명의 여신이 나를 적대하고 있으니
이런 경우라면 사람을 돕는 게 매우 어려운 일이지요.
신분이 높든 낮든 상관없이 사람은 누구나
이 여신의 잔인한 수레바퀴가 만드는 해를 피할 수는 없소.
이 여신은 자유인이든 노예든 자기 마음대로 희롱하거든요."

판다로스가 대답했다. "왕자님은 화가 잔뜩 나니까   121
운명의 여신을 비난하시는군요. 이제야 알겠습니다.
모든 사람은 어느 정도 운명의 여신에게
종속되어 있다는 것을 왕자님은 잘 아시지 않습니까?
그러나 왕자님은 이렇게 자신을 위로하시면 됩니다.
운명의 여신이 주는 기쁨도 지나가는 것처럼
운명의 여신이 주는 슬픔 또한 지나갈 것이다, 라고요.

운명의 수레바퀴가 잠시라도 회전을 멈춘다면   122
그 순간 운명의 여신은 존재가 사라지는 것이지요.
그런데 운명의 수레바퀴는 절대로 멈출 수 없으므로
운명이 변화무쌍하게 뒤바뀌는 가운데
왕자님이 바라시는 일이 이루어지지 않을지
또는 운명의 여신이 왕자님을 돕게 될지 어찌 압니까?
아마 왕자님은 기뻐하셔야 할 이유가 있을 것입니다.

그렇다면 제가 왜 왕자님께 간청하는지 아시겠죠?   123

그러니 땅만 처다보며 슬퍼하는 일은 그만두세요.

의사의 치료를 받고자 하는 사람은

먼저 상처를 보여줘야 하는 게 마땅합니다.

비록 왕자님의 슬픔이 제 친누이 때문이라 해도

내일 그녀를 왕자님의 여자로 만들어주지 못한다면

제가 영원히 지옥의 케르베로스[20]에게 묶인대도 좋습니다.

고개를 들고 그 여자가 누구인지 어서 말씀해보세요. 　　124

그래야 제가 왕자님의 일을 돌봐드릴 게 아닙니까?

혹시 제가 아는 여자는 아닌가요? 어서 말씀해보세요.

그래야 일을 더 빨리 성공시킬 수 있을 테니까요."

이 말이 트로일러스의 혈관을 강타했다.

정통으로 허를 찔렸으니 그는 부끄러워 얼굴이 빨개졌다.

"아하!" 판다로스가 말했다. "일이 재미있게 되는군."

판다로스는 그를 흔들며 말했다. 　　125

"도둑이 따로 없지! 어서 여자의 이름을 대보세요."

그러나 트로일러스는 지옥에라도 끌려간 것처럼

몸을 떨며 이렇게 말했다.

"아 슬프도다! 내 모든 슬픔의 샘이요.

나의 사랑스러운 원수인 그녀는 크리세이드라 불린다오."

이 말을 하며 그는 두려움에 거의 사색이 되었다.

20　Kerberos : 머리가 셋 달린 지하 세계 하데스의 사나운 개. 아무도 도망가지 못하도록 하데스의 대문을 지키고 있다.

마침내 트로일러스가 이름을 실토하자   126
판다로스는 크게 반기며 말했다. "이봐요, 친구여,
이제는 됐소이다. 하늘의 제우스²¹ 신께 맹세하는데
사랑의 신이 왕자님께 선물을 내리셨습니다. 힘내세요.
크리세이드는 훌륭한 명성과 지혜와 행실뿐 아니라
너그러운 성품도 두루 갖춘 여인이기도 합니다.
그녀가 아름답다는 건 아마 왕자님도 잘 아시겠죠.

저는 그녀와 같은 신분을 가진 사람들 가운데   127
그녀보다 더 후덕하고, 사람을 기쁘게 해주며,
다정다감하게 말하고, 너그럽게 선행을 베풀며,
또한 할 일을 찾는 데 더 생각이 민첩한
여자를 본 일이 없는데, 그녀는 이 모든 것을
최대한 늘려 명예를 높이려 하지 않았으니,
제왕의 마음도 그녀에 비하면 초라해 보일 겁니다.

그러니 이제 마음을 편하게 갖도록 하십시오.   128
분명히 말씀드리지만 고상한 용기와
훌륭한 자제력을 갖기 위한 첫 번째 요건은
바로 마음의 평화를 갖는 일입니다.
마땅히 그래야지요. 왜냐하면 훌륭하고 가치 있는
사랑을 하는 데서 진실로 좋은 사랑이 오기 때문이지요.

---

21 Zeus : 원작에서는 주피터(Jupiter)의 영어식 표현인 조브(Jove)로 표기되나 번역에서는
    이야기의 시대적 배경에 맞추어 '제우스'로 통일했다.

그것을 우연이 아니라 행운이라고 부르셔야 합니다.

또한 그녀는 매우 덕이 높은 사람이라서   129
그녀가 갖춘 여러 가지 미덕 가운데는
반드시 연민의 마음도 있을 것이므로
그렇게 생각하면서 즐거운 마음을 가지세요.
왕자님은 특히 그녀의 명성에
누가 될 일을 절대로 요구하지 마십시오.
미덕은 수치에 손을 내밀지 않는 법이니까요.

그런데 왕자님이 좋은 입장이 되셨으니   130
저도 세상에 태어난 것이 무척이나 기쁩니다.
왜냐하면 맹세코 단언하지만 왕자님은 이제까지
이런 행운을 만난 적이 없으셨기 때문입니다.
왠지 아세요? 왕자님은 언제나 사랑의 신을 경멸하고
공격하며 앙심을 품고, '천치 바보 성인이여,
그대는 모든 바보들의 왕이로다' 하고 외치곤 하셨지요.

왕자님은 매우 자주 무지막지한 야유를 던지며   131
사랑에 빠진 자들은 어리석기로 말하면 모두 다
사실상 신의 경지에 이른 것들이라고 말씀하셨지요.
그러고는 어떤 인간들은 식음을 전폐한 채
혼자 자리에 누워 끙끙 앓는 소리를 한다고 하시고,
또 어떤 인간들은 열병을 앓는 척한다고 말씀하시면서

그들이 절대 회복되지 않게 해달라고 신에게 비셨지요.

또 어떤 인간들은 감기 때문이라고 핑계를 대며 132
필요 이상 이불을 뒤집어쓴다고 자주 말씀하셨고요.
또 어떤 인간들은 자주 내숭을 떨면서
실제로는 잠을 실컷 잤으면서도
한숨도 못 잤네 하며 거짓말을 한다고 하셨고,
그래서 그들이 벌떡 일어설 힘이 있으면서도
땅바닥에 힘없이 폭 주저앉곤 한다며
거침없이 조롱하곤 하셨지요.

왕자님은 사랑에 빠진 자들 대부분이 133
일반적인 얘기를 하는데, 그들 생각에는
실패를 막는 확실한 방법이 자신의 운을
백방으로 시험해보는 것이라고 말씀하셨지요.
이제는 제가 왕자님을 골려줄 수도 있겠지만,
그래도 제가 목숨을 걸고 말씀드리지만,
왕자님은 그런 사람들과는 다르다고 확신합니다.

그러니 가슴을 치며 사랑의 신께 기도하세요. 134
'저에게 자비를 베푸소서! 제가 험담했던 것을
이제는 뉘우칩니다. 지금 저는 사랑에 빠졌습니다'
하며 마음을 다해 진심으로 기도하세요."
트로일러스가 말했다. "아, 신이시여! 겸손하게

기도드리오니, 제가 조롱했던 일들을 용서해주소서.
제가 살아 있는 한 다시는 그런 짓을 하지 않겠습니다."

"잘하셨습니다." 판다로스가 말했다. "바라건대   135
이제 왕자님은 신의 분노를 완전히 진정시켰을
겁니다. 왕자님이 눈물도 많이 흘리셨고
또 신께서 만족할 만큼 기도도 하셨으니,
이제는 위안을 얻게 해달라고 기도하시지요.
왕자님의 모든 슬픔의 원인이었던 그녀가
이제부터는 위로자가 될 거라고 믿으셔야죠.

독초들이 자라나는 바로 그 땅에서   136
몸에 좋은 약초들도 자라나는 것처럼,
거칠고 빼곡하게 자라는 더러운 쐐기풀 옆에서
장미는 향기롭고 매끈하고 부드럽게 자라납니다.
계곡이 있어야 높은 산이 있는 것이고
캄캄한 밤이 지나야 반가운 아침이 밝아오듯이,
슬픔이 끝난 뒤에 기쁨 또한 오는 것입니다.

이제 말고삐를 느슨하게 잡고서   137
최선의 시기를 기다려보십시오.
그렇지 않으면 우리의 수고가 허사가 될 겁니다.
기다릴 줄 아는 자가 가장 빨리 가는 법이지요.
부지런하고 성실하되 속마음은 잘 감춰두세요.

즐겁고 자유롭게 지내되 구애에는 인내심을 가지세요.
그렇게만 하시면 만사가 잘 풀리게 될 겁니다.

그러나 현자들의 말에 따르면, 어느 곳에나 가는   138
사람은 한 곳에도 가지 않은 것과 같다고 합니다.
그런 사람이 성공하지 못한다는 게 이상한 일인가요?
구애가 종종 어떻게 이루어지는지 잘 아시지 않습니까?
가령 이런저런 식으로 나무나 약초를 심었다가
다음날 아침에 서둘러 그것을 뽑아내는 식이지요.
그런 구애가 성공하지 못하는 건 당연지사입니다.

그리고 사랑의 신이 왕자님의 인품에 합당하게   139
은혜를 베푼 것이니 흔들리지 않도록 하십시오.
왕자님은 이제 안전한 항구에 다다른 셈이니까요.
그리고 절망감이 들더라도 언제나 희망을 잃지 마세요.
왕자님이 낙담하거나 조급하게 서둘러서
우리의 공동 노력을 망치는 일만 없다면
저는 이 일이 좋은 결말을 맺을 거라고 믿습니다.

그리고 왕자님은 제가 왜 이 문제를 조카딸과   140
의논하는 것을 꺼리지 않는지 아십니까?
저는 박식한 현자들이 하는 말을 들었는데
'천상의 사랑이든 인간의 사랑이든,
사랑의 뜨거움을 견디지 못하는 사람은

남자든 여자든 이제껏 태어난 일이 없다'고 합니다.
그러니 왕자님은 그녀의 사랑을 얻으실 수 있을 겁니다.

그리고 특히 그녀에 관해 말씀드립니다만   141
그녀의 아름다움과 젊은 나이를 생각해볼 때
비록 그녀가 원할 수도 가능할 수도 있겠지만,
거룩한 사랑이 아직은 그녀에게 어울리지 않습니다.
지금으로선 멋진 기사를 사랑하고 가슴에 품는 게
사실상 그녀에게 잘 어울리는 일일 겁니다.
그렇지 않다면 그것이 오히려 부도덕한 일이지요.

그러므로 저는 왕자님의 이 일을 도와드리려고   142
늘 준비가 되어 있고 또 기꺼이 도울 것입니다.
불원간 그녀와 왕자님 모두를 즐겁게 해드리고 싶습니다.
왕자님과 그녀가 신중하게 처신해서
이 일을 비밀로 잘 간직하기만 한다면
누구도 이것에 대해 알 수 없을 것이며,
그러면 우리 셋 모두에게 즐거운 일이 될 것입니다.

그리고 맹세코 말씀드리는데, 저의 추측입니다만   143
지금 막 왕자님에 대해서 좋은 생각이 떠올랐습니다.
그게 무엇인지 보여드리고 싶습니다.
제 생각에는 사랑의 신께서 선의로
왕자님을 죄에서 돌아서게 한 것이니까

왕자님은 그의 신도들 중 가장 훌륭한 기둥일 것이고
따라서 그의 적들에겐 가장 큰 타격이 될 것입니다.

근거를 들자면, 똑똑한 학자들이 있었는데   144
그들이 계명을 거슬러 큰 잘못을 저질렀으나
사악한 죄에서 돌아섰더니 신께서는 그들을
은총을 통해 기꺼이 다시 당신께 불러들이셨답니다.
그러자 그들은 신을 가장 경외하는 사람이 되었고
제가 알기로는 신앙심도 무척 깊어졌으므로
어떤 잘못도 아주 훌륭히 물리칠 수 있었답니다."

트로일러스는 크리세이드에게 구애하는 데   145
판다로스가 기꺼이 도와주겠다는 소리를 듣자
슬픔의 고통은 말하자면 눈 녹듯 사라지고
오히려 사랑은 더욱 뜨거워졌는데,
비록 마음은 기뻐 뛰었지만 차분하게 말했다.
"복되신 비너스 님, 도와주소서. 그리고 판다로스,
내가 당신한테 평생 감사를 빚진 것 같소이다.

그러나 친구여, 이 일이 성사되기 전까지는   146
어찌 내 슬픔이 줄어들 수 있겠소? 말 좀 해봐요.
어떻게 나의 슬픔과 고뇌를 얘기해줄 건가요?
내가 가장 두려하는 건데, 만일 그녀가 화를 내며
내 사연을 듣거나 믿으려고 하지 않으면 어떡합니까?

이 모든 게 두렵소. 또한 당신이 그녀의 삼촌이니까
절대 이런 얘긴 들으려고도 하지 않을 거요."

판다로스가 대답했다. "걱정도 팔자로군요.   147
사람이 달에서 떨어질까 봐 걱정하는 격입니다.
왕자님! 제발 쓸데없는 상상은 그만하세요!
왕자님은 해야 할 일에만 충실하시면 됩니다!
왕자님께 한 가지 제발 부탁드릴 게 있는데,
제가 하는 대로 그냥 두세요. 그게 최선의 방법입니다."
"알겠소, 친구." 그가 말했다. "그러면 뜻대로 하세요.

그러나 내 말 한마디만 들어보시오, 판다로스.   148
나는 당신이 나를 무슨 음흉한 놈으로 생각하여
그녀에게 무슨 해나 상스러운 일이
일어나길 바란다고 생각하지 마시길 바랍니다.
만일 그녀가 내가 그녀의 덕을 고양시키는 일 말고
다른 꿍꿍이를 품고 있다고 생각하게 된다면
나는 차라리 죽어버리는 게 나을 겁니다."

이 말을 듣자 판다로스는 껄껄 웃으며 대답했다.   149
"그 말을 믿으라고요? 쳇, 어느 사내인들 그렇게
말하지 않겠어요. 차라리 그녀가 곁에서 왕자님의 말을
들었더라면 좋았을걸. 어쨌든 저는 갑니다. 안녕히!
기운을 내세요! 신이여, 우리 둘에게 성공을 안겨주소서!

수고스러움과 바쁘게 뛰는 일은 저에게 맡기고
성공의 달콤한 열매는 왕자님이 누리십시오."

그러자 트로일러스는 무릎을 꿇고 주저앉더니   150
판다로스의 팔을 꽉 잡으며 이렇게 말했다.
"이제 그리스 놈들은 모두 두고 봐라!
분명히 신께서는 조만간 우리를 도와주실 거요.
그러면 내 목숨이 붙어 있는 한, 놈들은
두말할 것도 없이 피를 보게 될 겁니다.
자랑만 떠벌린 것 같아 미안한 생각이 드는군.

여보시오 판다로스, 더는 말하지 않겠소만   151
당신은 똑똑하고 능력 있는 사람이니 당신만 믿겠소!
나의 삶과 죽음을, 나의 전부를 당신 손에 맡기니
도와주시오." 판다로스가 대답했다. "맹세코 도와드리지요."
트로일러스가 말했다. "친구여, 당신은 특별히 이것 때문에
신의 보상을 받을 것이오. 내가 죽을 때까지 그녀를
섬길 수 있도록 그녀 맘에 들게 내 얘기를 잘해주오."

그러자 친구인 트로일러스에게 도움을   152
주고 싶었던 판다로스는 말했다.
"실망시키지 않을 테니 안심하고 계세요.
제가 약속합니다. 좋은 결과를 기다려보세요."
판다로스는 어떻게 하면 그녀의 승낙을 얻을 수 있을지

그리고 어떻게 일을 위한 시간과 장소를 마련할지
곰곰이 생각하며 트로일러스의 곁을 떠났다.

모름지기 집을 짓고자 하는 사람은   153
성급히 서둘러 일을 시작해서는 안 되는 법,
우선적으로 자신의 목표를 달성하기 위해
시간을 두고 기다리며 마음에서
측량선을 내 설계도를 작성해야 하는 것이다.
판다로스는 이 모든 것을 가슴에 새겨두고
일을 착수하기에 앞서 계획부터 세웠다.

한편 트로일러스는 더 이상 자리에 누워 있지 않고   154
재빠르게 밤색 군마에 올라타고는
전장에 나가 사자처럼 용감하게 싸웠다.
그날 그를 만난 그리스 병사들은 운이 없었다.
그 후로 시내에서 그의 모습은 항상 당당했고
사람들에게서 크게 호의를 받게 되었으므로
그의 얼굴을 보는 사람마다 그를 좋아했다.

그는 친절하기 이를 데 없으며   155
점잖기 짝이 없으며 또한 매우 너그럽고
검소한 사람이 되었으니 그는 당시에 살았던
가장 훌륭한 기사의 한 사람이었을 것이다.
그의 야유와 악의적인 말, 그리고 건방지고

냉소적인 태도는 완전히 사라졌고
모든 잘못들은 덕행으로 바뀌게 되었다.

이제 트로일러스 얘기는 잠시 접어둔다.   156
그는 심한 부상을 입었다가
상처의 고통에서는 다소 편안해졌지만
완전히 치유되지 않은 사람처럼 지내며
병을 치료해주는 사람의 지시를
고분고분 따르는 환자처럼 살았으니,
이렇게 그는 자신의 운명을 참고 기다렸다.

제2권

서시

이 컴컴한 파도에서 벗어나 항행할 수 있도록   1
오 바람이여, 오 바람이여, 악천후를 거두어다오.
배가 바다에서 그토록 큰 풍랑을 맞으니
온갖 기술을 다 써도 앞으로 나아가기 어렵구나.
나는 이 바다를 트로일러스가 처했던
폭풍우 몰아치는 절망의 바다라고 부르노라.
그러나 이제 희망의 첫날이 시작된다.

클리오[1]라 불리는 여신이여,   2
이제부터 저의 신이 되시어 이 책을 끝마칠 때까지
성공적으로 시를 쓸 수 있도록 도와주소서.
여기에선 당신 기술 외에 달리 필요한 게 없나이다.
그리고 모든 연인에게 미안한 얘기지만
나는 개인적인 감정으로 이 이야기를 쓰는 게 아니라
다만 라틴어를 우리말로 옮겨 쓰는 것뿐이다.[2]

그러므로 나는 이 작품으로 칭찬받거나 비난받을   3
이유가 없지만, 여러분에게 겸손히 부탁드리는데

---

1 Clio : 역사를 관장하는 여신.
2 〈제1권〉 57연에서 밝히듯 서술자는 자신의 이야기가 롤리우스의 원전에 따른 것이라고
   말한다.

설령 부족한 어휘를 보더라도 날 비난하진 마시라.
나는 단지 저자가 말하는 것을 그대로 옮길 뿐이다.
또 감정 개입 없이 사랑 얘기를 하고 있지만
결코 새로운 것이 아니니 놀랄 것도 없다.
눈먼 사람은 색깔을 제대로 분간할 수 없는 것이다.

여러분도 알고 있듯이 언어의 모습은 천 년도   4
못 가서 변화가 생기며 한때는 가치 있던 말들이
지금은 놀라울 정도로 우스꽝스럽고 이상하게 들린다.
그러나 당시 사람들은 그 말을 사용해
오늘의 우리들처럼 사랑에도 성공했던 것이다.
이렇게 시대마다 나라마다 제각각
사랑을 쟁취하는 다양한 관습이 있었던 것이다.

그러므로 혹시라도 여기에 어떤 연인이 있어서   5
이 이야기를 듣고는 트로일러스가
그의 여인에게서 사랑을 얻게 된 과정을 알고
'이것은 내가 사랑을 얻은 방식과는 다르다'고
생각한다거나 혹은 트로일러스의 말과 행동을
기이하게 여기는 일이 일어날지도 모르겠다.
하지만 그것은 내게 전혀 이상한 일이 아니다.

왜냐하면 로마에 간다고 사람이 모두 다   6
같은 길이나 수단을 사용하지는 않기 때문이다.

또한 어떤 나라에서 사랑하는 연인들이
공공연한 행동이나 표정, 방문, 인사, 말투를
이곳의 사람들이 하는 것처럼 한다면
그들은 모든 즐거움을 망치고 말 것이다.
그러므로 나라마다 그곳의 법도가 있다고 하는 것이다.

그리고 이곳에서도 사랑하는 데   7
똑같이 말하고 행동하는 사람은 세 명도 안 된다.
당신에게 도움이 되는 것이 다른 사람에게는
무용지물일 수도 있다—그러나 할 말은 다한다—.
마음이 끌리는 대로 어떤 사람들은 나무에 새기고,
어떤 사람들은 돌판에 새긴다. 그러나 나는
일단 시작했으니 최대한 원저에 충실하겠다.
(서시 끝)

즐거운 계절의 어머니인 오월,   8
겨울에는 죽었던 푸른색, 흰색, 빨간색의
싱싱한 꽃들이 다시 살아나고
초원마다 향긋한 내음이 가득 넘치며
포이보스^{3}가 하얀 황소자리^{4}에서
화사한 햇살을 펼치는,

3　Phoibos : 태양신 포이보스는 아폴론을 지칭하는데 여기서는 태양을 가리킨다.
4　하얀 황소자리는 황도대에서 타우루스 궁을 가리킨다.

구체적으로 말해서 오월 셋째 날이었다.

지혜로운 말을 잘하기로 유명한 판다로스도   9
사랑의 신이 쏜 예리한 화살의 아픔을 느꼈는데
사랑에 대한 그의 서투른 표현을 빌린다면
낮이 하루에도 여러 번 녹색으로 변하곤 했다.
그날 그에게 사랑의 역전이 일어난 것이었다.
그는 슬픔에 싸여 잠자리로 가서는
동이 틀 때까지 잠 못 이루며 뒤척였다.

아침이 되자 제비 프로크네[5]가 슬픈 곡조로   10
자신이 새로 변한 사연을 노래했다.
판다로스는 반쯤 잠에 취해 침대에 누워 있는데
프로크네가 바짝 다가붙어
테레우스가 그녀의 자매를 납치한 얘기를
요란하게 지저귀는 바람에
시끄러워 잠에서 활짝 깨고 말았다.

그래서 그는 사람을 불러 일어날 준비를 하는데   11
트로일러스에게 받은 부탁을 들어주어야 할

---

5 Procne : 테레우스는 부인 프로크네의 자매인 필로멜라를 강간한다. 그러자 프로크네는
   필로멜라와 함께 자신의 아들을 죽여서 음식을 만들어 테레우스에게 먹이며 복수를 한
   다. 테레우스가 두 자매를 죽이려 하자 프로크네는 제비로, 필로멜라는 나이팅게일로, 테
   레우스는 후투티로 변한다. 오비디우스의《변신 이야기》제6부 424~674행 참조.

큰 책임이 기억나 운수를 살펴보았더니
마침 달의 위치가 일을 시작하기에 좋은 때였다.
그는 곧바로 집을 나섰고 그곳에서
가까운 곳에 사는 조카딸의 저택으로 갔다.
이제 문의 신 야누스[6]가 그를 인도할 때로다!

조카딸의 집에 당도하자 그는 하인들에게   12
"주인 아가씨는 어디 계신가?" 하고 물었다.
그들의 대답을 듣고 그가 안으로 급히 들어가니
그녀는 타일이 깔린 거실에서 다른 두 여자와
함께 앉아 있었다. 그리고 이 세 여자들은
하녀가 읽어주는 테바이의 포위 이야기를
들으면서 즐거운 시간을 보내고 있었다.

판다로스가 말했다. "크리세이드, 읽는 책과 친구들   13
모두에게 신의 가호가 있기를 비네!"
그녀는, "어서 오세요, 삼촌" 하며 일어서더니
황급히 그의 손을 꼭 잡으며 말했다.
"그런데 삼 일 전에 삼촌 꿈을 꾸었습니다.
그게 길몽이라면 좋겠어요."
그러면서 그녀는 그를 의자에 앉게 했다.

---

6 Janus : 로마신화에 등장하는 문과 시작의 신.

"그랬었군, 신의 뜻이라면 금년에는 그 때문에   14
더 좋은 일이 있게 될 거야" 하고 판다로스가 말했다.
"그런데 자네가 그처럼 소중하게 여기는
독서를 방해해서 미안하기 짝이 없군그래.
읽는 게 무슨 내용이었지? 말해보게.
혹시 사랑 얘긴가? 오, 그러면 내게도 한 수 가르쳐주게!"
"삼촌." 그녀가 말했다. "삼촌의 애인은 여기 없거든요."

이 말을 듣고 그들은 웃기 시작했고 그녀가 말했다.   15
"우리가 읽던 것은 테바이에 관한 이야기예요.
라이우스 왕이 어떻게 아들 오이디푸스에 의해
죽게 되었는가[7] 하는 얘기를 듣고 있었지요.
그리고 우리는 여기 붉은 글자[8]에서 멈췄는데요,
—책에서 쓰인 대로 보면—어떻게 사제 암피아라오스[9]가
바닥에 쓰러져 지옥으로 떨어졌는가 하는 얘기지요."

판다로스가 말했다. "내가 다 아는 얘기로군.   16
테바이의 포위와 그 비극에 대한 이야기구나.

---

7   그리스신화에서 오이디푸스는 신탁에 따라 아버지 라이우스를 죽이고 어머니와 결혼하
    는 비극적인 운명을 겪는 테바이의 왕으로 나온다. 그는 결국 자신이 저지른 충격적인
    일을 깨닫고 고통스러워하며 스스로 두 눈을 뽑았고 이후 딸 안티고네와 함께 방랑의 길
    을 떠났다고 한다.

8   고서에서 붉은 글자(rubric)는 다음에 이어질 내용을 보여주기 위해 사용되곤 했다.

9   Amphiaraus : 아내에게 배신당하고 자신의 죽음을 예언했던 점쟁이로 테바이의 포위에
    서 비롯될 불행을 예고했다.

그것에 대해선 열두 권으로 쓰인 작품이 있지.[10]
이제 책 얘긴 그만하고 어떻게 지내는지 말해다오.
머리쓰개는 그만 치우고 네 얼굴 좀 보여다오.
책도 치우고 자리에서 일어나 춤이나 추자꾸나.
그렇게 해서 오월에 합당한 경의를 표해야지."

"아이고 맙소사." 그녀가 말했다. "제정신이세요?   17
세상에 그게 어디 과부가 할 짓인가요?
정말이지 삼촌은 저를 무척 두렵게 만드시는군요.
너무 말씀이 거칠어서 헛소리를 듣는 것 같아요.
저는 오히려 영원히 동굴 속에 들어가
거룩한 성인전이나 읽으며 사는 게 더 합당합니다.
춤은 처녀들과 젊은 아낙네들이나 추러 가라고 하세요."

"내 분명히 말하는데." 판다로스가 말을 이었다.   18
"내가 널 춤추게 만들 얘기를 하나 해주지."
"삼촌." 그녀가 말했다. "그런 얘기라면 좋아요.
어서 해주세요. 포위가 마침내 풀린 건가요?
저는 그리스인들이 죽을 만큼이나 두려워요."
"아니, 그게 아니고." 그가 말했다. "솔직히 말해서
이것은 그런 것보다 다섯 배는 더 좋은 얘기다."

---

10 로마의 시인 스타티우스(Publius Papinius Statius)의 서사시 《테바이스》를 언급하고 있다.

"오, 신이여!" 그녀가 말했다. "대체 무슨 얘긴가요?
다섯 배나 더 좋은 얘기라고요? 아, 그럴 리가요!
그게 대체 무슨 일인지 아무리 생각해봐도
저는 상상이 안 가요. 저를 놀리시는 것 같아요.
그게 뭔지 삼촌이 말씀해주지 않으신다면
제 부족한 머리로는 도저히 추측을 못 하겠군요.
정말 저는 삼촌이 무엇을 뜻하는지 모르겠어요."

"크리세이드, 맹세하는데 나로서는 이 일을   20
절대로 너에게 말해줄 수 없을 것 같구나."
"왜 그러세요, 삼촌. 왜죠?" 그녀가 말했다.
"그렇다면 이유를 즉시 말해주지.
만약에 네가 알게 된다면 너는 트로이 시 전체에서
너보다 더 오만한 여성도 없다는 걸 알 것이다.
맹세코 이건 너를 놀리려고 하는 말이 아니다."

그러나 궁금증이 전보다 천배는 더   21
커졌으므로 그녀는 시선을 아래로 떨구었다.
세상에 태어난 이래 이처럼 간절하게
알고 싶었던 일이 없었기 때문이었다.
마침내 그녀가 한숨을 쉬며 말했다.
"삼촌이 불편하시다면 저야 삼촌을 불쾌하게
해드리고 싶지 않으니 더 이상 묻지 않겠어요."

그리하여 그들은 친구들과 함께 모인 것처럼   22
유쾌한 대화와 정다운 이야기를 나누었고
즐거운 태도로 이런저런 농담도 하며
뜻밖의 재미있고 심오한 문제들을 이야기했다.
그러더니 어느 시점에 이르러 그녀는
도시의 방벽이요 그리스군의 응징자로 알려진
헥토르의 안부를 물었다.

"고맙게도, 팔에 작은 부상을 입은 것 말고는   23
아주 잘 계신다네." 판다로스가 말했다.
"게다가 그분의 용감한 동생 트로일러스는
현명하고 덕망이 높아 작은 헥토르라 불릴 만한데
그는 온갖 미덕을 두루 갖춘 사람이란다.
말하자면 매우 진실하고 기품이 있으며
지혜와 명예와 관대함과 용기를 갖춘 인물이지."

"어쩜 제 맘에 드는 분이군요." 그녀가 말했다.   24
"두 형제가 다 훌륭하시니, 신이여, 그분들을 지켜주소서!
폐하의 아들이 전투에도 매우 뛰어나고
게다가 훌륭한 인품까지 갖추셨다니
참으로 대단한 분이라는 생각이 드는군요.
한사람 안에 뛰어난 무예와 도덕적인 고결함이
모두 갖추어진 경우는 참으로 보기 힘들잖아요."

"실로 그 말이 옳다." 판다로스가 대답했다.   25
"맹세하지만 폐하께선 두 아들이 있는데
그들이 곧 헥토르와 트로일러스지.
내가 목숨 걸고 확신하는데, 그들은
태양 아래 사는 어느 누구 못지않은
흠잡을 데 없는 덕성을 갖춘 분들이라서
그들의 능력과 경륜은 세상이 익히 아는 바다.

헥토르 님에 대해서는 더 말할 필요가 없을 거다.   26
만천하에 그분보다 더 훌륭한 기사는 없지.
그분은 고결함의 원천 같은 사람인데
무예보다는 오히려 인품이 더 훌륭하시다.
지혜롭고 훌륭한 많은 사람들이 이것을 알고 있지.
나는 트로일러스도 마찬가지로 훌륭하다고 생각한다.
세상에 그런 두 사람을 어디서 볼 수 있단 말인가."

"맹세코 헥토르 님은 정말 그렇죠." 그녀가 말했다.   27
"트로일러스 님도 그러실 거라고 저는 믿어요.
이건 확실한 얘긴데, 사람들의 말에 따르면
그분은 날마다 전투에서 큰 공을 세우고 있고
집에서는 사람들에게 매우 점잖게 대하시므로
그분은 저라도 칭찬받고 싶어 할 사람들에게서
온갖 존경을 받고 있다고 하더군요."

"실로 옳은 말이다." 판다로스가 말했다.
"어제 트로일러스와 함께 있던 사람이라면
누구라도 그를 보고 놀랐을 것이다.
그리스 놈들이 그에게서 도망을 치는데
벌떼도 그렇게 떼 지어 도망치지는 않았을 거다.
모든 싸움터마다 병사들의 귀에 들리는 소리가
'트로일러스가 왔다!' 하는 함성뿐이었단다."

"여기저기서 그가 세차게 몰아쳤으므로
그리스 놈들은 유혈이 낭자했지. 트로일러스는
그들에게 부상도 입혔고 거꾸러뜨리기도 했어.
그가 가는 곳마다 이런 일들이 벌어졌으니
그는 그들에겐 죽음이요, 우리에겐 방패요 생명이었지.
그날도 그가 피 묻은 칼을 들고 있는 동안은
감히 아무도 그에게 맞서는 자가 없었다고 한다.

그뿐이 아니다. 트로일러스는 높으신 분들 가운데
내가 이제까지 보았던 가장 친절한 분이란다.
그리고 그는 마음에 들면 전도유망하다고
생각되는 사람은 누구에게나 최상의 벗이 되어주시지."
이렇게 말하며 판다로스가 즉시 그곳에서 일어나
자리를 뜨며, "이제 그만 가보겠다"고 하자 그녀는
"아니에요, 삼촌, 제 불찰이에요" 하고 말했다.

"뭐가 불편해서 이렇게 빨리 싫증을 내시지요?   31
특별히 우리 여자들이 싫증나서 일찍 가시려고요?
그러지 말고 앉으세요. 상의드릴 것도 있고요.
가시기 전에 말씀드릴 중요한 문제가 있어요."
이 말을 듣자 그들 주변 사람들이
모두 멀리 떨어져 자리를 피해주었으므로
둘이서 하고 싶은 이야기를 나누었다.

그들이 그녀의 현재 형편과 집안 관리   32
이야기를 모두 끝내자 판다로스가 말했다.
"이제 갈 시간이 다 되었군.
크리세이드, 이제는 일어나서 춤이나 추라고.
그리고 입고 있는 과부 옷은 악마에게나 줘버려.
이렇게 자신을 싸서 감추려고 하는 걸 보니
혹시 무슨 좋은 일이라도 생긴 게 아니냐?"

"어머, 무슨 말씀을 그렇게" 하고 그녀가 말했다.   33
"저는 삼촌 속마음을 알면 좀 안 되나요?"
"아니야, 이건 여유를 가져야 해." 그가 말했다.
"내가 얘기를 했는데 네가 그걸 잘못 받아들인다면
말할 것도 없이 내게는 무척 슬픈 일이 될 거다.
네 뜻을 거스를 수 있는 사실을 말하느니보다는
차라리 입을 다물고 있는 게 나을 것 같다.

왜냐하면 크리세이드, 솔직히 미네르바[11] 여신과   34
천둥을 울리게 만드는 주피터 신, 그리고
내가 받드는 복되신 비너스 신께 맹세하는데,
내가 아는 한 너는 내가 연인의 감정 없이
가장 사랑하며, 결코 슬프게 만들고 싶지 않은
이 세상에서 유일한 여자이기 때문이다.
그것은 너도 잘 알고 있을 줄로 믿는다."

"잘 알고 있어요, 삼촌." 그녀가 말했다.   35
"여태껏 삼촌은 저의 친구가 되어주셨지요.
진실로 제가 삼촌처럼 많이 의지했던
사람도 없는데 은혜는 별로 갚지 못했어요.
그래서 말인데요, 저의 생각이 미치는 한
제 잘못 때문에 삼촌을 화나게 만들지 않겠어요.
그리고 전에 잘못한 게 있다면 제가 고칠게요.

하지만 진심으로 삼촌께 부탁드리는데   36
삼촌은 제가 가장 아끼고 신뢰하는 분이니까
저한테 그렇게 애매하게만 말씀하지 마시고
조카딸인 제게 하고 싶은 말씀을 그냥 하세요."
이 말을 듣자 판다로스는 재빨리 그녀에게
입을 맞춘 뒤 말했다. "알았다, 사랑하는 크리세이드.

---

11 Minerva : 그리스신화에서 지혜와 기술을 주관하는 팔라스 아테나 여신.

지금 내가 하는 얘기를 좋은 의미로 받아줘야 한다."

이 말을 듣자 그녀는 시선을 아래로 떨구었고   37
판다로스는 헛기침을 하며 이렇게 말했다.
"잘 알겠지만 언제나 마지막이 중요한 거다.
아무리 사람들이 절묘한 기교를 부리며
이야기를 엮어나가는 걸 좋아하지만,
그럼에도 그들의 의중을 보면 이야기는
모두 어떤 목적을 이루려는 것임을 알 수 있어.

그리고 모든 이야기의 요점은 끝에 있고   38
이 얘기는 무척 유익한 것일진대,
내게 그토록 충실하게 친구가 되어주는 너에게
왜 색깔을 입혀가며 얘기를 질질 끌겠느냐?"
이렇게 말하며 그는 시선을 돌리고
그녀의 얼굴을 응시하며 이렇게 말했다.
"거울 같은 네 모습에 축복이 내리기를 빌겠다!"

그러고 나서 그는 이렇게 생각했다. '만일 내가   39
이야기를 어렵게 하거나 장황하게 질질 끈다면
저 애는 내 얘기에 흥미를 잃게 될 것이고
내가 의도적으로 자기를 속이고 있다고 생각할 거야.
심성이 부드러운 여자들은 그들이 분명하게
이해할 수 없는 것은 모두 속임수라고 생각하니까

내가 오히려 그녀의 지력에 맞춰주어야 하겠군.'

그러고는 그가 그녀를 뚫어져라 쳐다보자   40
그녀는 그가 쳐다보는 것을 의식하며
이렇게 말했다. "저를 꼼꼼히도 살펴보시네요!
전에 저를 본 적이 없어서 그러시나요? 그러신가요?"
"아니다, 아니야." 그가 말했다. "가기 전에 잘 봐두려고.
그러나 이제 사람들이 알게 되겠지만
나는 네가 행운아가 될지 어쩔지 생각했단다.

행운이란 사람이 잡을 준비가 되어 있으면   41
언젠가 오게 되어 있는 법이다.
그런데 행운이 와도 전혀 신경 쓰지 않고
그냥 그것을 무시해버린다면,
아, 그를 배신하는 것은 우연도 행운도 아니고
단지 그의 게으름과 못남 때문인 것이다.
그러니 잘못은 그 사람에게 있다고 생각한다.

오 아름다운 크리세이드, 네가 잡을 수만 있다면   42
매우 쉽게 참으로 좋은 행운을 얻게 될 거다.
그래서 맹세코 당부하는 말인데
운이 기울기 전에 재빨리 그 행운을 잡아야 한다.
내가 뭣 때문에 이 얘기에 뜸들일 필요가 있겠니?
네 손을 좀 잡아보자. 네가 듣기에 거북하지 않다면,

이 세상에서 너처럼 운 좋은 여자는 없을 테니까.

그리고 이미 앞서 네게 말한 것처럼   43
나는 좋은 의도에서 말하고 있고
또한 이 세상에 태어난 어느 누구 못지않게
너의 명예와 명성을 아끼는 사람이다.
내가 네게 한 모든 맹세를 걸고 말하는데
만일 네가 내 말에 화가 난다거나
혹은 내가 거짓말을 한다고 생각한다면
다시는 너를 볼 수 없다고 해도 좋다.

두려워하지도 말고 떨지도 말거라. 네가 무엇 때문에?   44
두려움으로 그렇게 안색이 변해서도 안 된다.
왜냐하면 사실상 최악의 일은 지나갔으니까.
내 얘기가 지금 너에게는 이상하게 들리겠지만
너를 저버리는 일은 없을 것이라고 믿어다오.
만약 적절하지 못한 일이라고 생각했다면
절대로 그런 얘길 가져오지 않았을 거다.”

“훌륭하신 삼촌, 부탁드리는데.” 그녀가 말했다.   45
“제발 뜸은 그만 들이시고 그게 뭔지 말씀해주세요.
저는 무슨 말씀을 꺼내실지 두려울 뿐만 아니라
정말 알고 싶어 죽을 지경이에요.
좋은 일이든 나쁜 일이든 상관없으니

계속 두려움 속에서 살지 않도록 어서 말씀해주세요."
"그렇게 하마. 잘 들어라, 이제 말할 테니.

나의 귀여운 크리세이드, 폐하의 소중한 아들이며   46
착하고 지혜롭고 기품 있고 씩씩하고 관대하며
언제나 선행을 하는 것이 습관처럼 된
고결하신 트로일러스 왕자님이 너를 깊이 사랑하시니,
이제는 네가 돕지 않으면 그는 죽고 말 상황이란다.
이게 전부다. 내가 무슨 할 말이 더 있겠느냐?
그를 죽이든 살리든 네 마음대로 하려무나.

그러나 만일 네가 그를 죽게 한다면 나도 죽겠다.   47
진실이다, 크리세이드. 나는 거짓말하지 않는다.
나도 이 칼로 내 목을 베어버릴 것이다."
이 말을 하며 그는 눈물을 펑펑 쏟더니
이렇게 말했다. "만일 네가 죄 없는 우리 둘을
죽게 만든다면, 대단한 수확을 하는 셈이 되겠군.
그러나 우리 둘이 사라진다 한들 네게 무슨 득이 되겠니?

애통한 일이로다. 나의 소중한 주군이며   48
진실하고 고결하며 점잖은 기사인 그는
단지 너의 따뜻한 관심 외엔 바라는 게 없건만
그를 볼 때마다 나는 그가 죽어가는 것을 보고 있다.
그래서 그는 운명이 허락한다면

죽음을 당하려고 있는 힘을 다해 서두르고 있다.
아, 신께서 너 같은 미녀를 보내신 게 원망스럽다!

만일 네가 너무도 무자비한 여자라서   49
마치 어릿광대나 천한 것의 죽음을 대하듯
―너도 알다시피 그처럼 성실하고 고결한―
그의 죽음을 나 몰라라 한다면,
만일 네가 그런 여자라면, 너의 그 아름다움도
너의 잔인한 행위를 충분히 보상할 수 없으리라.
그러기 전에 신중하게 생각해보는 게 좋을 것이다.

미덕 없이 아름답기만 한 보석에게 화가 미치리라!   50
또한 아무 효력도 없는 약초에게도 화가 미치리라!
무자비한 미녀에게 화가 미치리라!
다른 사람을 짓밟는 자에게 화가 미치리라!
머리부터 발끝까지 아름다운 나의 크리세이드여,
만일 너에게 아름다움 외에 자비심 따위는 없다면
정녕코 살아 있음으로써 피해를 주는 것이다.

허튼소리를 하는 게 아니니 잘 생각해보거라.   51
내가 왕자를 위한 뚜쟁이 노릇을 하느니보다는
차라리 너와 나 그리고 그가 모두 높이 목매달려 죽어서
모든 사람들의 공공연한 구경거리가 되는 게 낫겠다.
나는 네 삼촌이다. 만일 나의 도움을 이용해

그가 너의 명예를 더럽히도록 내가 허용한다면
그건 너만이 아니고 나에게도 수치가 되는 일이다.

그러니 이해해다오. 나는 공식적인 약속으로   52
너를 그에게 속박시키려 하는 게 아니고
다만 네가 이제까지 해온 것보다
좀 더 많은 호의와 격려를 베풀어줌으로써
결과적으로 그의 목숨을 구하고자 하는 것이다.
간단히 말하자면 이것이 우리 목표다.
신에게 맹세하지만 다른 의도는 결코 없다.

보거라, 단지 상식을 요구할 뿐이니   53
정말이지 상식을 두려워해야 할 이유는 없다.
네가 두려워하는 최악의 경우는 아마도 사람들이
그가 드나드는 것을 이상하게 여길 거라는 걱정이겠지.
그 문제라면 이렇게 답변하겠다.
천치 바보가 아닌 한 모든 사람은
친절에서 비롯된 우정이라고 생각할 것이다.

만일 어떤 사람이 사원에 가는 것을 보고   54
그가 성상을 먹어치울 것이라고 누가 생각하겠느냐?
그리고 생각해보렴. 그는 하나의 소홀함도 없이
매우 훌륭하고 지혜롭게 처신하는 사람이므로
어디서든 사람들이 그를 칭찬하고 고마워하는 것이다.

그뿐만 아니라 그가 이곳에 가끔씩 들른다면야
온 도시가 다 본다 한들 그게 무슨 대수란 말이냐?

그러한 우정은 이 도시 전체에 아주 흔한 것이다.   55
그리고 언제나 망토로 자신을 가리고 다니면 된다.
실로 나의 구원자이신 신께 맹세하는데,
내가 말한 대로 그렇게 하는 게 최선일 것이다.
착한 크리세이드여, 그의 슬픔을 멈추게 해주거라.
네가 그의 죽음 때문에 비난받지 않도록
마음을 조금만 더 부드럽게 가져다오."

이렇게 말하는 것을 듣자 크리세이드는   56
'이제 그의 진심을 시험해봐야지' 하고 생각했다.
"보세요, 삼촌." 그녀가 말했다. "이것에 대해
제가 무엇을 해야 한다고 생각하시는지요?"
"말 잘했다." 그가 말했다. "확실한 최선의 방법은,
사랑에 대한 합당한 보상이 사랑이듯이
너도 그의 사랑을 사랑으로 보답하는 것이다.

시간이 흘러가는 순간마다 너희들이 얼마나   57
자신의 아름다움을 소모하는지 생각해봐라.
그러니 세월이 너희를 삼켜버리기 전에 사랑해라.
일단 늙고 나면 아무도 너희를 원하지 않을 것이다.
이 격언을 너희의 교훈으로 삼도록 해라—.

'아름다움은 떠난 뒤에 돌이켜봤자 이미 때는 늦다.'
그래서 늙고 나면 마침내 오만함도 꺾이는 법이다.

여자가 오만하게 군다는 생각이 들면   58
왕의 어릿광대도 이렇게 큰 소리로 외친다지.
'그대 그리고 오만한 뭇 여인들이여,
눈 밑에 잔주름이 가득할 때까지 오래오래 사시라.
그러면 그대들에게 거울을 하나씩 보내줄 테니
아침마다 자신의 얼굴을 들여다보시라' 하고.
크리세이드, 더는 네가 슬프기를 원치 않는다."

이와 함께 그가 말을 멈추며 고개를 숙이자   59
그녀가 돌연 울음을 터뜨리며 말했다.
"아, 슬프군요! 왜 제가 죽지 않고 살아남았지요?
이 세상에 대한 저의 믿음이 모두 사라졌어요.
슬프게도 제가 가장 좋은 벗이라고 여겼던 삼촌은
저에게 사랑하라 하시며 사랑을 막지 않으시니
제가 모르는 사람들은 제게 무슨 짓을 하겠습니까?

아 슬프구나! 제가 만일 불행한   60
운명으로 아킬레우스나 헥토르,
혹은 다른 남자를 사랑했더라면
삼촌은 저에게 자비나 관용을 베풀지 않고
끝도 없이 저를 꾸짖으셨을 것이라는 점을

절대로 잊지 말았어야 했어요.
아! 이 거짓된 세상을 누가 믿을 수 있겠습니까?

이게 뭐죠? 이것이 기쁨과 즐거움의 전부인가요?   61
이것이 삼촌의 충고이며 저의 행운인가요?
이것이 삼촌이 약속하신 그 보상인가요?
바로 이런 결말을 위해서 그처럼 화려하게
말을 꾸미셨나요? 오, 팔라스[12] 여신이여,
이 두려운 일에서 저를 지킬 수 있게 하소서.
저는 너무 놀라서 죽을 지경입니다."

그녀는 무척 슬퍼하며 한숨지었다.   62
"이렇게밖에는 못 하겠니?" 판다로스가 말했다.
"이번 주에는 절대로 이곳에 오지 않을 테다.
이런 불신을 당하면서까지 이곳에 올 수는 없지.
네가 우리를, 아니 우리의 죽음을 얼마나 우습게
아는지 이제야 알겠다. 아! 나도 참 불쌍한 놈이지!
왕자님이 살 수만 있다면 나야 어찌 되든 상관없으련만.

오, 잔인한 신이여, 오 무자비한 마르스[13] 신이여,   63

---

12 Pallas : 아테나 여신. 로마신화에서는 미네르바라고도 부른다.
13 Mars : 로마신화의 군신(軍神)으로 그리스신화의 아레스에 해당한다.

오, 지옥에 계신 세 분노의 여신들[14]이여, 간청하오니
만일 제가 해코지나 혹은 불순한 일을 의도했다면
저로 하여금 이 집에서 절대로 떠나지 못하게 하소서!
그런데 내가 나의 주군이 죽는 것을 보아야 하고
나도 그와 함께 죽게 되었으니, 여기서 고백한다만
결국은 네가 사악하게도 우리 둘을 죽게 만드는구나.

그러나 내가 죽는 것이 네가 바라는 바이니,   64
바다의 신 넵투누스[15]께 맹세하는데
이 시각부터 내 심장이 피를 토하는 것을 볼 때까지
절대로 빵 한 조각도 먹지 않겠다.
정말 그와 같이 빨리 죽어버리고 싶다."
그러고는 그가 벌떡 일어나 곧장 길을 나서자
그녀가 급기야 다시 그의 소맷자락을 잡았다.

크리세이드는 매우 겁이 많은 여자였으므로   65
두려운 나머지 거의 사색이 되었다.
그녀는 그의 말을 귀 기울여 듣고서는
마침내 그 기사의 슬픔이 진정한 것이며
또 그의 간청에 불순한 의도가 없음을 알았지만,
앞으로 더 큰 피해를 입게 될지도 몰랐으므로

---

14 알렉토, 티시포네, 메게이라를 이르는데, 이들은 복수를 도와주는 여신들로 〈제1권〉의
    서두에서도 언급되고 있다.

15 Neptunus : 바다의 신으로 그리스신화에서는 포세이돈이라 불린다.

안심이 되면서도 두려움이 매우 컸던 것이다.

그래서 그녀는 이렇게 생각했다. '사랑에는 늘   66
불행이 따르는 법이다. 그리고 이런 상황이 되면
남자들은 자학을 하며 자신에게 못되게 굴곤 하지.
그런데 만약에 그 남자가 내가 사는 이곳에서
자결이라도 한다면, 일이 참 난감하게 되겠구나.
그러면 사람들은 과연 나를 어떻게 생각할 것인가.
아주 신중하게 행동할 필요가 있겠구나.'

그녀는 슬프게 한숨지으며 세 번이나 이렇게 말했다.   67
"아, 신이시여! 이 무슨 불행한 일이란 말입니까!
지금 저의 처지는 위험에 놓여 있으며,
제 삼촌의 목숨도 어떻게 될지 모릅니다.
그렇지만 신의 도움으로 저는 명예를 지키고
그분의 목숨도 살릴 수 있도록 행동하겠습니다."
그러고 나서 그녀는 울음을 멈추었다.

"저는 두 가지 악 중에서 덜한 악을 선택하겠어요.   68
삼촌의 목숨을 잃게 하느니보다는 차라리
명예롭게 그분에게 기쁨을 드리는 게 낫겠지요.
삼촌, 제게 달리 요구할 건 없으신가요?"
"다른 건 없다, 사랑스러운 크리세이드." 그가 대답했다.
"그렇다면 좋아요." 그녀가 말했다. "최선을 다할게요.

마음을 억눌러서 원하는 것을 참도록 할게요.

그렇지만 그분께 공연한 희망을 주진 않겠습니다.　　　　69
저는 남자를 사랑할 줄도 모르고, 제 뜻에 반해서
사랑하진 않겠어요. 그렇게만 할 수 있다면
명예를 지키면서 매일 그분의 비위를 맞춰드리겠어요.
제가 두려운 상상만 하지 않았더라도
그 일에 한 번도 '싫다'고 말하진 않았을 거예요.
어쨌거나 일단 원인이 멈추면 병도 멈추겠지요.

그런데 여기서 확실하게 해둘 게 있어요.　　　　70
만약 삼촌이 이 일을 더 깊이 끌고 가신다면
삼촌을 살리는 문제는 고사하고
두 분이 모두 다 죽는 한이 있더라도,
그리고 하루 만에 온 세상이 저에게 등을 돌린다 해도
절대로 그분에게 동정심을 보여주지 않겠습니다."
"맹세코 그런 일은 없다." 판다로스가 말했다.

"그런데 네가 여기서 약속했으니 말인데　　　　71
네가 그 약속을 충실하게 지킬 것이라고
믿어도 되겠지?" 하고 그가 물었다.
"그래요, 믿으세요, 삼촌." 그녀가 말했다.
"이 문제에 대해서 내가 네게 불평을 하거나
나중에 너에게 훈계할 일은 없겠지?" 그가 말했다.

"그럼요. 더 무슨 말이 필요하겠어요?"

그리고 그들은 즐거운 얘기로 화제를 돌렸다.   72
그러다 마침내 그녀가 말했다. "그런데요, 삼촌,
삼촌이 어떻게 처음으로 그분의 슬픔을 알게
됐는지 말씀해주시겠어요? 그 일은 삼촌만
아시는 건가요?" "그렇단다" 하고 그가 대답했다.
"그분은 사랑에 대해 얘기를 잘하시나요?" 그녀가 말했다.
"말씀해주세요. 저도 잘 대비해둬야 하잖아요."

판다로스는 입가에 작은 미소를 지으며 말했다.   73
"좋다. 모두 다 얘기해주지.
지금부터 얼마 되지 않은 바로 며칠 전이었는데
내가 궁전 정원 안의 샘터에서
반나절을 그와 함께 머물러 있으면서
어떻게 하면 우리가 그리스인들을 격퇴할 것인지
전략을 논의하고 있었다.

그러고 나서 우리는 펄쩍펄쩍 뛰면서   74
또 앞뒤로 창을 던지며 놀이를 시작했지.
그런데 마침내 그가 잠을 자고 싶다고 말하더니
풀밭에 벌렁 누워버리는 게 아니겠어.
그래서 나는 이리저리 배회하며 주위를 돌았지.
내가 혼자 걷고 있는데, 바로 그때 그가

너무도 구슬프게 신음하는 소리를 들었다.

그래서 슬그머니 뒤에서 그에게 다가갔지.   75
지금 내 마음에 떠오르는 것을 사실 그대로
말하자면 그는 분명 사랑의 신에게
바로 이렇게 하소연하며 말을 하고 있었다—
'신이시여, 늘 속으로는 반항을 했으나
저의 고통에 자비를 베풀어주십시오.
잘못했습니다. 신이시여, 반성하나이다.

오, 당신의 정의로운 섭리로 소홀함이 없이   76
모든 사람의 종말을 결정지으시는 신이시여,
저의 겸손한 고백을 기쁘게 받아주시고
당신께서 좋으실 대로 고행을 내리소서.
그러나 당신의 자비를 구하오니, 저로 하여금
—제 영혼이 당신에게서 떠나게 할 수도 있는—
절망에 빠지지 않도록 방패가 되어주소서.

'오, 신이시여, 상복을 입고 서 있던 그 여인은   77
눈빛으로 저에게 너무도 아픈 상처를 입혔으며,
그것은 제 가슴 밑바닥에까지 내리꽂혔습니다.
그 때문에 저는 정말 죽을 것 같다는 생각이 듭니다.
하지만 드러낼 수 없는 게 가장 괴롭습니다.
연탄불이 꺼진 것처럼 하얀 재로 덮이면

그 불이 더욱 뜨겁게 타오르는 것과 같은 형국입니다.'

그러더니 그가 갑자기 땅에 머리를 박으며   78
정말이지 나도 모를 무슨 말을 중얼거리더구나.
그래서 나는 슬그머니 그에게서 떨어져나왔고
그냥 아무것도 모르는 사람처럼 행동했지.
그러고 나서 서둘러 다시 그의 곁으로 가서
이렇게 말했지—'일어나세요! 너무 오래 주무시는군요.
왕자님이 상사병에 걸리신 건 아닐 테고,

'아무도 깨울 수 없을 만큼 깊이 주무시는군요.   79
이렇게 우둔한 사람을 누가 본 적이 있을까?'
그러자 그는, '친구여, 내가 어떻게 살든 상관 말고
당신이나 사랑 때문에 골치를 썩어보시오'라고 말했지.
그는 슬픔 때문에 창백하고 해쓱했지만
마치 솔선수범을 해야 하는 사람처럼
아무 일도 없다는 표정을 지어보였지.

상황이 이렇게 계속되던 중 우연히 그저께   80
혼자 산책을 하다 그의 방에 들렀는데
그가 침대에 누워 있는 것을 발견했지.
그런데 나는 그처럼 괴롭게 신음하는 사람을
본 적도 없었고, 또 그가 왜 그렇게 신음하는지도
몰랐단다. 내가 그의 방에 들어가자

그는 하던 탄식을 갑자기 딱 멈추더구나.

그래서 그것을 이상하게 여기고는   81
가까이 가보니 그가 울고 있는 게 아니던가.
정말 신께서도 아시겠지만
세상에 이보다 더 불쌍한 일은 없었지.
어떤 재주로도 또 어떤 조언으로도
그를 죽음에서 건져낼 수가 없었거든.
지금도 그를 생각하면 가슴이 미어진다.

정말이지 내가 세상에 태어난 이래로   82
사람을 다독이느라 그렇게 바쁜 적이 없었다.
그는 그렇게 굳은 맹세를 받고 또 받은 뒤에야
치유자가 될 수도 있을 나에게 사연을 털어놓았지.
하지만 그가 한 얘기를 모두 되풀이해달라거나
애절했던 표현들을 모두 재현해달라고는
요구하지 말거라. 내가 지쳐서 기절하고 말 거다.

나는 다만 그의 목숨을 구하려고 했던 것이지   83
네게 어떤 해를 입히려고 하지는 않았다.
우리를 만드신 신의 사랑을 걸고 부탁한다만
그에게 은혜를 베풀어서 그도 나도 다 살게 해다오.
이제 내 마음을 솔직하게 다 드러내보였다.
그리고 내 의도가 순수한 것이며, 나쁜 뜻이

전혀 없음을 알았을 테니 부디 신경 좀 써다오.

그물도 사용하지 않고 그런 사람을 잡다니   84
너는 참으로 운수 대통한 셈이다.
만일 네가 아름다운 만큼 현명하다면
반지에 루비가 박힌 것과 같지.
그가 너의 것이듯이 네가 그의 전부가 된다면
세상에 그렇게 잘 어울리는 한 쌍도 없을 것이다.
전능하신 신이여, 그런 날이 오게 해주소서!"

"안 돼요. 그건 제 말뜻과는 다르지요." 그녀가 말했다.   85
"정말이지 제 뜻을 완전히 곡해하시는군요."
"아, 미안하네, 크리세이드." 그가 재빨리 응답했다.
"철 투구를 쓴 전쟁의 신 마르스께 맹세하는데
단지 좋은 뜻으로 말했을 뿐이다.
화내지 마라, 내 혈육인 사랑하는 크리세이드야."
"좋아요, 여기까진 용서해드릴게요." 그녀가 말했다.

이렇게 하여 판다로스는 그곳을 떠나 집으로 갔다.   86
오, 신이여! 그는 얼마나 기쁘고 흡족해했던가.
크리세이드는 자리에서 일어나 머뭇거림 없이
곧장 자신의 안방으로 들어갔다.
그리고 돌처럼 가만히 앉아서
그가 했던 모든 말들을 머리에 떠오르는 대로

하나하나 마음속으로 되새겨보았다.

그녀는 이 새로운 상황 때문에 마음이 무척   87
혼란스러웠다. 그러나 문제를 깊이 생각해보니
그녀로선 그다지 위험할 것도 없었다.
왜 그녀가 두려워해야 한단 말인가.
남자는 가슴이 터지도록 여자를 사랑할 수 있겠지만,
그렇다고 여자가 보답으로 좋아하지도 않는
남자를 사랑해야 하는 건 아니니까.

그녀가 앉아서 이런 생각을 하고 있는 중에   88
성 밖의 전투와 관련된 함성이 들려왔다.
사람들이 길거리에서 외치고 있었다.
"보라, 트로일러스가 막 그리스인들을 물리쳤다!"
그러자 그녀의 집안사람들도 모두 이렇게 외쳤다.
"우리도 봅시다. 창틀을 활짝 밀어올리고 구경합시다.
왕자님이 이 길을 지나 궁전으로 들어가실 겁니다.

다르다누스 성문[16] 쪽에서 오고 있다면   89
차단 줄이 내려진 길은 오직 이 길뿐입니다."
그리고 곧 그와 그의 전사들이 두 부대로 나뉘어

---

16 제우스와 엘렉트라 사이에서 낳은 아들 다르다누스의 이름을 따서 명명된 성문. 전승을
    거두고 돌아오는 트로일러스 일행을 환영하는 길에 시민들의 난입을 막기 위해 차단 줄
    이 쳐져 있는 것으로 보인다.

여유로운 속도로 말을 타고 들어왔는데,
진실로 그날은 그에게 운이 좋은 날이었으니
필연적으로 일어날 일은 사람들의 말에 따르면
그 누구도 방해할 수 없는 것이다.

트로일러스는 그의 밤색 말을 타고 있었고   90
머리만 빼고 온몸을 화려한 갑옷으로 무장했는데,
그의 말은 상처를 입고 피를 흘리고 있었으므로
그는 매우 느린 보폭으로 천천히 말을 타고 갔다.
그러나 그에게서 풍기는 기사다운 모습은
사실상 전쟁의 신 마르스의 모습에 비해
전혀 뒤지지 않는 것이었다.

그처럼 충천한 용기로 가득 찬 트로일러스는   91
보기에도 군인이요 기사다웠으며,
어울리는 체격을 갖추었을 뿐만 아니라
그것을 실행할 수 있는 강한 힘도 갖추고 있었다.
또한 갑옷을 입고 있는 그의 모습을 보노라면
매우 활기차고 젊고 역동적이었으므로
바라보는 것만으로도 천국 같았다.

스무 곳이나 칼자국이 난 그의 투구는   92
끈에 묶여 등 뒤에 매달려 있었으며,
방패는 검과 철퇴를 맞아 심하게 파였는데

사람들은 방패의 골격층과 근육층과 표면층을
꿰뚫고 박힌 많은 화살을 볼 수 있었다.
사람들이 외쳤다. "우리의 기쁨이 오신다.
그의 형님 다음가는 트로이의 수호자이시다!"

사람들이 그를 향해 외치는 소리를 듣자   93
트로일러스는 부끄러움에 얼굴이 약간 빨개졌다.
그는 매우 순진하게 시선을 아래로 떨구었는데
사람들이 그 모습을 바라보고 매우 기뻐하였다.
크리세이드도 그의 모습을 모두 지켜보았는데
그것을 아무 말 없이 마음속에 간직하며
"내가 사랑의 묘약을 먹은 것인가?" 하고 생각했다.

이렇게 생각하자 그녀는 얼굴이 온통 빨개졌고   94
모든 기억이 되살아났다. "아니 다름 아닌 이분이
삼촌께서 말씀하신, 내가 자비와 동정을 베풀지 않으면
죽게 될 것이라던 바로 그 사람이란 말인가?"
그와 그의 군사들이 통과하여 지나가는 동안
이런 생각을 하며 매우 부끄러워하던 그녀는
창밖으로 내밀었던 고개를 재빠르게 끌어들였다.

하지만 그녀의 생각은 그의 뛰어난 용맹성과   95
신분, 명성과 지혜, 그리고 그의 모습과
귀족다움을 남김없이 헤아리고 있었다.

무엇보다 그녀는 그의 고통이 모두 다
자신 때문이었다는 것에 크게 마음에 끌렸으므로,
만일 그가 진실하다면, 그런 사람을 죽게 하는 건
참으로 안타까운 일이라고 생각했다.

질투쟁이들은 아마도 이렇게 입씨름을 할 것이다.   96
"이건 순간적으로 일어난 사랑이다. 첫눈에 반해서
그녀가 이렇게 쉽게 트로일러스를 사랑하게 된다는 게
정말이지 어떻게 가능한 일이겠는가?" 하고.
이런 말을 하는 자들은 누구든 성공하지 못하리라!
모든 일은 그것이 무르익기에 앞서 반드시
시작이 있는 것이니 이것은 의심할 여지가 없다.

나는 그녀가 그를 갑자기 사랑하게 된 것이 아니라   97
처음에는 그에게 호감을 가지기 시작했다는
말이며, 여러분에게 이유를 말했다.
다음으로 그의 남성다움과 고통 때문에
그녀의 마음속에서 사랑이 싹트게 된 것이었으며,
마침내 그는 절차를 거쳐 훌륭히 봉사하며
사랑을 얻은 것이지, 갑작스러운 것은 아니었다.

그리고 그때 복을 베푸는 비너스 여신도   98
하늘의 일곱 번째 집에서 정좌하고 있었는데
여신은 별자리도 상서롭고 돕고 싶은 마음도 들어

가여운 트로일러스를 고통에서 벗어나게 하고 싶었다.
사실대로 말하자면 비너스 여신은
트로일러스가 태어났을 때 적대적이지 않았다.[17]
그래서 그는 더 빠르게 성공을 거두었던 것이다.

그러면 말을 타고 가는 트로일러스 얘기는   99
여기서 잠시 접어두고 크리세이드에게 가보기로 하자.
그녀는 고개를 푹 숙인 채 혼자 앉아,
만약 삼촌이 트로일러스를 계속 재촉해
그로 하여금 그녀에게 적극적인 시도를 하게 만든다면
과연 어떻게 처신해야 할 것인가,
하는 생각에 골몰했다.

그녀는 내가 앞서 여러분에게 말한   100
문제를 머릿속으로 따져보기 시작했으니,
무엇을 해야 최선이고 무엇을 피해야 할 것인지
수도 없이 마음속으로 헤아려보았다.
그녀의 가슴은 때로는 뜨거워졌다가 때로는
차가워졌다. 그러므로 원전에 묘사된 대로
나는 그녀가 생각한 것들을 충실히 기록하겠다.

그녀는 보고 나서야 비로소 트로일러스의 사람됨과   101

또한 그의 귀족다운 풍모를 알았다고 생각하며
혼자 이렇게 말했다. "그에게 사랑을 허락하는 일은
적절치 않을지도 모른다. 하지만 그의 훌륭함을 볼 때,
솔직히 마음 편하고 기쁘게 지내기 위해서
그런 사람과 사귄다는 건 나의 신분으로 보나
또 그의 행복을 위해서나 명예로운 일이 될 거야.

그리고 또 그는 폐하의 아드님이 아니던가.   102
나를 보는 것이 크나큰 기쁨일 텐데
만약에 내가 시야에서 완전히 도망쳐버리면
아마 그는 분개할 수도 있을 것이고
그렇게 되면 나는 더 큰 곤경에 처하게 될지도 몰라.
그렇다면 은혜를 입으며 살 수도 있는 것인데
쓸데없이 미움을 사는 게 과연 현명한 일일까?

내가 알기로 모든 일에는 중용이라는 게 있어.   103
비록 어떤 사람이 음주를 금한다 하더라도,
추측건대 모든 사람에게 평생토록
술을 마시지 말라고 요구하는 것은 아닐 것이다.
또한 그가 나 때문에 괴로워하는 것을 아는데
그 때문에 그를 경멸해서도 안 되는 거다.
그의 의도가 선한 것임은 분명한 사실이니까.

그뿐만 아니라 전부터 나는 그의 훌륭한 미덕과   104

그가 어리석은 사람이 아님을 알고 있었어.
사람들은 그가 결코 허풍쟁이가 아니라고 말하고 있지.
그는 매우 현명하여 비열한 악행은 절대 안 하거든.
내가 그에게 지나치게 애착을 갖게 되어서
그가 나한테 허세를 부리는 일도 절대로 없을 거야.
그는 결코 나를 그런 식으로 구속할 수는 없을 거야.

그런데 최악의 경우겠지만 만약 사람들이   105
그가 나를 사랑한다고 생각하면 어떻게 하지?
이것이 나에게는 얼마나 큰 불명예가 될 것인가!
그를 멈추게 할 수 있을까? 아니, 그건 말도 안 돼!
이 도시에서 남자가 여자를 사랑한다는 것은
나도 알고 있고 매일 보고 듣는 일이 아니던가.
그들이 잘못됐다는 건가? 분명히 그런 건 아니야.

그는 또 이 도시 전체에서 최고의 여자를   106
명예를 지켜주며 애인으로
가질 수 있는 능력을 갖춘 분이 아니던가.
가장 훌륭하신 헥토르 님 다음으로
솔직히 어느 누구보다 훌륭한 분이다.
하지만 그의 목숨은 지금 나에게 달려 있어.
그런 게 사랑이고 나의 운명인 거다.

나를 사랑한다는 것이 놀랄 일은 아니야.   107

내 생각을 남이 알기를 바라지는 않지만,
내가 가장 아름다운 여인 중에 하나라는 건
이곳에선 삼척동자도 다 아는 사실일 테고
눈여겨보면 나처럼 친절한 사람도 없을 거야.
트로이 시내 전체가 나를 두고 그렇게 말하거든.
그러니 그가 나를 보고 좋아하는 게 뭐가 이상한가?

신께 감사할 일이지만, 나는 신분에 맞게   108
매우 안락하게 사는 자립적인 여성이야.
한창 젊은 나이에다 질투나 언쟁도 하지 않고
쾌적한 초원에서 자유롭게 노닐며 살고 있어.
나한테 '외통수!'라고 말할 남편도 갖지 않겠어.
남편들이란 질투가 많거나 주인처럼 굴고
그렇지 않으면 딴 여자하고 바람이나 피우거든.

그럼 나는 어쩐담? 무엇을 목표로 살아야 하지?   109
내가 원한다면 사랑하지 않고 살 수는 없을까?
아, 어쩌나. 나는 종교인도 아니지 않은가!
그리고 비록 이 훌륭한 기사에게
마음을 준다 하더라도, 언제까지나
나의 명예와 이름을 지킬 수만 있다면
그것은 당연히 어떤 수치도 되지 않을 거야."

그러나 종종 얼굴을 바꾸는 삼월에   110

태양이 화사하게 빛나다가도
바람에 실려 날아온 구름이
한참 동안 태양을 뒤덮는 것처럼
어두운 생각이 마음에 밀려와서는
밝은 생각을 온통 뒤덮고 말았으니,
그녀는 두려움 때문에 거의 쓰러질 것만 같았다.

그녀는 생각했다. "아! 이렇게 홀가분하건만   111
이제 사랑을 하면서 편안한 삶을
위험에 빠뜨리고 자유를 속박당해야 하는가?
아! 내가 어쩌다 그런 어리석은 생각을 한 거지?
다른 사람들에게서 두려움 가득한 즐거움과
억압된 삶과 고통을 잘 볼 수 있지 않던가?
사랑에 빠지면 여자는 그것을 후회할 때가 온다.

사랑이란 본래 이제까지 경험했던 것 가운데   112
가장 험한 폭풍 같은 삶인 것이, 사랑에는
마치 구름이 해를 덮어버리는 것처럼
언제나 불신이나 어리석은 싸움이 있기 때문이다.
그것에 대해 우리 불쌍한 여자들은 슬프지만
아무것도 못 하고 그냥 울면서 앉아 생각하지.
우리 운명은 고통의 잔을 마시는 것뿐이라고.

악랄한 입들은 우리를 헐뜯으려 하고   113

또 남자들은 매우 지조가 없는 자들이라
욕망이 식는 바로 그 순간부터
사랑은 식고 새 여자를 찾으러 나간다.
아무리 원통해도 입은 피해는 복구할 수 없지.
남자들은 처음에는 사랑 때문에 자학을 하는데
시작은 창대하지만 그 끝은 미미한 법이다.

남자들이 얼마나 자주 여자에게 배신을   114
자행하는지는 세상이 다 아는 일 아닌가?
그런 사랑을 대체 왜 하려는지 모르겠어.
아니 사랑이 끝나면 그다음엔 어떻게 되는 거지?
사랑이 어떻게 될지 아는 사람은 분명히 아무도 없어.
그다음엔 정말 아무도 거들떠보지 않는 거야.
처음부터 무(無)였던 것이니 무로 돌아가는 거지.

만일 내가 사랑을 하게 되면, 그것을 두고 떠들고   115
욕하는 자들을 달래고 나를 헐뜯지 못하게 입막음하려고
얼마나 부산을 떨어야 할지 너무도 뻔하다.
별다른 이유가 없어도 사람이 친구들에게 잘해주면
그들은 그가 어딘가 구린 데가 있어 그런다고 생각하지.
누가 험담하는 모든 입을 막을 수 있으며
이미 울리고 있는 종소리를 멈추게 할 수 있는가?"

그러고 나자 그녀는 생각이 맑아져 이렇게 말했다.   116

106

"싫든 좋든 사람이 아무런 수고도 하지 않는다면
아무것도 얻을 수 없는 법이다."
그러다가 다시 생각하면 그녀는 가슴이 떨렸다.
그러면 희망은 잠이 들고 두려움이 되살아나서
뜨거워졌다 추워졌다 했으니, 이런 상태에서
그녀는 일어나서 기분 전환을 위해 밖으로 나갔다.

그녀는 곧바로 층계를 내려와서   117
세 조카딸들과 정원으로 나갔다.
그리고 플렉시페, 타르베, 안티고네와
여러 차례 이리저리 정원을 돌며 뛰어놀았는데
그러는 그녀들의 모습이 보기에도 즐거웠다.
그녀가 데리고 있는 많은 하녀들도
정원에서 그녀를 뒤따르며 함께 즐겼다.

마당은 넓고, 울타리를 두른 산책로들은 꽃들이   118
주렁주렁한 푸르른 나뭇가지들로 뒤덮여 있었으며
새로 만든 의자들도 있고 길에는 모래를 깔아놓았는데
그곳에서 이 여인들은 서로 팔짱을 끼고 산책을 했다.
그러다 마침내 아름다운 안티고네가
낭랑하게 트로이의 노래[18]를 불렀으니
그녀의 목소리를 듣노라면 천국에 있는 듯했다.

---

18 '안티고네의 노래'라고도 불린다.

"오 사랑의 신이시여,   119
저는 진실한 마음으로 최선을 다해 당신께
겸손히 복종해왔으며 앞으로도 그러할 것이오니,
영원히 당신께 제 마음의 행복을 바치옵니다.
당신은 이제껏 누구에게도 베푼 적이 없으신
그런 축복을 베푸시어 제가 기쁘고 안전하게
살아가도록 하셨기 때문입니다.

행복을 주는 신이시여, 당신은 저에게 크나큰   120
사랑의 행복을 주셨으니, 살아 있는 모든 이들이
어찌 그보다 더 큰 행복을 상상할 수 있겠습니까?
신이시여, 아무런 질투나 싸움도 하지 않고
저를 지루해하지도 않으며 가식도 없이
지성으로 잘 섬기는 사람, 저에게 해를 입히거나
힘들게 하지 않는 사람이 제 사랑이니,

그는 훌륭함의 샘이며 진실함의 초석이요,   121
탁월함의 거울이며 지혜로는 아폴론 신이요,
안전한 바위이며 미덕의 뿌리이고,
즐거움의 발명자요 머리와 같은 사람이니
그로 인해 모든 슬픔은 나에게서 떠났지요.
그 남자가 제 사랑이요, 저도 그의 사랑이니
그가 어디를 가든 축복하여 주소서.

사랑의 신이시여, 제가 누리는 이 모든 행복을 122
당신 아니시면 누구에게 감사하겠나이까?
제가 사랑하게 된 것도 감사드리나이다.
제가 누리는 이 삶은 올바른 것이므로
온갖 종류의 악과 죄를 쫓아버립니다.
이 삶이 저를 덕으로 이끌어주므로
뜻하는 일은 나날이 좋아집니다.

하지만 사랑의 고통을 느끼면서도 123
사랑을 악이요 구속이라고 말하는 사람은
시기하거나 정말 어리석은 자이거나,
또는 악한 마음 때문에 사랑할 능력이 없는 것입니다.
제 생각에 그런 사람들은 사랑을 욕되게 하는 것이니
사랑에 대해 아무것도 모르기 때문입니다.
그들은 사랑을 말로만 하지 실천하지는 못합니다.

사람이 약한 시력 때문에 너무 눈이 부셔 124
태양을 바라볼 수 없다고 해서
태양의 본질이 훼손되는 일이 있습니까?
못난이들이 사랑을 욕한다고 사랑이 훼손되나요?
슬픔을 견딜 수 없는 이는 행복을 누릴 자격이 없어요.
그러므로 유리 같은 머리를 가진 사람들은
싸움에서 날아오는 돌들을 조심해야 하지요.

하지만 제가 말했듯이, 저의 온 마음과   125
온 힘을 다하여 이 생명 끝나는 날까지
제 소중한 가슴과 저의 기사님을 사랑하겠습니다.
그에 대한 제 마음은 매우 견고해졌으며
그이 또한 그러하니, 우리의 마음은 영원합니다.
처음에는 그를 사랑한다는 게 두려웠지만
이제는 알아요, 그 사랑에 아무런 위험도 없다는 것을."

이렇게 안티고네가 노래를 마치자   126
크리세이드는 그녀에게 물었다. "여보게, 안티고네,
이렇게 훌륭한 노래를 누가 지었단 말인가?"
그러자 안티고네가 곧바로 대답했다.
"이 노래는 트로이 시 전체에서 가장 아름답고
고귀하신 아가씨께서 지은 것인데,
그분은 아주 편안하고 명예롭게 살고 계십니다."

"들어보니 정말 그 아가씨의 노래인 것 같구나."   127
크리세이드는 대답하고 한숨을 쉬더니
이렇게 말했다. "아름다운 노래를 들어보니
그 연인들에게는 그런 행복이 있단 말이지?"
"있고말고요!" 곱디고운 안티고네가 말했다.
"이제껏 살았고 현재 살아 있는 모든 사람들이
사랑의 행복을 아무리 잘 표현해도 부족할 겁니다.

그런데 불쌍한 바보들이 사랑의 완전한 행복을 128
알 거라고 생각하세요? 그건 그렇지 않아요.
그들은 뜨거우면 모두 사랑이라고 생각합니다.
말도 안 되지요! 그들은 사랑을 전혀 몰라요.
성인들에게는 천국에서의 사랑이 아름다우냐고
물어야 하고요—왜냐하면 그들은 알 수 있을 테니까요—.
지옥에서는 악마들에게 사랑이 추하냐고 물어봐야죠."

크리세이드는 이 말에 아무 대꾸도 하지 않고 129
다만 이렇게 말했다. "곧 날이 어두워지겠구나."
그러나 그녀는 안티고네에게 들은 말을
하나도 빠짐없이 마음속에 꼭꼭 담아두었다.
그녀의 마음속에서 사랑이
전보다 덜 두렵게 느껴졌으므로
마침내 생각이 바뀔 가능성은 더욱 커졌다.

한낮의 명예요 하늘의 눈이며 밤의 원수 130
—나는 이 모두를 태양이라고 부른다—가
하룻길을 다 달리고 나더니
서편으로 내려앉아 지평선 너머로 몸을 숨겼다.
그리하여 밝게 보이던 것들이 빛이 부족해
어두침침해지고 별들이 나타나기 시작하자
그녀와 다른 사람들 모두는 실내로 들어갔다.

그녀는 휴식을 취하고 싶었는데   131
하녀들 외에 다른 사람들 모두가 물러나자
잠을 자고 싶다고 말했다.
하녀들은 곧 그녀를 침실로 데리고 갔다.
사방이 고요해지자 그녀는 가만히 누워
모든 일들을 생각했는데, 여러분도 잘 알 터이니
굳이 설명할 필요는 없을 것이다.

그녀가 누워 있는 방의 외벽 아래에서   132
지빠귀 한 마리가 푸르른 삼나무에 앉아
달빛을 받으며 큰 소리로 노래했는데,
아마 제 나름대로 사랑 노래였을 그 노래가
그녀의 마음을 신선하고 즐겁게 해주었다.
그녀는 오랫동안 그 노래를 듣다
마침내 깊은 잠에 빠졌다.

잠이 들자 그녀는 곧 꿈을 꾸었는데,   133
상아처럼 흰 깃털을 쓴 독수리 한 마리가
긴 발톱을 그녀의 가슴속에 집어넣더니
심장을 꺼냈고, 그러고 나서는 곧
그의 심장을 그녀의 가슴속에 넣는 것이었다.
그녀는 아무런 두려움이나 고통도 느끼지 않았다.
독수리는 심장을 서로 바꾸고는 날아갔다.

그러면 여기서 잠자는 그녀는 그냥 자게 두고,   134
앞서 언급했듯이 전투에서 궁성으로 돌아온
트로일러스에 관한 얘기를 들어보기로 하자.
그가 자신의 방에 앉아 기다리는 동안
사신 두세 명이 판다로스를 찾으러 갔다.
그들은 열심히 판다로스를 찾아 헤매다
마침내 그를 찾아서 트로일러스에게 데려왔다.

판다로스는 한달음에 뛰어와서   135
"오늘 전투에서 칼과 투석으로 공격당하는 바람에
잔뜩 열받고 계신 트로일러스 님이 아니신가요?"
하며 트로일러스를 놀렸다.
"왕자님, 대체 웬 땀을 그렇게 흘리십니까?
저녁 식사나 같이하고 쉬러 가시지요. 일어나세요."
"그럼 그렇게 합시다." 트로일러스가 대답했다.

가능한 한 서두르며 저녁 식사를 마치고   136
그들은 다시 침실로 들어갔다.
문 앞에 지켜 서 있던 사람들은 모두
제각기 갈 곳으로 서둘러 떠나갔다.
그러자 새 소식을 듣기 전까지는 괴로워서
가슴이 터질 것 같던 트로일러스가 말을 꺼냈다.
"친구여, 내가 울어야 하오, 아니면 웃어야 하오?"

판다로스가 말했다. "좀 조용히 잠이나 자게 해줘요. 137
만사가 잘되고 있으니 나이트캡이나 쓰고 주무시지요.
웃어야 할지 춤춰야 할지 날뛰어야 할지는
알아서 하십시오. 간단히 말하자면 저만 믿으세요.
왕자님, 신 앞에 맹세코 분명히 말씀드리지만
게으름을 피우지 않고 열심히 쫓아가시다 보면
제 조카딸은 성심껏 왕자님을 사랑하게 될 겁니다.

이제까지 하루도 쉬지 않고 왕자님의 일을 138
추진한 결과 마침내 오늘 아침 일찍 조카딸에게서
왕자님의 친구가 돼주겠다는 약속을 얻어냈어요.
또한 그녀도 믿어도 된다는 맹세를 했습니다.
그러니 이젠 왕자님의 슬픔도 절름발이가 됐군요."
내가 굳이 더 길게 늘어놓을 필요가 있을까?
우리가 들은 그대로 그는 모든 얘기를 해주었다.

그러나 밤의 추위로 움츠러든 꽃들이 139
꽃대를 나직히 구부렸다가는
찬란한 아침 햇살을 받고 다시 일어나
자연스럽게 하나씩 둘씩 몸을 펴는 것처럼,
그렇게 트로일러스도 위로 눈을 들어올리고
기도했다. "오, 비너스 신이시여,
당신의 능력과 은혜는 찬미받으소서!"

그는 판다로스에게 두 손을 뻗으며   140
말했다. "판다로스, 나의 것은 모두 당신의 것이오.
나를 옥죄던 끈들이 풀리니 이제야 살 것 같소.
누가 나에게 트로이를 천 개나 준다 한들
어찌 그것이 내 마음을 기쁘게 할 수 있었겠소.
오, 신이시여, 저를 살려주소서!
너무 기뻐 가슴이 부풀어 터져버릴 것 같소.

그러면 이젠 어떻게 합니까? 어떻게 살아야 하지요?   141
다음 언제 내 소중한 여인을 볼 수 있지요?
어떻게 하면 이 긴 시간이 빨리 지나가고
당신이 내게서 떠나 다시 그녀를 만나러 가게 될까요?
당신은 나에게 '인내심을 가지라'고 대답하겠지만
사실을 말하자면, 목이 걸린 사람은
고통 때문에 엄청난 괴로움을 겪는 법입니다."

"마르스 신께 청하건대 제발 이제는 침착하세요."   142
판다로스가 대답했다. "모든 일에는 때가 있습니다.
밤이 지나갈 때까지 오래 기다리셔야 합니다.
왕자님이 제 옆에 누워 계신 것처럼 확실하게
저는 첫 시각에 그곳으로 갈 것입니다.
그러니 말씀드린 대로 잠자코 계시거나
아니면 딴 사람을 불러 일을 맡기든지 하십시오.

맹세하지만 저는 이제까지 왕자님께 봉사할   143
만반의 준비를 해왔으며, 지금 이 순간까지
왕자님을 속인 적이 결코 없고, 기지를 다해
모든 분부를 받들었으며, 앞으로도 온 힘을 다할 겁니다.
그러니 제가 말씀드린 대로 차분하게 기다리세요.
그게 싫으시다면 문제가 생겨도 다 왕자님 탓입니다.
일이 잘못되더라도 그건 제 잘못이 아닙니다.

왕자님이 저보다 천배나 더 똑똑하시다는 걸   144
저도 잘 압니다. 그러나 제가 왕자님이라면,
신이여, 도와주소서! 지금이라도 당장
제 손으로 직접 그녀에게 편지를 써 보내어
'내가 참으로 형편없이 처신을 했으니
제발 불쌍하게 여겨 달라'고 말하겠소이다.
이제 게으름 피우지 마시고 알아서 하세요.

그러면 저는 편지를 갖고 그녀에게 가겠습니다.   145
그리고 제가 그녀와 함께 있는 것을 아시거든
왕자님은 그 즉시 제일 좋은 옷으로 차려입고
당당하게 준마에 오르신 다음
마치 우연인 것처럼 그곳을 지나가십시오.
그러면 계획한 대로 그녀와 저는
창가에 앉아 거리를 내다보고 있을 것입니다.

원하신다면 그때 왕자님은 저희들을 향해   146
인사를 하시고 시선은 저를 향해주십시오.
부탁드리지만, 시선을 한곳에 오래 두지 않도록
조심하세요. 신이시여, 실수하지 않도록 도와주소서!
그러고는 계속해서 침착하게 말을 타고 지나가십시오.
왕자님이 지나간 다음에 그녀와 저는
왕자님이 듣고 싶어 하실 얘기를 나눌 것입니다.

편지 말인데요. 왕자님도 잘 알고 계실 겁니다.   147
거만한 투로 편지를 쓰면 안 될 줄 압니다.
또 주장을 펴듯 너무 딱딱하게 써도 안 됩니다.
공문서를 쓰듯 혹은 기교를 부리듯 써도 안 됩니다.
그리고 편지에 눈물도 몇 방울 떨어뜨려 두십시오.
매우 부드럽고 멋진 표현이 생각나서 써넣는다면
좋기는 하겠지만 그것도 너무 자주 쓰진 마십시오.

왜냐하면 최고의 하프 연주자라 하더라도   148
세상에서 제일 좋은 소리를 내는 하프를 갖고
다섯 손가락으로 오로지 현 한 줄만 타며
한 곡조만 연주한다면
비록 그의 손톱이 아무리 예리하다 한들
그의 음악은 모든 사람을 따분하게 만들고
모두가 그 연주에 싫증내게 될 것입니다.

또한 서로 어울리지 않는 표현들을 뒤섞지 마십시오.   149
예를 들자면, 사랑의 표현에 의학 용어를 쓰는 경우죠.
형식은 언제나 글의 내용과 일치해야 하며
서로 닮아야 한다는 걸 유념하십시오.
가령 화가가 당나귀 발이 달린 물고기를 그리는데
물고기에게 원숭이의 머리를 그려놓는다면
그것은 어울리지 않으며 웃음거리가 되고 맙니다."

이런 충고는 트로일러스가 듣기에 무척 좋았지만   150
그는 매우 소심한 연인처럼 이렇게 말했다.
"아, 친애하는 형제 판다로스,
혹시라도 그녀가 나의 순수함을 왜곡할까 봐,
아니 경멸하며 그녀가 내 편지를 받지 않을까 봐
정말 나는 편지를 쓰는 게 두렵소이다.
그렇게 되면 나는 꼼짝없이 죽은 목숨이오."

이 말을 듣고 판다로스가 대답했다. "원하신다면   151
제 말대로 하십시오. 제가 편지를 가져가겠고,
동쪽과 서쪽을 만드신 신께 맹세하는데
그녀의 손에서 즉시 답장을 받아오겠습니다.
만일 그것도 하지 못하신다면 그만두십시오.
그렇게 되면 왕자님의 뜻을 거스르면서까지
도움을 주려 하는 이놈의 목숨도 끝이겠지요."

트로일러스가 말했다. "제발! 당신 뜻을 따르겠소.

원하는 대로 내가 일어나서 편지를 쓰겠소.
행복을 주는 신이시여, 이 일과 제가 쓸 편지에
성공을 허락해주시길 기도드립니다.
아름다운 미네르바 여신이여,
편지를 잘 쓰도록 저에게 지혜를 내려주소서."
그는 자리에 앉아 다음과 같이 편지를 썼다.

맨 먼저 그는 그녀를 두고 그의 여주인, 그의 생명,

그의 욕망, 그의 슬픔의 치유자, 그의 행복,
그리고 그 밖에 사랑에 빠진 연인들이 사용하는
온갖 미사여구를 동원해 호칭하였다.
그러고는 말로 하듯 아주 겸손하게
그녀의 은혜를 받고 싶다고 자신을 추천했으니
이 얘기를 다 하려면 많은 지면이 필요할 것이다.

그러고 나서 그는 자신이 어리석어

매우 당돌하게도 편지를 쓰게 됐으니
부디 화는 내지 말라고 겸손하게 부탁하고는
이게 다 사랑 때문이며, 이렇게라도 하지 않으면
자신은 정말 죽고 말 것이라며 애절하게 자비를 청했다.
이렇게 말하고 나서 그는 노골적인 거짓말도 했는데
자신이 별로 쓸모도 없고 능력도 없는 인간이며,

그녀가 자신의 무지함을 용서해주기를 바라고 있고,
그녀를 무척 두려워하고 있으며
자신의 부족함을 늘 자책한다고 말했다.
그러고 나서 그는 슬픔을 털어놓았는데
그 슬픔은 무한하여 끝도 보이지 않는다고 했다.
그리고 영원히 충성을 다하겠노라고 말했다ㅡ.
그는 편지를 여러 번 읽어보고 접기 시작했다.

그러고 나서 그는 자신의 반지에 박힌 루비에
눈물 몇 방울을 떨구더니, 그것을 갖고
재빠르게 단 한 번에 봉랍(封蠟) 위를 눌렀다.
그러더니 편지를 보내기 전에
그가 봉한 편지에 천 번이나 입맞춤을 하며
"편지야, 너는 나의 여인을 보게 될 터이니
복받은 운명이로구나" 하고 말했다.

판다로스는 아침에 때에 맞게 편지를 받고서
조카딸의 저택을 향해 떠났는데,
그곳에 당도하자 그는 곧 때가 아홉 시를 넘었다며
농담 투로 이렇게 말했다. "오, 내 가슴아,
비록 매우 아프기는 하다만 날이 매우 신선하니
오월의 아침에는 결코 잠을 이룰 수가 없구나.
나에겐 즐거운 비애, 신 나는 슬픔이 있도다."

삼촌 목소리를 들은 크리세이드는
한편으로는 두려운 마음이 들면서도
또 한편으로는 그가 온 이유를 알고 싶어
"삼촌, 오셨군요" 하고 인사하며 말했다.
"무슨 바람이 불어 이곳까지 오셨는지요?
사랑의 춤에 얼마나 깊이 빠지셨기에
그렇게 즐거운 비애와 고통을 느끼시는지요?"

"정말 나는 사랑의 춤에는 언제나 젬병이지"
하고 그가 말하니 그녀는 가슴이 터져라 웃었다.
판다로스가 말했다. "너는 언제나 나를
골리려고만 하는데 내 말 좀 들어보거라.
방금 전 이 도시에 한 나그네가 들어왔는데
그리스 첩자라더군. 그가 새 소식을 전했는데
그 때문에 내가 너에게 소식을 전하려고 왔다.

할 얘기가 많으니 우선 정원으로 가서
아무도 모르게 우리만의 이야기를 나눠보자."
그리하여 그들은 방에서 내려와
팔짱을 끼고 함께 정원으로 들어갔다.
그가 하는 말을 아무도 들을 수 없을 만큼
충분히 멀리 왔을 때
그는 됐다고 말하며 편지를 꺼냈다.

"보아라. 조건 없이 전적으로 너의 것인 그가
너에게 은총을 입고자 겸손하게 자신을 천거하며
여기 나를 통해 편지를 보내왔다.
여유 있을 때 잘 생각해보고
친절한 답장을 준비해보거라.
그리고 너에게 솔직하게 말해둔다만
그는 고통스러워 이대로는 오래 살 수 없을 거다."

이 말을 듣고 그녀는 크게 두려워하며 묵묵히 서 있더니
편지는 받지 않고, 순식간에 밝은 표정을
바꾸며 이렇게 말했다. "그 일과 관련한 얘기라면
편지든 다른 무엇이든 절대로 제게 가져오지 마세요.
그리고 삼촌께 당부드리는데요,
그분의 욕망보다는 오히려 저의 명예에 관심을
좀 더 가져주세요. 제가 무슨 말을 더 해야 하죠?

그리고 이것이 타당한 일인지 생각해보세요.
편파성 때문이든 게으름 때문이든,
꼭 사실대로 말씀해주세요. 피해를 입으면서까지
또는 비난을 감수하면서까지 그 편지를 받거나
또는 그분에게 동정심을 베풀어주는 것이
과연 제 명예에 합당한 일이겠어요?
부탁드리니 편지는 그분께 돌려드리세요."

판다로스는 그녀를 응시하더니 이렇게 말했다.   164
"이것이야말로 내가 이제껏 본 가장 큰 기적이구나!
이 엉터리 같은 짓을 그만두라 이거지?
저기 서 있는 트로이 시에 걸고 맹세하는데,
만일 내가 너에게 해를 주려고 편지를 가져왔다면
벼락에 맞아 죽어도 한이 없을 것이다.
왜 편지를 그런 식으로 취급하는 것이냐?

네가 거의 모든 일에 그렇게 처신을 하니까   165
그가 너를 섬기려고 몸부림을 치고 있는데도
너는 그가 어떻게 되든지, 죽든지 살든지
조금도 신경을 쓰지 않는 것이다.
하지만 나를 봐서라도 편지를 거부하지 말아다오."
이렇게 말하며 그는 그녀를 꽉 잡고
그녀의 가슴 안쪽에 편지를 밀어넣으며

이렇게 말했다. "이제 지체 말고 편지를 버려보렴.   166
그러면 사람들이 우리 둘을 빤히 쳐다보겠지!"
그러자 그녀는 "그들이 갈 때까지 기다리겠어요"
하고 웃으며 그에게 말했다. "에이, 그렇다면
삼촌께서 원하시는 그런 답장을 직접 쓰도록 하세요.
정말이지 저는 절대로 편지를 쓰지 않을 테니까요."
"안 쓰겠다고? 그러면 내가 불러주는 대로 받아써라."

그녀가 웃으며 "식사나 하러 가시지요"
하고 말하자, 그는 자신을 두고 농담을 했다.
"크리세이드, 나는 사랑 때문에 너무도 고통이 심해서
이틀에 한 번은 밥을 굶고 살고 있다."
그는 이처럼 최선을 다해 농담들을 던졌고
그의 우스갯소리는 그녀를 자주 웃게 했으므로
그녀는 웃다가 죽겠다는 생각이 들 정도였다.

그리고 그녀는 식당으로 들어가서
"이제 곧 식사를 함께 하셔요" 라고 말하며
몇몇 하녀들을 불러 식사 준비를 시키고
곧장 그녀의 안방으로 들어갔다.
그런데 이것은 그녀의 일 가운데
그 무엇보다 중요한 것이었으니
아무도 모르게 편지를 읽고 싶었던 것이다.

한 줄 한 줄 단어 하나 놓치지 않고 살펴보고
어떤 부족함도 찾지 못하자 그녀는 그를 예의 바른
사람이라 생각했다. 그녀는 편지를 치워놓고
식사를 하러 나갔다 생각에 잠겨 있는 판다로스를 보고
그가 알아채기 전에 그의 두건을 잡으며
"알아채기 전에 제가 삼촌을 잡았어요" 하자
"인정한다. 네가 좋을 대로 하렴" 하고 그는 말했다.

그들은 손을 닦고 자리에 앉아 식사를 했다.   170
정오가 지나 판다로스는 아주 슬그머니
거리 쪽으로 난 창으로 가더니 이렇게 말했다.
"크리세이드, 우리 쪽에서 건너편 저 집 말인데,
저 집을 누가 지은 건지 알고 있는가?"
"어느 집 말인가요?" 하고 그녀가 묻고 바라보았는데
잘 아는 집이었으므로 누구의 집인지 말해주었다.

그러고는 소소한 일들에 대해 얘기를 나누며   171
단둘이 창가에 가서 앉았다.
판다로스는 얘기를 할 기회를 엿보다
그녀의 가솔들이 모두 가버린 것을 알고 말을 꺼냈다.
"크리세이드, 이제 말을 계속해보거라. 그러니까,
읽어본 편지가 어떠했지? 나는 잘 모르겠지만
왕자님이 편지를 제대로 쓰긴 하셨는지 모르겠다."

이 말에 그녀는 얼굴이 온통 빨간 장밋빛으로 변하더니   172
콧소리로 "그런 것 같아요" 하고 말했다.
"그러면 부탁인데 답장 좀 잘해주어라." 그가 말했다.
"네게 보답도 할 겸 편지는 내가 직접 꿰매주겠다."
그는 두 손을 쳐들었고 무릎을 꿇고 앉았다.
"오, 착한 크리세이드, 그게 아무리 소소한 일일지라도
편지를 꿰매고 접는 노고는 내게 맡겨주기 바란다."

"그러시지요. 어차피 저는 글재주가 없으니까요.
저는 그분께 무슨 얘길 해야 할지 모르겠어요."
판다로스가 말했다. "크리세이드, 그런 말 말게.
부탁하는데, 그의 선한 뜻에 최소한
그에게 감사를 표하고 그가 죽지 않도록 해야 한다.
자, 사랑하는 크리세이드, 제발 나를 생각해서라도
이번만큼은 내 청을 거절하지 말아다오."

"신이시여, 모든 일이 잘 되도록 허락하소서!
그래요, 이 편지는 말이죠, 전체든 일부분이든
제가 써보는 첫 번째 편지입니다"라고 말하며
그녀는 어떻게 써야 할까 생각하기 위해
작은 방으로 들어갔으며, 마음도
경멸의 감옥에서 조금씩 풀려났으니
마침내 그녀는 앉아서 편지를 쓰기 시작했다.

나의 의도는 내가 이해할 수 있는 데까지
편지 내용을 간결하게 얘기하는 데 있다.
그녀는 그가 자신에게 품은 모든 선의에
고마움을 표했으나 거짓 약속들로 그를
오도하려 하지 않았으며, 또한 사랑으로 그녀 자신을
속박하려 하지 않았고, 다만 자매와 같은 온정으로
기꺼이 그의 마음에 위로를 주겠노라고 썼다.

126

그녀는 편지를 접은 뒤 판다로스에게 갔는데   176
그는 자리에 앉아 거리를 바라보고 있었다.
그녀는 벽옥으로 만들어진 의자 위에 놓인
금장식 수가 놓인 방석에 앉으며,
"분명히 말씀드리지만 저는 삼촌께서
억지로 강요하신 이 편지를 쓰는 것보다
더 힘든 일을 해본 적이 없어요" 하고 말했다.

그녀가 편지를 건네자 그는 고맙다며 말했다.   177
"행복한 결말은 억지로 한 일에서 오는 경우가
아주 많단다. 그리고 내 조카딸 크리세이드야,
그가 힘들게 너에게서 승낙을 얻게 되었으니
신과 태양에 맹세코 무척이나 기뻐하시겠구나!
그래서 사람들이 말하지 않느냐, 가벼운 인상은
언제든 매우 가볍게 날아갈 준비를 하고 있다고.

하지만 너는 너무나 오래 폭군 행세를 했으니   178
네 가슴에 인상을 심는 게 매우 어려웠을 거다.
비록 냉정한 모습을 유지하고 싶겠지만
이제 그만해둬라. 폭군 행세는 더 이상 하지 말고,
서둘러 그가 기쁨을 얻을 수 있게 해다오.
명심해라, 너무 오래 차갑게 대하다 보면
고통이 분노로 바뀌는 일도 허다한 법이다."

이렇게 그들이 이 문제를 논의하는 사이에   179
시내의 바로 가장자리에 있던 트로일러스는
매우 조용하게 아홉 명의 대원들을 이끌고
말을 타고 와서 그들이 앉아 있는 곳으로
방향을 틀었는데, 그는 궁성으로 향하고 있었다.
판다로스는 그를 쳐다보고 나서 그녀에게 말했다.
"크리세이드, 여기 누가 오고 있는지 좀 보거라.

네가 피하려 한다고 생각될지도 모르니   180
안으로 피하지 말고— 그가 벌써 우리를 본 것 같다—."
"안 돼요, 안 돼요." 그녀는 얼굴이 장미처럼 빨개졌다.
그때 트로일러스가 그녀를 향해 수줍은 표정으로
겸손하게 경례를 하는데 그의 낯빛도 달라지곤 하였다.
그리고 그는 정중하게 시선을 쳐들더니
판다로스에게 고개를 끄덕이고는 그 길을 지나갔다.

바로 그날 트로일러스가 말을 제대로 옳게 탔는지   181
또 그가 보기에 멋있었는지는 신만이 안다.
그가 남아다운 기사처럼 보였는지도 신만이 안다.
왜 내가 따분하게 옷차림 따위를 거론해야 하나?
간단히 말하자면, 이 모든 것을 본 크리세이드는
모든 것이 다 마음에 들었다.
그녀는 그의 인품과 옷차림, 표정과 얼굴,

친절한 예의와 귀족다움에 크게 매료됐으니   182
세상에 태어난 이래로 그의 슬픔에 대해
이처럼 큰 연민을 느껴본 적이 없었다.
이제까지 그녀는 무척 까다롭게 대했지만
이제는 그녀가 가시에 찔리고 말았으니
한동안 그녀는 그 가시를 뽑지 못할 것이리라.
신이여, 그녀에게 더 많은 가시를 보내주소서.

크리세이드 곁에 바짝 붙어 서 있던 판다로스는   183
쇠가 뜨겁게 달구어졌다고 느끼고
망치를 내려치기 시작했다. "크리세이드, 부탁인데
내가 묻는 것에 간단히 대답을 해다오.
남자는 잘못이 없는데 여자의 동정심이 부족해서
그 남자가 죽게 된다면 그게 과연 잘된 일일까?"
"절대 그렇지 않지요" 하고 그녀가 대답했다.

그가 말했다. "이제야 네가 옳은 말을 하는구나.   184
내 말이 거짓이 아님을 알겠지? 저기 말을 타고 가는
저 늠름한 모습을 봐라." 그녀가 대답했다. "예, 그래요."
판다로스가 말했다. "내가 세 번씩이나 말했지만
이제는 너의 얼토당토않은 수치심과 어리석음을 버리고
대화를 나누며 그의 마음을 풀어주어라.
어리석게 둘 다 서로를 아프게 하지 말거라."

그러나 그렇게 하는 데는 해야 할 일이 많았다.   185
모든 것을 고려해보면 그렇지 않을 수도 있었다.
이유가 무엇일까? 수치심 때문이다. 그리고 그에게
그렇게 빨리 큰 은총을 허락하는 것도 난처한 일이었다.
크리세이드가 말한 것처럼, 솔직히 그녀의 의도는
가능하다면 아무도 모르게 그를 사랑하고
자신을 보여주는 것만으로 보답하려는 것이었다.

그러나 판다로스는 생각했다. "그렇게는 안 될 거다.   186
내가 어떻게든 해볼 수 있다면 좋겠지만,
그런 어리석은 생각은 두 해도 버티지 못할 거다."
내가 왜 이것에 대해 장광설을 늘어놓아야 하는가?
그는 지금으로서는 일단 그 결정에
동의해야 했다. 그리고 날이 저물었고 만사가
생각대로 잘되었으므로 일어나 자리를 떠났다.

판다로스는 갈 길을 재촉하며 서둘러 집으로 갔고   187
가슴은 기쁜 나머지 춤을 추었다.
그리고 사랑에 빠진 자들이 그러하듯이
희망과 어두운 절망 사이에서 허덕이며
혼자 침대에 누워 있는 트로일러스를 발견했다.
판다로스는 안으로 들어서더니
"소식을 가져왔소이다" 하고 노래를 불렀다.

"이렇게 일찍 잠자리에 몸을 묻은 이가 누군가요?"   188
하고 말했다. "납니다, 친구." 그가 대답했다.
"누구요? 트로일러스? 달에 맹세코 그러시면 안 되죠."
판다로스가 말했다. "어서 일어나십시오. 그리고
방금 왕자님 앞으로 부쳐온 부적을 보십시오.
이걸 가지고 잘만 하신다면
열병도 깔끔하게 다 치유하실 수 있을 겁니다."

"정말 크나큰 신의 축복이오!" 트로일러스가 말했다.   189
판다로스는 편지를 건네며 말했다.
"맹세코 신께서 우리를 도우셨습니다.
불을 좀 켜고 여기 이 검은 글자들 좀 읽어보세요."
편지를 읽는 동안 트로일러스의 심장은
기뻐 뛰기도 하고 두려워 떨기도 했으니
내용에 따라 희망과 두려움이 교차했던 것이다.

비록 크리세이드는 글의 뜻을 방패로 가린 듯했지만   190
트로일러스는 마침내 그녀가 쓴 모든 내용을
최선으로 받아들였으니, 이제야 마음이 쉴 곳을
찾았다는 생각이 들었기 때문이었다.
그는 이렇게 편지를 긍정적으로 받아들였으며
여기에 자신의 소망과 판다로스의 약속이 더해져
적어도 커다란 근심을 접게 되었다.

그러나 우리가 매일 경험할 수 있듯   191
화목이나 석탄을 가하면 불길이 더 세지는 것처럼
소망도 그렇게 커지고
그리움도 그만큼 커지는 법이다.
참나무가 처음에는 작은 가지에서 자라듯
그녀가 트로일러스에게 보낸 편지로 인해
그의 욕망은 커지면서 그를 타오르게 했다.

그리하여 인간사가 늘 그러하듯, 희망은 밤낮으로   192
트로일러스의 가슴에 처음보다 더 큰불을 지폈고,
그는 판다로스의 훈수를 좇으며
최대한 자신의 일을 추진해나갔고,
쓰라린 슬픔을 그녀에게 편지로 써 보냈다.
날이 갈수록 그는 냉정을 되찾지 못하고
판다로스를 통해 그녀에게 글을 보내거나 말을 전했다.

트로일러스는 그런 상황에서 연인에게 요구되는   193
여러 가지 다른 의무들도 모두 수행했다.
그는 운명의 주사위가 결정하는 데에 따라
기뻐하기도 하고 '아 슬프도다!'를 연발하기도 하며
언제나 자신의 운명의 순리를 좇아갔다.
그가 받은 답신 내용에 따라
하루는 기쁘기도 하고 슬프기도 했다.

그러나 그는 늘 판다로스에게 의존했다.　　　　　194
가여울 정도로 판다로스에게 투덜댔으며
충고와 도움을 구하려고 했다.
그래서 그의 괴로운 고통을 본 판다로스는,
사실대로 말해서, 그를 매우 불쌍하게 생각하여
온 마음을 다해 열심히 그리고 가능한 한 빨리
슬픔을 달래주기로 결심하고 이렇게 말했다.

"나의 친구이며 소중한 주인이신 왕자님,　　　　　195
왕자님의 고통은 저에게도 슬픔입니다.
하지만 슬픈 표정은 이제 모두 거두시지요.
맹세하지만 저에게 이틀의 말미를 주신다면
왕자님이 직접 모처로 가셔서 그곳에서
그녀에게 직접 은총을 청할 수 있도록
모든 것을 준비하겠습니다.

그리고 왕자님이 아시는지 모르겠으나,　　　　　196
사랑의 고수들이 말하는 바에 따르면
사람이 간청할 기회와 슬픔을 털어놓을
안전한 장소를 마련하는 것이
무엇보다 큰 도움이 된다고 하더군요.
죄 없이 고통스러워하는 것을 보고 듣게 되면
착한 마음은 동정심을 일으키게 되어 있지요.

왕자님은 아마도 이렇게 생각하시겠지요. 197
—비록 그녀가 속으로는 나의 슬픔에 동정심을
갖기 시작할지라도 자존심 때문에
'안 돼요. 절대로 저를 얻지 못하실 겁니다' 라고
말할 것이다. 그런 마음이 그녀를 지배하고 있고,
설령 그녀가 굽히더라도 그 뿌리가 그처럼 단단한데
이렇게 애쓴들 내게 무슨 소득이 있겠는가?—라고요.

하지만 그 반대로 생각해보시지요. 198
사람들이 단단한 참나무에 오랫동안 계속해서
도끼질을 하다 어느 순간 행운의 결정타를
가했을 때 그 거대한 덩치가 마치 암석이나
연자 맷돌처럼 단번에 쓰러지게 됩니다.
모름지기 무거운 물건은 아래로 떨어질 때
가벼운 물건보다 더 빠르게 떨어지는 법입니다.

바람이 불 때마다 넘어지는 갈대는 199
바람이 그치면 가볍게 다시 일어서지만,
일단 넘어진 참나무는 다시 일어나지 못합니다.
장황한 사례들을 굳이 열거할 필요가 없겠지요.
사람은 더 오래 공을 들이면 들일수록
이루어낸 큰 업적에 기뻐하는 법이고
그 업적도 흔들리지 않는답니다.

그런데 트로일러스 왕자님, 괜찮으시다면   200
제가 묻는 질문에 답을 해주시지요.
왕자님의 형제들 가운데
마음속으로 가장 사랑하는 분이 누구지요?"
"데이포보스[19]입니다" 하고 그가 대답했다.
그러자 판다로스는, "이제 스물네 시간 안으로
그분이 자신도 모르게 왕자님을 편하게 해주실 겁니다.

이제 저는 물러가서 최선의 노력을 다하겠습니다"   201
하고 판다로스는 데이포보스를 만나러 갔는데
그는 판다로스가 상전으로 받드는 절친한 친구였다.
트로일러스를 빼면 그가 그처럼 아끼는 사람도 없었다.
사족을 붙이지 않고 간단히 말한다면,
판다로스는 "저와 관계된 중요한 일이 있으니
좀 도와주십시오" 하고 그에게 청했다.

"그러지요." 데이포보스가 답했다. "잘 아시듯   202
가장 사랑하는 형제인 트로일러스 다음으로
내가 할 수 있는 모든 일에서 누구보다도
당신을 도와줄 만반의 준비가 되어 있습니다.
무슨 일인지요? 세상에 태어난 이후로
나는 당신의 심기를 불편하게 할 만한 일을

---

19 Deiphobos : 프리아모스 왕의 아들로 《일리아스》에서 혁혁한 전공을 세우며, 《오디세이
    아》에서는 헬레네와 관련되어 있다. 파리스가 죽은 후 헬레네와 결혼했다고 한다.

한 적도 없었고 또 앞으로도 그러할 것입니다."

판다로스는 감사하며 이렇게 말했다.　　　　　　　　　203
"들어보십시오, 왕자님. 이 도시에
크리세이드라고 불리는 조카딸이 있는데
어떤 자들이 그 아이에게 불의한 짓을 하며
불법적으로 재산을 빼앗곤 했습니다.
간략히 말씀드리자면 바로 그 일 때문에
왕자님께서 저를 도와주셨으면 하는 것입니다."

데이포보스가 대답했다. "오, 판다로스, 당신이　　　　204
마치 내가 모르는 것처럼 언급하는 그 여인은
크리세이드 아닌가요?" "그렇습니다." 그가 대답했다.
그러자 데이포보스가 주저 없이 말했다. "그렇다면
더 이상 무슨 말이 필요합니까. 나만 믿으세요.
전력을 다해서 그녀를 지켜주겠습니다.
그녀의 적들이 듣는다 해도 상관없습니다.

하지만 당신이 문제를 잘 알고 있을 테니　　　　　205
어떻게 도울 수 있을지 말해보세요."
판다로스가 대답했다. "저의 소중하신 왕자님,
만일 왕자님께서 제게 은혜를 베푸시어
내일 그녀더러 직접 왕자님을 뵙고
고충을 진술하도록 해주신다면

그녀의 적들은 혼비백산하게 될 것입니다.

그리고 감히 조금 더 부탁드립니다만
만일 그녀에게 더 크게 도움이 될 수 있도록
왕자님께서 형제분들 몇 분을 함께 모셔오는
큰 수고를 베풀어주시기만 한다면,
제가 잘 압니다만, 그녀는 왕자님의 도움과
그녀의 다른 친구들의 도움을 받아
반드시 문제를 극복하게 될 것입니다."

206

데이포보스는 천성적으로 영예롭고 관대한
모든 행동을 마다하지 않는 사람이었으므로
그는 대답했다. "그렇게 될 거요. 그리고
이 일에 더 큰 도움이 될 수 있는 방안이 있는데,
만일 내가 헬레네를 불러 이 문제를 상의한다면
어떻겠는지요? 헬레네는 파리스 왕자를 마음대로
다룰 수 있을 테니 그게 최선책일 것 같소이다.

207

형님 헥토르로 말씀드릴 것 같으면
굳이 도와달라고 부탁할 필요도 없을 겁니다.
나는 형님이 크리세이드를 몇 차례
크게 칭찬하는 것을 들은 적이 있는데, 그걸 보면
형님이 그녀를 아주 좋게 보고 있음이 분명합니다.
그러니 형님은 도와달라고 간청하지 않아도

208

우리들이 원하는 대로 해주실 겁니다.

그리고 나를 대신해 트로일러스에게   209
우리와 함께 저녁 식사나 하자고 전해주세요."
"예, 왕자님, 분부대로 하겠습니다."
판다로스는 자리를 떠나 조금도 지체하지 않고
곧장 조카딸의 집으로 갔다.
그녀가 식사를 마치고 식탁에서 일어서는데
그는 자리에 앉으며 이렇게 말했다.

"아 힘들구나. 정말 쉬지 않고 달려왔군!   210
크리세이드, 나 좀 봐라. 땀 흘리는 게 안 보이냐?
그렇다고 네가 나한테 더 고마워할지는 모르겠다만.
너는 그 사기꾼 폴리페테스[20]가 이제 다시
법정으로 가서 너에게 새로운 소송을
제기하려는 것을 모른단 말이냐?"
"제가요? 금시초문인데요." 그녀의 안색이 변했다.

"무엇 때문에 그 사람이 나를 더 괴롭히면서   211
해코지하려는 거지요? 아, 어쩌면 좋지요?
이 문제에서 그와 같은 편이 되어주고 있는

----

20 Polyphetes : 트로이의 전사로 《일리아스》 13권에서 '신을 닮은 폴리페테스'라고 언급되
    고 있다.

138

안테노르[21]와 아이네아스[22]만 없다면
그 사람에 대해서는 신경도 안 쓸 텐데.
하지만 삼촌, 그건 대수로운 일이 아니에요.
그에게 탐나는 건 죄다 가져가라고 하지요.

그런 것 없어도 우리는 가진 게 충분히 많아요."   212
"아니다." 판다로스가 말했다. "그렇게는 안 될 거다.
방금 데이포보스와 헥토르 왕자,
그리고 다른 여러 고관들을 만나고 왔는데,
간단히 말하면 내가 그들을 모두 그에게서 돌려놓았다.
그가 처음부터 끝까지 무슨 짓을 한다 하더라도
절대로 너의 재산을 빼앗지 못할 것이다."

이렇게 그들이 최선의 방법을 논의하고 있을 때   213
데이포보스가 호의를 베풀려는 뜻에서
그녀에게 와서는 그의 조찬 회동에
자리를 함께 해달라고 몸소 부탁을 했다.
그녀는 이 요청을 거부하려 하지 않았으며

---

21 Antenor : 트로이의 왕 프리아모스의 책사로 트로이 목마가 시내에 들어오도록 성문을
    열어준 사람이었다고 한다. 본서의 〈4권〉 30연에서 그는 '뒷날 트로이를 배반하게 될 역
    적'으로 묘사된다.

22 Aeneas : 아이네아스는 트로이 군대의 총사령관인 헥토르에 버금가는 뛰어난 용사였다.
    그의 어머니는 미의 여신 비너스, 아버지는 트로이의 왕족 안키세스였다. 트로이가 함
    락되자 아이네아스는 아버지를 업고 이탈리아로 달아나 새로운 나라(로마)를 세웠다고
    한다. 로마 시인 베르길리우스의 12권으로 된 서사시 《아이네이스》는 아이네아스가 겪
    은 수많은 모험과 로마 건국에 관련된 이야기를 그리고 있다.

기쁘게 요청에 응하겠다고 말했다.
그는 고맙다고 말하고 돌아갔다.

그러고 나서 판다로스도 서둘러 일어났는데,   214
간단히 말하자면, 그는 그곳을 나와 곧장
돌부처처럼 누워 있는 트로일러스에게 달려갔고
이 모든 일과 그가 어떻게 데이포보스를
속여넘겼는지 조목조목 하나도 빠짐없이 얘기하며
말했다. "아시겠지만, 이제 때가 왔습니다.
내일 잘만 한다면 모든 것을 얻을 수 있어요.

이제는 말하고, 부탁하고, 간절하게 하소연하세요.   215
부끄럼이나 두려움, 게으름 때문에 주저하지 마시고요.
사람은 언젠가는 고통을 털어놔야 합니다.
그녀가 왕자님께 연민을 갖게 될 거라고 믿으십시오.
사실상 왕자님은 믿음으로 구원받게 되실 겁니다.
그런데 왕자님은 지금도 두려워하고 계시군요.
왜 그러시는지 저는 분명히 알 수 있습니다.

왕자님은 지금, '이 모든 걸 내가 어떻게 한담?   216
사람들이 내 표정을 보고 나의 이상한 행동이
바로 그녀에 대한 사랑 때문임을 알아챌 거다.
차라리 남몰래 슬퍼하며 죽어버리는 게 낫겠다' 하고
생각하고 계십니다. 큰 어리석음을 저지르는 것이니

그런 생각은 마세요. 방금 제가 왕자님의 증상을
감출 수 있는 한 가지 묘책을 찾아냈으니까요.

밤 동안에 지체 없이 데이포보스 왕자님 저택으로   217
가십시오. 마치 놀러온 사람처럼 행세하거나
또는, 왕자님은 정말 아픈 사람처럼 보이니까
마치 병을 쫓아내려는 사람인 것처럼 행동하세요.
그리고 나서 곧 침대에 몸을 누인 다음에
더 이상 앉아 있기가 힘들다고 말씀하세요.
그리고 거기에 누워서 왕자님의 운명을 기다리십시오.

대충 그 시각이 되면 열이 나곤 하는데   218
그 열이 아침까지 계속된다고 말씀하세요.
왕자님이 얼마나 일을 잘 해내실지 한번 봅시다.
슬픔에 빠진 사람은 정말로 아픈 법이랍니다.
그러면 안녕히. 그리고 비너스 님께 맹세하는데,
왕자님의 목표가 흔들리지만 않는다면
그녀는 확실히 왕자님께 은총을 약속할 겁니다."

그러자 트로일러스가 말했다. "굳이 나에게   219
아픈 척하라고 충고할 필요는 없어요.
나는 정말로 아프고, 그 고통 때문에
거의 죽을 지경이니 의심받을 일은 없을 거요."
판다로스가 대답했다. "그렇다면 더욱 제격이니

일부러 슬픔을 가장할 필요도 없겠군요.
사람이 땀을 흘리면 더워서 그런다고 생각되지요.

그러면 약속 장소[23]에 딱 붙어계십시오.   220
왕자님의 활을 향해 사슴을 몰고 갈 테니까요."
이렇게 말하며 판다로스는 조용히 자리를 떠났다.
트로일러스는 지체 없이 궁성으로 갔다.
일생 동안 이렇게 행복한 적이 없었던
그는 판다로스의 충고를 충실하게 따랐으며
밤이 되자 데이포보스의 저택으로 갔다.

데이포보스가 그에게 베푼 환대, 그의 열병,   221
그가 아픈 사람 시늉을 한 것, 그가 쓰러지자
사람들이 그를 담요로 감싸준 일과
그를 편안하게 해주려고 정성을 다했던 일들을
굳이 여러분에게 되풀이 말해서 무엇하겠는가.
그들의 모든 노력은 그의 병에 헛수고였으니
그는 판다로스가 일러준 방법을 그대로 따랐던 것이다.

그러나 트로일러스가 자리에 눕기 전에   222
데이포보스는 그더러 크리세이드에게 친구이며
협력자가 되어달라는 요청을 해왔다.

---

23 원문의 '약속 장소(Triste)'는 문자 그대로 '사슴 사냥에서 사냥꾼이 기다리는 장소'를 뜻
    하는데 몰이꾼들이 그곳으로 사냥감을 몰아주는 위치이다.

그가 있는 힘을 다해 그녀를 도와주겠다며
즉시 요청을 수락했음을 어찌 의심하랴.
이 상황에서 그에게 이런 요청을 하는 것은
마치 광인에게 광분하라고 시키는 것과 다름없었다.

아침이 밝았고 식사 시간이 가까워지자   223
아름다운 헬레네 왕비는 데이포보스를
실망시키고 싶지 않은 마음에
한 시간 먼저 그를 만나러 나타났다.
그러나 사실을 말하자면 그녀는 누이처럼
편안하게 아무 생각 없이 식사하러 왔지만,
신과 판다로스만은 그 의미를 잘 알고 있었다.

아무런 영문도 모르는 채 크리세이드도 왔고   224
안티고네와 그 자매인 타르베도 나타났다.
그러나 여기서는 장황한 설명을 피하고,
왜 이들이 이 장소에 모이게 되었는지
하는 등의 얘기도 더 이상 하지 말고
곧장 이야기의 핵심으로 들어가기로 하자.
그리고 그들이 서로 건넨 인사들도 건너뛰자.

데이포보스는 그들에게 최고의 예우를 했으며   225
그들이 좋아하는 음식으로 대접을 했다.
그는 말끝마다 "이걸 어쩌하나!" 했고,

"나의 형제 트로일러스 왕자가 병이 나서
아직도 침대에 누워 있으니" 하며 한숨지었다.
그러고 나서 그는 그들을 즐겁게 해주려고
애를 썼으며 스스로도 즐거운 표정을 했다.

헬레네도 그의 병을 진심으로 가슴 아파했는데   226
그것은 듣기에도 연민이 느껴질 정도였다.
그리고 곧 모두가 저마다의 치료법을 제시하며
'사람들이 이러이러한 방법으로 치료한다',
'내가 이러저러한 특효약을 가르쳐주겠다'고 말했다.
그러나 한 사람[24]만은 아무 조언도 하지 않았으니
그는 '내가 그를 가장 잘 치료할 수 있지' 하고 생각했다.

그러고 나서 그들은 마치 누군가가 사람을 칭찬하면   227
다른 사람들도 덩달아 그 사람을 칭찬하는 것처럼
트로일러스를 칭찬하기 시작했는데,
"그만큼 훌륭하고 능력이 있는 장수가 드물다"며
태양보다 천배는 더 높이 그를 치켜세웠다.
판다로스는 그들이 무슨 칭찬을 하든
적극 찬동하는 것을 잊지 않았다.

크리세이드는 이 모든 것을 귀 기울여 들었는데   228

---

24 판다로스를 가리킴.

144

그녀는 한마디도 빠뜨리지 않고 가슴에 새겨두었으니,
그들의 말에 가슴은 요란하게 방망이질했다.
그런 훌륭한 기사의 생사여탈권을 쥐고 있다면
세상 누군들 그 여인을 존경해 마지않을 것인가?
하지만 얘기가 길어지지 않도록 여기서 건너뛰자.
내가 말하는 것은 한 가지 목적을 위한 것이니까.

식사를 마치고 일어날 때가 되자   229
그들은 자리에서 일어나며 당연하다는 듯이
이런저런 잡담을 하기 시작했는데,
판다로스가 갑자기 입을 열더니
데이포보스에게 말했다. "괜찮으시다면
부탁드린 대로 크리세이드의 일을
여기서 계속 말씀해주시겠습니까?"

크리세이드의 손을 잡고 있던 헬레네는 제일 먼저   230
그 말을 받더니, "즉시 시작하시지요" 하고 말했다.
그러고는 다정하게 크리세이드를 쳐다보며
이렇게 말했다. "너에게 해코지하는 그자에게
제우스 신께서 불행과 단명(短命)을 내리시길 빈다.
그리고 나와 다른 모든 분들이 최선을 다해
그자가 후회하게 만들지 못한다면 내게도 슬픔이 되리라."

그러자 데이포보스가 판다로스에게 말했다.   231

"당신이 가장 잘 알 테니 조카딸의 사정을 말해보시오."
"저의 상전이시며 귀부인이신 여러분께 다 말씀드리지요.
제가 무엇 때문에 더 이상 주저하겠습니까?" 그가 대답했다.
그는 폴리페테스라는 이름을 가진 그녀의 적에 대해
종소리가 울리듯 우렁차게 자초지종을 얘기했는데,
그 이름이 너무도 흉악하여 사람들이 침을 뱉는다고 했다.

이 말을 듣고 그들은 질세라 저마다 분노하며   232
폴리페테스를 욕하기 시작했다.
"그런 놈은 내 동생이라도 목을 매달아야 해.
돌아볼 것도 없이 목을 매달아야 한다니까."
내가 어찌 이 이야기를 길게 할 필요가 있겠는가?
그들은 있는 힘을 다해 그녀를 도와주겠노라고
공개적으로 그녀에게 약속했다.

그러자 헬레네가 나서서 말했다. "판다로스 님,   233
나의 상전이신 시아주버니도 이 문제를 아십니까?
헥토르 님 말이에요. 그리고 트로일러스 님도 아시나요?"
그가 대답했다. "그렇습니다만 제 말씀 좀 들어보십시오.
트로일러스 님이 여기 계시니 여러분께서 동의하시면
그녀가 떠나가기 전에 직접 이 모든 사정을
말씀드리는 것도 좋을 거라고 생각됩니다.

무엇보다도 그녀가 다 큰 숙녀이기 때문에   234

왕자님은 그녀의 슬픔을 더 깊게 받아들이실 겁니다.
분부만 내리시면 제가 당장 뛰어 들어가서
왕자님이 주무시는지 아니면 얘기를 들어보려
하시는지 알아보고 즉시 알려드리겠습니다" 라며
안으로 들어가 트로일러스의 귀에 속삭였다.
"신이여, 왕자님의 영혼을 거두소서. 관을 대령했나이다."

이 말을 듣자 트로일러스가 미소를 지었다.   235
그리고 판다로스는 더 이상 생각할 것도 없이
곧장 밖으로 나와 헬레네와 데이포보스에게 말했다.
"오래 머물지 않고 또 사람을 동반하지만 않는다면,
두 분께서 여기 저의 조카딸 크리세이드를
왕자님이 계신 곳으로 데려와도 좋겠다고 하십니다.
최선을 다해 그녀가 하는 얘기를 들어주시겠답니다.

그러나 잘 아시는 것처럼 방이 매우 협소하기 때문에   236
몇 사람만 들어가도 금세 안이 더워질 것입니다.
그래서—제 오른팔을 걸고 맹세합니다만,
여러 사람이 들어가서 왕자님께 해를 입히거나
불편을 가중시킨다면 저는 어떤 책임도 못 집니다—.
어떻게 해야 좋을지는 두 분이 잘 아실 테니까
그녀가 나중으로 미루는 게 더 나을지 생각해보십시오.

제 생각입니다만, 만약 제가 들어가지 않는다면   237

두 분께서 안으로 들어가시는 게 제일 좋겠습니다.
왜냐하면 저는 순식간에 그녀의 사정에 대해
그녀보다 더 잘 얘기해드릴 수 있으니까요.
그리고 나서 그녀가 왕자님께 간결하게
도움을 요청하기만 하고 자리에서 나오면 될 겁니다.
이렇게 하면 왕자님도 크게 불편하지 않으실 겁니다.

그리고 그녀가 낯선 여인이므로 왕자님은 두 분에게   238
하시듯 그렇게 불편을 감수하려 하지는 않으실 것입니다.
또 왕자님은 두 분께서는 들으실 필요가 없는
다른 문제들도 저에게 말씀하실 터인데,
그것은 비밀 사항으로 이 도시의 안위에 관한 일입니다."
그리하여 그의 의중을 전혀 알지 못하는 그들은
더 이상 군소리 않고 트로일러스를 보러 들어갔다.

헬레네는 매우 다정하고 부드러운 태도로   239
그에게 인사하며 여성스럽고 상냥하게 말했다.
"제 시동생이신 왕자님, 꼭 일어나셔야 합니다.
조속히 완쾌하시길 간절히 기도하겠습니다."
그녀는 그의 어깨 위에 팔을 올리고는
머리를 다 짜내어 위로를 해주었다.
그리고 최선을 다해 그의 기분을 돋우어주려 했다.

그리고 나서 그녀가 말했다. "저의 시동생이신   240

데이포보스 님과 저, 그리고 판다로스 님이
다 같이 왕자님께 간곡히 부탁드리는데,
부디 크리세이드에게 충실한 친구가 되어주십시오.
저보다도 그녀의 사정을 더 잘 설명하실 수 있는
여기 판다로스 님이 잘 알고 계시듯
크리세이드는 분명히 억울한 일을 당하고 있어요."

판다로스는 다시 한번 그의 혀를 가다듬고는   241
순식간에 그녀의 사정을 남김없이 되뇌었다.
그의 얘기가 끝나자 이윽고 트로일러스가 입을 열었다.
"맹세합니다. 제가 걸을 수 있게 되자마자
온 힘을 다해 기꺼이 그녀를 돕고자 하는
사람들과 한편이 되어줄 것입니다."
"신의 축복을 받으실 겁니다" 하고 헬레네가 말했다.

그러자 판다로스가 말했다. "그녀가 떠나기 전에   242
왕자님께 작별 인사나 하고 가게 하는 게 어떨지요?"
"그녀가 그렇게 하겠다고 동의한다면야
말릴 수는 없는 일이지요" 하고 그가 대답했다.
이 말과 함께 트로일러스는,
"데이포보스, 그리고 나의 사랑하는 형수님,
두 분께 한 가지 문제를 상의하고 싶습니다.

그 문제에 대해 더 나은 조언을 얻고 싶습니다"   243

하며 태연자약하게 침대 머리에서
서류 사본과 편지 한 통을 꺼내들었다.
그는 그것이 헥토르가 조언을 구하려고 보낸
편지이며, 헥토르는—나도 누군지 모르는—어떤 사람이
과연 죽을 짓을 한 것인지 알고 싶어 한다고 말했다.
그러면서 엄숙하게 그들에게 조언을 부탁했다.

데이포보스는 매우 진지하게 편지를 열어보았고   244
헬레네 왕비도 그렇게 했는데
그들은 천천히 방에서 나와 푸른 정자로 통하는
계단을 내려가며 편지를 자세히 읽어보았다.
그들은 이 편지를 서로 건네가면서 읽었는데
무려 한 시간 동안이나 계속해서
편지를 읽고 골똘히 생각에 생각을 거듭했다.

그들은 편지를 계속 읽도록 두고, 우리는 이제   245
모든 일이 잘 이루어지도록 동분서주한
판다로스에게로 가보자. 그는 밖으로 나갔다
서둘러 큰방으로 들어가 크리세이드에게 말했다.
"신이여, 이들 모두에게 구원을 내리소서!
어서 오게, 크리세이드. 헬레네 왕비뿐만 아니라
다른 두 분께서도 너를 기다리고 계신다.

일어서라. 네 조카딸 안티고네든 네가 원하는 사람   246

150

누구든 데리고 와라. 아니 그렇게 안 해도 된다.
사람이 적을수록 더 좋으니까. 나와 함께 가서
세 사람 모두에게 겸손하게 감사 인사나 드려라.
그리고 너무 오래 트로일러스 왕자의 휴식에
방해가 되지 않도록 적당히 때가 됐다고 생각하면
그분들에게 작별 인사를 하고 나오면 된다."

판다로스의 계획을 전혀 모르고 있던   247
크리세이드는 "가시지요, 삼촌" 하고 대답했다.
그녀는 해야 할 말과 태도를 마음에 새기며
삼촌의 팔짱을 끼고 안으로 들어갔다.
판다로스는 매우 진지한 태도로
그들에게 말했다. "나리들! 간절히 부탁하오니,
여기에 계시면서 소란하지 않게 즐기십시오.

여기 방 안에 어떤 분이 계신지 생각하시고   248
그분이 어떤 곤궁에 처했는지도 잊지 마십시오."
그는 안으로 들어가며 이렇게 말했다.
"크리세이드, 조용히 시작해라. 우리 모두에게
영혼을 주신 분의 이름으로 내가
엄격히 이르는데, 조카딸 때문에 이렇게
고통을 참고 있는 왕자님을 죽지 않게 해다오.

잘돼야 할 텐데! 그가 누구인지, 그리고 그가   249

어떤 어려움에 처했는지 잊지 마라. 어서 서둘러라!
지체할수록 그만큼 시간만 잃는다는 걸 기억해라.
둘이 하나가 될 때면 두 사람 다 그렇게 말하겠지.
또한, 아직까지 둘 사이를 의심하는 사람은
아무도 없다. 할 수만 있다면 서둘러라.
사람들이 모르는 한 모든 시간은 너희들 것이다.

주저하며 우물쭈물 탐색하느라 지체하는 동안   250
사람들은 지푸라기가 움직여도 수상히 여기는 법이다.
비록 너희들은 나중에 즐거운 날을 갖고 싶겠지만
그땐 감히 못 하게 될 거다. 왜냐고? 여자들에게서
그렇고 그런 입소문이 나고 남자들이 목격하기 때문이지.
시간을 잃게 될까 걱정되니 더 이상 아무 말 않겠다.
그러니 어서 가서 왕자님을 건강하게 해드려라.”

이제 여기서 사랑에 빠진 여러분에게 묻는데,   251
트로일러스가 난처한 상황에 있었던 것일까?
그는 누워서 그들이 속삭이는 말을 듣고는 생각했다.
‘오, 신이시여! 내가 죽을지 곧 구원받게 될지
이제 막 운명의 주사위가 던져지고 있도다!’
그가 그녀에게 사랑을 애걸해야 할 첫 순간이 왔다.
오, 전능하신 신이시여, 그가 무슨 말을 해야 합니까?

제3권

서시

오, 복된 빛이여,[1] 그 밝은 광채들이   1
셋째 하늘 전체를 아름답게 장식하도다!
오, 태양의 총아요 제우스 신의 사랑스러운 딸,
사랑의 기쁨이요 아 한없이 은혜로우신 분,
언제나 점잖은 가슴에 머물고자 하시도다!
오, 건강과 행복의 원천이신 자여,
당신의 능력과 너그러우심은 찬미받으소서!

사람, 새, 짐승, 물고기, 풀, 푸르른 나무들도   2
때때로 당신의 무궁한 영향력을 느끼는 것처럼
천국과 지옥에서도 지상과 소금 바다에서도
당신의 힘이 느껴짐을 알 수 있습니다.
신은 사랑이시니 사랑하기를 거부하지 않으십니다.
이 세상에서 어떤 생명체도 사랑이 없으면
무가치하거나 살아갈 수도 없을 것입니다.

당신은 먼저 제우스 신을 자극해 즐거운 행위   3

---

1 〈제3권〉의 '서시'는 사랑의 여신 비너스(아프로디테)에 대한 기도로 시작한다. 비너스 여
   신을 나타내는 금성은 고대 천문학에서 세 번째 하늘(천구)에 위치한다고 여겨졌다. 서
   시에서 시인은 사랑을 인도하는 가장 능력 있는 여신 비너스를 부르며 트로일러스가 경
   험하는 사랑의 기쁨을 잘 표현할 수 있도록 영감을 달라고 청한다.

—그 때문에 만물이 모두 살아서 존재하나니—를
하게 했고, 제우스 신이 인간을 사랑하게 하셨으며,
당신 뜻에 따라 제우스 신께서 계속해서
사랑의 기쁨이나 역경을 겪도록 하셨습니다.
지상의 사랑을 위해 천 가지 형상으로 그분을 내려보냈고
당신이 원하시면 어느 여인이든 갖게 하셨습니다.[2]

당신은 사나운 마르스의 분노를 가라앉히시며   4
원하는 대로 사람들을 부드럽게 만드십니다.
어찌 되었든 당신이 불을 붙이려고 하는 사람들은
수치를 두려워하고 악행을 포기합니다.
당신은 그들을 정중하고 기쁘고 친절하게 만드시며,
높든 낮든 상관없이 사람이 목표하는 데 따라
당신의 힘은 그가 누릴 모든 기쁨을 보내주십니다.

당신은 나라와 가정이 무너지지 않게 하시며   5
견고한 우정의 원인이 되십니다.
당신은 사람들이 기이하게 여기는 일들의 숨은 이치를
다 알고 계십니다만, 사람들은 왜 저 물고기가 아니고
이 물고기가 그물에 걸리는지 모르는 것처럼
왜 그 여자가 그 남자와 혹은 그 남자가 그 여자와
사랑하게 된 것인지 이해할 수 없습니다.

---

2 제우스 신은 지상에 사는 많은 여인들을 사랑했는데 아내 헤라에게 발각될 것이 두려워
   거의 언제나 동물의 모습 등으로 변신해 여인에게 접근했다.

당신은 세상에서 사람들에게 하나의 법을 세우셨으니   6
사랑에 빠진 사람들을 통해 저는 이것을 압니다.
곧, 당신과 싸우는 사람은 누구나 쓴맛을 본다는 것입니다.
밝게 빛나는 여신이여, 당신의 은총을 구하나이다.
저는 당신을 섬기는 사람들을 대신해 글을 쓰는
필생이오니, 당신을 섬기며 맛보게 되는
저 환희를 그려낼 수 있는 능력을 내려주소서.

저의 메마른 가슴속에 감정을 쏟아 넣어주시어   7
당신의 달콤함의 면면을 보여주게 하소서—.
칼리오페[3]시여, 지금 당장 필요하오니
당신의 목소리를 보내주소서. 비너스 님을 찬미하고자
지금 막 트로일러스에게 내린 기쁨을 노래해야 하는
저의 힘든 처지를 아시지 않습니까?
신이시여, 저처럼 힘든 처지의 모든 이에게 은혜를 베푸소서!
(서시 끝)

이러는 동안 트로일러스는 자리에 누운 채 줄곧   8
상황에 대비해 준비한 말을 암기하고 있었으니,
"옳다구나! 이 말은 이러저러한 식으로 해야겠다.
내 사랑스러운 여인에게 고백은 이런 식으로 해야지.
이 단어가 좋고 이 표현도 마음에 드는구나.

---

3 Calliope : 시신(詩神)들 가운데 서사시를 관장하는 여신.

절대로 이 표현은 잊지 말자" 하고 생각했다.
신이여, 그가 계획한 대로 이루어지도록 도와주소서.

그런데 오 세상에, 그녀가 오는 소리가 들리자   9
그의 심장이 요동치고 호흡은 가빠지기 시작했다.
옷자락을 잡고 그녀를 데려온 판다로스는
가까이 와서 커튼 안을 들여다보며 말했다.
"신께서 모든 아픈 이들에게 건강을 베푸시길!
왕자님을 찾아 여기 온 사람이 누군지 보십시오.
여기 왕자님을 죽게 할 수도 있는 그녀가 왔습니다."

이 말을 듣자 그는 거의 울음이 나올 지경이 되었다.   10
트로일러스는 무척 애절하게 말했다. "아아,
전능하신 신이시여, 제가 얼마나 슬픈지 당신은 아십니다.
거기 누가 오셨소? 내게는 아무도 보이지 않는군요."
"왕자님." 크리세이드가 말했다. "판다로스 님과 저입니다."
"아, 사랑스러운 당신입니까? 슬프게도 나는 벌떡 일어나
당신 앞에 무릎 꿇고 합당한 예의를 갖출 수조차 없군요."

그가 몸을 일으키자 그녀는 곧바로   11
두 손을 그의 두 어깨에 살짝 내려놓으며 말했다.
"부탁이오니, 저에게 그렇게 하지 않으셔도 됩니다.
오! 어쩌다 이렇게 되셨는지요?
왕자님, 저는 두 가지 이유로 이곳에 왔습니다.

첫째는 왕자님께 감사드리기 위해서이고,
둘째는 왕자님의 지속적인 보호를 요청하기 위함입니다."

그녀가 그의 보호를 청한다는 말을 듣자마자   12
트로일러스는 자신이 죽었는지 살았는지 혼란스러웠으니
만약 누가 그의 목을 막 베려 했더라도
그는 부끄러워 한마디 대꾸조차 못 했을 것이다.
맙소사! 그의 얼굴은 갑자기 빨개졌고
애걸하려고 암기해두었던 말들은
머리에서 완전히 사라지고 말았다.

크리세이드는 영리한 여성이었으므로 모든 상황을   13
매우 잘 이해했고 그럼에도 그를 사랑했으니
그가 완고하거나 억지를 부리지도 않았고
뻔뻔스럽게 준비한 말을 쏟아놓지도 않았기 때문이다.
그러나 그의 부끄러움이 다소 진정되었을 때 그가 한
말들을 나는 내가 이 시를 멈추지 않고 쓸 수 있는 한
옛 책들이 기록한 대로 여러분에게 전해줄 것이다.

너무도 두려웠던지 그의 목소리는 떨리며 나왔고   14
당당하던 태도는 기가 팍 꺾였으며
얼굴은 빨개졌다 또다시 창백해졌다 하더니,
그가 사랑하는 여인 크리세이드를 보더니
시선을 뚝 떨구고 겸손하게 순종하는 모습이 되었고,

목소리도 변한 채 그에게서 나온 첫마디는 두 번씩이나
"나 좀 살려줘요, 내 사랑" 하고 연거푸 말한 것이었다.

그러고 나서 그는 잠시 멈추었다가 다시 힘을 내   15
두 번째로 이렇게 말했다. "신께서도 아시지만,
내가 아는 한 나는 언제나 완전히 당신 것이었고
슬픔으로 고통받는 내가 죽는 날까지
—신께 맹세코 진실로— 당신 남자로 남을 것입니다.
비록 당신에게 자신을 잘 대변하지 못하고 있으나
그럼에도 나는 진정 적지 않은 고통을 받고 있다오.

오, 완벽한 여인이오! 지금은 이렇게밖에는   16
표현할 길이 없소. 만일 이것이 마음에 들지 않는다면
그에 대한 책임으로 당장 목숨을 끊어버리겠소.
내 죽음으로 당신 마음이 진정될 수만 있다면
그렇게 해서라도 당신 마음을 편안하게 해주겠소.
당신이 일단 나의 얘기를 들었으므로
이제 아무리 일찍 죽는다 해도 상관없소이다."

이렇게 그녀의 남자가 슬퍼하는 것을 보는 일은   17
돌심장에게도 자비심을 느끼게 만들었을 것이다.
판다로스도 눈물로 녹아버릴 것처럼 울었으며
몇 번이고 거듭해서 조카딸을 재촉하며 말했다.
"진실한 마음들이 비통해하는구나!

부탁한다만, 이제 이 일에 종지부를 찍거나
아니면 가기 전에 즉시 우리 둘을 죽여다오."

"제가요? 왜요?" 그녀가 대답했다. "맹세하지만   18
두 분이 저에게 무슨 말을 원하시는지 모르겠습니다."
"무슨 말을 원하느냐고?" 그가 말했다. "제발 부탁한다.
자비를 베풀어 왕자님이 죽지 않게 해달라는 말이다."
"그러시다면." 그녀가 말했다. "저는 우선 그분이
무슨 목적과 의도로 그러시는지 말씀해주셨으면 합니다.
저는 아직도 그분의 의도를 전혀 알지 못하니까요."

"오 아름다운 내 사랑이여, 무슨 의도냐고요?"   19
트로일러스가 말했다. "오, 친절하고 젊고
너그러운 여인이여! 내 의도는 때때로 당신이
그 반짝이는 눈빛으로 나를 다정하게 보아주고,
또 내가 어느 면에서도 악한 구석은 없으니
나야말로 언제나 충실하게 당신을 섬길 수 있는
바로 그 남자라는 점에 동의해달라는 것입니다.

나만의 여인이며 매우 신뢰하는 이에게 하듯   20
나는 나의 모든 지력과 근면을 다할 것이니,
당신 뜻에 따라 내가 잘못을 저지르게 되면
기꺼이 그에 갚음하는 당신의 벌을 받겠으며
당신이 금하는 일을 한다면 목숨이라도 내놓겠소.

그러니 당신이 언제 어떤 명령이라도
내릴 수 있는 그런 영광을 베풀어달라는 것입니다.

나는 당신의 진실하고 겸손하고 믿음직한   21
종이 되겠소. 고통 속에서도 인내하며,
늘 새롭고 언제나 부지런하게
당신을 섬기기를 갈망하고 있으니
비록 그것이 내게 극심한 고통이 된다 하더라도
당신이 원하는 바를 성심으로 받들고자 합니다.
바로 이것이 나의 의도입니다, 오 내 사랑이여."

그러자 판다로스가 말했다. "아 이것은 여자로서   22
거부하기 어려운 요청이지만, 일리 있는 요청이구나!
이것 봐, 크리세이드, 제우스 신 탄신일에 걸고 맹세하는데,
너는 왕자님이 원하시는 게 오로지 네 명예인 것을
잘 이해하고 있고, 그분은 그 때문에 죽어가고 있건만
그분에게 섬김을 허락하지 않으려고 하니,
내가 만일 신이라면 너는 당장 죽은 목숨이다."

이 말을 듣자 그녀는 매우 기뻐하며 우아하게   23
그를 향해 두 눈을 올리고 바라보았는데
신중히 생각하고 그 어떤 말에도
조급하게 서두르지 않고 조용히 판다로스에게 말했다.
"제 명예를 걸고 말씀드리는데요,

162

지금 그분이 말씀하신 방식대로 섬기신다면
저는 충심으로 그분의 섬김을 받아들이겠으니,

그분도 진실과 고귀함을 존중하는 뜻에서   24
제가 선의이듯 저에게도 선의로써 대할 것이며,
또한 신중하게 정성을 다하여 언제나
저의 명예를 지켜주실 것을 간곡히 요청합니다.
그리고 이제부터 기쁘게 해드릴 수 있다면
저는 진실로 그분께 무심한 척하지 않을 것입니다.
왕자님은 건강을 되찾으시고 더 이상 울지 마십시오.

그렇지만 이것만은 경고해두겠어요." 그녀가 말했다.   25
"비록 트로일러스 님은 폐하의 아드님이시지만
애정사가 당연히 그런 것처럼 사랑에 있어서만은
왕자님이 저에 대한 주권을 가지실 수는 없습니다.
만약 왕자님이 잘못하신다면 가차 없이
화를 낼 거예요. 그리고 저를 섬기는 동안은
왕자님이 하시는 데에 따라서 예뻐해줄 것입니다.

나의 소중한 기사님, 간단히 말하자면, 기뻐하세요.   26
그리고 다시 활기찬 생활로 돌아가도록 하십시오.
저는 진심으로 있는 힘을 다해
왕자님의 쓴맛을 완전히 단맛으로 바꾸어드리겠어요.
제가 왕자님을 기쁘게 할 수 있는 그 여자라면

슬프셨던 만큼 행복을 되찾게 해드리겠습니다"
하며 그녀는 두 팔로 그를 얼싸안고 입을 맞추었다.

판다로스는 무릎을 꿇고 하늘을 향해 두 눈을   27
쳐들더니 두 손을 높이 들고 기도했다.
"죽음을 넘어 계신 불멸의 신 큐피드 님,
이 영광을 당신께 바치나이다.
비너스 님, 노래를 들려주소서.
이 기적을 두고 도시에서는 아무도 종을 치지 않지만
제 귀에는 종소리가 울리는 것처럼 들립니다.

그런데, 아차! 이제 이 일은 여기서 접어야겠군요.   28
편지를 읽은 사람들이 곧 당도할 겁니다.
이런, 그분들이 오는 소리가 들리는군요.
그러나 크리세이드, 그리고 트로일러스 왕자님,
왕자님이 걸어다닐 수 있게 되실 때 말입니다만
내가 두 사람이 만날 수 있도록 준비해둘 터이니
초청받는 대로 저희 집으로 와주시길 부탁합니다.

그러면 거기서 충분히 회포를 풀도록 하시지요.   29
두 사람 가운데 누가 먼저 사랑 얘기를 꺼낼지
두고 보겠습니다" 하며 판다로스가 껄껄 웃었다.
"제 집에서 얘기를 나눌 기회를 갖게 해드릴 겁니다!"
트로일러스가 "얼마나 오래 기다려야 하지요?"

164

하고 묻자 그가 대답했다. "왕자님이 일어나서
돌아다닐 수 있으실 때 제가 말씀드린 대로 될 겁니다."

바로 그때 헬레네가 데이포보스와 함께   30
계단의 맨 아래에서 위로 올라오고 있었다.
트로일러스는 그들을 속이려고
아픈 척하며 신음 소리를 내기 시작했다.
판다로스가 말했다. "이제 갈 때가 되었구나.
크리세이드, 세 분 모두에게 작별 인사를 하고
말씀을 들은 뒤 나와 함께 가자꾸나."

그녀는 할 수 있는 한 최대로 정중하게   31
그들에게 작별 인사를 했고, 그 즉시 그들도
그녀에게 극진한 존경을 표하며 답례했으며,
그녀가 떠나자 그들은 놀라울 정도로
그녀를 좋게 말하며 그녀의 미덕과
그녀의 품행과 그녀의 지혜로움을 칭찬했으니,
그것은 듣기에도 기분 좋은 일이었다.

그러면 이제 그녀를 집으로 돌려보내고   32
우리는 다시 트로일러스에게로 가보자.
그는 데이포보스가 정원에서 읽던 편지를
가볍게 무시해버렸다. 그리고 헬레네와
데이포보스에게서 벗어나고 싶었으므로,

이야기를 많이 하고 났더니 피곤해
잠을 자며 쉬어야겠다고 그들에게 말했다.

헬레네는 그에게 작별 인사를 하고 즉시 자리를 떠났고   33
데이포보스와 다른 사람들도 모두 집으로 돌아갔다.
판다로스는 최대한 속도를 내
쉬지 않고 곧장 트로일러스에게 돌아왔다.
그리하여 그날 밤 그는 무척 기뻐하며
트로일러스의 곁에 잠자리를 깔고 누워
기분 좋게 얘기를 나누며 함께 지냈다.

사람들이 모두 떠나서 그들 둘만 남게 되고   34
모든 문이 굳게 잠기자,
긴 말 필요 없이 간단하게 말하면,
판다로스는 지체하지 않고 일어나서
트로일러스의 침대 옆에 앉더니
낭랑한 목소리로 그에게 말을 시작했는데,
얘기는 바로 다음과 같은 내용이었다.

"저의 친애하는 왕자님이고 소중한 형제님,   35
잘 아시겠지만, 저는 왕자님이 올해 사랑 때문에
시름시름 앓고 시간이 갈수록 슬픔이 점점 더
심해지는 것을 보고 마음이 무척 아팠습니다.
그래서 그때부터 있는 힘을 다하고

166

온갖 조언을 다해서 왕자님이 고통에서 벗어나
기쁨을 얻게 하려고 최선의 노력을 다했습니다.

그래서 왕자님이 아시는 현재 상황에 이른 겁니다.   36
저를 통해 왕자님은 이제 성공의 가도에
서시게 되었지요─제 자랑하려는 말이 아닙니다─.
왠지 아시는지요? 말씀드리기도 수치스럽습니다만,
저는 왕자님을 위해 놀이를 했던 것입니다.
다른 사람이었다면, 비록 저의 친형제였다 하더라도
그를 위해서는 절대로 하지 않았을 놀이였습니다.

말하자면, 저는 왕자님을 위해 반은 재미로   37
그리고 반은 진심으로, 여자를 남자에게
맺어주는 뚜쟁이 꼴이 되고 만 셈이지요.
말씀드리지 않아도 잘 아시겠지만
왕자님을 위해 순진한 크리세이드가
왕자님을 완전히 신뢰하도록 만들어놓았으니
만사는 왕자님이 원하시는 대로 될 것입니다.

그러나 모든 것을 아시는 신께 맹세하지만,   38
저는 결코 이 일을 질투 때문에 한 것이 아니라
왕자님을 거의 사경에 이르게 한
그 고통을 덜어드리기 위해 한 것입니다.
그러니 착하신 형제님, 제발 부탁드리는데

이제 할 일을 하시되 그녀가 비난받지 않도록 하십시오.
왕자님은 신중한 분이시니 늘 그녀의 이름을 지켜주세요.

잘 알고 계시듯, 이곳 사람들 가운데 아직도   39
그녀의 이름은 공경받고 있다고 할 수 있습니다.
감히 말씀드리지만 그녀가 법도에 어긋난 일을 했다고
아는 사람은 단 한 사람도 없습니다.
그러나 이 모든 일을 꾸민 게 저라는 사실이 슬프군요.
그녀는 사랑하는 조카딸이고, 저는 그녀의 삼촌이건만
그와 동시에 그녀의 배신자이기도 하니까 말입니다.

그래서 제가 만약 계략으로 조카딸에게 환상을 심어   40
그녀가 왕자님을 기쁘게 하고 오롯이 왕자님의 여자가
되도록 만든 것이라고 세상에 알려지게 된다면,
아, 세상 사람들은 모두 그것을 비난하고 욕하면서
제가 이 사건을 저지르면서 이제까지 있었던
가장 사악한 배신행위를 했다고 말할 것인데,
그러면 그녀는 파멸이요, 왕자님도 득이 될 게 없겠지요.

그러므로 제가 한 발짝 더 나아가기에 앞서   41
다시 한번 왕자님께 간곡히 부탁드리니
이 일은 우리들만 아는 비밀로 해주십시오.
다시 말씀드리지만 절대로 누설하시면 안 됩니다.
그리고 제가 종종 그 같은 긴요한 문제들에 대해

비밀로 해줄 것을 요구해도 화내지 마십시오.
저의 요구가 합당한 것임을 잘 아시지 않습니까.

그리고 사람들이 알고 있듯이 공연한 혀 놀림 때문에   42
이전에도 얼마나 많은 슬픈 일들이 있었는지,
또 그러한 잘못 때문에 이 세상에는 매일같이
어떤 불행한 일들이 일어나고 있는지 생각하십시오.
그런 이유로 이미 세상을 떠난 현자들께서는
청춘인 우리에게 격언을 남기셨지요.
'최상의 미덕은 입을 다무는 것이다'라고요.

제가 간단히 얘기할 생각만 없다면   43
어리석고 허황된 혀 놀림 때문에 신세를 망친
여자들에 대해서 천 가지도 넘는 고사들을
얘기해드릴 수 있을 겁니다.
사람은 떠벌리는 만큼 자주 진실도 말하지만,
왕자님도 혀 놀림의 악습을 경계하는 격언들을
충분히 많이 알고 계실 겁니다.

오, 혓바닥아! 너는 지금까지 얼마나 자주   44
피부도 아름다운 무수한 여인들로 하여금
'태어난 날이 원망스럽구나!' 하며 통탄케 하였고
수많은 처녀들의 슬픔을 되살려놓았던가?
그런데 대부분 사실을 검증해보았을 때

169

남자들이 말한 것은 모든 사실이 아니었지요.
본질적으로 허풍선이는 절대로 믿을 게 못 되지요.

허풍선이와 거짓말쟁이는 매한가지 인간이죠.   45
예를 들면, 한 여자가 나에게 사랑을 약속하고
다른 남자는 사랑하지 않겠노라고 말했는데,
내가 그것을 비밀로 간직하겠다고 맹세해놓고
나중에 다른 두세 사람에게 누설했다고 가정해보세요.
그러면 나는 내가 한 약속을 깨는 것이 되니
적어도 허풍선이며 거짓말쟁이가 되는 것이죠.

그러니 그런 자들이 잘못이 아닌지 생각해보십시오.   46
그런 종류의 인간들을 뭐라고 불러야 되는 거죠?
여자들이 아직 아무런 약속도 하지 않았는데
그 여자들의 이름을 들먹거리며 허풍을 떨어대는
내 낡은 모자만큼이나 여자에 무식한 인간들 말입니다.
여자들이 우리 남자들을 상대하기 두려워하는 것은
결코 놀랄 일이 아닙니다. 정말입니다.

이런 말씀을 드리는 것은 왕자님이나 현명한 남자들을   47
불신해서가 아니라, 무지한 바보들을 위해
그리고 악의만큼이나 어리석음의 결과로 인해
지금 세상에 난무하는 해악을 경계하려는 것입니다.
만일 신중한 여자라면 현명한 남자들에게는

170

그러한 악덕이 있을 것이라고 생각하지 않을 겁니다.
현명한 사람들은 바보들에게서 깨달음을 얻기 때문이죠.

그러나 요점만 말씀드리지요, 사랑하는 형제님.   48
제가 말씀드린 모든 것을 가슴에 꼭 간직하시고
비밀로 해두십시오. 그리고 이제 기운을 내세요.
때가 되면 저의 진실을 아시게 될 테니까요.
저는 왕자님의 일을 착착 진행시킬 것이며
신의 도우심으로 만족한 결과를 가져올 겁니다.
일이 왕자님께서 원하시는 대로 될 테니까요.

저는 왕자님이 정직한 분임을 잘 알고 있습니다.   49
그래서 제가 감히 이 일을 도맡아 하는 것입니다.
왕자님도 그녀가 무엇을 허락했는지 잘 아시니,
날이 밝으면 둘 사이에 계약서가 작성돼야 할 겁니다.
그러면 안녕히 주무십시오. 저는 더 이상 안 깰 겁니다.
왕자님은 이제 행복하시니 저를 위해 기도나 해주시죠.
저에게 죽음이든 행복이든 빨리 내려주시라고요."

판다로스의 믿음직스러운 약속을 들었을 때   50
트로일러스가 마음속에 느꼈던 기쁨과 황홀감을
누가 반만큼이라도 표현할 수 있으랴!
가슴을 메이게 했던 그의 옛 슬픔은
마침내 기쁨으로 인해 녹아 없어졌고,

숱한 괴로움의 탄식도 일시에 날아갔으니
그는 이제 더 이상 그런 고통을 느끼지 않았다.

그러나 온갖 싱싱한 피조물이   51
유희를 구가하는 오월이 되면
겨울 내내 말라 있던 잔 숲과 산울타리들이
푸른 옷으로 갈아입는 것처럼,
사실을 말해서 그런 것과 똑같이
그의 가슴은 돌연 기쁨으로 가득 찼으니
트로이에 그보다 더 즐거워하는 사람은 없었다.

그리하여 그는 무척 맑고 다정한 눈빛으로   52
판다로스를 올려다보며 이렇게 말했다.
"친구여, 기억이 난다면 잘 아시겠지만
지난 사월 당신은 내가 슬픔 때문에
거의 죽을 지경인 것을 발견하고는
내게서 고통의 원인을 찾아내려고
온갖 노력을 다했지요.

당신은 내가 가장 신뢰하는 사람이었음에도   53
나는 참으로 오랫동안 얘기하지 않으려 했어요.
나도 잘 알지만, 당신에게 털어놓는 것은 전혀
위험한 게 아니었소. 하지만 괜찮다면 말해봐요.
나는 당신조차 그것에 대해 아는 것을 싫어했는데

지금도 떨고 있는 내가 감히 어떻게 이 일을
누설할 수 있겠소? 누가 우리를 엿듣기라도 합니까?

원하는 대로 세상을 지배하시는 신께 맹세하오만   54
만일 내 말이 거짓이라면, 혹시라도 내가 조만간
그 일을 누설하려 한다거나 혹은 감히 누설할
맘을 먹거나 혹은 누설할 생각을 하는 일이 있다면,
비록 내 생명이 인간의 것이되 영원한 것일지라도,
신께서 태양 아래 지으신 모든 부에 걸고 맹세하는데
아킬레우스가 내 가슴을 창으로 꿰뚫고 말 겁니다.

나는 차라리 잔인한 아가멤논[4] 왕의 포로가 돼   55
처참하고 더럽고 구더기가 우글거리는 감옥에서
사슬에 묶인 채 죽으면서
생명을 마감하고 말 것이오.
당신이 듣고 싶다면 내일
이 도시 모든 사원의 모든 신 앞에서
이것을 맹세할 수 있소이다.

판다로스, 당신은 나를 위해 정말로 많은 일을   56
해주었으므로 비록 이제 내가 하루에 천번이나
당신을 위해 죽는다 하더라도 결코 그 공을

---

4   Agamemnon : 트로이를 포위 공격하고 있는 그리스 연합군의 최고사령관.

다 보답할 수 없다는 걸 너무도 잘 알고 있소이다.
내 인생이 끝날 때까지 당신이 어디에 있든
당신을 종처럼 받들어 모시겠다는 것 외에
더 이상 무슨 말을 할 수 있겠소이까?

그러니 진심으로 간청하오만, 내가 그런 어리석은   57
짓거리를 할 것으로 상상하지 말아주시오.
말을 들어보니, 판다로스 님이 우정에서 우러나
나를 위해 해준 이 일을 마치 내가 뚜쟁이 짓으로
여기고 있다고 생각하시는 것 같군요.
내가 무지할지는 모르지만 돌지는 않았소이다.
정말 그렇게 여기지 않는다는 걸 잘 알고 있소.

보수나 이득을 노리고 그런 심부름을   58
하는 자를 당신이 뭐라고 불러도 좋소이다.
그러나 당신이 하는 일은 호의요 연민이고
우정이며 신뢰라고 불리는 것입니다.
그렇게 구분하시면 됩니다. 내가 배운 바로는
유사한 것들 사이에는 구별이 필요하다고
일반적으로 알려져 있기 때문이지요.

판다로스 님이 내게 한 봉사를 수치나 잔꾀라고   59
생각하지도 상상하지도 않는다는 점을 알려드리려고
나의 아름다운 누이 폴뤽세네든,

캇산드라⁵든 헬레네든, 아니면 그 누구든 소개해주겠소.
얼굴이 예쁘든 몸매가 잘생겼든 가리지 말고
그들 가운데 갖고 싶은 여자가 누군지 말만 하세요.
그러면 내가 혼자 다 알아서 처리해드릴 테니까.

하지만 당신은 아무런 보상도 바라지 않고   60
내 생명을 구하려는 생각에서 이런 수고를 했으니
이 중요한 일을 끝까지 수행해주기 바랍니다.
왜냐하면 지금이 가장 도움이 필요할 때니까요.
큰일이든 작은 일이든 전혀 가리지 않고
언제나 당신의 부탁을 들어주겠소.
이제 그만하고 잠이나 잡시다."

이리하여 온 세상도 더는 만족시킬 수   61
없을 만큼 그들은 서로에 만족했다.
다음날 아침 그들은 일어나 옷을 입고
각자 일상적 업무로 돌아갔다.
트로일러스는 벅찬 기대와 기쁨으로
욕망이 불처럼 타올랐지만
훌륭하게도 자제력을 잃지 않았다.

---

5 Cassandra : 프리아모스 왕의 딸로 미래를 내다보는 특별한 능력이 있어 트로이의 멸망
   을 예언했다고 한다. 그녀는 트로이 멸망 후 아가멤논에게 첩으로 주어졌으며 그리스에
   서 비극적인 죽음을 맞는다.

그는 마음속으로 사나이답게   62
모든 성급한 행동과 경거망동을 억제했으므로
진실로 말해 살아 있는 사람은 누구도
말로든 태도로든 그가 이 일에 대해
무슨 생각을 품고 있는지 알 수 없었을 것이다.
그는 모든 사람들에게서 구름처럼 멀리 떨어져
있었으므로 생각을 잘 감출 수 있었다.

그리하여 내가 여러분에게 얘기하고 있는 동안에도   63
그는 온 힘을 다해 열심히 삶을 살았다.
낮에는 마르스 신을 열심히 섬겼고,
다시 말해 기사로서 전투에 열중했고,
긴 밤에는 대부분의 시간을 자리에 누워
그가 어떻게 그의 여인을 훌륭히 섬겨서
그녀에게 감사의 말을 들을 수 있을지를 궁리했다.

그는 매우 편안히 잠자리에 누웠지만   64
그렇다고 생각에 불편함이 없다거나
자주 베개를 뒤집으며 잠을 설치지 않았다거나
부족한 것을 갖고 싶어 하지 않았다는 것은 아니다.
그러나 내가 아는 한 그는 그런 상황에서
다른 어느 누구보다도 행복했으니,
나도 충분히 그럴 수 있겠다고 생각한다.

그러나 이런 가운데에도 요점을 말하자면,   65
책에 기록된 것처럼 확실히 그는
그의 여자를 때때로 만났으며, 그녀도 역시
원할 때는 과감하게 그와 대화를 나누었다.
그리고 최선의 방법으로 서로의 동의하에
과감하게 할 수 있는 데까지 매우 신중하게
자신들의 일을 진행해나가자고 약속했다.

그러나 다른 사람들이 둘의 관계를 눈치채지 않을까   66
또는 추측을 하거나 말을 엿들을까 염려해
그들은 매우 황급하고 조심스럽고
크게 두려움에 떨며 말을 했으니,
자신들의 대화가 행복한 결론에 다다르도록
큐피드 신에게 은총을 내려달라고 비는 것보다
세상에서 그들에게 더 중요한 일은 없었다.

그러나 그들이 말하거나 행한 세세한 것들에 대해   67
현명한 영혼은 언제나 신중하였으므로
트로일러스는 그녀가 말하지 않아도 생각을
다 아는 것처럼 보였다. 그래서 그녀는 그에게
무엇을 하거나 말라고 할 필요가 전혀 없었다.
비록 늦기는 했지만 사랑은 그녀에게
온갖 기쁨의 문을 열어주었다고 생각되었다.

그래서 이 얘기를 간단히 마무리하자면,
그는 말이나 행동을 매우 훌륭하게 했으므로
너무도 완벽하게 그녀의 마음을 사로잡았고,
그 때문에 그녀는 시작하면 이만 번씩이나
그를 만난 것을 신에게 감사드렸다.
그처럼 그는 사랑의 봉사를 훌륭히 했으니
세상의 누구도 그보다 더 잘할 수 없었을 것이다.

그러므로 그녀는 그가 매우 신중하고 매사에
비밀도 잘 지키고 유순하다는 것을 알게 되자
그를 철옹성 같으며 모든 불쾌한 일들을
막아주는 방패 같다고 느끼게 되었다.
그래서 반드시 필요한 경우에 한해서였지만
그녀는 그의―그처럼 신중한 사람의―극진한 보호를
받는 것을 더 이상 두려워하지 않게 되었다.

그리고 판다로스는 이 불이 꺼지지 않도록
언제나 부지런히 만반의 준비를 했으니,
그의 소망은 오로지 친구를 위로하는 데 있었다.
판다로스는 양쪽을 오가며 일을 추진했다.
트로일러스가 멀리 있을 때 그는 편지를 날랐다.
친구가 곤경에 처했을 때 그보다 더 잘
돌봐준 사람이 없었음을 누가 의심할 수 있으랴.

그런데 트로일러스가 사랑하는 여인에게 행한   71
모든 말이나 전언이나 표정이나 태도를
내가 계속해서 다 얘기해줄 것으로
기대하는 사람이 있을지도 모르겠다.
그러나 그 같은 상황에 처한 사람의 말이나 표정을
빠짐없이 다 듣는다거나 열거하는 일은
무척이나 지루할 것이라고 믿는다.

솔직히 어떤 이야기에서도 작금의 누구에게서도   72
이제껏 그렇게 하는 것을 듣지 못했다.
또한 내가 원한다고 그렇게 할 수도 없을 것이다.
왜냐하면, 나의 원저자에 따르면, 그들 사이에 오고 간
편지의 양이 족히 이 책의 절반만큼이나 되므로
그는 그것에 대해 쓰지 않기로 했다는 것이다.
그러니 어찌 내가 편지의 한 줄이라도 꾸며 넣겠는가?

그러니 이제 큰 줄기로 돌아와서 말하자면,   73
이 두 사람 크리세이드와 트로일러스는
내가 이미 말했듯이 너무도 달콤한 이 기간 동안에
그들이 자주 만날 수 없어 대화를 나눌
충분한 여유가 없었다는 것만 제외한다면
순조롭고 평온한 상태로 지내고 있었는데,
이제 얘기하겠지만 이런 일이 일어났다.

곧, 내가 여기서 얘기하게 될 목적을 위해서,   74
그리고 아름다운 조카딸과 트로일러스를
어느 날 밤 함께 그의 집으로 오게 해서
그들이 그들의 사랑에 관한 중요한 일들을
모두 다 여유 있게 해결할 수 있게 하려고
언제나 최선의 노력을 다해왔던 판다로스는
그 일을 위한 시간을 확실하게 마련했다.

판다로스는 매우 신중히 생각하면서   75
계획에 도움이 될 만한 모든 일들을
사전에 예측하고 실행에 옮겼으며
비용이나 수고를 아끼지 않았던 것이다.
언제 그들이 온다고 해도 부족할 게 없었다.
그래서 어찌 됐든 그들이 그곳에서 발각되는 일은
그가 아는 한 불가능한 것이었다.

바람이 부는 방향으로는 까치⁶도 없고   76
어떤 훼방질의 조짐도 없다는 게 확실하다.
누구 할 것 없이 온 세상이 이 일을
전혀 알지 못하니, 이제 만반의 준비가 된 것이다.
제자리에 오를 목재가 완비된 것이다.
이제는 그녀가 올 정확한 시간을 아는 일만

---

6 불길한 징조를 나타내는 새로 여겨졌다.

남았을 뿐 우리가 해야 할 다른 일은 없다.

그리고 이 모든 준비 과정을 익히 알았고   77
계속해서 그것을 지켜보았던 트로일러스는
이 일에 대비해 큼직한 대책들을 세워두었고
그럴듯한 구실과 구체적 내용도 마련했다.
그는 이 일을 하는 동안 밤낮으로
그가 사람들의 눈에 보이지 않게 되면
그것은 그가 제사를 올리러 갔기 때문이며,

그는 신전에서 혼자 자리를 지키며   78
우선 아폴론 신께서 나뭇가지로 예언하시기 전에
신성한 월계수 가지가 떨리는 것을 보고
다음에 언제 그리스인들이 철수하게 될지
답변을 듣고자 하는 것이므로,
사람들은 누구도 방해해서는 안 되며
아폴론 신께서 그를 돕도록 기도해야 한다고 말했다.

이제는 더 해야 할 일이 별로 없었다.   79
그러나 판다로스는 분주했다. 간단히 말하자면,
달이 변하자 금세 세상은 하루나 이틀 밤 동안
빛이 없어 칠흑같이 어두웠으며,
게다가 하늘도 흐려지며 비까지 내리려 하자
그는 날이 밝자마자 조카딸에게 달려갔다.

여러분은 그의 의도가 무엇인지 이미 들었다.

판다로스는 도착하자 곧 늘 하던 대로 그녀에게   80
장난을 치며 자신에 대한 농담을 시작했다.
그리고 마침내 이런저런 맹세를 하고는
트로일러스를 피해 빠져나가려고 하지도 말고
그가 더 이상 그녀를 찾아다니게 하지도 말며,
오늘 저녁엔 그의 집에 가서 그와 함께
반드시 저녁 식사를 해야 한다고 말했다.

그 말을 들은 그녀는 재빨리 변명을 둘러댔다.   81
"비가 오잖아요. 그러니 제가 어떻게 가겠습니까?"
그가 대답했다. "됐네, 그렇게 서서 따질 것 없고,
이것은 반드시 해야 할 일이니 곧 그곳으로 가자."
그리하여 마침내 그들은 의견의 일치를 보았다.
판다로스는 조용히 그녀의 귀에 대고 만약 거부하면
다시는 그녀의 집에 오지 않겠다고 말했다.

이 말을 듣고 나자 그녀는 곧 목소리를 낮추더니   82
혹시 그곳에 트로일러스도 와 있느냐고 물었다.
그는 트로일러스가 시내에서 벗어나 있기 때문에
그렇지 않다고 대답하며 말했다. "크리세이드,
그러니까 더더욱 두려워할 필요가 없을 거야.

사람들이 그곳[7]에서 그를 발견하게 되느니
차라리 내가 천 번이나 죽는 게 나을 것이다."

판다로스가 트로일러스는 시내를 벗어나 있어   83
지금은 집에 없다는 말을 했을 때,
크리세이드가 그 말이 진실인지 아닌지를
의심했는지는 책의 저자도 명확히 밝히지 않았다.
그러나 판다로스가 그녀에게 간청했으므로
그녀는 지체하지 않고 함께 가기로 했으니
조카딸로서 마땅히 복종한 것이다.

비록 그녀는 그와 함께 가는 게 두렵지는 않았으나   84
그럼에도 그녀는 있지도 않은 일들을 상상하며
헛소문을 내는 어리석은 사람들의 입을 경계하고,
또한 그가 그곳에 데려올 사람이면 누구든
신중하게 생각해서 데려올 것을 간곡히 부탁하며
이렇게 말했다. "삼촌, 저는 삼촌을 누구보다도 믿어요.
이제 원하시는 대로 할 테니 아무 문제없도록 하세요."

그는 나뭇등걸과 돌멩이들과 하늘에 사는   85
신들에게 맹세코 그렇게 하겠노라고 말했다.

---

7 판다로스의 집을 가리킴.

그렇지 않으면 그는 영혼과 뼈가 탄탈로스[8]처럼
깊은 지옥의 플루토[9] 대왕과 함께 있는 게 차라리
낫겠다고 했다. 내가 무슨 말을 더 해야 하겠는가?
만사가 잘되자 그는 자리에서 일어나 장소를 떴고
그녀는 저녁이 되자 하인 여럿과

그녀의 아름다운 조카딸 안티고네와   86
그녀를 모시는 하녀 아홉이나 열 명을 대동하고
저녁 식사를 하러 삼촌의 집으로 갔다.
이제 기쁜 사람은 누구였을까?
여러분도 추측할 수 있듯, 트로일러스는
판다로스 외에는 아무도 모르게
자정부터 작은 쪽방에 숨어 있으며

그곳의 작은 창문을 통해 모든 것을 지켜보았다.   87
그러면 본론으로 들어가자. 그녀가 매우 기뻐하며
무척 다정한 태도로 그곳으로 들어오자
그녀의 삼촌은 즉시 그녀를 포옹하며 맞이했다.
그리고 나서 때가 되자 그들은 모두

---

8 Tantalos : 탄탈리스 또는 시필루스로 알려진 도시의 통치자였던 탄탈로스는 신들을 즐
   겁게 하려고 자신의 아들 펠롭스를 죽여 그 고기를 대접했다. 이 때문에 그는 지하 세계
   의 가장 깊은 타르타로스로 보내져 물웅덩이에 서서 영원히 아름다운 과일이 맺힌 나무
   들의 유혹을 받는 벌을 받게 되었다. 그가 목이 말라 과일을 따먹으려고 팔을 뻗으면 나
   뭇가지는 그에게서 멀어졌다.
9 Pluto : 지하 세계(하데스)의 통치자.

저녁 식사를 하려고 조용히 자리에 앉았으며
온갖 진미가 부족함 없이 차려져 나왔다.

저녁 식사가 끝나자 그들은 매우 만족하며   88
기쁜 마음으로 자리에서 일어났다.
그리고 그녀를 기쁘게 하려고 최선을 다했던
아니 그녀를 웃게 만들었던 판다로스도 행복했다.
그는 노래하고 즐겼으며 바데[10]의 전설을 얘기했다.
그리고 마침내 모든 일에는 끝이 있듯이
그녀는 작별 인사를 하고서 돌아가려 했다.

그러나 오, 운명의 집행관인 운명의 신이시여,   89
오, 저 높은 하늘에 계시는 세력들이시여,
비록 금수 같은 우리는 원인을 알지 못하나
진실로 당신들은 우리의 수호자들이십니다.
무슨 뜻인가 하면, 그녀는 서둘러 귀가하려 했으나
그녀의 바람과 상관없이 모든 것은 신들의 뜻에 따라
이루어지는 법이니, 그녀도 그것을 따라야만 했다.

창백한 뿔을 달고 둥글게 휜 초승달이   90
토성, 목성과 더불어 게자리에서 합하더니

---

10 Wade : 13세기 독일 서사시의 전설적 영웅. 이 서사시에는 쿠드룬이라는 인물이 판다로
    스처럼 중매쟁이 역할을 한다. 여기서 '바데의 전설'은 단순히 과장된 이야기를 뜻하는
    것이기도 하다.

하늘에서 억수 같은 비가 퍼붓기 시작했고
그곳에 왔던 여자들은 모두가 하나같이
앞이 안 보이게 쏟아지는 비에 겁을 먹었다.
이것을 본 판다로스는 크게 웃으며 말했다.
"이제 숙녀께서 떠나실 시간이 되었군!

그러나 조카딸에게 기쁜 일을 해주었으니   91
이제는 내가 부탁 하나 하고 싶은데.
크리세이드, 오늘 밤에 여기서 나와 함께 머무르는
큰 기쁨을 내 마음에 베풀어주었으면 좋겠구나.
왜냐하면 이 집은 사실 너의 집이 아니겠니.
진실로 말하는데―장난으로 하는 말이 아니다―.
지금 가버린다면 나에겐 수모가 될 것이다."

무엇이 적법한 것인지를 매우 잘 알고 있던   92
크리세이드는 그의 요구를 귀담아들었다.
게다가 비까지 내려 온통 물난리가 났으므로
그녀는, '불평을 하면서 남게 되느니 차라리
다정한 태도로 여기에 머물겠다고 기꺼이 수락하고
그것에 대해 감사를 받는 게 좋겠어. 지금은
집에 간다는 것도 불가능하니까' 하고 생각했다.

"그렇게 할게요, 사랑하는 삼촌." 그녀가 말했다.   93
"삼촌이 그렇게 하는 걸 옳다고 생각하시니

저도 삼촌과 이곳에 머무는 게 정말 기쁩니다.
제가 가겠다고 말씀드렸던 건 농담이었어요."
그러자 그가 대답했다. "그래, 정말 고맙구나.
그게 농담이든 아니든, 사실을 말하자면
네가 머물고 싶어 하는 걸 보니 기쁘구나."

이렇게 모든 게 잘 풀렸다. 그러자   94
모두들 기뻐하며 잔치를 다시 열었다.
판다로스는 적법하게 할 수만 있다면
서둘러 그녀를 잠자리로 보내고 싶었을 것이다.
그래서 그는 말했다. "이런 세상에! 엄청난 비로군!
보아하니 잠자는 내내 천둥이 칠 것 같구나.
그러니 우리도 곧 잠잘 준비를 하는 게 좋겠다.

그런데 크리세이드, 내가 내어줄 방이 어딘지 아는가?   95
그 방은 나에게서 너무 멀리 떨어져 있지도 않고
또 분명히 말하지만 빗소리도 안 들리고
천둥 치는 소리도 들리지 않는 곳이다.
그곳은 바로 저쪽에 있는 나의 작은 내실이야.
나는 저 바깥채에서 혼자 있으면서
네가 데려온 여자들을 모두 지켜주겠다.

그리고 저기 네가 볼 수 있는 가운데 방에서는   96
네가 데려온 여자들이 조용히 자게 될 것이다.

너는 내가 말한 그곳에서 머물게 될 거야.
오늘 밤 잘 쉬고 나면, 자주 찾아와야 된다.
하늘의 날씨가 어떻든 상관하지 말고.
자 포도주 한잔 하고 언제든 원하면
가서 잠을 자는 거지. 그게 최선이라고 믿는다."

간단히 말하자면, 그러고 나서 곧   97
─포도주도 다 비우고 커튼도 내려진 뒤였으므로─
그곳에서 더 이상 할 일이 별로 없었으므로
그들은 모두 그 방에서 자리를 떴다.
비는 갈수록 더 심하게 퍼붓고
게다가 바람은 놀랄 만큼 심하게 불었으므로
아무도 다른 사람의 말소리를 들을 수 없었다.

그때 그녀의 삼촌 판다로스는 법도에 따라   98
그녀를 가장 가까이에서 시중드는 여자들과 함께
기꺼이 그녀를 잠자리까지 데려다주고 나서
자리를 뜨는데, 매우 낮게 고개 숙여 인사하며
이렇게 말했다. "여기 이 방에서 밖을 보면
바로 맞은편 저곳에서 여자들이 모두 잠을 잘 테니
필요하다면 언제든 여기서 사람을 부르면 된다."

이렇게 하여 크리세이드는 작은 내실에 누웠고   99
그녀의 여자들은 모두 다 내가 말한 곳에서

188

차례차례 잠자리에 들었으므로
더 이상 말소리나 돌아다니는 소리도 들리지 않았다.
누군가가 일어나 움직이기라도 하면
어서 잠이나 자라는 치도곤이 떨어졌으니,
잠자리에 든 이들은 잠이나 자게 두기로 하자.

이 모든 수법과 세부적인 사항들을   100
다 머리에 꿰고 있던 판다로스는
마침내 모든 일이 순조롭게 돼가고 있음을 알고
이제는 작업을 시작할 때라고 생각했다.
그래서 그는 조용히 쪽방 문을 열더니
더 이상 지체하지 않고 돌처럼 조용히
트로일러스 옆으로 가서 앉았다.

간단하게 요점만 말하자면,   101
판다로스는 이 모든 자초지종을 설명하고
이렇게 말했다. "이제 곧 준비를 하십시오.
왕자님은 이제 천상의 행복으로 드실 겁니다."
트로일러스가 말했다. "오, 복되신 비너스 님이시여,
저에게 은총을 내리소서. 이제껏 저는 은총의 필요를
느낀 적도 없었고, 지금처럼 두려운 적도 없었나이다."

판다로스가 말했다. "조금도 두려워할 것 없어요.   102
모든 게 왕자님이 원하시는 대로 될 테니까요.

오늘 밤 저는 모든 일을 잘 성사시키거나
아니면 죽을 쑤어 전부 불 속에 던지게 되겠지요."
트로일러스가 말했다. "그러나 복되신 비너스 님,
오늘 밤 저에게 용기를 주소서. 죽는 날까지
진실하게 그리고 더 훌륭히 당신을 섬기겠나이다.

오, 자비로우신 비너스 님, 제가 태어나던 날   103
만일 화성이나 토성의 나쁜 기운을 받았다거나
또는 당신께서 불에 데거나 방해받으셨다면,[11]
당신 부친께 은총을 구하시어 그 모든 해악을
거두게 하시고, 제가 다시 기뻐할 수 있게 하소서.
당신이 숲에서 사랑했던 그 사람, 멧돼지에 의해
죽임을 당한 아도니스[12]의 사랑을 생각하소서.

그리고 아름다운 에우로파[13]를 사랑해 황소로 변하시어   104
그녀를 납치하셨던 제우스 신이시여, 저를 도와주소서.
오 피 묻은 망토를 걸친 마르스 신이시여,

---

11 점성술적으로 그가 태어날 때 비너스(금성)의 영향력이 태양에 가까운 나머지 불에 데
거나 훼방을 받았다면.

12 Adonis : 비너스에게 사랑을 받았던 미소년으로 사냥 도중에 멧돼지의 습격으로 목숨을
잃었는데, 그가 흘린 핏자국에서 아네모네가 피어났다고 한다.

13 Europa : 페니키아의 왕녀로, 제우스는 크레타에서 하얀 황소로 변신한 뒤 그녀를 겁탈
했다. 그녀는 임신하여 세 자녀 라다만토스, 미노스, 사르페돈을 낳았다고 전해진다.

키프로스 여인[14]에 대한 사랑 때문에 저를 방해하지 마소서.
오, 포이보스 신이시여, 다프네[15]가 어떻게 나무껍질 속에
몸을 숨기고, 두려워서 월계수로 변했는지를 생각하시고
그녀의 사랑을 위해 이 어려움에서 저를 건져주소서!

헤르세를 사랑해 아글라우로스에게 아테네 여신의   105
분노를 사게 하셨던 메르쿠리우스[16] 신이시여, 도와주소서.
디아나[17] 여신이시여, 간절히 부탁드리오니
이 일이 당신의 분노를 사지 않게 하소서.
나를 위한 옷이 만들어지기도 전에
내 운명을 짜고 계신 세 운명의 자매[18]시여,
이미 시작된 이 일에 도움을 주소서."

판다로스는, "참 불쌍하셔라. 쥐의 심장을 가지셨군요!   106
그녀에게 물릴까 봐 그렇게 겁먹고 계신 겁니까?
자, 셔츠 위에 이 털외투를 걸치고 절 따라오세요.
욕은 제가 다 먹을 테니까요.─그리고 잠깐만,
제가 조금 앞서갈게요" 하고 말했다.

---

14 미의 여신 비너스.

15 Daphne : 아폴론이 자신을 사랑하여 뒤쫓자 월계수로 변신하여 그에게서 벗어났다.

16 Aglauros: 헤르세의 누이로 메르쿠리우스에 의해 돌로 변했다. 메르쿠리우스와 헤르세
    의 이야기는 오비디우스의 《변신 이야기》 2권의 708~832행에 소개된다.

17 Diana : 달의 여신 아르테미스.

18 클로토, 라케시스, 아트로포스를 가리키며 이들은 각각 인간 생명의 실을 짜고 그 치수
    를 재어 마침내 그것을 자른다고 한다.

그는 작은 뚜껑 문을 열더니
트로일러스의 소매를 잡아끌며 안으로 들어갔다.

거친 바람이 매우 요란하게 불기 시작했으므로 107
아무도 다른 사람의 소리를 들을 수 없었다.
문에서 바깥쪽에 누워 있던 사람들은
모두 다 곤하게 잠들어 있었다.
그래서 판다로스는 매우 진지한 얼굴을 하고
망설임 없이 곧장 그들이 자고 있는 방으로 가서
살짝 문을 닫아버렸다.

판다로스가 아무도 모르게 다시 내실로 들어오자 108
크리세이드가 깨어나, "거기 누구지요?" 하였다.
"사랑스러운 크리세이드, 나다, 나야. 놀라지도 말고
두려워할 필요도 없다" 하고 그가 말했다.
그가 더 가까이 다가와서 귓속말로 그녀에게 말했다.
"아무 소리 말고, 제발 내가 시키는 대로 해라.
어느 누구도 일어나서 우리 얘길 들으면 안 된다."

"아니, 오 맙소사, 도대체 들어오시는 걸 109
어떻게 우리 모두가 몰랐지요?" 그녀가 말했다.
"여기에 이 비밀 뚜껑 문이 있거든." 그가 대답했다.
그러자 크리세이드가 "사람을 부르겠어요" 하니
판다로스가 급히 대답했다. "아이고 맙소사!

부탁인데, 제발 그런 어리석은 짓은 하지 말아다오.
사람들이 생각도 못 한 일을 상상하게 될 테니까.”

“잠자는 개를 깨워서 좋을 게 없듯   110
사람들에게 의혹의 빌미를 주는 것도 좋지 않다.
네가 데려온 여자들은 모두 그들을 잡으려고
남자들이 집을 포위해도 모를 만큼 깊이 잠들어
아침 해가 뜰 때까지 계속 잘 거다.
그리고 나도 내 얘기가 다 끝나면
여기에 온 것처럼 그렇게 몰래 돌아가겠다.

이것 봐 크리세이드, 잘 이해하고 있겠다만.”   111
그가 말했다. “모든 여자가 다 인정하는 것처럼,
여자는 남자를 사랑에 빠지게 해놓고는
그를 ‘내 사랑’이니 ‘내 심장’이니 하고 불러대다가
나중에는 그를 속여서 바보로 만들어놓지.
말하자면 또 다른 남자를 사랑한다는 말이지.
이건 여자에게는 수치요 남자에게는 속임수인 것이다.

내가 왜 너에게 이런 얘기를 하는가 하면,   112
어느 누구 못지않게 너도 잘 알고 있듯
너는 이 세상에서 가장 훌륭한 기사이신
트로일러스 님에게 온전히 사랑을 허락하고
그것을 말로 맹세하지 않았더냐.

그러니 그분이 잘못을 저지르지 않는 한
너도 살아 있는 동안은 그분에게 잘못하면 안 된다.

이제 내가 너에게서 떠난 후의 상황을 말해주지.   113
단도직입적으로 말해 트로일러스 왕자님은
이 비를 온통 다 맞으시며 도랑을 건너,
그리고 실로 반갑게도, 나 말고 다른 사람은
전혀 모르는 비밀 통로를 이용해 내 방에 들어오셨다.
이것은 내가 트로이의 프리아모스 폐하께 입고 있는
신뢰를 걸고 하는 얘기다.

그런데 그분이 매우 고통스럽고 힘들게 오셨으니   114
지금쯤 완전히 정신이 나가지 않았다면
급속도로 정신을 놓게 되실 게 분명하다.
신이여, 그분을 도우소서. 이유는 이렇다.
그분이 친구에게서 들은 얘기라고 하던데
네가 호라스테스[19]라는 자를 사랑하고 있다더구나.
그 슬픔 때문에 오늘 밤이 그분의 최후가 될 것이다."

크리세이드는 이 모든 얘기를 듣고 나자   115
갑자기 가슴이 서늘해졌으며
한숨을 지으며 매우 슬프게 대답했다.

---

19 판다로스가 지어낸 가상의 인물로 보인다.

"아! 누가 무슨 얘길 한다 해도 저는 믿었지요,
제가 사랑하는 그분은 제가 쉽게 배신을 저지를
여자가 아니라고 생각할 것이라고요. 거짓 상상들이
이런 해를 가져오다니! 제가 너무 오래 살았나 봅니다.

호라스테스라니요! 아! 왕자님을 기망했다니요! 116
맹세코 저는 그가 누군지 모릅니다." 그녀가 말했다.
"어느 사악한 인간이 왕자님께 그런 말을 했지요?
정말이에요, 삼촌. 내일 제가 왕자님을 만나게 되면,
왕자님께서 받아주신다면, 제가 여자로서 할 수 있는
최선을 다해 이 일에 대한 오해를 풀고 말겠어요."
이 말을 하며 그녀는 매우 괴로운 듯 한숨지었다.

"오, 신이시여." 그녀가 말했다. "성자들이 117
헛된 행복이라 부르는 이 세상의 행복은
숱한 쓰디쓴 맛들로 뒤섞여 있습니다!
신께서는 아십니다, 고뇌로 가득 찬 것이
바로 허망한 성공의 상태라는 것을.
그러한 즉, 즐거운 일들은 한 번에 와주지 않으며
세상에서 누구도 그것을 항상 누릴 수는 없답니다.

오, 깨지기 쉽고 불안정한 인간의 행복이여. 118
네가 어떤 사람과 함께하며 놀고 있든 간에
그는 기쁨인 네가 허망하다는 것을 알고 있거나

아니면 모르겠지—분명 그 둘 가운데 하나겠지.
만일 그 사람이 언제나 무지의 어둠에 있다면
우리는 그가 기쁨과 행복을 누리고 있다고
어떻게 말할 수 있겠는가?

그리고 세상 모든 기쁨이 떠나가버리듯   119
만일 그가 기쁨이 덧없다는 것을 안다면
이 사실을 기억할 때마다
기쁨을 잃게 될 두려움에
완전한 행복을 얻지 못할 것이다.
그리고 그가 기쁨의 상실을 대수롭지 않게 본다면
기쁨은 별로 가치가 없는 것처럼 보일 것이다.

그러므로 내가 알 수 있는 한 확실히   120
이런 결론을 내릴 수 있겠구나.
세상에는 참된 행복이 존재하지 않는다고.
그러나 아, 질투심, 너 사악한 뱀이여,
너는 의심 많고 시기로 가득한 어리석음이니,
어찌하여 너는 트로일러스 님으로 하여금
잘못한 적도 없는 나를 의심하게 만드는 것이냐?"

판다로스가 말했다. "좌우간 일이 그렇게 됐다."   121
"아, 삼촌." 그녀가 물었다. "누가 이런 얘길 했나요?
제 소중한 왕자님께선 왜 그러시는 건가요?"

196

"크리세이드, 너도 진실을 알고 있잖아." 그가 말했다.
"잘못된 일이 모두 바로잡히게 되길 바란다.
원한다면 바로 네가 이 모든 불을 끌 수 있다.
그리고 그게 최선의 방법일 것이니 그렇게 하거라."

"내일 하겠어요, 정말이에요." 그녀가 말했다.   122
"신을 두고 맹세하지만, 그러면 충분할 거예요."
"내일이라고? 아! 그것도 좋겠지만." 그가 말했다.
"안 되지, 이건 그렇게 해서는 안 될 일이야.
이봐 크리세이드, 현자들도 이렇게 말하지 않았던가,
지체할수록 위험은 더 커지는 것이라고.
안 되지, 이렇게 미루는 것은 일고의 가치도 없어.

크리세이드, 분명히 말하지만 모든 일에는 때가 있다.   123
방이나 거실에서 불이 났을 때는
촛불이 어떻게 짚에 떨어지게 됐느냐고
사람들과 전후사정을 묻고 따지기보다는
긴급히 구조부터 하는 게 우선 아니겠니.
아! 하느님 맙소사, 그렇게 따지는 동안
피해는 입을 대로 입고 볼 장 다 보는 거지!

그러니 얘야, 나쁘게 생각하지 말고 들어봐라.   124
만일 네가 왕자님이 밤새도록 이 슬픔을 겪도록
그냥 둔다면 지금 우리 둘만 있으니 하는 말인데,

너는 결코 그분을 사랑한다고 할 수 없는 거다.
하지만 나는 네가 그러지 않을 것으로 안다.
넌 매우 현명한 여자니까 밤새도록 그분의 생명을
위험에 빠뜨리는 어리석음을 저지르지는 않겠지."

"제가 그를 사랑하는 게 아니라니요! 세상에 말도 안 돼.   125
정말 사랑을 못 해 본 건 삼촌이지요." 그녀가 말했다.
"내 행복을 건다만, 어디 두고 보자." 그가 대답했다.
"네가 나를 들먹이며 비교하고 있는데, 만일 내가
밤새도록 그분이 슬퍼하는 걸 보고 싶어 한다면
트로이의 모든 보물을 다 얻는다 하더라도
결코 기쁨을 느끼지 못하게 해달라고 기도하겠다.

그렇다면 이제 보자고. 만일 그분의 애인인 네가   126
별것도 아닌 일 때문에 밤새도록 그분 생명을
위험에 빠뜨린다면, 높이 계신 신을 두고 맹세하지만,
이렇게 지체하는 것은 어리석음 때문이 아니라
솔직히 말해서 악의 때문이다.
아, 만일 네가 그분을 고통받도록 그냥 내버려둔다면
너는 친절한 것도 아니고 예의를 지키는 것도 아니다."

그러자 크리세이드가 대답했다. "한 가지만 해주세요.   127
그러면 그분의 모든 고통을 멈추게 할 수 있어요.
이 푸른 반지를 받아서 그분께 가져다드리세요.

제가 아니면 그분을 더 기쁘게 하고
더 잘 달래줄 수 있는 것은 아무것도 없을 테니까요.
그리고 제 사랑에게 말씀해주세요. 그분의 슬픔은
근거 없는 것이며 내일이면 알게 되실 거라고요."

"반지라고?" 그가 말했다. "무슨 뚱딴지같은 소리냐!   128
이것 봐, 크리세이드, 그런 반지라면 죽은 사람이라도
살아나게 할 수 있는 보석이 박혀 있을 터인데,
네가 그런 보석을 가졌다는 게 믿어지지 않는다.
머리에서 분별력이 사라져버렸구나.
느낄 수 있어." 그가 말했다. "불쌍한 크리세이드.
아, 시간 낭비로다! 늑장 부린 것을 후회하게 될 거다.

고매한 심장을 가진 사람들은 사소한 일 때문에   129
슬퍼하거나 침묵하지 않는다는 것을 잘 알지 않느냐?
그러나 만일 그것이 어떤 바보의 맹렬한 질투라고 한다면
나는 그런 자의 슬픔에는 조금도 개의치 않을 것이며
혹시라도 언젠가 우연히 그를 만나게 된다면
한두 마디로 적당하게 둘러대면 될 것이다.
그러나 이것은 전혀 다른 성질의 일이다.

이분은 매우 점잖으며 연약한 심성을 가졌으므로   130
자신의 슬픔을 죽음으로 풀고자 하실 것이다.
그분은 아무리 가슴이 아플지라도

네게는 질투한다는 말을 한마디도 하지 않으실 거야.
그러니 크리세이드, 그분 가슴이 무너져버리기 전에
직접 이 일에 대해 말씀드리거라.
말 한 마디로도 너는 그분의 마음을 잡을 수 있어.

나는 그분이 어떤 위험에 처했는지 얘기했고   131
그분이 이곳에 온 것을 아는 사람은 아무도 없다.
그러니 분명히 아무런 피해도 없고 죄도 되지 않는다.
오늘 밤은 내가 몸소 너와 함께 있어주겠다.
너도 너의 기사님이 어떤 상황인지 알고 있으며
마땅히 그분에게 의지할 권리가 있으니
원한다면 언제라도 그분을 이리로 모셔오마."

이 모든 얘기는 듣기에도 그가 무척이나 가여웠고   132
얘기를 듣고 보니 모두 사실처럼 들렸으며,
그녀의 기사 트로일러스가 매우 소중했고
장소도 안전하고 그가 온 것을 아무도 몰랐으므로
비록 그녀가 그에게 특별한 호의를 베푼다 하더라도
모든 상황을 고려해볼 때, 그녀가 한 일은 모두
선의에서 이루어지는 것이므로 전혀 놀랍지 않았다.

크리세이드가 대답했다. "신이여, 저의 영혼을   133
편하게 해주소서! 그분께는 정말로 미안합니다.
그러니 삼촌, 제가 호의를 베풀 수 있다면

정말로 기꺼이 최선을 다해 그렇게 하겠어요.
그러나 삼촌이 여기 머무시든 그분을 불러오시든
저에게 보다 나은 판단력이 생기지 않는 한
과연 어찌해야 좋을지 진퇴유곡입니다."

판다로스가 말했다. "크리세이드, 내 말 좀 들어보겠나?   134
진퇴유곡이란 '천박한 자들의 추방'[20]이라고 하지.
어려운 얘기 같은데, 그건 천박한 자들이 게으르고
고집스러워 절대로 배우려 들지 않기 때문에 하는 말이야.
이렇게 말하는 사람들은 콩 두 쪽만큼의 가치도 없다.
하지만 너는 현명하고, 현재 우리가 당면한 일은
물리치는 게 어렵지도 않고 조심할 일도 아니다."

"그렇다면." 그녀가 말했다. "좋을 대로 하세요.   135
하지만 왕자님이 오시기 전에 제가 먼저 일어나지요.
진심으로 말씀드려 저는 전적으로 두 분을 신뢰하며
두 분 모두 현명하신 분들이니까
제발 신중하게 일을 하셔서
저는 명예를, 그분은 기쁨을 얻도록 해주세요.
이 일에 대해선 전적으로 삼촌 지시를 따르겠어요."

"그럼, 그래야지, 사랑하는 크리세이드." 그가 말했다.   136

---

20 유클리드 제5명제 이름인 '엘류푸가(Eleufuga)'에 해당하는 '푸가 미세로룸(fuga
    miserorum)'을 번역한 것. 판다로스는 용어들을 혼동하는 것처럼 보인다.

"현명하고 부드러운 마음에 행운이 내리기를!
그럼 여기에 가만히 누워 그분을 맞도록 해라.
네가 뛰어나가서 맞이할 필요는 없다.
그리고 각자 서로의 아픈 마음을 달래주거라.
바라건대 이제 곧 우리 모두는 기뻐할 것이니,
오! 비너스 님이시여, 찬미받으소서!"

트로일러스는 곧 그녀의 침대맡으로 왔고   137
매우 겸손히 무릎을 꿇더니 그녀 옆에 앉았다.
그리고 최선의 예를 갖추어 그녀에게 인사했다.
그런데 오! 그녀의 얼굴이 순식간에 홍당무로 변했다!
아니, 설령 사람들이 그녀의 목을 베는 한이 있어도
그녀는 그의 갑작스러운 출현에 놀라
무어라 대꾸할 한 마디 말도 꺼내지 못했을 것이다.

그러나 모든 일의 상황 파악에 매우 민첩한   138
판다로스가 재빠르게 농담을 꺼내며 말했다.
"크리세이드, 왕자님께서 무릎 꿇는 모습을 좀 보라고.
세상에 이렇게 훌륭하신 분이 다 있담."
그러면서 그는 방석을 가지러 뛰어가며 말했다.
"원하시는 만큼 오래 무릎 꿇고 계세요.
신께서 곧 두 사람의 마음을 편하게 해주실 겁니다."

그녀는 트로일러스에게 일어나라고 하지 않았다.   139

그녀가 슬픔 때문에 그렇게 할 것을 잊었는지,
아니면 그가 마땅히 지켜야 할 의무라고 생각해서
그대로 무릎 꿇게 한 것인지 나는 모른다.
그러나 나는 그녀가 그를 매우 기쁘게 했으니,
비록 한숨을 쉬면서도 그에게 입을 맞추었고
곧 그를 자리에 앉게 했다는 것을 잘 알고 있다.

판다로스가 말했다. "자, 이제 시작해볼까요?   140
착하고 귀여운 크리세이드, 왕자님을 커튼 안쪽
자네 침대 위로 앉으시도록 해야지.
그래야 서로가 상대방 말을 더 잘 들을 수 있지."
이렇게 말하며 그는 난로 쪽으로 가서
등불을 집어 들었는데, 마치
두 사람의 연애를 지켜보려는 듯한 태도였다.

자신이 트로일러스의 진정한 여자이며   141
매우 안전한 곳에 있다고 느낀 크리세이드는
비록 그녀의 시종과 기사가
절개 없는 여자라고 의심할까 봐 걱정은 됐지만,
그래도 그의 괴로움을 생각했으며
또 그런 바보짓도 다 사랑 때문이라고 여기고
그의 질투심에 대해 이렇게 말했다.

"보세요, 사랑하는 왕자님,   142

그 누구도 거역할 수 없고 거역해서도
안 되는 사랑의 탁월한 힘에 이끌렸으므로,
제가 왕자님의 진실한 마음과 봉사를
매일매일 완전히 느끼고 보았기 때문에,
그리고 사실상 왕자님의 마음은 제 것이기에
저는 무엇보다 왕자님의 고통을 가엾게 여겼습니다.

그리고 이제까지 왕자님은 제게 늘 자상하셨으니,   143
사랑하는 저의 기사님, 그 모든 것에 대해
비록 충분한 감사를 드릴 수는 없다 하더라도
지력이 닿는 최대한으로 깊이 감사드립니다.
그리고 제 지력과 힘이 닿는 데까지,
비록 그것이 어떤 고통을 안겨줄지라도,
온 마음을 다해 언제나 왕자님께 충실하겠으며,

분명히 그것을 증명해 보이겠습니다.   144
그러나 사랑하는 왕자님,
이 모든 것이 뜻하는 바를 말씀드리려 하오니,
비록 제가 불평을 하더라도 슬퍼하지는 마세요.
왜냐하면 그렇게 함으로써 왕자님과 제 마음을
무겁게 누르고 있는 그 고통을 완전히 없애고
모든 잘못을 바로잡으려 하는 것이니까요.

사랑하는 임이시여, 저는 질투심, 그 사악한 독사가   145

왜, 그리고 어떻게 그처럼 이유도 없이
왕자님의 마음속에 기어들어갔는지 모르겠어요.
제가 기꺼이 그 독을 제거해드리겠어요.
아, 전체로든 부분적으로든, 그것이 감히
그토록 존귀하신 곳에 피난처를 마련하다니!
제우스 신께서 빨리 가슴에서 그것을 제거해주시길!

그러나 오, 자연의 주인이신 제우스 신이시여,   146
죄 없는 사람들이 세상에서 고통을 당하고
죄지은 자들은 모두 벌도 받지 않고 살고 있으니,
이것이 당신의 신성에 명예가 되는 일인가요?
아, 아무 죄도 없이 질투심을 겪게 하시는
당신께 불평하는 것이 합법적인 일이라면,
저는 당신께 불평하며 울부짖고 싶습니다.

또한 저를 매우 슬프게 하는 것은 요즘 사람들이   147
습관적으로 '그래, 질투도 사랑이야' 하는 말입니다.
그러면서 사랑 한 방울을 그 위에 떨구어 넣었다며
두 단지나 되는 독을 잘 봐달라고 합니다!
그러나 하늘에 계신 위대하신 신께서는
그것이 사랑인지 증오인지 분노인지 알고 계시니,
이후로 그것은 걸맞은 이름으로 불려야 합니다.

그러나 확실히 어떤 질투는 다른 질투에 비해   148

더 너그럽게 용서될 수 있는데, 그럴 만한 이유가
있을 때 그렇습니다. 또한 질투로 인한 상상이
때때로 연민으로 크게 억압받게 될 때는
질투가 행동이나 말로 큰 잘못을 일으키지는 않고
점잖게 자신의 모든 고통을 마셔버리지요.
그런 질투는 그 고상함 때문에 용서가 됩니다.

그런데 어떤 질투는 분노와 악의로 가득 차 있어서   149
사람이 그것을 억누를 수 있는 한계를 넘어갑니다.
그러나 사랑하는 내 임께선 그런 상황은 아니니
신께 감사드릴 뿐입니다. 왕자님의 그러한 감정은
넘치는 사랑과 지나친 걱정이 일으키는
환상이라고밖에는 할 수 없을 거예요.
그것이 마음에서 그런 불편을 일으켰던 것이지요.

그것은 정말 유감이지만 제가 화가 난 건 아니에요.   150
그러나 제 의무와 왕자님 마음의 평안을 위해,
원하는 어디에서든, 시험으로든 아니면 맹세로든,
제비를 뽑든 아니면 원하는 어떤 방법을 통해서든
반드시 그 의혹을 증명해보기로 하십시오.
만일 제 잘못으로 판명된다면 제가 죽겠습니다!
아! 더 이상 무슨 할 말이 있겠습니까?”

그러면서 그녀는 반짝이는 눈물을 몇 방울 떨구고는   151

계속해서 말했다. "신이시여, 당신은 아십니다.
이 크리세이드는 결코 생각으로든 행동으로든
트로일러스 님을 배신한 적이 없었다는 것을."
그리고 그녀는 머리를 침대에 누이고
이불로 감싸더니 땅이 꺼져라 한숨을 쉬면서
입을 다물고 더 이상 한마디 말도 하지 않았다.

신께서 이 모든 슬픔에 종지부를 찍어주시리라!   152
원컨대 신께서는 능력을 가지셨으니 그렇게 해주시리라.
안개 자욱한 아침이 지나고 나면 즐거운 여름의
하루가 이어지고, 겨울이 가고 나면 푸른 오월이
뒤따르는 것을 나는 자주 보아왔기 때문이다.
심한 싸움 뒤에 승리가 오는 것을
사람들은 매일 눈으로 보고 책에서 읽기도 한다.

그녀의 말을 다 듣고 나자 트로일러스는   153
분명히 말해서 잠자고 싶은 생각이 사라져버렸다.
그의 여자인 크리세이드가 우는 모습을 보니
매를 맞는 느낌이 드는 정도가 아니었다.
크리세이드가 눈물방울을 떨굴 때마다
마치 죽음의 경련이 심장으로 밀려와서
숨통을 조이는 것 같은 느낌이 들었다.

그래서 그는 마음속으로 자신이 그곳에 온 시각과   154

그가 태어난 시간을 원망하기에 이르렀다.
왜냐하면 이제 상황은 설상가상 꼴이 되었고
그가 이제까지 공들인 모든 수고가 허사가 됐으며
그래서 이제는 다 끝장났다고 생각했다.
"오 판다로스." 그는 말했다. "당신의 계획이
모두 무위로 끝나고 말다니, 아! 오늘은 슬픈 날이오!"

그러면서 고개를 푹 떨구더니 무릎을 꿇고 앉아   155
슬픈 한숨을 쉬었다. 무슨 말을 할 수 있었으랴.
그의 슬픔을 위로해줄 그녀가 화가 났으니
그는 자신이 죽은 것이나 다름없다고 느꼈다.
그럼에도 그는 말을 할 수 있을 때 이렇게 말했다.
"신께서 아시지만, 모든 일이 밝혀지게 된다면
내가 이 일에서 아무 잘못이 없다는 것을 아실 거요."

그러면서 슬픔이 그의 마음의 문을 닫아버렸으므로   156
눈에서는 한 방울의 눈물도 떨어지지 않았다.
그리고 모든 기운이 온통 놀라고 억압된 것처럼
모든 신체적 활력이 차단되고 말았다.
슬픔의 감정이나 두려움의 감정이나
또는 다른 어떤 감정도 모두 완전히 사라졌으므로
그는 푹 쓰러지며 순식간에 기절하고 말았다.

이것은 보기에도 결코 가벼운 슬픔이 아니었다.   157

아무도 말이 없었다. 판다로스가 벌떡 일어나
이렇게 말했다. "크리세이드, 조용히 해. 그렇지 않으면
우린 끝장이야. 두려워하지 마라." 그러나 마침내
이럭저럭 그를 침대 위로 옮겨놓고 말했다.
"오, 도둑놈, 이게 사나이 심장이란 말인가?"
그리고 트로일러스를 속옷만 남긴 채 벗기고는

그녀에게 말했다. "크리세이드, 지금 우릴 돕지 않는다면   158
아, 너의 트로일러스도 끝장나게 된다고."
"알겠어요. 어떻게 하는지만 안다면 기꺼이 돕지요"
하고 그녀가 대답했다. "세상에 이럴 수가 있담!"
"그렇다면, 크리세이드. 그의 가슴을 찌르는 가시를
뽑아줄 수 있겠나?" 하고 판다로스가 물었다.
"모든 것을 용서했으며 고통도 다 끝났다고 말해줘라."

"예, 태양이 감싼 모든 좋은 것보다   159
그것이 제게는 더 좋을 것 같아요." 그녀가 말했다.
그러면서 그녀는 그의 귀에 대고 이렇게 맹세했다.
"정말이에요, 내 사랑, 저는 화나지 않았어요.
여기 제 진심과 여러 다른 많은 맹세도 드리겠어요.
어서 말 좀 해보세요. 저예요, 크리세이드예요."
그러나 허사였다. 그는 여전히 깨어나지 않았다.

그러자 그들은 그의 팔목과 손바닥을 문지르고   160

그의 양쪽 관자놀이를 물로 적셔주었다.
그리고 그를 괴로운 속박에서 벗어나도록
그녀는 자주 그에게 입을 맞추었다. 간단히 말해
그녀는 그를 소생시키려고 온갖 애를 다 썼다.
그러자 마침내 그가 숨을 쉬기 시작했고
그러더니 곧 기절에서 깨어났으며,

점점 정신과 기억이 되돌아오기 시작했다.   161
그러나 매우 안타깝게도 그는 당혹해하더니
좀 더 정신이 들자 한숨을 내쉬며 말했다.
"오, 맙소사, 대체 무슨 일이 있었던 거지요?
왜 두 사람이 모두 쩔쩔매고 있지요?"
크리세이드가 답했다. "남자가 왜 그래요?
오, 트로일러스 님! 창피하게 정말 이러실 건가요?"

그러면서 그녀는 팔로 그를 감싸안아주었고   162
모든 것을 용서하며 연신 그에게 키스를 했다.
그는 그녀에게 감사를 했고, 그녀는 말을 걸면서
그의 마음을 최대한 편하게 해주었다.
그녀는 그의 말에 또박또박 응답을 했으니
그녀의 다정한 말은 그의 사기를 돋우었고
자주 그의 슬픔에 위로가 되어주었다.

판다로스가 말했다. "상황을 보아하니   163

이 촛불도 나도 여기에선 아무 도움이 안 되겠군.
빛은 아픈 사람들 눈에 좋은 게 아니지.
그러나 두 사람이 이렇게 좋은 상황에
이르게 되었으니, 이제는 두 사람 마음에
슬픈 생각일랑은 아예 얼씬도 못 하게 해요."
하면서 그는 촛불을 굴뚝으로 가져갔다.

그녀는—사실 그럴 필요도 없었지만—   164
원하는 맹세들을 그에게서 받아냈는데,
그러고 나니 그녀는 그에게 자리에서 일어나도록
시켜야 할 어떤 두려움도 이유도 없다고 느꼈다.
그러나 많은 경우 맹세보다 더 작은 것으로도
충분하다. 내 생각으로, 진실로 사랑하는
사람은 누구든지 그냥 다정하게 해주려고 한다.

그러나— 질투를 살 만한 근거가 없었으니까—   165
결국 그녀는 그가 누구에게 어디서 그리고 왜
질투를 느꼈던 것이며, 그를 질투나게
만들었던 구체적 근거들을 알고 싶어 했다.
그녀는 그에게 모든 것을 말해달라고 재촉했으며,
그렇지 않으면 분명히 이 모든 것은 악의적으로
자신을 시험해보려는 행위라며 나무랐다.

간단히 말하자면, 그는 더 이상 지체할 것도 없이   166

자기 여자의 요구에 무조건 복종해야 했다.
그래서 그는 더 큰 해를 피하려는 척을 했다.
그는 그녀가 여차여차한 축제에 갔을 때 혹시
자신을 본 적이 있지 않았느냐고 물었다.
그는 마치 변명을 둘러대야 하는 사람처럼
무슨 얘긴지 알 듯 말 듯 한 허튼소리를 했다.

그녀가 대답했다. "아무리 그렇다 해도   167
제가 아무런 저의도 없었는데 그게 무슨 잘못이지요?
우리 둘을 창조하신 신을 두고 맹세하지만
이 모든 일에서 제 양심은 깨끗하답니다.
왕자님 주장은 한 푼 가치도 없는 것이에요.
정말 어린애처럼 질투나 하실 건가요?
그러면 왕자님은 매를 맞아도 마땅할 거예요."

이 말에 트로일러스는 슬픈 듯 한숨을 내쉬었다.   168
혹시 그녀가 화를 내지는 않을까 조마조마하며
그는 말했다. "아! 나의 쓰디쓴 슬픔을
가엾게 여겨주오, 내 사랑 크리세이드.
비록 내가 한 말에 무슨 잘못이 있더라도
이제 더 이상 잘못을 저지르지 않겠소.
좋을 대로 해요. 전적으로 당신 처분을 따르리다."

그녀가 대답했다. "잘못에 대해서는 자비가 있지요.   169

212

다시 말씀드려 저는 이 모든 것을 용서합니다.
그리고 언제나 오늘 밤을 잊지 않도록 하세요.
더 이상 잘못하지 않도록 명심하시고요."
"알겠소, 내 사랑." 그가 말했다. "명심하리다."
"그런데." 그녀가 말했다. "저도 왕자님을 아프게 했으니
저 또한 용서해주세요, 사랑하는 임이시여."

트로일러스는 이 같은 기습적인 행복을 얻게 되자   170
오직 선의만을 품었던 사람처럼 신에게 모든 것을
맡겨버렸다. 그리고 갑작스럽게 충동적으로
두 팔로 그녀를 세차게 끌어안았다.
일이 잘되기를 바라고 있던 판다로스는
잠자리에 누우며 말했다. "두 사람이 현명하다면
사람들이 깨지 않도록 이제는 기절하지 마십시오."

가여운 종달새가 새매의 발에 잡혔을 때   171
무슨 말을 할 수 있겠는가?
나도 더는 모른다. 그러나 일년이 걸리더라도,
사람들이 이 얘기를 좋아하든 말든,
내가 그들의 슬픔에 대해 이야기했던 것처럼
얼마 동안은 이 두 사람의 행복에 대해
원저자가 말하는 대로 얘기해야 겠다.

자신이 그렇게 안긴 것을 느낀 크리세이드는   172

학자들이 옛 책에서 기록하고 있듯,
그가 그녀를 두 팔에 안고 있는 것을 느끼자
마치 사시나무처럼 떨기 시작했다.
그러나 완전히 고통에서 벗어난 트로일러스는
행운의 일곱 신들[21]에게 감사하기 시작했으니,
이처럼 여러 가지 고통은 사람을 천국에 이르게 한다.

트로일러스는 두 팔로 그녀를 꼭 끌어안은 채   173
말했다. "오 내 사랑, 내가 살아 있는 한
당신은 꼭 잡혔소! 이제 우리 둘밖엔 없소.
달리 어쩔 수 없을 테니 나에게 항복해요."
이 말에 크리세이드는 즉시 이렇게 대답했다.
"내가 벌써 항복하지 않았다면, 내 소중한 임이여,
나는 지금 여기에 와 있지도 않았을 거예요."

아, 옳은 말이로다. 열병이든 다른 큰 병이든   174
병을 치료하려면—우리가 종종 볼 수 있는 것처럼—
사람은 쓰디쓴 물약도 마셔야 하는 법이니,
기쁨을 얻기 위해서는 종종 고통의 잔과
쓰디쓴 고뇌의 잔을 마셔야 하는 것이다.
우리가 여기 이들의 경우에서 알 수 있듯
고통을 통해 완전한 치유가 얻어지는 것이다.

---

21 신들의 이름을 따서 명명한 행운을 주는 일곱 행성들을 가리킴.

그리고 쓴맛을 먼저 경험한 터였으므로   175
이제는 단맛이 더 달게만 느껴지는 것이었다.
그들은 행복의 배에 실려 슬픔에서 빠져나왔으니
태어난 이래로 그런 행복을 느껴본 적이 없었다.
둘이서 슬퍼하느니보다 차라리 이것이 더 좋구나!
모든 여자들이여, 이를 유념해두었다
필요한 때가 오면 본보기로 삼을 것이다.

이제 두려움과 슬픔에서 벗어난 크리세이드는   176
당연히 그를 신뢰했으므로 그를 매우 기쁘게
해주었으니 그것은 보기에도 즐거운 일이었고,
그녀는 그의 진실함과 순수한 의도를 이해했다.
그리하여 마치 향기로운 인동덩굴이
나무줄기를 돌돌 말아 휘감는 것처럼
그들은 두 팔로 서로를 휘감고 얼싸안았다.

마치 소심한 풋내기 소쩍새가   177
처음으로 노래를 시작했다
목동의 말소리나 덤불에서 인기척을 느끼고
노래를 멈추었다가 나중에는 자신 있게
목청을 돋우어 큰 소리로 노래하는 것처럼,
그렇게 크리세이드는 두려움이 사라져버리자
그에게 가슴을 열고 마음을 털어놓았다.

그리고 마치 어떤 이가 죽음을 피할 수 없고   178
아무리 생각해도 죽을 수밖에 없다고 생각하는데
갑자기 구조대가 나타나 그를 탈출시키고
죽음에서 구해 안전한 곳에 데려온 것처럼,
실로 트로일러스는 현재 그러한 기쁨을 느꼈고
게다가 아름다운 자신의 여인도 얻게 되었다.
신이여, 우리가 불행을 겪지 않도록 지켜주소서!

그는 그녀의 작은 팔과 곧고 부드러운 등   179
그리고 길고 살지고 매끈하고 하얀 허리를
더듬기 시작했고, 눈처럼 하얀 목과
동그랗고 작은 젖가슴에 감탄을 연발했다.
그는 낙원에서 기쁨을 누리기 시작했고
그녀에게 천 번이나 입맞춤을 했으니,
그는 너무도 기쁜 나머지 어찌할 바를 몰랐다.

그때 그는 이렇게 기도했다. "오, 자비로우신   180
사랑의 신이시여! 그리고 다음으로 당신 어머니인
사랑스러운 키테레아,²² 그분도 복되십니다.
그분은 자비로운 별 비너스 님이십니다.
그다음으로 히메나이오스²³ 님께 인사드립니다.

---

22 Cytherea : 비너스 여신의 또 다른 이름.
23 Hymenaeus : 결혼의 신.

저처럼 당신들에게 신세를 진 사람도 없사오니,
신들께서 저를 싸늘한 근심에서 구하셨기 때문입니다.

만물을 성스럽게 맺어주시는 자비로운 사랑의 신이시여,   181
은총을 받고자 하면서도 당신을 공경하지 않는 사람은
날개도 없으면서 날려고 욕심을 부리는 사람입니다.
최선을 다해 당신을 섬기며 언제나 애쓰는 사람들을
신께서 자비로 도와주시지 않는다면
―감히 말씀드리지만― 모두가 낭패를 볼 것이니,
당신의 은총은 우리의 공덕보다 더 크기 때문입니다.

그리고―저는 당신의 은총을 입은 사람들 가운데   182
가장 미미한 공덕을 쌓은 자입니다만―신께서는
제가 죽을 것 같은 상황에서 도움을 주셨으며
저를 그토록 높은 위치에까지 올려주셨으니
이보다 더 큰 행복을 어디서 얻을 수 있겠습니까?
당신의 자비와 능력에 찬미와 공경을 드릴 뿐
더 이상 무슨 말을 할 수 있겠나이까.”

그는 재빨리 크리세이드에게 키스했고   183
그녀는 아무런 거부감을 느끼지 않았다.
그가 이렇게 말했다. “내 사랑스러운 여인이여,
어떻게 당신을 즐겁게 해줄 수 있는지 모르겠소.
이제껏 본 가장 아름답고 훌륭한 여인이

나를 마음의 쉼터로 인정했으니
세상에 어떤 남자가 나만큼 행복할 수 있겠소?

여기서 자비가 정의를 능가함을 볼 수 있다오.   184
이토록 사랑스러운 여인을 섬길 자격도 없기에
그것을 체험으로 느끼고 있소.
그러나 내 사랑이여, 비록 내가 자격은 없으나
당신 자비를 잊지 말아주오.
나는 단지 고매한 당신을 섬기는 것만으로도
반드시 더 훌륭한 사람이 될 수 있을 것이오.

그리고 사랑하는 여인이여, 신께서는   185
나를 당신을 섬기는 사람으로 삼으셨으니
당신은 원하는 대로 나를 살릴 수도
죽일 수도 있는 지배자가 된 것이므로
당신의 고마움에 갈음할 방법을 내게 가르쳐서
내 무지로 당신을 불편하게 만드는
어떤 일도 하지 않게 해주오.

하지만 이것만은 감히 확실하게 말해두겠소,   186
나의 참으로 아름답고 완벽한 여인이여.
평생토록 언제나 당신에게 신의를 지키겠소.
당신의 명령에 불복하지도 않겠소.
당신이 곁에 있든 없든, 만일 내가 배신한다면

그래서 나의 죽음이 당신을 기쁘게 한다면,
내가 잘못하는 즉시 나를 죽여도 좋소."

"알겠어요." 그녀가 말했다. "오, 내 마음의 기쁨이요   187
내 평화의 근본이며 간절히 원하는 임이시여,
황송하게도 그 말을 전부 다 믿습니다.
그러니 우리 이제 이런 얘기는 그만하시지요.
여기서 얘기는 할 만큼 충분히 했으니까요.
그러나 마지막 한마디만 할게요. 어서 오세요,
나의 기사, 나의 평화, 내게 충족하신 분이여."

나의 머리로는 그들이 느낀 즐거움과 환희를   188
백분의 일도 표현하는 게 불가능할 것이다.
그러한 행복의 향연을 경험한 여러분이
얼마나 기뻤을지 알아서 판단해보시라.
내가 말할 수 있는 것은 다만 이것뿐이다.
곧, 그날 밤 두 사람은 반은 의심하고 반은 확신하면서
사랑의 위대한 진가를 맛보았다는 사실이다.

오, 그들이 그토록 오래 갈망하던 행복한 밤이여,   189
너는 그 두 사람에게 얼마나 큰 즐거움이었으랴!
왜 그것을, 아니 그들이 누린 기쁨의 최소한 만큼도
나는 내 영혼을 다해 희구하지 않았단 말인가?
꺼져라! 너희 고약한 멸시와 두려움이여,

너무도 엄청나서 내가 도무지 표현할 수 없는
저 천상의 열락에 그들을 머물게 할 지어다.

그러나 글재주가 비상한 나의 원저자가   190
말한 그대로 모든 것을 다 표현할 수는 없겠지만
나는 사실상 모든 것에서 그의 이야기의 핵심을
다 기술했다―그리고 앞으로도 그렇게 할 것이다―.
만일 내가 사랑에 대한 존경심 때문에
더 근사하게 보이도록 덧붙인 말들이 있다면
그것은 여러분이 좋을 대로 받아주기 바란다.

이곳과 이 책의 도처에 널린 내 표현들은   191
사랑의 기술에 능통한 여러분의 감독을 받으며
필자가 그 모든 것을 하나하나 쓴 것인데,
내가 쓴 것을 과장하거나 축소하는 일은
전적으로 여러분 분별력에 달린 것이므로
알아서 해주기를 부탁하고,
나는 이제 앞서 하던 얘기로 돌아가겠다.

두 팔로 끌어안고 누워 있던 두 사람은   192
서로 떨어지는 게 너무 싫었던지
상대를 잃는 상상을 하기도 했다.
아니, 그들이 무엇보다도 두려워했던 것은
모든 것이 백일몽은 아닐까 하는 것이었다.

그래서 그들은 자주 말했다. "오 내 사랑,
내가 당신을 안고 있나요, 아니면 꿈을 꾸는 건가요?"

오! 그는 그녀를 바라보는 게 너무도 좋아서   193
그녀 얼굴에서 잠시도 시선을 떼지 않으며
말했다. "오 내 사랑하는 여인이여,
당신이 여기에 있다는 게 도대체 사실인가요?"
"그럼요, 내 사랑, 신의 은총에 감사할 뿐이에요."
크리세이드가 대답하며 그에게 키스하니
그는 행복한 나머지 정신을 차리지 못했다.

트로일러스는 그녀의 눈에 자주 입 맞추며   194
이렇게 말했다. "오 영롱한 두 눈이여,
나를 그토록 슬프게 만들었던 게 바로 너였구나.
네가 내 사랑하는 여인의 덫이로구나.
너의 겉모습에는 자비라고 쓰여 있지만
그 문구는 정말로 해석하기 어려운 것이로구나.
어떻게 너는 끈도 없이 나를 묶을 수 있었느냐?"

그러면서 두 팔로 그녀를 꼭 끌어안고   195
족히 백번은 한숨을 내쉬었는데,
그것은 사람이 슬플 때나 아플 때 내는
비통한 한숨이 아니라
그의 내면 감정을 드러내 보여주는,

기쁨에서 나오는 안도의 한숨이었다.
그는 그런 한숨을 멈출 수가 없었다.

그리고 나서 그들은 그 상황에 어울리는   196
여러 가지 얘기들을 나누었다.
그리고 장난을 치며 반지를 교환했는데
반지에 쓰인 문구는 나로선 알지 못한다.
그러나 크리세이드가 루비가 심장처럼 박힌
금빛과 남청색이 어우러진 브로치를 그에게 주며
옷에 달아준 사실을 분명히 안다.

아! 여러분은 사랑을 비웃고 경멸하는   197
인색하고 천박한 자린고비가
긁어모으고 쌓아두는 돈에서
완전한 사랑으로 주어지는 그런 기쁨을
한 톨만큼이라도 얻을 수 있다고 믿는가?
분명히 아니다. 신께 맹세하여 말하지만
어떤 수전노도 그런 완전한 사랑을 얻지 못하리라.

그들은 '그렇다'고 말하겠지만 그 천박한 자들은   198
슬픔과 두려움에 가득 차 거짓말을 하는 것이다.
그들은 사랑을 미친 짓이거나 바보짓이라고 하지만
그들에게는 내가 말하는 불행이 일어날 것이니,
은과 금을 모두 잃고 슬픔에서 살게 될 것이다.

신이여, 그들에게 불행을 내리시고
모든 성실한 연인들에게는 성공을 내려주소서.

신께 간구하오니, 사랑의 봉사를 우습게 아는   199
상스러운 자들 모두에게 탐욕으로 가득했던
미다스 왕 같은 긴 귀를 갖게 하시고,
크라수스²⁴가 사악한 욕정을 채우려고 마셨던
뜨겁고 독한 술을 마시게 하심으로써
그들이 잘못된 것이지, 그들이 어리석다고 주장하는
연인들이 잘못된 것이 아님을 깨닫게 하소서.

내가 여러분에게 얘기하는 바로 이 두 연인은   200
상대의 마음을 확신하게 되자
곧 이야기를 나누고 서로 희롱하기 시작했는데,
그들은 언제 어디서 어떻게 처음 알게 되었고
그동안 어떤 슬픔과 두려움을 겪었는지를
얘기하고 또 얘기했다. 그러나 그 모든 슬픔은
신께 감사하게도 기쁨으로 바뀌게 되었다.

그리고 그들이 지난 기간 겪었던   201
애환을 이야기하기 시작하면
대화는 언제나 입맞춤 때문에 중단되었고

---

24 Crassus : 로마의 장군으로 기원전 53년 파르티아인들에 의해 죽임을 당했다. 파르티아
의 왕은 크라수스를 죽인 후 그의 입안에 녹인 금물을 쏟아넣었다고 한다.

그러면 이내 그들은 새로운 기쁨에로 돌입했다.
그들은 이제 하나를 이루었으므로
온 힘을 다해 행복을 되찾고 편안히 지내며
이전의 슬픔을 기쁨으로 보상받고자 했다.

상식적으로 말해 잠에 대한 얘기는 못 하겠다.   202
그것은 이야기 내용과는 어울리지 않기 때문이다.
사실 그들은 잠잘 생각이 거의 없었다.
하지만 자신들에게 주어진 그토록 소중한 밤을
절대로 헛되이 낭비할 수는 없었으므로
그들은 기쁨을, 그리고 으레 사랑에 관련된
일을 추구하며 그 밤을 바쁘게 보냈다.

그러나 모든 사람의 시계인 수탉이   203
가슴을 치며 꼬끼오 하고 울기 시작했고
낮의 전령사인 루키페르[25]가 떠오르며
광채를 뿌리기 시작했고,
동편에서는 아는 사람은 다 볼 수 있는
별무리들이 떠오르자 크리세이드는
아쉬운 마음으로 트로일러스에게 말했다.

"나의 소중한 임, 내 믿음이요 기쁨인 왕자님,   204

---

25 Lucifer : 빛의 전령사라는 뜻으로 샛별 금성을 가리킨다.

세상에 태어난 게 원망스러워요! 이제 날이 밝아
우리가 헤어져야 한다니 너무나 슬프군요!
하지만 어서 일어나 이곳을 떠나셔야 해요.
그렇지 않으면 저는 큰일을 겪게 되거든요.
오, 밤이여, 너는 왜 제우스 신께서 알크메네[26]와
동침할 때처럼 오래 우리를 덮어주지 않느냐?

오, 어두운 밤이여, 사람들이 책에서 읽듯,   205
때에 맞춰 너의 검은 옷으로 세상을 가려
사람들이 쉴 수 있도록 신께서 창조하셨으나
낮은 우리를 노동으로 지치게 하는데
너는 이처럼 달아나 우리에게 휴식을 주지 않으니
짐승들이 너에게 불평하고
사람들이 너를 꾸짖는 것도 당연하구나.

아, 성급한 밤이여, 너는 너무 빨리 의무를   206
마치는구나. 만물을 창조하신 신께서
너의 성급함과 불친절을 벌하시어
언제나 우리의 땅 위에 꼭 묶어두고
절대로 땅 밑으로 내려가지 못하게 한다면 좋으련만!
네가 그처럼 빠르게 트로이에서 물러가니
나도 그만큼 빨리 내 기쁨을 잃고 마는구나.”

---

26 Alcmene : 헤라클레스의 어머니. 제우스가 그녀를 유혹할 때 그는 밤의 길이를 세 배로
  늘렸다고 한다.

이 말을 들은 트로일러스는 괴로운 나머지   207
가슴에서 피눈물이 흘러내리는 것 같았는데,
그토록 커다란 기쁨을 맛본 뒤에
그처럼 크나큰 슬픔이 엄습하는 것을
여태껏 경험해보지 못했던 것이다.
그는 사랑하는 여인 크리세이드를
두 팔로 꼭 끌어안으며 이렇게 말했다.

"오, 잔인한 낮이여, 밤과 사랑이 훔쳐다   208
꼭꼭 숨겨놓은 기쁨에 종지부를 찍는 자여,
너의 빛나는 눈은 모든 틈새까지 찾아드니
네가 트로이에 찾아온 것이 정말 원망스럽구나!
질투쟁이 낮이여, 엿보는 게 그렇게 좋더냐?
네가 무엇을 잃었기에 여기까지 찾아온 것이냐?
신께서 자비롭게 네 빛을 꺼주시면 좋겠구나!

오, 이 연인들이 네게 무슨 잘못을 했단 말이냐?   209
인정 없는 낮이여, 지옥의 고통이나 맛보아라.
너는 숱한 연인들에게 훼방을 놓았고 또 놓을 것이니
네가 끼어들면 그들이 머물 곳이 없어진다.
어쩌자고 네 빛을 여기서 팔려고 내놓는 거냐?
팔려면 가서 작은 도장을 새기는 자들에게나 팔아라.
우리는 낮이 필요하지 않으니 너를 사지 않겠다."

226

그리고 그는 태양 티토노스를 꾸짖어 말했다.   210
"바보야, 너는 사람들에게 경멸을 당해도 마땅하다.
너는 밤새도록 오로라를 옆에 끼고 있다가
그녀를 새벽 일찍 네게서 일어나게 만들어
연인들에게 불편만 주게 하는구나.
아! 너와 아침이여, 잠자리에서 나오지 마라.
너희 둘에게 슬픔이 내리기를 신께 기도한다."27

그는 깊은 한숨을 내쉬며 말했다.   211
"나의 사랑하는 여인, 내 행복과 슬픔의 샘이며
원천, 오, 나의 사랑 크리세이드,
내가 정녕 일어나서 떠나야 한단 말이오?
나는 지금 가슴이 둘로 쪼개지는 느낌이오.
내 인생은 오로지 당신과 함께 하는 것인데,
어떻게 한 시간인들 인생을 유지하겠소?

아, 슬프도다. 언제 어떻게 이곳에서   212
또다시 당신과 함께 할 수 있게 될지
알 수 없으니 어떻게 하면 좋단 말이오?
내 목숨이 어찌 될지는 신만이 아시지만,
지금 이 순간도 나는 욕망으로 불타고 있으니
돌아오지 못한다면 그만 죽고 말 거요.

---

27 새벽의 여신 오로라(에오스)는 애인 티토노스를 밤새도록 끼고 자다 새벽이 되면 먼저
    자리에서 일어나 세상을 밝혔다고 한다.

내가 어떻게 당신과 오래 떨어져 살 수 있겠소?

그렇지만 아, 오직 나만의 빛나는 여인이여,   213
당신이 내 가슴속에 새겨져 있듯
당신의 비천한 종이며 기사인 내가
당신의 가슴속에 굳게 새겨져 있음을
확신할 수 있다면—진실로 나에게 이것은
두 왕국을 얻는 것보다 더 소중한 일이오—.
나는 모든 고통을 더 잘 견딜 수 있을 거요."

이 말을 듣자 크리세이드는 한숨을 내쉬며   214
즉시 이렇게 대답했다. "오, 사랑하는 왕자님,
사실상 우리의 사랑은 너무도 깊어졌으니
태양이 궤도에서 벗어나 떨어져나가고
모든 독수리가 비둘기의 친구가 되고
모든 바위가 제자리에서 튀어오를 때까지
왕자님은 크리세이드의 가슴속에 남아 있을 거예요.

왕자님은 제 마음속 깊은 곳에 새겨져서   215
왕자님을 생각에서 지우고 싶다 해도,
제 영혼이 구원받기를 소망하듯 확실하게, 그리고
제가 고문당해 죽는다 해도 저는 지울 수 없을 거예요.
그래서 제발 부탁이오니 왕자님 머릿속에
다른 어떤 상상도 끼어들지 못하게 해주어요.

228

그렇지 않으면 저는 죽을 것만 같으니까요.

그리고 간청드리니, 제가 왕자님께 그러하듯   216
왕자님도 저를 마음속에 꼭 담고 계셔야 해요.
만일 제가 그것을 확신할 수 있다면
신께서도 제 기쁨을 빼앗지 못할 것입니다.
그러니 사랑하는 왕자님, 더 이상 말씀 마시고
제게 진실해주세요. 안 그러시면 속상할 거예요.
신과 저의 진실에 맹세코, 당신은 제 것이니까요.

그러니 기뻐하시고 저를 믿고 사세요.   217
이제껏 이런 말은 처음이고 그 누구에게도 하지 않을 거예요.
만일 떠나고 나서 곧 돌아오는 게
왕자님에게 정말 큰 기쁨이 되신다면,
제가 영혼의 안식을 소망하듯 확실하게,
그런 기쁨이 왕자님께 일어나길 고대하겠어요.”
그녀는 두 팔로 그를 안고 여러 번 입을 맞추었다.

어쩔 도리가 없었으므로 트로일러스는   218
의지에 반해 일어나 떠날 채비를 갖추었다.
그리고 자신의 여자를 두 팔로 백번은
안아주고 나서 서둘러 길을 나섰는데
마치 가슴에 피를 흘리듯 그녀에게 말했다.
“잘 있어요, 내 사랑하는 여인이여,

신께서 건강히 곧 다시 만나게 해주실 것이오."

그녀는 슬퍼서 그에게 아무 대답도 하지 못했으니   219
그와의 헤어짐은 그녀를 너무도 힘들게 했다.
그리고 트로일러스는 궁으로 돌아갔는데
사실상 그도 그녀만큼이나 슬픔에 잠겨 있었다.
그가 행복에 젖어 있던 그곳에 다시 가고 싶은
강렬한 욕망이 매우 고통스럽게 했기 때문에
그는 행복의 기억을 도저히 잊지 못했다.

트로일러스는 궁으로 돌아온 뒤 곧   220
늘 하던 대로 잠을 푹 자려고
조용히 잠자리에 들어 잠을 청했지만
아무 소용이 없었다. 그는 누워서 눈을 감았으나
잠은 마음까지 잠재울 수 없었으니,
자신이 사랑의 불을 태우고 있는 그녀가
생각했던 것보다 천배는 더 귀하게 여겨졌다.

그는 머릿속으로 그녀가 한 모든 말과 표정을   221
하나하나 곰곰이 되새겨보았고
그를 기쁘게 했던 아주 작은 것들까지도
마음속에 꼭꼭 담아두었다.
그리고 실제로 그런 기억들을 되새기다 보면
새로운 욕망으로 타올라 전보다 더욱

그리움이 커졌으나 어쩔 수가 없었다.

그와 마찬가지로 크리세이드도 마음속에   222
트로일러스의 인품과 씩씩함, 현명한 행동거지,
귀족다운 기품, 그리고 그녀가 어떻게
그를 만나게 되었는지 등을 하나하나 담아두었으며,
그녀를 사랑에 빠지게 만든 큐피드에게 감사했고
대담하게 트로일러스를 위로해주었던
그런 상황으로 되돌아가고 싶은 마음이 간절했다.

아침이 밝자 판다로스는 조카딸에게 오더니   223
환하게 웃으며 인사하고 말했다.
"오, 밤새도록 비가 너무 많이 오는 바람에
네가 편안하게 잠자고 꿈을 꿀 여유가
거의 없을까 봐 무척 걱정했다, 사랑스러운 크리세이드.
비 때문에 나도 밤새 잠을 자지 못했으니
우리 가운데 두통이 생긴 사람들이 있겠구나."

그는 가까이 다가서며 말했다. "아침이 화창한데   224
기분은 어떤가, 크리세이드? 몸에 별 탈은 없는 거지?"
크리세이드가 대답했다. "삼촌 덕분에 최상이지요.
신이여, 여우 같은 삼촌에게 가슴앓이를 내리소서!
말로는 무척 순진한 척하시지만, 저는
이 모든 일을 삼촌이 다 꾸몄다는 걸 알아요.

처음 보는 사람은 삼촌을 잘 모르지요."

그러면서 그녀는 홑이불로 얼굴을 가렸는데   225
얼굴이 부끄러움으로 온통 빨개졌다.
판다로스는 그녀의 얼굴을 살피더니
이렇게 말했다. "크리세이드, 내가 죽어야 한다면
여기 이 검을 가지고 내 목을 댕강 잘라라."
그러면서 그는 갑자기 그녀의 목 아래로
팔을 뻗더니 볼에 입을 맞추었다.

나는 더 말할 필요가 없는 것은 건너뛰겠다.   226
아하! 신은 자신의 죽음을 용서했다고 하지 않는가.
그녀 또한 용서했으며 삼촌과 농담을 주고받았으니
그렇게 하지 않아야 할 아무런 이유도 없었다.
하지만 이야기를 간단히 마무리하면,
때가 되자 그녀는 집으로 돌아갔고
판다로스는 완벽히 목적을 달성한 것이다.

이제 다시 트로일러스에게 돌아가본다.   227
그는 잠을 못 이루고 오랫동안 침대에 누웠다
아무도 모르게 사람을 시켜 판다로스를
가능한 한 빨리 불러오라고 하였다.
판다로스는 두말하지 않고 즉시 달려왔으며
해맑은 모습으로 트로일러스에게 인사하고

그의 침대 옆자리에 앉았다.

트로일러스는 가슴으로 표현할 수 있는   228
온갖 우정 어린 마음 자세로
판다로스 앞에 무릎을 꿇었다.
그리고 그 자리에서 일어나기 전에
최선의 예를 다해 백번씩이나
고마움을 표했고, 자신을 고통에서 구해준
판다로스가 태어난 날을 축복했다.

그는 말했다. "오, 친구여, 진실로 말하지만   229
당신은 친구 중에 최고의 친구이니,
당신은 지옥의 불타는 플레게톤[28] 강에서
내 영혼을 끌어내 천국에서 쉬게 해주었소.
그러므로 내가 당신을 위해 하루에도 천 번씩
목숨을 바친다 하더라도
당신에게 진 신세를 갚기엔 충분하지 못할 거요.

온 세상을 다 볼 수 있는 태양도   230
목숨을 걸고 하는 말인데 아직은 그녀처럼 완벽하게
아름답고 훌륭한 여자는 본 적이 없을 것이니
나는 죽을 때까지 온전히 그녀 것입니다.

---

28 Phlegethon : 그리스신화에서 사람이 죽은 뒤 저승으로 가기 위해 건너야 하는 다섯 개
    의 강 가운데 세 번째인 불의 강.

그래서 나는 지극히 훌륭하신 사랑의 신께
내가 그녀의 것이라는 사실에
그리고 당신의 친절한 수고에 감사드립니다.

당신이 내게 준 것이 결코 작은 것이 아니니   231
내 목숨은 영원히 당신 것입니다. 왜냐고요?
당신 도움 덕분에 내가 살아 있지 않습니까.
그렇지 않았더라면 벌써 죽었을 겁니다."
이렇게 말하며 그는 침대에 드러누웠고
판다로스는 그가 하는 모든 말을 침착하게
다 듣고 나더니 이렇게 대답했다.

"저의 소중한 친구시여, 제가 친구를 위해   232
무언가를 했다면 제게도 기쁜 일입니다.
그 일에 대해선 저도 누구보다 기뻐합니다.
그러나 이제 드리는 말씀을 나쁘게 받아들이진 마십시오.
지금 왕자님은 무척 큰 행복에 빠져 있으시지만
불원간 그 행복을 잃게 될 수도 있는 법이니
이런 불상사를 경계하셔야 합니다.

행운의 여신이 주는 혹독한 시련 가운데   233
가장 고약한 것은 바로 이런 것입니다.
곧, 한때 성공을 누리던 사람이
그것을 잃고 나서 못 잊어 하는 것입니다.

왕자님은 똑똑하시니 실수하지 않도록 하세요.
앉은자리가 따뜻하다고 너무 성급해선 안 됩니다.
그랬다가는 분명히 일을 그르치게 될 것입니다.

지금은 편안한 가운데 자신을 잘 지키고 계시지요.   234
모든 불이 붉게 타는 것처럼 확실한 말이지만
얻는 것만큼이나 지키는 것도 큰 재주입니다.
언제나 말씀과 욕망의 고삐를 단단히 잡으십시오.
세상의 기쁨이란 가는 끈에 매달려 있을 뿐이어서
언제나 자주 끊어져버리는 게 다반사지요.
그러니까 그것을 살살 다루어야 합니다."

트로일러스가 대답했다. "그렇소. 신께 맹세하는데,   235
나의 소중한 친구여, 나는 처신을 잘해서
내 잘못으로 잃는 것도 없게 할 것이며
성급하여 그녀를 속상하게 하지도 않을 겁니다.
이 문제는 자주 거론할 필요도 없겠습니다.
판다로스, 당신이 내 마음을 잘 아신다면
맹세코 그런 일로 걱정할 필요가 없을 겁니다."

그리고 그는 행복했던 지난밤과 무엇 때문에   236
그리고 어떻게 처음에 두려웠는지를 얘기하며
이렇게 말했다. "친구여, 나는 진정한 기사로서
신께 그리고 당신에게 믿음을 두고 맹세하오만

지금처럼 뜨거운 것을 그 절반도 느껴보지 못했소.
그래서 그녀를 한없이 사랑하고픈 욕망이
나를 괴롭힐수록 그만큼 더 즐겁소이다.

나도 정확히 그것이 무엇인지 모르겠습니다.   237
그러나 지금 이전에 느꼈던 것과는
전혀 다른 어떤 새로운 속성을 느끼고 있소."
그러자 판다로스가 이렇게 대답했다.
"한번 천국의 기쁨을 맛본 사람은 말이죠,
단언하는데 그 후로는 그것에 대해
처음 얘기를 들었을 때와는 다르게 느끼는 법입니다."

모든 얘기를 한마디로 요약하면, 트로일러스는   238
이러저러한 얘기를 결코 지칠 줄 모르고 계속했으니,
자기가 사랑하는 여자의 장점들을
판다로스 앞에서 연거푸 찬양했으며
그에게 감사할 뿐만 아니라 존경한다고까지 말했다.
이런 얘기가 계속해서 새롭게 반복되었으니
결국 밤이 되어서야 그들은 헤어졌다.

그런 뒤 곧 행운의 여신의 뜻에 따라   239
달콤하고 행복한 시간이 왔으니,
트로일러스는 그가 처음 있던 장소에서
그의 여자인 크리세이드를 만나기로 했다.

그는 기뻐서 둥둥 떠다니는 기분이었으며
정성을 다해 모든 신을 찬양했으니
이제 그가 즐거워하는 모습을 보기로 하자.

그녀를 오게 하는 온갖 수단과 방법이   240
전과 같이 미리 준비되었고, 그의 방문도
마찬가지였으니 이는 더 설명할 필요가 없을 것이다.
그러나 단도직입적으로 요점만 말하면,
판다로스는 기꺼이 그리고 아무도 모르게
그들이 원하면 함께 잠자리에 들게 했으니
그렇게 하여 그들은 평화와 휴식에 들게 되었다.

일단 만났으니 그들이 즐거웠느냐고   241
굳이 여러분이 나에게 물어볼 필요는 없으리라.
처음에 좋았으면 그다음엔 천배나 더
좋았을 것이니 물어볼 필요가 무엇이랴.
모든 슬픔과 두려움은 사라졌다.
실로 두 사람은 가슴에 담을 수 있는
최대 환희를 누렸고 또 그렇다고 생각했다.

이것은 말로 하기에 결코 사소한 일이 아니다.   242
이것을 설명하는 일은 도덕적 지혜를 넘어선 것이니
그들은 상대의 뜻을 따르려고 애썼기 때문이다.
그것을 현명한 학자들이 말하는 지복(至福)이라

불러도 그들에게는 충분하지 못할 것이다.
이런 환희는 잉크로 기록될 수 없는 것이니
마음이 상상할 수 있는 모든 것을 초월하는 것이다.

그러나 아, 야속한 게 시간이로다. 잔인한 낮이   243
다가옴을 그들은 징후들을 통해 알았는데
그 때문에 죽음의 고통을 겪는 기분이었다.
그들은 너무도 안타까운 마음에 안색이 바뀌었고
또다시 낮을 경멸하기 시작했으니
낮을 질투가 심한 고약한 배신자라고 부르며
새벽빛을 향해 통렬한 비난을 퍼부었다.

트로일러스가 말했다. "아! 이제는 알겠다.   244
태양의 병거를 끄는 피로이스[29]와
저 민첩한 세 준마들이 나를 방해하려고
지름길로 달려온 게 분명하다.
그래서 이처럼 일찍 날이 밝는 것이다.
태양신이 이처럼 서둘러 떠오르니
내 결코 다시는 태양신을 섬기지 않으리라."

하지만 날이 밝자 그들은 헤어져야 했으므로   245
작별 인사와 애정의 몸짓을 나눈 뒤

---

29 Pyrois : 태양 헬리오스(포이보스)가 끄는 네 마리 말 가운데 하나. 다른 셋은 각각 아이
오스, 아이톤, 플레곤이라고 불렸다.

238

늘 하던 대로 작별을 했고
또다시 만날 때를 정하였다.
그들은 이런 식으로 많은 밤을 보냈으니
이렇게 한동안 행운의 여신은 크리세이드와
트로이의 왕자가 행복을 누리게 두었다.

트로일러스는 만족감과 행복에 젖어   246
노래를 부르며 생활하기 시작했다.
그는 돈을 쓰고 마상 시합을 하고 주연을 열었다.
그는 자주 후하게 베풀고 새 옷으로 갈아입었으며
의심할 것도 없이 주변에는 언제나
그의 성격에 잘 어울리는 사람들이 있었으니
그들은 매우 씩씩한 최상의 사람들이었다.

그리하여 그의 명예와 후덕함에 대한 입소문과   247
평판이 세상에 매우 자자하더니
마침내 그것이 하늘 위 천국의 문까지 다다랐다.
그는 사랑에서도 무척이나 행복했으므로
—내 추측이지만—속으로 세상에서 자신처럼
편안해하는 연인은 없을 것이라 생각했다.
그렇게 사랑은 그에게 기쁨을 주었던 것이다.

자연이 다른 여인에게 베풀어준   248
그 어떤 덕이나 아름다움도

크리세이드가 그의 마음을 휘감아놓은
그물망을 단 한 올도 풀어놓을 수 없었다.
그것은 너무도 촘촘히 엮이고 짜여서
어떤 일이 일어난다 하더라도
푸는 것은 불가능할 것이었다.

트로일러스는 자주 판다로스의 손을   249
잡아끌어 정원으로 데리고 가서는
그곳에서 크리세이드와 그녀의 여성스러움,
그리고 그녀의 아름다움에 대해서
한도 끝도 없이 얘기를 늘어놓곤 했으니
그가 하는 말은 듣기에도 황홀했다.
그리고 나서 그는 이렇게 노래하였다.

"땅과 바다를 지배하는 사랑이여,   250
높은 하늘에 그 뜻을 두고 있는 사랑이여,
건강한 매듭으로 자신이 원하는 데에 따라
민족들을 결합시키는 사랑이여,
참된 우정의 법을 만들고
결혼한 부부들이 잘살도록 해주는 사랑이여,
내가 말하는 이 조화를 지켜주소서.

세상은 변함없이 충실하게 계절에 따른   251

조화로운 변화를 주고 있으며
서로 다투는 원소들은 영원한 끈을 가졌고
태양 포이보스는 장밋빛 일출을 시작하고
달은 밤에 대한 주권을 차지하고 있으니
이 모든 게 사랑 때문에 가능한 것이니
사랑의 힘이여, 언제나 찬미받으소서!

흐르고자 욕심내는 바다는 흐르다가   252
어느 한계에 이르면 그 맹렬한 흐름을 그쳐
홍수를 억제하고 땅과 모든 사람들이
영원히 익사하는 것을 막는구나.
만일 사랑이 그 고삐를 놓아버린다면
지금 사랑하는 모든 이들은 산산이 날아가고
사랑이 묶어주는 모든 것들은 사라지리라.

그리하여 자연의 창조주께 기도드리니   253
사랑이 그 튼튼한 끈으로써
모든 사람들의 마음을 단단히 감고 묶어서
누구도 그 속박에서 빠져나가지 못하게 하소서.
그리고 냉정한 사람들의 마음을 아프게 하여
사랑 때문에 아픈 마음에 동정심을 갖게 하시며
사랑에 충실한 사람들을 보호하게 하소서."

필요할 때마다 그는 트로이의 전투에 나갔으며   254
언제나 제일 먼저 투구를 입고 나섰다.
분명히 말해서 그는—만일 책에 오류가 없다면—
헥토르 다음으로 가장 두려운 사람이었다.
그의 용맹함과 힘이 증가한 것은
자신의 여자에게 사랑을 얻으려는 데서 비롯된 것이니,
사랑은 이처럼 그의 내면을 변화시켰다.

휴전 기간에 그는 매 사냥을 나가거나   255
멧돼지나 곰이나 사자를 사냥하곤 했는데
작은 짐승들은 풀어주었다.
그리고 그가 시내로 돌아왔을 때면
그의 여인은 종종 새장에서 막 나온 매처럼
상큼하게 창문에서 내려다보면서
다정하게 인사할 준비를 하곤 했다.

그는 주로 사랑과 미덕 얘기를 했고   256
모든 천박한 일에 대해선 경멸을 보냈다.
그래서 그에게 덕 있는 사람들을 공경하며
고통에 빠진 사람들을 도와주라고 말하는 것은
말할 것도 없이 부질없는 일이었다.
그는 또한 연애 중인 사람이 잘돼간다는
얘기를 듣거나 알게 되면 매우 기뻐했다.

사실을 말하자면, 그는 사랑의 신을 섬기는 것이   257
마땅한 일이건만 그렇게 하지 않는 사람들은
버림받은 자들이라고 여겼다.
그리고 무엇보다 그는 사랑의 감정을
매우 잘 얘기했고 매무새도
매우 세련되었기 때문에 모든 연인들은
그의 말과 행동이 훌륭하다고 생각했다.

그리고 그는 비록 왕족의 혈통이었지만   258
사람을 거만하게 대하는 것을 좋아하지 않았다.
그는 평범한 사람들 모두에게 친절했으므로
어느 곳에서나 고맙다는 인사를 받았다.
이처럼 사랑은—사랑의 은총은 복되도다!—
그에게서 오만과 질투를, 분노와 탐욕을,
온갖 다른 악덕을 물리치게 하였다.

디오네의 딸[30]이신 빛나는 여인이시여,   259
날개 달린 눈먼 아들 큐피드 님이시여.
파르나소스 산[31]의 헬리온 강가에 머물기를
즐기시며 지금까지 저를 이끌어주시느라

---

30 비너스 여신을 가리킨다.

31 그리스 중부 코린트 만 북부의 델포이 중앙에 위치한 산으로, 그리스신화에 따르면 이
    산은 아폴론 신과 코리시아 님프의 신화 전설에 따라 신성하게 여겨져왔으며, 시신(詩
    神)들의 고향이기도 하다.

수고를 아끼지 않으신 아홉 자매들[32]이시여—
이제 떠나가신다 하기에 제가 말씀 올리오니,
언제나 끝없이 찬미받으시옵소서.

비록 중간에 약간의 불편이 있기는 했으나   260
신들 덕분에 나는 이야기를 하는 동안
나의 원저자가 말하려 했던 그대로 충실히
트로일러스의 사랑의 기쁨을 전달할 수 있었다.
이제 이렇게 나의 세 번째 책을 마치노니,
지금 트로일러스는 사랑하는 애인 크리세이드와
기쁨을 누리며 평화롭게 지내고 있다.

---

32 아홉 시신(詩神)들을 가리킨다.

제4권

서시

그러나 야속한 시간이여! 그 같은 기쁨도   1
너무나 짧게 지속되는구나. 행운의 여신은
속이려고 할 때는 가장 진실한 듯 보이며,
어리석은 자들에게 한껏 비위를 맞춰주고
그들을 사로잡아 눈멀게 하니, 모두의 배신자로다.
그리하여 그녀의 수레바퀴에서 나가떨어진 자를
그녀는 비웃으며 광대처럼 조롱한다.

여신은 그 빛나는 얼굴을 트로일러스에게서   2
돌리기 시작했고 관심을 주지 않았으니
그를 그의 여자의 은총에서 완전히 벗어나게 하였고
그 대신 여신은 수레바퀴에 디오메데스[1]를 올려놓았다.
이 때문에 내 가슴은 지금 피를 토하노라.
그리고 아! 내가 쥐고 있는 이 펜대는
써야 할 내용이 두려워서 벌벌 떨고 있구나.

왜냐하면 이야기를 전한 사람들이 기록하듯이,   3
크리세이드가 어떻게 트로일러스를 저버렸는지
또는 적어도 그녀가 얼마나 무정했는지를

---

1   Diomedes : 그리스의 장군. 초서는 그를 영어식 표현인 '디오메데(Diomede)'로 표기했으
    나 번역에서는 보다 일반적 호칭인 '디오메데스'로 표기했다.

이제부터 내 책에서 다루어야 하기 때문이다.
슬프구나, 그들이 그녀를 비난해야 할 이유를
찾아야 한다니! 만일 그녀에 대해 거짓말을 한다면
그들은 실로 스스로 비난을 사게 될 것이로다.

오, 분노의 여신들이여, 영원한 지옥에서   4
자신의 고통을 소리쳐 울부짖는 밤의 세 딸
메가이라, 알렉토, 그리고 티시포네시여.
그리고 퀴리누스[2]의 부친인 잔혹한 마르스 신이시여,
이 네 번째 책도 잘 마칠 수 있도록 도와주시어
트로일러스의 생명과 사랑의 상실이 모두
이곳에서 완전하게 표현될 수 있게 하여주소서.
(서시 끝)

앞서 말한 것처럼 막강한 그리스 군대는   5
무리지어 트로이 시를 둘러싸고 있었는데,
태양 포이보스가 헤라클레스의 사자자리[3]에서
환하게 빛나고 있을 때
헥토르는 많은 용맹한 귀족들과 더불어

---

2 Quirinus : 로마에서 숭배되던 군신(軍神) 가운데 하나로 후에 로마의 건국자인 로물루
   스와 동일시됐다. 작품에서 서술자는 퀴리누스를 군신 마르스의 아들로 묘사하고 있으
   나 그 관계는 명확하지 않다.
3 황도대의 사자자리를 가리키는데 여기서는 헤라클레스가 죽인 네메아의 사자와 동일시
   되고 있다.

늘 그랬던 것처럼 적을 공격하려고
그리스 군대와 일전을 벌일 계획을 했다.

이 계획과 그들이 일전을 벌일 날짜 사이에   6
얼마나 많은 기간이 있었는지 나는 알지 못한다.
그러나 어느 날 번쩍거리는 찬란한 무장을 하고
헥토르와 많은 용맹한 무사들이 손에 창을 들고
둥글게 휜 거대한 활들을 메고 출정을 했다.
그리고 지체할 것도 없이 그들은 들판에서
얼굴을 마주 보며 적들과 마주쳐 싸웠다.

그들은 온종일 날카롭게 벼린 창과   7
활과 석궁과 검과 치명적인 철퇴를 가지고
싸우며 말과 사람을 땅바닥에 끌어내렸고
도끼를 가지고 상대방의 머리를 박살내었다.
그러나 사실을 말해서 트로이 군대는
마지막 전투에서 패배했기 때문에
야음을 틈타 트로이로 퇴각했다.

그런데 바로 그날 안테노르가 포로로 잡혔으며,   8
폴리다마스나 므네스테우스의 활약에도 헛되이
크산티푸스, 사르페돈, 폴리네스토르, 폴리테,
그리고 트로이의 명장 루포와 페부소 같은
여러 부하 장수들도 적의 포로가 되고 말았다.

이런 손실을 입게 되자 트로이인들은
안위를 크게 잃을까 두려워하였다.

그리스인들의 요청에 따라 프리아모스 왕은   9
휴전을 수락했으며, 곧 지위고하를 막론하고
모든 포로들을 교환하기 위한 협상을 시작했으며
초과된 포로들에 많은 금액을 지불하기로 했다.
이 소식은 포위하고 있는 진영은 물론이고
트로이 시의 거리 곳곳에까지 알려지게 되었는데
무엇보다 칼카스의 귀에도 전해졌다.

칼카스는 협상이 실행된다는 것을 알고는   10
즉각 그리스 원로 귀족들이 모인
원로회장으로 서둘러 달려갔으며
늘 앉던 곳에 자리를 잡고 앉았다.
그러고는 얼굴빛을 바꾸어 그들을 향해
그를 존중해서라도 잠시 한담을 중지하고
그가 하는 말에 귀 기울여 줄 것을 간곡히 부탁했다.

그러면서 그는 말했다. "보십시오, 원로 의원님들,   11
아시다시피 저는 분명히 트로이 사람입니다.
기억하시겠지만, 저는 여러분이 힘들어 할 때
가장 먼저 도움을 주었고 여러분이 어떻게 하면
승리할 수 있을지를 알려주었던 칼카스입니다.

250

얼마 안 가서 트로이가 여러분 손에
불타 멸망할 것임은 의심할 여지가 없습니다.

그리고 어떤 형태로 또는 어떤 방법을 써서   12
이 도시를 점령하고 여러분의 뜻을 이루어야 할지는
이전에 제가 설명한 것을 들으셨습니다.
원로 여러분께서는 이를 잘 알고 계시리라 믿습니다.
그리스인들은 제게 매우 소중한 사람들이므로
현재 상황에서 여러분이 어떻게 하는 게 좋을지
가르쳐드리려고 달려왔습니다.

여러분의 안위가 백척간두의 위기에 처했을 때   13
저는 개인의 부나 이익을 전혀 고려하지 않았습니다.
그래서 여러분을 기쁘게 하려는 생각에서
모든 재산을 다 버리고 온 것입니다.
그러나 제가 입은 모든 손실에 대해 후회하지 않습니다.
여러분을 위해서라면 저는 트로이에 있는
제 모든 것들을 기꺼이 버릴 수 있을 것입니다.

그러나 슬프게도 제가 트로이를 몰래 떠나올 때 자고 있던   14
집에 남겨두고 온 딸만은 버릴 수가 없습니다.
오, 저는 참으로 가혹하고 잔인한 아버지였습니다!
어떻게 그토록 냉정한 마음이었을까요?
슬프게도 저는 제 딸을 있는 그대로 데려오지 못했습니다.

만일 원로 여러분께서 저를 동정하지 않으신다면
저는 슬픔 때문에 살아서 내일을 넘길 수 없을 것입니다.

이제까지는 딸을 석방시킬 기회가 없었으므로   15
그저 입을 꾹 다물고 있었습니다.
그러나 여러분께서 원하시기만 하면 지금이야말로
제 딸을 곧 다시 데려올 수 있는 유일한 기회입니다.
오, 제발 도와주십시오! 여러분에게 부탁하오니
괴로워하는 이 늙은이에게 자비를 베풀어주십시오.
이 모든 슬픔은 여러분을 위해 일했기 때문입니다!

여러분은 지금 충분히 많은 트로이인들을 잡아서   16
감옥에 묶어놓았습니다. 만일 여러분이 원하신다면
제 딸은 포로 한 명의 몸값으로 풀려날 수 있습니다.
신의 사랑과 여러분의 관대함에 호소하오니
포로들 가운데 한 명만 제게 허락해주십시오.
이제 곧 그 백성과 도시를 다 차지하게 될 터인데
여러분께서 저의 청을 거절할 필요가 있겠습니까?

제가 거짓말을 한다면 목숨을 내놓겠습니다.   17
아폴론 신께서 확실히 저에게 말씀하셨고,
제가 점성술과 제비뽑기와 점복을 통해
분명하게 알아낸 것을 갖고 감히 말씀드리는데
불꽃이 온 도시를 뒤덮어버리고

그리하여 마침내 트로이는 재가 되어 사라질
그 시기가 임박했습니다.

확실히 말씀드리지만, 트로이의 성벽을 만드신   18
포이보스와 넵투누스께서는
트로이 백성들에게 매우 크게 화가 나셨으므로
두 신께서는 라오메돈⁴ 왕을 능멸하고자
그 도시를 혼란에 빠지게 만드실 것입니다.
그가 합당한 대가를 지불하려 하지 않았기 때문에
트로이 시는 불에 타 사라지게 될 것입니다."

말하는 동안 줄곧 머리가 하얗게 센 이 노인은   19
말과 표정으로 겸손하게 굽실거렸는데
두 눈에서는 진한 눈물이 쏟아지며
두 볼을 타고 빠르게 흘러내렸다.
그가 매우 간곡히 도움을 부탁하였으므로
그들은 그의 큰 슬픔을 덜어주고자
지체 없이 안테노르를 내주게 되었다.

그러나 이때 칼카스 말고 누가 기뻐했겠는가?   20
그는 곧바로 협상에 나갈 사람들에게
문제에 관련된 요구사항을 설명했으며

---

4 Laomedon : 현재 트로이의 왕인 프리아모스의 선왕.

안테노르 대신 토아스 왕과 크리세이드를
데려오라고 거듭해서 요청했다.
그리고 프리아모스 왕이 안전을 보장하자
협상 대표들은 곧바로 트로이를 향해 떠났다.

늙은 왕 프리아모스는 그들이 온 이유를 듣자   21
즉시 문제를 논의하기 위해
전체 의회를 소집하였는데,
그 결과를 나는 여러분에게 반복한다.
협상 대표들은 최종적인 답변을 받았는데
포로 교환과 그에 따른 모든 문제가
만족스러웠으므로 그대로 진행하자고 했다.

안테노르 대신 크리세이드가 요구되었을 때   22
트로일러스도 그 자리에 참석하고 있었는데,
그 말을 듣는 순간 그는 거의 죽을 것 같았으며
안색은 즉시 사색이 되고 말았다.
그러나 사람들이 감정을 눈치챌까 염려되어
그는 그 일에 대해 아무 말도 하지 못한 채
사나이의 마음으로 슬픔을 참고 있었고,

괴로움과 오싹하는 두려움에 사로잡힌 가운데   23
원로들이 내리게 될 결론을 기다리고 있었다.
만일 그들이 그녀의 교환을 허락하는 경우

—결코 그런 일이 없기를!—그는 두 가지를 생각했다.
첫째는 어떻게 그녀의 명예를 지켜주며
교환을 막을 최선의 방법을 찾느냐 하는 것이었다.
그는 열심히 이를 위한 방법을 궁리했다.

사랑은 그에게 그녀를 남게 만들려고 애쓰게 했고   24
그녀를 보내느니 차라리 죽고 싶게 만들었다.
그러나 반면 이성은 이와 같이 말했다—.
"그녀의 동의가 없는 한 그렇게 할 수는 없는 거다.
그렇지 않으면 그녀는 너의 적이 될지도 모른다.
그리고 네가 끼어들게 된다면 이제까지 아무도 모르던
너희 둘의 사랑이 세상에 알려지게 되는 것이다."

그래서 그는 최선의 방법을 생각해보았는데,   25
비록 원로들이 그녀를 보내기로 결정한다 하더라도
그들이 하는 결정에 기꺼이 동의한 다음
우선 크리세이드에게 그들의 뜻을 알리기로 했다.
그리고 그녀가 자신의 의사를 그에게 밝히면
그다음부터는 온 세상이 반대하더라도
모든 일을 최대한 신속히 실행하기로 했다.

헥토르는 그리스인들이 안테노르를 대신해   26
크리세이드를 원한다는 말을 듣더니
그에 반대하며 이렇게 분명히 대답했다.

"원로 여러분, 그 여자는 포로가 아닙니다.
누가 여러분에게 이 임무를 위탁했는지 모르겠으나
즉시 그 사람에게 이렇게 말해주시오.
이곳에서는 여자를 팔아먹는 관습이 없다고."

그러자 마치 짚불이 붙은 것처럼 사람들이   27
요란하게 웅성거리기 시작했다.
이런 경우에는 고약한 운명이 개입하며
사람들이 스스로 멸망을 초래토록 하는 것이다.
그들은 말했다. "헥토르 왕자님, 무슨 생각으로
왕자님께서는 이 여자를 보호하려 하시며
매우 똑똑하고 용맹한 장수인 안테노르를

버리려고 하십니까?—그것은 잘못된 선택입니다.   28
그리고 모두 알고 있듯이 우리에겐 병력이 필요합니다.
그는 이 도시의 명장들 가운데 한 사람입니다.
헥토르 왕자님, 공연한 상상은 그만두십시오!
프리아모스 대왕 폐하, 저희가 말씀드리오니
우리 모두는 크리세이드를 보내는 데 찬성합니다."
이렇게 그들은 안테노르의 석방을 요청했다.

오, 유베날리스[5]여, 그대의 말이 진리로다.   29

---

5   Decimus Iunius Iuvenalis : 1세기 후반에서 2세기 초반에 활동한 로마의 풍자 시인.

사람들은 자신에게 해를 불러오지 않으려면
무엇을 요구해야 하는지 잘 알지 못하니,
오류의 구름이 그들로 하여금 최선의 것을
볼 수 없게 하는구나. 여기에 대표적인 예가 있다.
사람들은 지금 자신들에게 불행을 가져오게 될
안테노르의 석방을 요구하고 있으니,

뒷날 그는 트로이를 배반할 역적이 될 것이었다.   30
슬프게도 그들은 그의 석방을 간곡히 촉구했다.
오, 어리석은 세상이여, 그대의 분별력을 보라.
그들에게 아무런 해도 끼친 적이 없는 크리세이드는
이제 더 이상 행복하게 살 수 없을 것이다.
그들은 이구동성으로 안테노르를 집으로
돌아오게 하고 그녀를 떠나보내라고 말했다.

그리하여 의회는 안테노르를 돌려받는 대신   31
크리세이드를 넘겨주기로 결정했으며
헥토르가 거듭해서 반대 주장을 했음에도
의장에 의해 원안대로 선포되었다.
결국은 그 누가 반대한다 하더라도
소용이 없었고, 의회 다수가 원했으므로
그것은 반드시 실행되어야 하는 것이었다.

모든 사람들이 의회에서 떠나가자   32

트로일러스는 더 이상 아무 말도 하지 않고
혼자서 자기 방으로 돌아갔으며,
심복이 아닌 한두 명의 부하들에게
잠을 좀 자야겠다고 말하며
그들을 즉시 방에서 내보냈다.
그러고는 급하게 침대에 몸을 뉘었다.

트로일러스는 겨울에 나뭇잎이 하나씩 져서   33
마침내 나무가 완전히 발가벗게 되고
줄기와 가지밖에 남지 않은 것처럼,
모든 행복을 잃고, 어두운 근심의 막에 싸여
거의 정신을 놓을 지경이 되어
침대에 누워 있었으니
크리세이드의 교환은 그토록 그를 아프게 했다.

그는 벌떡 일어나 모든 창과 문을 닫았다.   34
그러고 나서 슬픔에 빠진 이 남자는
침대 옆에 털썩 주저앉았는데
창백한 모습이 마치 죽은 사람 같았다.
이윽고 가슴에 쌓였던 슬픔이 터져나왔고,
내가 설명하겠지만,
그는 정신이 나가서 이렇게 행동했으니,

심장이 창으로 꿰뚫린 사나운 황소가   35

이쪽저쪽으로 미친 듯이 날뛰면서
자신의 죽음을 슬퍼하며 울부짖는 것처럼,
그는 그렇게 온 방을 뛰어다니며
주먹으로 가슴을 쾅쾅 두드리고
벽에 머리를 박고 바닥에 몸을 던지면서
마치 자신을 파괴하려는 것처럼 사뭇 날뛰었다.

그의 두 눈은 마음의 설움 때문에   36
솟구치는 두 개의 샘물처럼 눈물을 쏟았다.
뼈저린 슬픔으로 크게 흐느껴 울다 보니
말문도 막힌 그는 간신히 이렇게 중얼거렸다.
"오, 죽음이여, 왜 나를 데려가지 않는가?
저주를 받아라, 자연이 나를 빚어내어
살아 있는 생명체로 만든 그날이여!"

그러고 나서 그의 마음을 쥐어틀고   37
심하게 옥죄던 분노와 울분이
시간이 가며 가라앉기 시작하자
그는 침대에 몸을 누이고 쉬었으나,
그러고 나면 눈물이 더욱더 쏟아졌으니
내가 설명하는 그의 슬픔의 절반이라도
사람 몸이 견뎌낼 수 있다는 게 신기하다.

그리고 그는 이렇게 말했다. "오, 행운의 여신이여,   38

제가 무슨 짓을 했습니까? 제가 무슨 죄를 지었나요?
어떻게 저를 그렇게 속이실 수 있는 것입니까?
아무런 은총도 받지 못하고 죽어야만 합니까?
크리세이드가 떠나는 게 당신 뜻이란 말입니까?
아! 어떻게 당신은 마음속으로 이처럼 저에게
잔인하고 무정하게 하실 수 있단 말입니까?

당신이 잘 아시듯 저는 평생 동안   39
그 어느 신들보다도 당신을 공경하지 않았습니까?
왜 이렇게 저에게서 기쁨을 빼앗으려 하십니까?
오, 트로일러스, 이제 사람들은 너를 두고서
명예를 잃고 불행으로 추락한 처량한 인간이라고
말하겠구나. 그리고 그런 불행 속에서 나는
숨질 때까지 크리세이드를 그리며 슬퍼하겠지.

오, 행운의 여신이여, 만약 제 행복한 삶이   40
당신의 역겨운 질투심에 불쾌감을 준 것이라면
왜 당신은 트로이의 왕인 부친의 목숨을
빼앗거나, 형제들을 죽이거나,
또는 이렇게 불평하는 저를 죽이지 않았습니까?
저는 완전히 죽지도 않으면서 시들어가는
세상에 아무 쓸모도 없는 짐 덩어리가 아닙니까?

만일 크리세이드만 제게 남게 된다면   41

당신이 저를 어디로 몰아가든 상관없습니다만,
아, 당신은 저에게서 그녀를 빼앗아갔습니다.
사람에게 가장 소중한 이를 빼앗고
그럼으로써 당신의 변덕스러움을 입증하시니,
아, 이것이 언제나 당신의 관행이군요.
이제는 어찌할 도리가 없으니 저는 끝장입니다.

오, 진정한 신인 사랑의 신이시여, 당신은   42
제 마음과 모든 생각을 가장 잘 아시는 분,
제가 그토록 값비싸게 산 것을 포기해야 한다면
저의 슬픈 인생은 어찌해야 한단 말입니까?
당신은 크리세이드와 저에게 당신의 은총을
한껏 베푸셨고 저희 둘의 마음을 묶어주셨는데
어떻게 당신은 그것을 철회하실 수 있습니까?

어찌 되었든, 잔인한 고통과 괴로움에서   43
생명을 부지하며 살아가는 동안
나는 세상에 태어난 것을 저주하며
이 불행을, 아니 이 비운을 한탄하며 살리라.
아니 흐린 날이든 맑은 날이든 결코 상관하지 않고
암흑에서 오이디푸스가 그랬던 것처럼[6]
나도 이 슬픈 인생을 고통 속에서 마감하리라.

---

6 오이디푸스는 죄책감에 자신의 두 눈을 뽑았다.

오, 이리저리 흔들리는 내 지친 영혼아,   44
너는 어찌하여 이제껏 땅 위를 걸었던 육신들 가운데
가장 큰 슬픔을 겪는 이 육신에게서 도망치지 않느냐?
이 슬픔에 숨은 영혼아, 둥지를 떠나라.
이 가슴에서 달아나 육신을 무너뜨리고
네가 사랑하는 크리세이드를 영원히 따라가라.
이제 이곳은 더 이상 네가 있을 곳이 아니다.

내 슬픈 두 눈이여, 크리세이드의 영롱한 눈을   45
쳐다보는 것이 네 기쁨의 전부였건만,
이제는 아무 데도 쓸데가 없으니 눈이 멀도록
눈물이나 쏟으며 우는 것 말고 무엇을 하겠느냐?
한때 너를 비추던 빛이었던 그녀가 꺼졌으니
이제부터는 두 눈을 가진 게 아무 소용이 없구나.
이 두 눈의 효용가치가 사라졌기 때문이다.

아, 크리세이드, 지고지순한 나의 여인이여,   46
이렇게 울고 있는 이 슬픈 영혼의 고통을
이제는 누가 위로해줄 수 있을 것인가?
슬프지만 아무도 없구나. 그러나 내 마음이 죽을 때
그대를 향해 달려가는 내 영혼을 기꺼이 받아주오.
왜냐하면 내 영혼은 언제나 당신을 섬길 것이니.
그러므로 육체가 죽어도 나는 개의치 않으리라.

오, 운이 좋아 행운의 수레바퀴 위에   47
높이 올라탄 연인들이여, 신께서 허락하여
그대들이 언제나 강철 같은 사랑을 발견하고
인생이 기쁨에 오래 지속되기를 바란다.
그러나 그대들이 내 무덤을 지나가거들랑
비록 자격은 없으나 나 또한 연인이었으니
그곳에 그대들의 벗이 쉬고 있음을 기억해다오.

오, 늙고 병들고 썩어빠진 배신자 칼카스여,   48
그대는 트로이에서 태어난 사람이건만
무엇이 괴로워 그리스인이 되었단 말인가?
오, 칼카스, 나에게 독이 될 사람이니
그대는 나를 위해 저주의 시각에 태어났구나!
트로이의 내가 원하는 곳에서 내가 너를 잡도록
복되신 제우스 신께서 기꺼이 허락해주시길 바라노라!"

석탄불보다 더 뜨거운 몇천 번의 한숨이   49
연거푸 그의 가슴에서 나와 새로운 탄식과 섞이고
그것이 슬픔에 연료를 공급하니
애통한 눈물은 그칠 줄 몰랐다.
그는 너무도 고통스러운 나머지
이내 완전히 기진맥진해 기쁨이나 고통도
전혀 느끼지 못하는 넋이 나간 상태가 되었다.

한편 의회에서 시민과 귀족들이 한 모든 얘기와   50
안테노르 대신에 크리세이드를 넘겨주자고
순식간에 만장일치로 의결되는 것을
모두 다 들었던 판다로스는 아연실색해
거의 정신을 차릴 수 없는 지경이 되었고
비통한 마음에 어찌할 바를 몰랐지만
서둘러 트로일러스에게로 달려갔다.

그가 오자 방문을 지키던 기사가   51
곧바로 문을 열어주었다.
판다로스는 동정심에서 매우 슬피 울었는데
돌처럼 말없이 어두운 방으로 들어가서는
조용히 트로일러스의 침대로 갔는데,
마음이 무척 혼란하여 무슨 말을 해야 할지 몰랐다.
너무도 슬펐던 탓에 그도 거의 정신이 나가 있었다.

슬픔으로 매우 수척해진 모습과 표정을 하고,   52
그리고, 두 팔을 접은 상태로
판다로스는 슬픔에 싸인 트로일러스 앞에 섰으며
그의 불쌍하기 짝이 없는 얼굴을 바라보았다.
그러나 이럴 수가! 슬픔에 빠진 친구를 보는 순간
가슴이 오싹해졌으니, 그 슬픔은
괴로운 나머지 가슴을 도려내는 것 같았다.

슬픔에 싸인 트로일러스는 친구 판다로스가   53
그를 보러 온 것을 의식하는 순간
햇빛에 눈 녹듯 마음이 녹기 시작했으니,
슬퍼하던 판다로스는 연민의 정을 느껴
트로일러스와 함께 눈물을 흘리기 시작했다.
이렇게 두 사람은 말문이 막혔으니
슬퍼서 한마디 말도 하지 못했다.

슬픔에 싸여 거의 초주검 상태였던   54
트로일러스가 마침내 큰 소리로 울음을 터뜨렸다.
그리고 흐느끼며 뼈아픈 한숨을 토하며
서러운 목소리로 이렇게 말했다.
"보시오, 판다로스. 나는 이미 죽은 몸이오.
당신은 안테노르 때문에 나의 크리세이드가
어떻게 끝장났는지 의회에서 듣지 못했소?"

거의 죽을상이 되고 안색이 창백한 판다로스는   55
동정심으로 가득 차서 이렇게 대답했다.
"그렇습니다. 확실히 들었고 내용도 다 압니다만
모든 게 사실이 아니었으면 하는 마음뿐입니다.
신이시여, 자비를 베푸소서! 누가 이럴 줄 알았습니까?
이렇게 짧은 시간에 운명의 여신이 우리 기쁨을
뒤집어놓을 것이라고 누가 예상했겠습니까?

제가 알기로도 사고 때문이든 우연 때문이든   56
이보다 더 기이한 파국을 목격한 사람은
세상에 아무도 없을 것으로 생각됩니다.
하지만 누군들 모든 것을 피하거나 예측하겠습니까?
그것이 세상의 이치지요. 저의 결론은 이렇습니다.
누군가는 운명의 여신의 영원한 총애를 받을 것이라고
믿지 마라. 그녀의 선물은 누구에게나 같은 것이니.

그러니 말씀해보세요. 왕자님이 지금 왜 이렇게   57
미친 듯 슬퍼하시며, 왜 이렇게 누워만 계십니까?
왕자님은 원하는 사랑을 모두 얻으셨고
그래서 당연히 충분한 만족을 얻지 않으셨습니까?
그러나 저는 왕자님을 위해 일하면서도
다정한 표정이나 눈길 한번 받아보지 못했습니다.
그러니 죽도록 통곡해야 할 사람은 바로 접니다.

이 모든 걸 넘어서 보시면, 왕자님도 잘 아시듯   58
이 도시는 사방이 여자들로 넘쳐납니다.
그리고 분명히 말씀드리지만 그 가운데서 저는
그녀보다 열두 배는 더 아름다운 여인 한두 명을
왕자님께 찾아드릴 수 있다고 생각합니다.
그러니 기뻐하십시오, 나의 사랑하는 형제님.
그녀가 가고 나면 다른 여자를 구하면 되지 않습니까?

신이시여, 기쁨이 늘 하나의 대상에게만 있고 59
다른 사람에게는 없는 일이 없도록 해주소서!
한 사람이 노래를 잘하면 다른 사람은 춤을 잘추고,
이 여자가 점잖으면 저 여자는 낙천적이며 쾌활하고,
이 여자가 아름다우면 저 여자는 지혜로운 것입니다.
이 매는 백로를, 저 매는 물새를 잡는 능력이 있듯
사람은 저마다 개성 때문에 소중하게 여겨집니다.

그리고 매우 현명한 잔지스[7]가 쓴 것처럼, 60
새로운 사랑이 종종 옛 사랑을 몰아내는 것이며
새로운 환경에는 새로운 계획이 필요한 것입니다.
왕자님의 목숨도 보존하셔야 한다는 걸 아셔야죠.
그러한 불은 시간이 가면서 자연히 식는 법입니다.
우연히 얻은 즐거움에 불과한 것이므로
또 다른 우연이 그것을 기억에서 지워버릴 것입니다.

밤이 가면 낮이 오듯 아주 확실히 61
새로운 사랑이나 일이, 또는 다른 걱정거리나
자주 만나지 못하게 되는 상황 같은 것들이
옛정을 사라지게 하는 것이지요.
그러니 왕자님은 쓰라린 아픔을 단축시키기 위해

---

7 Zanzis : 누구인지 확실하지 않으나, 헬레네의 아름다움에 필적할 만한 많은 여인들의 장점을 수집한 화가 제우키스(Zeuxis)를 가리키는 것처럼 보인다. 또는 《사랑의 기술》의 저자인 오비디우스를 가리키는 것으로 보기도 한다.

그런 것들 가운데 하나를 택하시면 될 것입니다.
그녀가 없으면 마음에서 그녀가 지워질 것입니다."

그는 친구가 슬픔으로 죽게 될까 봐 두려워서   62
단지 도와주려는 마음으로 이런 말을 했다.
그는 분명히 친구의 슬픔을 줄여줄 수 있다면
자신이 무슨 허튼소리를 하든 상관하지 않았다.
그러나 슬픔으로 거의 초주검이 된 트로일러스는
그의 말뜻에는 거의 신경도 쓰지 않았으니
말을 한 귀로 듣고 한 귀로 흘려보냈다.

마침내 그는 대답했다. "아, 친구여,   63
이러한 처방, 아니 그런 식으로 치유받는 것은
내가 나에게 충실한 그녀를 저버릴 수 있을 만큼
악마 같은 인간이라면 매우 적합한 일이 되겠지요.
바라건대 이따위 충고는 다 집어치우시오.
내가 당신이 원하는 대로 실행하기 전에
나는 오히려 이 자리에서 즉시 죽어버리고 싶소.

당신이 무슨 말을 하든 상관없이 마음을 다해   64
내가 마땅히 섬기며 헌신하고 있는 그녀는
내가 죽는 날까지 온전히 나의 주인이 될 것이오.
판다로스, 내가 그녀에게 진실을 약속했으니
그 누구 때문이라도 그녀를 배신하지 않을 거요.

오직 그녀의 남자로서 영원히 살고 죽을 것이며
절대로 다른 여인을 섬기는 일은 없을 겁니다.

당신은 그녀만큼이나 아름다운 여자를   65
구해주겠다고 말하는데, 그 일은 그만두시오.
그녀를 자연이 빚은 어느 여인과도 비교하지 마시오.
오, 친애하는 판다로스, 결론적으로 말해서
이 문제에 나는 당신과 의견이 다르니
제발 부탁하는데 입 좀 다물어주시오.
당신은 말로 나를 죽이고 있소이다.

당신은 나더러 다른 여자와 새로운 사랑을 하고   66
크리세이드는 보내버리라고 말하고 있습니다만,
친애하는 형제여, 나는 그럴 능력이 없소이다.
아니 능력이 있다 해도 그렇게는 하지 않겠소.
판다로스, 당신은 테니스공을 치듯 앞뒤로,
안팎으로, 이쪽저쪽으로 사랑을 던질 수 있겠소?
당신의 슬픔을 걱정하는 그녀가 오히려 안됐군요.

게다가 판다로스, 당신이 나를 다루는 것을 보면   67
마치 어떤 사람이 비탄에 빠졌을 때
그에게 쪼르르 달려와서는 '고통을 생각하지 마시오.
그러면 아무 느낌도 없을 거요'라고 말하는 사람 같소.
그처럼 쉽게 나의 슬픔을 사라지게 하려면

먼저 나를 돌로 변화시킨 다음에
모든 열정을 제거해야 할 겁니다.

이 슬픔이 오래오래 나를 파먹다 보면   68
언젠가 죽음이 가슴에서 생명을 몰아내겠지요.
그러나 크리세이드는 결코 내 영혼을 떠나지
않을 것이며, 내가 죽게 되면 프로세르피나[8]의
지하 세계에서 고통스러워하며 살게 되겠지요.
그곳에서 나는 그녀와 나의 이별을,
나의 슬픔을 영원히 탄식할 것입니다.

그리고 당신은 내가 크리세이드를 소유했으니   69
이제 그만 그녀를 포기하고 안락하고 행복한 삶을
사는 게 고통이 덜할 거라는 주장을 했습니다.
처음부터 행복이라는 걸 전혀 알지 못한 사람보다
행복했다가 불행으로 떨어진 사람이
더 비참한 것이라고 나에게 말했던 당신이
어떻게 그런 말도 안 되는 소리를 하십니까?

그러니 말해보시오. 당신은 사랑도 그렇게 쉽게   70
마음을 바꿀 수 있는 것이라고 생각하는 사람이니
그렇다면 왜 당신은 당신의 모든 슬픔의 근원인

---

8 Proserpina : 지하 세계의 여왕으로 페르세포네라고도 한다.

그녀[9]를 포기하려고 최선을 다하지 않은 겁니까?
왜 그녀를 마음에서 놓아주려고 하지 않지요?
왜 마음을 편안하게 해줄 수 있을
다른 아름다운 여인을 사랑하지 않으려는 겁니까?

만약 당신이 사랑의 아픔을 겪어보았으며   71
여전히 그것을 마음에서 쫓아내지 못하고 있다면
나야 말로 살아 있는 어느 인간 못지않게
신명나고 즐겁게 그녀와 함께 살았던 사람인데
어떻게 내가 그것을 그렇게 빨리 잊는단 말입니까?
오, 당신은 어디서 그렇게 오래 은둔 수행을 했기에
이렇게도 훌륭한 형식적 논리를 펼치는 것입니까?

아니, 당신 충고는 정말 아무 도움도 안 되오.   72
무슨 일이 있다 해도 나는 죽어버리고 말겠소.
그것에 대해 이제 더 말할 필요가 없소.
오, 모든 슬픔의 종결자인 죽음이여,
내 그토록 자주 너를 찾았으니 어서 오너라.
종종 부르면 찾아와서 고통을 끝내주니
진실로 말해서 죽음은 친절하구나.

이제는 잘 알지만 인생이 평온했을 때는   73

---

9   여기서 '그녀'는 〈제1권〉에서 언급되었던 판다로스가 사랑했던 여인을 가리킨다.

나는 보석금을 내서라도 목숨을 구걸했을 것이다.
그러나 이제 세상에 더는 미련이 없으니
너의 방문이 내게는 참으로 달콤하겠지.
오, 죽음이여, 나는 지금 슬픔으로 타고 있으니
나로 하여금 눈물에 빠져 죽게 하거나
너의 차가운 손으로 내 열기를 꺼지게 해다오.

너는 사람들의 뜻에 반해, 부르지 않아도 밤낮으로   74
갖은 방법으로 많은 이들의 목숨을 거두어가니,
내 청에 응답하여 그런 봉사를 해다오.
이제까지 살았던 가장 슬픈 사람인 나를
세상에서 풀어줌으로써 네 본분을 다하여라.
이제 죽을 때가 된 것이니
나는 이 세상에 아무 쓸모없는 인간이기 때문이다."

트로일러스는 눈물이 되어 증발하기 시작했으니   75
마치 물이 증류기에서 빠르게 빠져나가는 것 같았다.
판다로스는 여전히 입을 다물고 있었는데
시선은 바닥을 내려다보고 있었다.
마침내 그는 '아하, 이래선 안 되겠구나.
친구를 죽게 내버려두느니보다는
차라리 무슨 얘기라도 더 해줘야겠다'고 생각하며

이렇게 말했다. "친구여, 그렇게 슬퍼만 하며   76

제가 하는 주장을 비판만 하시니 말인데,
어째서 스스로 이 슬픔에 대한 처방을 찾아내고
남자답게 불행에 종지부를 찍지 못하시는 겁니까?
그녀를 납치하세요. 창피할 게 뭐가 있습니까!
그녀를 시내 밖으로 멀리 보내버리거나
아니면 데리고 살면서 어리석은 슬픔을 끝내십시오.

왕자님은 트로이에 사시면서도   77
왕자님을 사랑하기에 기꺼이 곁에 있으려는 여인을
잡을 용기도 없단 말입니까?
이제 보니 너무도 어리석은 일이 아닌가요?
어서 일어나세요. 그리고 울음을 그치시고
남자다움을 보여주세요. 이제 한 시간이 지나가면
내가 죽든가, 아니면 그녀가 우리와 살겠지요."

이 말을 들은 트로일러스는 조용히 대답했다.   78
"제발 그만하시오, 소중한 형제여.
나도 모든 방법을 지금까지 수도 없이 생각했고
당신이 지금 제안하는 것보다 더 많이 생각했소.
그러나 내가 왜 그런 계획을 포기했는지 말해주리다.
그러니 내 말을 다 듣고 난 다음에
당신 생각을 말해보도록 하시오.

우선, 잘 아시듯 이 도시는 힘으로 여인들을   79

강탈했기 때문에 이렇게 전쟁을 하고 있소.[10]
지금 같은 상황에서 내가 잘못을 저지르거나
큰 불의를 행하는 것은 허용될 수 없는 일입니다.
그녀는 도시의 이익을 위해 교환되는 것이므로
만일 폐하의 명령을 거부하게 된다면
나 역시 모든 사람의 지탄을 받아 마땅할 겁니다.

그녀가 동의한다면 폐하께 자비를 청해서   80
그녀를 내게 주시도록 부탁할 생각도 했습니다.
그런데 이것은 그녀에 대한 원성을 불러올 것이고
그렇게 해서는 그녀를 얻을 수 없는 일입니다.
폐하께서는 의회와 같은 높은 위치에서
그녀의 교환을 승인하신 것이기 때문에
나를 위해 승인을 취소하실 수는 없는 겁니다.

그러나 만일 내가 난폭하게 일을 강행한다면   81
무엇보다 그녀의 심기가 불편해질 것입니다.
만일 내가 그것을 공공연히 추진한다면
분명 그녀의 명예를 훼손하는 일이 될 겁니다.
그녀의 명예를 더럽히느니 차라리 내가 죽는 게 낫지요.
신께 구하오니, 제 목숨을 건지려 하기보다는
차라리 그녀의 명예를 더 소중히 지키게 해주소서!

---

10 트로이전쟁은 트로이 왕자 파리스가 그리스 메넬라오스 왕의 아내 헬레네 왕비를 납치
    하며 시작됐다.

이러하니 무엇을 한다 해도 나는 끝장난 것이오.

나는 그녀의 기사이니, 연인이면 마땅히 그러하듯이
어떤 경우든 나보다는 그녀의 명예를 더 소중히
지켜주어야 하는 게 당연한 일 아니겠습니까?
이렇게 나는 사랑과 이성 사이에서 괴로워하고 있습니다.
사랑은 나에게 그녀를 괴롭게 만들라고 충고하고
이성은 두려운 마음처럼 그러면 안 된다고 합니다."

그는 계속해서 눈물을 흘리면서 말했다. 83
"아, 비참한 나는 어떻게 살아야 합니까?
나의 사랑은 자꾸만 깊어진다고 느끼고 있건만
희망은 자꾸만 줄어들고 있으니 말이오, 판다로스.
또 내 근심의 원인들은 늘어만 가니,
아, 슬프도다! 왜 나의 가슴은 터져버리지 않는가?
사랑을 하니 마음은 편할 날이 별로 없구나."

판다로스가 말했다. "친구여, 제가 뭐라고 말하든 84
좋을 대로 하십시오. 그러나 제가 만일 왕자의 신분으로
그처럼 뜨겁게 사랑한다면 저는 그녀를 데려오겠소.
도시 전체가 들고 일어나 규탄한다 하더라도
그 소리에 신경조차 쓰지 않을 겁니다.
사람들은 소리를 지르고 나면 속삭이는 법이고,
도시에서는 놀라운 일도 아홉 밤을 넘기는 일이 없지요.

이성과 예의를 너무 깊게 따지지 마시고   85
기능한 한 빨리 자신을 추스르십시오.
울어야 할 사람은 왕자님이 아니라 다른 사람들입니다.
왜냐하면 두 사람은 이미 하나가 된 것이니까요.
일어나세요. 분명히 그녀는 가지 않을 겁니다.
상처도 입지 않고 여기서 벌레처럼 죽느니
조금은 욕도 먹으면서 사는 게 차라리 나은 겁니다.

왕자님이 가장 사랑하는 여인을 잡아두는 것은   86
왕자님에게 수치도 죄악도 아닙니다.
그녀를 이렇게 그리스 진영으로 보내버리신다면
그녀는 왕자님을 바보라고 생각할지도 모릅니다.
잘 아시겠지만, 이것도 명심하십시오.
행운의 여신은 강한 사람이 하는 일은 돕지만
비겁한 겁쟁이들에게는 고개를 돌리는 법입니다.

비록 왕자님의 여자도 조금은 속상해하겠지만   87
그러고 난 뒤에는 왕자님도 매우 편해지실 겁니다.
하지만 확실히 말씀드려서, 저는 그녀가 이제는
그것을 나쁘게 받아들일 거라고 믿지 않습니다.
그런데 왜 왕자님의 가슴은 두려움에 떠는 겁니까?
형제이신 파리스 왕자님이 어떻게 사랑을 얻었는지
생각해보세요. 왕자님이라고 못 할 게 무엇입니까?

그러니 트로일러스 님, 감히 한 말씀드리는데요,   88
왕자님이 목숨처럼 여기는 크리세이드는
왕자님이 사랑하는 만큼 그녀도 왕자님을 사랑하는 한,
왕자님이 이런 난국을 타개하려고 무슨 일을 벌인들
그녀는, 신께 맹세하지만 속상해하지 않을 것입니다.
만일 크리세이드가 기꺼이 왕자님에게서 떠나려 한다면
그녀의 사랑은 거짓이니, 그녀를 적게 사랑하십시오.

그러니까 용기를 내시고 기사답게 생각하십시오.   89
모든 법이 매일매일 사랑 때문에 깨지고 있습니다.
이제는 왕자님의 용기와 힘을 보여줄 때입니다.
어떤 일이 있어도 자신에게 자비로우십시오.
이 겁쟁이 슬픔이 마음을 좀먹게 하지 마시고
불리하더라도 남아답게 모든 위험을 감수하십시오.
만일 순교자처럼 죽는다면 천국에 가지 않겠습니까!

비록 저와 저의 친척들 모두가 한 시간 안에   90
개처럼 죽어서 길거리에 눕고 만다 하더라도
저는 이 어려움을 왕자님과 함께할 것입니다.
무수한 상처를 입고 피투성이가 된다 하더라도,
어떤 경우라도 왕자님의 친구로 남을 겁니다.
그러나 만일 여기서 비겁하게 죽고자 하신다면
잘 가십시오. 죽은들 누가 상관하겠습니까!"

91

이 말에 트로일러스는 정신이 들었으며
이렇게 말했다. "친구여, 고맙소. 나도 동감이오.
그러나 분명히 당신이 아무리 나를 재촉하더라도
그 어떤 고통이 나를 아무리 괴롭히더라도,
간단히 말해서, 내가 죽는 한이 있더라도
그녀가 원하지 않는 한 그녀를 납치하는 것은
절대로 내가 하고 싶은 일이 아니오."

"아, 그러시군요." 판다로스가 말했다. "하지만
말씀해보십시오. 이처럼 슬퍼하시는 왕자님은
그녀의 마음을 알아보셨나요?" 그가 대답했다. "아니요."
판다로스가 말했다. "그러면 그녀가 불쾌해할지 어쩔지도
모르시면서 단지 그녀에게 가보지 않았기 때문에,
신께서 귀에 대고 그렇게 하라고 명령하지 않는 한,
그녀를 납치하는 일이 두렵다는 말씀인가요?

그러니 아무 일도 없다는 듯 어서 일어나세요.
그리고 얼굴을 닦고 폐하께 가보십시오.
폐하께서 왕자님이 어디로 갔는지 궁금해하실 겁니다.
신중하게 폐하와 다른 사람들을 속이셔야 합니다.
그렇지 못하면 아마 폐하께서 암암리에 왕자님의
뒤를 살피게 하실 겁니다. 그러니까 간단히 말해서
기운을 내시라는 겁니다. 일은 제가 알아서 할 테니까요.

오늘 밤 적당한 시간에 적절한 방법을 써서   94
왕자님이 아무도 모르게 크리세이드를 만나
이야기를 나눌 수 있도록 일을 꾸며놓겠습니다.
그러면 그녀의 말과 표정을 보고서
매우 쉽게 그녀의 진심을 듣고
깨달을 수 있을 테니 이보다 좋은 방법은 없지요.
그러면 잘 가세요. 여기까지 해두기로 하시죠."

사실이든 사실이 아니든 구분하지 않고   95
사방에 자신을 퍼뜨리는 발 빠른 소문은
빠른 날개를 달고 트로이 전역으로 퍼져나가
사람에서 사람에게로 전해졌으니,
얼굴이 무척 아름다운 칼카스의 딸을
안테노르와 교환하는 것이 의회에서 전격적으로
승인됐다는 얘기가 끝없이 돌고 돌았다.

크리세이드도 곧 그 얘기를 듣게 되었는데,   96
현재 상황에서 부친에게 아무런 애착도 없었고
부친이 죽었는지 살았는지 관심도 없던 그녀는
이런 협정을 이끌어낸 자에게 불행을 내려달라고
매우 열심히 주피터 신에게 기도하며 청했다.
그러나 그녀는 이런 얘기가 사실일까 두려워서
감히 누구에게도 물어보지 못했다.

그녀의 마음과 정신은 오롯이 일편단심으로   97
트로일러스에게 가 있었기 때문에
온 세상도 그녀의 사랑을 풀어서
그녀의 마음에서 트로일러스를 쫓아낼 수 없었다.
그녀는 살아 있는 한 그의 여자가 되고자 했으니,
이처럼 그녀는 사랑과 두려움에 불타고 있어서
무엇을 어떻게 해야 좋을지 알지 못했다.

그러나 도시의 여러 곳에서 여자들이 친구를   98
방문하려고 마실 다니는 것을 볼 수 있듯이,
한 무리의 여자들이 섭섭하지만 잘된 일이라면서
크리세이드를 위로하려는 생각으로 그녀를 방문했다.
이들은 이 도시에 살고 있는 여자들이었는데
별로 대수롭지 않은 얘기들을 늘어놓으며
자리에 앉았고 다음과 같은 이야기를 나누었다.

첫 번째 여자가 말했다. "정말로 기쁜 일이군요.   99
이제는 아버지를 만나게 될 테니까요."
두 번째 여자가 대답했다. "나는 기쁘지가 않네요.
그녀가 우리와 함께한 시간이 너무 짧았거든요."
그러자 세 번째 여자가 말했다. "바라건대,
나는 그녀가 양쪽 모두에게 평화를 가져왔으면 하고요,
전능하신 신께서 그녀가 가는 길을 살펴주셨으면 해요."

크리세이드는 마치 그 자리에 없는 사람처럼   100
멍하니 그녀들이 하는 얘기를 듣고 있었는데
실제 그녀의 마음은 딴 곳에 가 있었기 때문이다.
몸은 비록 그곳에서 그녀들과 함께 앉아 있었지만
관심은 시종 다른 곳에 가 있었던 것이다.
그녀의 마음은 트로일러스를 찾아 헤매고 있었으니
말없이 내내 오직 그를 생각하고 있었다.

그래서 그녀를 위로할 생각이었던 여자들은   101
사소한 일들에 대해 계속 떠들기 시작했는데,
그런 얘기가 그녀에게 아무런 위로가 되지 않았으니
그러는 동안 내내 그녀는 그들이 상상하는 것과는
전혀 다른 감정에 휩싸여 있었기 때문이었다.
곧, 그녀는 슬픔으로 가슴이 거의 무너지는
심정이었고 친구들과 같이 있는 것도 지겨웠다.

그녀는 눈물이 가득 고이기 시작했고   102
더 이상 눈물을 참을 수 없게 되었으며
마음으로 겪고 있고 또 겪으며 살아야 할
쓰디쓴 고통을 생각하며 한숨을 지었다.
그녀는 이제 더는 트로일러스의 모습을
볼 수 없게 되었으므로 자신이 천국에서 지옥으로
떨어졌음을 알고 슬프게 한숨만 지었다.

그런데 그녀 주위에 앉아 있던 여자들은   103
어리석은 그녀가 그들 무리에서 떠나야 하고
이제 더는 어울려 놀 수 없게 되었기 때문에
그처럼 슬피 울며 한숨을 짓는다고 생각했다.
그리고 그녀를 오랫동안 알고 지내던 그들은
그녀가 그렇게 우는 것이 정 때문이라고 생각하며
그녀가 슬퍼하는 것을 보고 저마다 눈물을 흘렸다.

그들은 그녀가 생각지도 않는 일을 두고   104
열심히 위로하기 시작했으며
얘기를 하면 그녀가 즐거워질 것이라고 하면서
자주 즐거운 마음을 가지라는 당부도 했다.
그러나 그들이 그녀에게 해준 위로는
사람이 두통을 완화하려고 발뒤꿈치를 긁을 때
느끼는 정도의 위안에 불과한 것이었다.

이 쓸데없는 잡담을 한참 늘어놓고 나서   105
그들은 작별 인사를 하고 모두 집으로 돌아갔다.
슬픔으로 가득 찬 크리세이드는
거실에서 나와 자신의 방으로 들어갔다.
그러고는 다시는 일어나지 않을 사람처럼
침대 위에 죽은 듯이 엎드려 있었으니,
그녀의 모습이 어떠했는지는 다음과 같다.

그녀는 금빛 햇살 같은 굽이치는 머리칼을
쥐어뜯었고, 자주 가늘고 작은 손가락들을
비틀었으며, 신에게 자비를 청하면서
죽음으로 자신의 고통을 치유해달라고 기도했다.
전에는 그토록 화사하던 낯빛은 창백해져
슬픔과 고뇌가 얼마나 큰지 드러내주었다.
그녀는 흐느끼면서 이렇게 하소연했다.

"아!" 그녀는 말했다. "비참하고 불행하며
저주받은 별자리의 영향을 받고 태어난 나는
이 지역에서 떠나가야 하는구나.
그래서 나의 기사님과 작별할 수밖에 없구나.
아, 내가 두 눈으로 그분을 보았던 그날이
야속하구나. 그날이 나에게―나는 그분에게―
이 모든 고통의 씨앗이 될 줄 어찌 알았으랴!"

그녀의 두 눈에서는 사월의 소나기처럼
눈물이 줄줄 쏟아져내렸다.
그녀는 새하얀 가슴을 두드렸으며
슬픈 나머지 죽음을 달라고 천번이나 부르짖었다.
그녀는 이제 슬픔을 달래주던 사람을
포기해야 했으며, 그러한 불행이 닥쳐왔으니
자신은 이제 끝장난 것이라고 생각했다.

그녀는 말했다. "그분은 어찌하고 나는 또 어찌한담?   109
그분과 헤어지면 나는 어떻게 살아야 하나?
오, 내가 그토록 사랑하는 임이시여,
당신이 겪는 슬픔은 누가 달래줄까요?
오, 아버지 칼카스 님, 모두가 당신 탓입니다!
오, 아르기바라는 이름을 가졌던 나의 어머니,
당신이 저를 낳으셨던 그날이 원망스럽습니다!

이렇게 슬픈데 내가 무엇 때문에 살아야 하나?   110
물 떠난 물고기 신세인 내가 어떻게 버틸 수 있나?
트로일러스를 떠난 크리세이드가 무슨 의미가 있나?
자연이 주는 영양분이 없다면
식물이나 다른 생명체들이 어떻게 살 수 있겠는가?
'뿌리가 잘리면 푸른 식물은 곧 죽는다'는 말이
여기에 꼭 맞는 격언이로구나.

그렇다면 이렇게 하리라. 나는 끔찍해서   111
감히 칼이나 단검을 사용하지는 못하니까
내가 그분에게서 떠나는 바로 그날
이별의 슬픔으로 내가 죽어버리지 않는다면
이 몸에서 영혼이 빠져나갈 때까지
절대로 음식도 물도 입에 대지 않으리라.
그렇게 해서 목숨을 끊어버려야지.

그리고 트로일러스, 내 사랑하는 임이여,   112
한때는 당신을 평화롭게 해주었던 제가
이 세상에서 떠나갔다는 증표로
저는 모두 검은 옷으로 차려입을 거예요.
그리고 당신이 없는 가운데
죽음이 저를 맞을 때까지 계속해서
슬픔과 탄식과 금욕으로 일관할 겁니다.

마음과 그 안의 슬픈 영혼을   113
유산으로 남겨 당신의 영혼과 영원히 탄식하리니
둘은 결코 헤어지지 않을 겁니다.
비록 우리는 지상에서 헤어졌으나
오르페우스와 그의 아내 에우리디케처럼
우리도 엘리지움[11]이라 불리는 고통 없는
자비의 낙원에서 함께 살게 될 것입니다.

아, 사랑하는 임이여, 이 몸이 곧 안테노르와   114
교환될 것을 생각하니 슬프기 한량없군요.
이 슬픈 일을 어떻게 감당하시렵니까?
당신의 여린 마음이 어찌 견딜 수 있나요?
그러나 내 임이여, 진심으로 말씀드리지만
이 슬픔과 괴로움, 그리고 저도 다 잊으세요.

---

11 엘리지온이라고도 하며, 신들의 사랑을 받은 영웅들이 사후에 오르는 안식처이다. 오르
    페우스는 사후에 아내 에우리디케와 함께 이곳에 올랐다고 한다.

당신만 잘된다면 저는 죽어도 괜찮습니다.”

괴로움에서 그녀가 쏟았던 탄식이 과연   115
얼마나 잘 읽히거나 애송됐는지 나는 알 수 없다.
그러나 만약에 내가 짧은 혀로
그녀의 슬픔을 그려내려고 한다면
실제보다 축소시키게 될 것이고
그녀의 고매한 탄식을 어리석게 욕보일 것이다.
그러므로 나는 이것을 건너뛰고 가겠다.

여러분이 설명을 들었듯이, 판다로스는   116
트로일러스와 최선을 다하기로 작정한 뒤
크리세이드에게로 갔다.
그는 트로일러스를 위해 기꺼이 봉사하려고
전갈을 빠짐없이 전해주기 위해
괴로움과 울분에 싸여 누워 있는
크리세이드에게 아무도 모르게 왔는데,

그녀가 너무나 처량한 행색을 하고 있는 것을   117
발견했다. 그녀의 얼굴과 가슴은
온통 눈물로 범벅이 되어 젖어 있었으며,
풍성하고 햇살같이 빛나던 머리칼은
헝클어진 채 귀밑으로 늘어져 있었으니,
이 모든 것은 그녀가 간절히 원하는 것이

목숨을 끊는 일임을 분명히 보여주고 있었다.

그를 보자 서러움이 복받친 그녀는   118
두 팔로 눈물에 젖은 얼굴을 가렸고
그것을 본 판다로스도 너무나 슬퍼서
그 집에 있는 게 무척 힘들 정도였으니
어디를 보아도 불쌍한 마음뿐이었다.
크리세이드는 처음에는 비통하게 울었지만
이제는 천배나 더 애타게 통곡했다.

슬프게 흐느끼면서 그녀가 말했다.   119
"판다로스 삼촌은 이 크리세이드에게
큰 기쁨의 첫 번째 원인이었는데
이제는 모든 게 가혹한 슬픔이 되고 말았군요.
아, 이렇게 비참히 끝나고 말 사랑으로
저를 제일 먼저 이끌어주셨던 삼촌에게
제가 어떻게 '어서 오세요' 하고 말할 수 있나요?

사랑은 슬픔으로 끝나는 건가요? 그렇군요.   120
아니라면 거짓말. 세상 모든 행복이 다 그렇지요.
슬픔은 언제나 기쁨의 마지막을 장식하지요.
만일 이것을 믿지 못하는 사람이 있다면 그에게
비참하게 슬퍼하는 저를 보라고 하세요.
지금 저는 자신을 증오하고, 태어난 것을 저주하며

비탄에서 절망으로 가고 있음을 느끼고 있거든요.

저를 보면 누구든 그 즉시 슬픔을 알아채고   121
고통과 괴로움과 탄식과 비애와 고뇌를 보지요.
저의 슬픈 몸에서는 온갖 해로운 게 다 오는데
고뇌와 병약함, 끔찍이도 쓰라린 마음,
짜증, 아픔, 두려움, 분노, 그리고 병도 옵니다.
하늘도 제 끔찍한 고통을 동정해
진실로 비처럼 눈물을 쏟을 거라고 믿어요."

"오, 나의 크리세이드, 얼마나 마음이 아프겠느냐만."   122
판다로스가 말했다. "대체 무슨 짓을 하려는 거냐?
너는 자신을 존중하는 마음도 없느냐?
아, 어찌하여 이처럼 자신을 파멸시키려 하느냐?
모든 것을 그만 두고 이제부터 내가 하는 말을
들어보거라. 트로일러스 왕자님께서 나를 통해
너에게 보낸 말씀이니 주의 깊게 들어보아라."

그러자 크리세이드가 판다로스를 돌아보았는데   123
너무 많이 울어서 보기에도 다 죽은 사람 같았다.
"아!" 그녀가 말했다. "무슨 전갈을 가져오셨는지요?
저는 결코 다시는 보지 못할까 봐 두려워하는데
사랑하는 왕자님이 제게 무슨 말을 하시려는지요?
떠나기 전에 더 눈물을 쏟게 하시려는 건가요?

그 때문에 오셨다면 이미 충분히 울었어요."

그녀의 몰골을 보니 흡사 사람들이   124
관 위에 묶어놓은 사람 형상이었다.
한때 천상의 모습과도 같던 그녀 얼굴은
이제 전혀 다른 모습으로 변해버렸다.
사람들이 그녀에게서 목격하던 쾌활함과 웃음,
그리고 온갖 기쁨들은 사라지고
이제 크리세이드는 이렇게 혼자 누워 있었다.

그녀의 눈 둘레에 생긴 진홍색 둥근 자국은   125
고통이 어떠한지 여실히 보여주었으니
보기에도 너무나 가슴 아픈 일이었다.
그 때문에 판다로스는 눈에서
빗물처럼 쏟아지는 눈물을 억제할 수 없었다.
그럼에도 그는 있는 힘을 다해
트로일러스의 전갈을 크리세이드에게 전했다.

"이것 봐, 크리세이드, 이미 들었을 것으로 믿지만   126
폐하께서는 귀족들과 함께 최선책으로
안테노르와 자네를 교환하기로 결정했고
이 슬픔과 동요도 그것 때문이겠지.
그러나 이 일로 왕자님이 얼마나 괴로워하는지는
세상 누구의 입으로도 표현할 수 없을 거야.

너무도 슬픈 나머지 그분도 정신이 나가버렸어.

그 때문에 나도 그분과 무척이나 슬퍼했는데   127
우리 둘은 슬픔으로 거의 죽을 지경이었지.
그러나 마침내 오늘 내 조언을 듣고서
이제는 왕자님도 어느 정도 울음을 그쳤단다.
보아하니 그분도 밤새도록 너와 함께 지내면서
무슨 방도가 있다면 이 문제에 대해
해결 방안을 생각해내고 싶어 하시는 것 같다.

내 머리로 이해할 수 있는 한,   128
간단명료하게 말해 그것이 내 말의 요점이다.
이처럼 슬픔으로 고통스러워하는 너에게
긴 서론의 말은 귀에 들어오지도 않겠지.
그러니 그에 대해 답변을 보내다오.
사랑하는 크리세이드, 제발 부탁하니
트로일러스 님이 오시기 전에 울음을 그쳐다오."

죽을 것처럼 날카로운 고통을 느꼈던 그녀는   129
깊은 한숨을 쉬며 말했다. "너무 슬퍼서 그래요.
그렇지만 저에 비하면 그분의 슬픔은 더 크겠지요.
제가 그분 자신보다도 그분을 더 사랑하니까요.
아! 저 때문에 그분이 그런 아픔을 겪으시다니.
저 때문에 그렇게 비참하게 신음을 하시다니,

그분의 슬픔이 정말로 저의 고통을 배가시키는군요.

헤어진다는 게 정녕코 제게는 너무 슬픈 일이지만."   130
그녀가 말했다. "왕자님이 지금 겪으시는
슬픔을 보는 게 제게는 더 힘이 듭니다.
그것이 저의 고통이 될 것을 잘 알고 있어요.
그리고 저도 죽겠어요." 그녀는 말을 계속했다.
"하지만 저를 위협하는 죽음이 아직은 제 가슴속에서
퍼덕이는 영혼을 몰아내기 전에 그분을 불러주세요."

이렇게 말하고 난 뒤 그녀는 얼굴을   131
두 팔에 묻고 처연하게 울기 시작했다.
판다로스가 말했다. "아! 왜 그렇게 우느냐?
왕자님이 도착할 시간이 거의 다 되었다는 걸
너도 잘 알면서. 어서 일어나라.
그분이 정신이 나가 미치는 걸 보고 싶지 않다면
눈물에 젖은 모습을 보여주지 말거라.

만일 네가 이렇게 지내는 것을 왕자님이 아시면   132
그분은 자결하실 거야. 네가 이런 모습일 줄 알았다면
프리아모스 폐하께서 온갖 부(富)를 하사한다 하셔도
그분을 이곳으로 부르지도 않았을 거다.
그분은 목표한 것을 즉각 실천에 옮긴다는 걸
나는 잘 안다. 그래서 말하는데 슬픔을 그치어라.

그렇지 않으면 분명히 그분은 죽겠다고 하실 거다.

사랑하는 크리세이드, 그분의 슬픔을   133
키우려 하지 말고 줄여줄 수 있도록 노력해라.
그분에게 불편이 아니라 위로의 원천이 되어야지.
지혜를 짜서 그분의 슬픔을 달래주거라.
두 사람이 눈물로 온 동네를 적신다 한들
그게 과연 무슨 도움이 되겠느냐?
치유의 한순간이 평생의 통곡보다 나은 것이다.

내 말뜻은 이거다. 그분을 이곳에 모셔오면,   134
너는 현명하고 또 두 사람이 다 같은 마음일 테니,
네가 떠나는 것을 막을 방법이나, 혹은 네가 갔다가
곧 다시 돌아올 수 있는 방법을 강구해보아라.
여자들은 빠른 결정을 내리는 데 능숙하다고 하지.
그러면 이제 네가 얼마나 현명한지 보기로 하겠다.
나도 도울 수 있는 일이면 무엇이든 하겠다."

"어서 가세요, 삼촌." 크리세이드가 말했다.   135
"진실로 왕자님 앞에서는 울지 않으려고
최선을 다하겠어요. 그리고 왕자님을 기쁘게
해주기 위해서라면 온갖 애를 쓰면서
제 마음속을 열심히 샅샅이 살펴보겠어요.
만약 이 아픔을 치유할 연고가 발견될 수 있다면

할 수 있는 최선을 다해 찾아보겠어요."

판다로스가 그곳을 떠나 트로일러스를 찾으니   136
그는 사원에 혼자 있었다.
그는 더 이상 자신의 생명에 연연하지 않고
자비심 깊은 여러 신들 앞에서
빨리 이 세상을 하직하게 해달라고
매우 간절하고 슬프게 기도를 올리고 있었다.
달리 청할 은총이 없다고 생각했던 것이다.

모든 사실을 몇 마디로 요약하자면,   137
그는 그날 너무도 깊은 절망에 빠졌으므로
죽기로 굳게 마음을 먹었다.
그는 이제 자신이 완전히 끝장났다고 말하며
말끝마다 이렇게 논리를 펼쳤던 것이다.
"일어나는 모든 일은 필연이어서 일어나는 것이다.
그래서 끝장나는 것, 그것이 내 운명이다.

이것은 내가 확실히 알고 있다." 그가 말했다.   138
"신은 섭리로 내가 크리세이드를 잃게 될 것을
언제나 미리 알고 있었던 것이다.
의심할 것도 없이 신은 모든 것을 미리 알고
신의 명령에 따라 실로 그 공과에 합당하게
일을 처리하는 것이니,

모든 것은 예정된 운명에 의해 일어나는 것이다.

그렇다고는 하지만, 아, 누구를 믿어야 하나?   139
논증을 통해 운명의 문제를 증명하는
많은 위대한 학자들이 있는데,
어떤 학자들은 필연적인 운명이란 없는 것이며
우리 모두에게는 자유로운 선택이 주어졌다고 한다.
아, 이 옛날 학자들은 너무나 교묘해서
누구 견해를 따라야 할지 모르겠구나.

사람들이 말하듯, 만약 신이 모든 일을 알고   140
그래서 신은 절대로 자신을 속이는 일이 없다면,
비록 사람들이 절대로 원하지 않는다 하더라도
신의 섭리로 예정된 일은 반드시 일어나는 것이다.
만약에 신이 우리 행위는 물론이고
생각도 애초부터 다 알고 있는 것이라면
학자들이 말하듯 우리에게 자유로운 선택은 없는 것이다.

그래서 다른 생각도, 그리고 다른 행위도   141
결코 일어날 수 없는 것이니,
신은—절대로 오류가 있을 수 없으므로—
확실하게 전부터 그것을 알고 있기 때문이다.
만일 우리가 신의 섭리에서 벗어날
어떤 예외적인 불확실성이 있다면,

신의 오류 없는 예지란 어불성설이 되리라.

그렇다면 그것은 신의 생각이 불확실하며   142
항구 불변의 예지는 없다는 말일 터,
신은 의심 많은 우리 인간과 마찬가지로
완전하고 분명한 예지를 갖지 못했다는 뜻이니까
신을 모독하는 일이 될 것이다.
그러나 신을 두고 오류를 상상하는 것은
잘못되고 부정하고 저주받은 사악함이리라.

또한 이것은 정수리를 매끈하게 깎은   143
일부 성직자들의 견해인데,
그들 말에 의하면, 미래에 일어나는 일은
신께서 예전에 이미 정해두었던 일이라서
그 결과로 일어나는 것이 아니라,
그 일이 장차 일어날 것이기 때문에
신이 그것을 확실히 예견하는 것이라고 한다.

이런 식으로 본다면 필연이라는 것은   144
반대 방향으로 되돌아가게 된다.
곧, 필연이라는 것은 예견된 일들이
확실하게 일어나게 된다는 뜻이 아니라,
그들 말에 의하면,
일어날 일들은 모두 필연적이므로

확실하게 예견된다는 뜻이다.

어느 쪽이 원인이고 결과인지   145
여기서 문제를 파헤쳐보리라.
과연 신이 미리 알고 있기 때문에
장차 일어날 사건들이
필연적으로 일어나게 되는 것인가,
아니면 그 사건들이 필연적으로 일어날 것임을
신이 미리 알고 있다는 말인가?

그러나 지금 어느 것이 원인이고   146
결과인지 증명하진 못하겠으나,
나는 알겠다. 확실하게 예견된 사건들은
불가피하게 일어나게 되어 있다는 것을.
하지만 그렇다고 신의 예지가 미래의 사건을,
그것이 나쁜 일이든 좋은 일이든
필연적으로 일어나게 하는 것 같지는 않다.

만약에 한 사람이 저쪽 의자에 앉아 있다면   147
그 경우 그 사람이 앉아 있다고
판단하거나 생각하는 당신 견해는 참이다.
이것은 필연적으로 옳은 말이다.
그런데 이제 여기서 좀 더 나아가보면,
오, 그 반대의 경우도 역시 참이니

서둘러 계속해서 설명을 시도해보자.

만약 그 사람이 앉아 있기 때문에   148
당신 견해가 참이라고 한다면
그는 필연적으로 앉아 있다고 할 것이다.
그렇다면 양쪽 모두 필연인 셈이니
그는 필연적으로 앉아 있는 것이고
당신은 필연적으로 참인 것이다.
그렇다면 둘 모두에게 필연이 있는 것이다.

그러나 당신은 당신 견해가 참이기 때문에   149
그가 앉아 있는 것은 아니라고 주장할 수 있다.
오히려 그가 이미 앉아 있다는 사실이
당신 견해를 참이 되게 하는 것이다.
그러므로 당신 견해의 참은 그가 앉아 있다는
사실에서 오는 것이지만, 그럼에도
필연은 그나 당신 모두에게 상호적인 것이다.

그러므로 나는 이와 같은 식으로   150
신의 예지와 앞으로 일어날 일들에 대한
나의 추론에 다음과 같이
안전한 결론을 내릴 수 있을 것 같다.
곧, 사람들은 이러한 추론을 통해
세상에서 일어나는 모든 일이 전부 다

필연적으로 일어나는 것임을 알 수 있다.

진실로 사건이 일어나기 때문에   151
확실히 예견되는 것이지,
그것이 예견되기 때문에 일어나는 것은 아니다.
그렇지만 일어날 사건은 사실상
필연적으로 예견되는 것이다.
다시 말해서, 필연적으로 예견되는 것은
필연적으로 일어나게 되어 있다.

그러면 이것은 확실히 자유 선택론을   152
완전히 무너뜨리기에 충분한 주장이다.
그러니까 세상에서 일어나는 일들이
신의 영원한 예지 때문이라고 하는 것은
얼토당토않는 말이 되는 것이다.
그렇다면 미래 사건이 신의 예지를
결정한다는 것은 진실로 잘못된 명제이다.

이 잘못된 명제를 받아들였다면 나는 어떤 생각을 했을까?   153
미래 사건은 그것이 일어날 것이기 때문에
신은 다만 그것을 예지하는 것이라고 생각했으리라.
그렇게 되면 예전에 일어났다가 지나가버린
사건들은 모든 것을 빈틈없이 미리 다 아시는
저 지존하신 신의 예지를 통해 결정된 것이었다고

나는 생각했을 것이다.

그리고 여기에 덧붙여 조금 더 생각해보면,   154
어떤 것이 확실히 존재한다는 것을 내가 알고 있을 때
그것이 필연적으로 존재하고 있는 것과 같이
어떤 것이 존재할 것이라고 내가 알고 있으면
그것은 앞으로 반드시 존재해야만 하는 것이다.
그러므로 미리 확실하게 예지되는 사건들은
어떻게 하든 그 발생을 피할 수 없는 것이다."

그러고 나서 그는 말했다. "모든 진실을 아시는   155
옥좌에 앉아 계신 전능하신 제우스 신이시여,
저의 슬픔을 불쌍히 여기소서. 아니면 저를 어서
죽게 하소서. 아니면 크리세이드와 저를 이 고통에서
건져주소서." 그가 슬픔에 빠져 이 문제를 가지고
자신과 논쟁을 벌이는 동안
판다로스가 그에게 와서 이렇게 말했다.

"오, 옥좌에 계신 전능하신 신이시여, 도와주소서.   156
오, 현명한 사람이 어찌 이럴 수 있단 말입니까?
오, 트로일러스 님, 대체 무슨 짓을 하시려는 겁니까?
자신에게 스스로 적이 되는 즐거움을 맛보려 하십니까?
크리세이드가 벌써 떠나간 것은 아니지 않습니까?
왕자님의 두 눈이 죽은 사람처럼 보이는데

왜 두려움 때문에 스스로 목숨을 끊으려 하십니까?

그녀가 없어도 여러 해를 사시지 않았습니까?   157
또 아주 편안하게 지내오지 않으셨던가요?
왕자님은 오로지 그녀만을 위해서 태어나셨습니까?
자연이 그녀만을 기쁘게 해주라고 왕자님을 만드셨나요?
진정하시고 괴로움 가운데에서도 생각을 좀 하십시오.
주사위 놀이에서 운수가 따르지 않는 것처럼
사랑에서도 기쁨은 왔다 갔다 하는 것입니다.

왜 왕자님이 이렇게 슬퍼만 하고 계신지   158
그것이 무엇보다도 놀라울 뿐이군요.
그녀가 정말 떠날지 어쩔지도 모르잖습니까?
떠나기를 스스로 거부할 수도 있잖습니까?
아직은 그녀 생각을 확인해보지도 않았잖습니까?
사람은 목이 떨어져나갈 때 목을 내밀면 되고
슬퍼할 이유가 있을 때 슬퍼하면 되는 것입니다.

그러므로 제가 드리는 말씀을 잘 들어보십시오.   159
왕자님과 저 사이에 의견일치를 본 것처럼
저는 크리세이드와 오랫동안 이야기를 나누었는데,
더 생각해보니 그녀도 속으로 은밀한 계획을
품은 것 같아요. 만일 제 판단이 옳다면
그 계획으로 그녀가 왕자님이 두려워하고 있는

이 모든 것을 막을 수 있을 것입니다.

제가 말씀드리는데, 밤이 되면 왕자님은   160
그녀에게 가셔서 이 문제를 마무리하십시오.
복되신 주노[12] 여신께서 큰 힘을 발휘하시어
바라건대 우리에게 은총을 내려주실 겁니다.
제 마음으로 확신하지만 그녀는 가지 않을 겁니다.
그러니 잠시 마음을 편히 하시고
마음을 굳게 가지세요. 그것이 최선입니다."

트로일러스는 크게 한숨을 쉬며 대답했다.   161
"말씀 잘하셨소. 그렇게 하도록 하지요."
그리고 그는 하고 싶은 얘기를 더 했다.
그러고는 가야 할 시간이 되자
트로일러스는 지체하지 않고 아주 은밀하게
늘 했던 것처럼 크리세이드에게 갔다.
그들이 과연 어떠했는지 이제부터 이야기하겠다.

사실상 처음 자리를 함께하게 되자   162
가슴은 고통으로 터져나갈 듯했으므로
서로에게 인사말조차 꺼낼 수 없었고
두 팔로 부둥켜안은 채 입을 맞추기만 했다.

---

12 Juno : 제우스 신의 아내 헤라를 가리킴. 부인들의 수호자이자 사랑의 정절을 지켜주는
여신으로 숭배됐다.

앞서 말했듯 그들은 슬퍼서 흐느껴 우느라
둘 가운데 덜 슬픈 이도 자신이 어디에 있는지 몰랐고,
상대방에게 뭐라고 한마디 말조차 할 수 없었다.

그들이 흘린 슬픔의 눈물은 고통으로   163
보통 때 사람들이 흘리는 눈물과는 달리
알로에나 쓸개처럼 쓰디쓴 눈물이었다.
내가 알기로, 슬퍼하는 뮈라[13]도
나무껍질을 통해 그렇게 쓴 눈물은 흘리지 않았으며,
그들의 크나큰 아픔을 동정하지 않을 만큼
심장이 굳어버린 사람도 세상에 없었을 것이다.

두 사람의 슬프고 기진한 영혼이   164
본래 자리로 되돌아오고
울 만큼 울고 나자 괴로움도 다소 가라앉고
눈물샘도 마르기 시작하고
가슴이 다소 진정이 되었을 때
너무 울어 목이 쉰 크리세이드는
힘없는 목소리로 트로일러스에게 말했다.

---

13 Myrrha : 스미르나(Smyrna)로도 불리며 그리스신화에서 아도니스의 어머니로 알려져
    있다. 그녀는 아버지 키니라스와 근친상간을 저지른 벌로 몰약나무(Myrrh)로 변해 수
    액을 눈물처럼 흘렸다고 한다. 이로부터 그녀는 전통적으로 눈물 흘리는 여인의 이미지
    로 그려져왔다.

"오, 신이시여, 저는 죽습니다. 자비를 내려주소서!
도와주세요, 트로일러스!" 이 말과 함께 그녀는
가슴 위로 얼굴을 떨구었고 말할 힘을 잃었는데,
그 말을 하는 바로 그 순간 그녀의 슬픈 영혼은
자신이 살던 집에서 막 떠나려 하고 있었다.
한때는 보기에도 그처럼 생기 넘치며 아리땁던 그녀가
이처럼 창백하고 시퍼런 안색을 하고 누워 있었다.

그녀를 바라보며 이름을 부르던
트로일러스는 그녀가 아무 대답도 없이 죽은 듯이
누워 있었으므로 그녀의 차가운 팔다리를 주물렀고,
눈동자가 머리 쪽으로 치켜 올라가자
이 슬픈 사내는 이제 어찌할 바를 모르고
그저 그녀의 차가운 입술에 연신 입맞춤만 하였다.
그가 얼마나 슬펐는지는 신과 그 자신만 알고 있었다.

트로일러스는 일어나서 그녀를 똑바로 길게 뉘었다.
그는—그가 알 수 있는 한—크리세이드에게서
살아 있는 징후를 발견할 수 없었던 것이다.
그 때문에 그는 연신 "슬프구나!"를 연발했다.
그러나 그녀가 말없이 누워 있는 것을 보고
완전히 낙담한 채 서러운 목소리로,
"이제 그녀가 이 세상을 떠났구나" 하고 말했다.

이렇게 그는 오래 그녀 때문에 통곡했으며   168
두 손을 비틀면서 마음에 품었던 말을 했는데
눈물은 흐르고 흘러 그녀의 가슴을 흠뻑 적셨다.
그러고 나서 그는 눈물을 닦아내더니
애절하게 그녀의 영혼을 위해 기도했다.
"오, 옥좌에 앉아 계신 주인님[14]이시여, 저도 곧
그녀를 따르리니, 저 또한 불쌍히 여기소서."

크리세이드는 싸늘했고, 아무런 미동도 하지 않았다.   169
그가 아는 한 아무 숨결도 느낄 수 없었으므로
그는 이것이 그녀가 이 세상을 떠났다는
확실한 증거라고 여겼다.
달리 어쩔 방도가 없다고 생각하자
그는 관에 뉘어지는 사람에게 하듯
그녀의 팔다리를 가지런히 정돈해주었다.

그러고 나서 트로일러스는 단호하고 잔혹한 마음으로   170
칼집에서 재빠르게 칼을 뽑아 들었으니,
아무리 고통이 심할지라도 자결함으로써
그의 영혼이 그녀의 영혼을 뒤따라가
미노스[15]의 심판이 이루어질 곳에서 만나고자 했다.

---

14 제우스 신을 가리킴.
15 Minos : 지하 세계의 심판자. 이승에서는 크레타의 왕이었다.

사랑의 신과 잔인한 운명의 여신은 더 이상
그가 세상에 사는 것을 원치 않았기 때문이다.

그래서 그는 고고한 경멸감에 가득 차서 말했다.　　　　　171
"오, 잔인한 제우스 신과 냉혹한 운명의 여신이시여,
신들께서 크리세이드를 죽인 것은 잘못입니다.
또한 신들께선 그에 못지않게 저를 대하시니
신들의 그 비뚤어진 능력과 일들이 원망스럽습니다.
신들께선 그처럼 비겁하게 저를 이기지 못할 것이니
죽음도 저를 저의 여인에게서 떼어놓지 못할 것이오.

신들께서 이렇게 그녀를 죽게 하였으므로　　　　　172
이 세상을 떠나 그녀의 영혼을 뒤따르겠습니다.
이제는 트로일러스가 두려움 때문에 그의 여인과
함께 죽지 않았다고 말하는 연인들은 없을 터이니
진실로 그녀의 동반자가 될 것입니다.
신들께서 우리가 여기서 사는 것을 허락하지 않으시니
그렇다면 우리의 영혼이라도 함께 살게 해주소서.

내가 통곡하며 떠나는 나의 도시 트로이여,　　　　　173
프리아모스 폐하와 모든 형제들이시여,
그리고 어머니, 저는 떠나니 안녕히 계십시오.

아트로포스¹⁶ 님, 저의 관을 준비해주소서!
크리세이드, 오 사랑하는 나의 여인이여,
내 영혼을 받아주오" 하고 말하며
그는 칼을 가슴에 대고 죽을 준비를 했다.

그러나 바로 그때 기절했던 크리세이드가 깨어났는데   174
한숨을 쉬더니 "트로일러스!" 하고 외쳤다.
그는 "크리세이드, 오, 나의 여인이여,
아직 살아 있는 거요?" 하고 말하며 칼을 떨어뜨렸다.
"그래요, 내 사랑, 오, 큐피드 님, 감사합니다!"
하고 그녀가 말하며 슬프게 한숨을 쉬었으며
그는 최선을 다해 그녀를 위로하기 시작했다.

그는 크리세이드를 두 팔에 안고 연신 입을 맞추었고   175
그녀의 생기를 돋우려고 혼신의 힘을 다했다.
그러자 그녀의 입가에서 맴돌던 정신이
슬픔에 찬 그녀의 가슴으로 다시 들어갔다.
마침내 그녀가 시선을 옆으로 돌렸는데
그 순간 자신의 칼이 뽑힌 채 놓여 있는 것을
발견하고는 두려운 나머지 비명을 질렀으며,

트로일러스에게 왜 칼은 뽑았느냐고 물었다.   176

---

16 Atropos : 운명의 여신들 중 하나로 생명의 실, 곧 사람의 목숨을 끊는 일을 맡고 있다.

그는 곧 그녀에게 이유를 말하면서
칼로 목숨을 끊으려 한 상황을 설명했다.
그러자 크리세이드는 그를 쳐다보았고
두 팔로 그를 꼭 끌어안으며 말했다.
"오, 신이여 맙소사. 그런 행동을 하시다니!
아, 우리는 둘 다 거의 죽을 뻔했군요.

내가 말을 하지 않았다면, 오, 신이여 맙소사,   177
왕자님은 곧 목숨을 끊었겠군요" 하고 그녀가 말했다.
"정말 그렇소." 그러자 그녀가 대답했다.
"아아! 저를 창조하신 신께 맹세하지만,
왕자님의 죽음으로 제가 태양이 환하게 비치는
모든 나라의 여왕이 되었다 하더라도
그 뒤로 오래 살지 못했을 거예요.

오히려 저는 바로 여기 이 칼을 갖고   178
제 목숨을 끊었을 거예요." 그녀는 말을 이었다.
"그러나 잠깐만요! 이제 이 얘긴 충분히 했으니
어서 일어나 곧장 침실로 가서
우리의 괴로움을 털어놓기로 하시지요.
지금 등불이 타는 모습을 보니
이제 얼마 안 가서 동이 틀 것 같아요."

그들은 침대로 가서 두 팔로 서로를 안았는데   179

이제까지 지냈던 밤과는 달랐다.
그들은 모든 행복을 잃어버렸으므로
태어난 날을 연신 원망하며
슬픈 얼굴을 하고 서로를 바라보았다.
그러다 마침내 슬픔이 가득한 크리세이드는
트로일러스에게 다음과 같이 말했다.

"보세요, 내 사랑. 제 말을 명심해 들으세요.　　　　　　180
만약 사람이 슬픔을 애통해하기만 하고
대처할 도움을 받으려고 하지 않는다면
그것은 어리석음이며 고통만을 키우게 될 것입니다.
그래서 우리가 처한 슬픔에 대한 해결책을 찾으려고
여기에 우리 둘이 함께 만난 것이니까
이제 지체 말고 방법을 찾아보기로 해요.

잘 아시다시피 저는 여자잖아요.　　　　　　　　　　181
그래서 갑자기 생각이 떠올랐는데
잊기 전에 빨리 왕자님께 말씀드리겠어요.
제 생각으로 왕자님이나 그 어느 누구도
이성적으로 이 슬픔을 줄일 수는 없어요.
그러나 잘못된 일을 바로잡고 이 슬픔을 극복할
방법들은 충분히 있을 것입니다.

사실대로 말해서, 우리가 겪는 슬픔은　　　　　　　182

제가 아는 한 다른 데 이유가 있지 않고
오직 우리가 헤어져야만 한다는 데 있습니다.
아무리 생각해도 다른 잘못은 없습니다.
그렇다면 이에 대한 해결책은 다름 아니라
우리가 곧 다시 만날 계획을 세우는 것이에요.
이게 제 생각의 전부예요, 사랑하는 왕자님.

이제 저는 떠난 뒤 곧 다시 돌아올 수 있도록   183
모든 일을 계획해놓을 것이며,
그것에 대해선 한 점 의심도 없습니다.
명백히 한두 주 안에 저는 다시 이곳에
와 있을 거예요. 그리고 이 일이 제대로
잘 이루어질 수 있도록 몇 마디로
여러 가지 방법을 왕자님께 보여드리겠어요.

잃어버린 시간은 복구할 길이 없으니   184
그것에 대해선 길게 말씀드리지 않겠고,
—제가 알 수 있는 한 최선의 방법이니—
바로 저의 결론을 말씀드리겠어요.
그리고 부탁이오니 제가 비록 왕자님의
마음의 평화를 깨는 말을 하더라도 용서하세요.
저는 진실로 최선을 위해 말씀드리는 것이니까요.

계속해서 말씀드리지만   185

지금 하려는 이 말들은 다만 왕자님께
우리 스스로를 돕기 위해 최선의 방법을 찾는
계획을 보여주려는 것일 뿐입니다.
그러니 다른 생각은 말아주시길 부탁드려요.
진실로 저는 왕자님이 무슨 명령을 하시든
의심할 여지없이 그대로 따를 테니까요.

이제 들어보세요. 이미 잘 아시겠지만   186
제가 떠나는 건 의회에 의해 결정된 것이므로
그것은 제가 판단할 때 어떤 일이 있어도
거부할 수 없는 일일 겁니다.
그러니 그것을 저지하려는 어떤 계획도
소용이 없으므로 마음에서 지워버리세요.
그리고 우리는 더 나은 방법을 찾아봐요.

사실대로 말하자면, 우리 둘의 헤어짐은   187
우리를 괴롭히며 잔인한 고통을 줄 거예요.
그러나 사랑의 신을 섬기는 사람이
기쁨을 얻고자 한다면 고통은 때때로 당연한 것이지요.
그리고 트로이에서 떠나면 오전 반나절도 안 돼
말을 타고 되돌아올 수 있는 곳으로 가는 것이니
우리가 슬퍼할 이유도 당연히 줄어들 거예요.

제가 완전히 숨겨져 있지는 않을 테니까   188

오, 저의 소중한 사랑이신 왕자님은 매일매일
―지금은 휴전 중임을 왕자님도 잘 아시니까―
제 소식을 충분히 듣게 되실 거예요.
그리고 휴전이 끝나기 전에 저는 이곳에 와 있을 테니
그때 왕자님은 안테노르와 저를 다 얻은 셈이
되겠지요. 그러니 이제는 슬퍼하지 마세요.

이렇게 생각해보세요, '지금 크리세이드는 갔지만,   189
그러나 오! 그녀는 서둘러 다시 올 것이다'라고요.
그러면 언제 오느냐고요? 맹세하지만 금방 돌아옵니다.
안심하고 말씀드리지만, 열흘이 되기 전에요.
그러면 마침내 우리는 기쁘게 다시 만날 것이고
무척 행복하게 함께 살게 될 것이니
온 세상도 우리 행복을 말로 표현할 수 없을 거예요.

제 생각에는 우리가 여기 있는 동안에도   190
우리 관계를 비밀로 하기 위해 보름 동안은
서로 대화를 나누는 것도 삼가고
만나지 않는 게 최선일 듯싶어요.
그러니 제 명예를 위해서라도 그렇게 하시면서
열흘 정도만 참아주실 수 없겠어요?
그렇지 않으면 왕자님은 참을성이 없는 것이지요.

왕자님도 아시듯 제 부친만 제외하면   191

311

저의 모든 친척이 여기에 살고 있고
저의 모든 재산도 다 이곳에 있으며,
그리고 무엇보다 이 넓은 세상을 다 준다 해도
결코 헤어지고 싶지 않은 내 사랑
왕자님께서 이곳에 살고 계시지 않은가요.
제 말이 거짓이면 제우스 신을 똑바로 볼 수 없겠지요.

제 부친께서 왜 저를 보고 싶어 한다고   192
생각하세요? 다만 두려움 때문입니다.
아버지의 불행한 범행으로 이 도시 사람들이
저를 경멸할까 봐 두려워하신 것이지요.
제가 어떻게 사는지 아버지께서 어떻게 아실까요?
제가 트로이에서 얼마나 잘 지내는지 아셨더라면,
제가 떠나는 걸 우리가 걱정할 필요는 없을 텐데요.

잘 아시는 것처럼 사람들은 날이 갈수록   193
점점 더 평화를 얘기하고, 헬레네 왕비도
되돌려 보낼 것이며, 그리스인들이 우리에게 입힌
피해를 보상하게 될 거라고 생각하고 있어요.
어디서나 사람들이 평화를 원하고 있다는 말밖에
달리 위로해드릴 말씀은 없지만
그래서 더 마음 편히 기다리실 수 있을 거예요.

사랑하는 왕자님, 만약 평화가 온다면   194

그 평화는 속성상 필연적으로 사람들이
서로서로 교통할 수 있게 해주고
온종일 빠르게 그리고 벌집에서 날아오는
벌떼처럼 어디든 무리지어 다닐 수 있게 하니까
모든 사람은 누구나 허락을 받지 않고도
자기가 원하는 곳에서 살 자유가 있지요.

그리고 설령 평화가 오지 않는다 하더라도   195
—평화가 오든 말든— 저는 이곳으로 돌아오겠어요.
왜냐하면 제가 어디로 갈 수 있겠어요?
아니 대체 제가 어떻게 저 무사들 가운데 끼여
늘 두려움에 떨면서 살 수 있겠어요?
그러므로 오, 신께서 저를 인도하실 터이니
왕자님이 두려워하실 일은 없을 거예요.

이 모든 방법이 왕자님 마음에 들지 않는다면   196
여기 또 다른 이 방법은 어떻겠습니까?
잘 아시는 것처럼 제 부친은 노인이신데
사람이 늙으면 탐욕스러워지는 법이지요.
그리고 제가 지금 막 그물을 쓰지 않고
아버지를 잡을 수 있는 방법을 생각해냈는데
왕자님 생각엔 어떨지 한번 들어보세요.

트로일러스 왕자님, 사람들 말에 의하면   197

늑대와 양을 모두 다 갖기는 어렵다고 하지요.
말하자면 사람은 실제로 일부는 쓰면서
나머지는 저축해두어야 한다는 것이지요.
곧, 탐욕에 빠진 사람 마음은
언제나 금을 갖고 사로잡을 수 있다는 것이죠.
이게 무슨 뜻인지 제가 말씀드리겠어요.

저는 제가 이 도시에 가지고 있는 재산을   198
부친께 가지고 가서 말하겠어요.
이것은 바로 아버지의 친구 한두 분이
아버지를 믿고 맡기려고 보낸 것이며,
이 도시가 이처럼 위험한 상태에 있는 동안은
그 친구분들은 아버지께 간절히 부탁해
더 많은 돈을 서둘러서 보내려 한다고요.

그리고 그 액수도 어마어마할 것인데,   199
사람들이 그 일을 눈치채면 안 되니까
오로지 저를 통해 보낼 것이라고 말하겠어요.
또 평화가 오게 되면 제가 궁전에 두루두루
아는 사람들이 있어서 프리아모스 폐하의
분노를 진정시킬 수 있으며, 아버지의 죄도
다시 용서받게 해줄 수 있다고 말하겠어요.

그러므로, 왕자님, 이러저러한 방법으로   200

아버지를 설득해 정신을 쏙 빼놓으면
아버지는 자신의 영혼이 천국에 있다고 상상하시겠죠.
아버지가 섬기는 아폴론 신이나, 아니면 박식한
지식이나 점술도 별로 큰 도움이 되지 않을 거예요.
황금에 대한 욕심이 아버지를 눈멀게 할 테니
저는 원하는 목적을 달성할 수 있을 거예요.

만일 아버지께서 점술로 제 거짓말을   201
확인하려고 하시면, 저는 분명 그 점술을
방해하고 아버지의 소매를 잡아당기면서,
아버지는 신들을 잘 이해하지 못하신 것이니
그것은 신들이 애매모호한 말들을 하며
한 가지 사실에 스무 가지나 되는
거짓을 말하기 때문이라고 설득하겠어요.

또한, 애당초 두려움이 신들을 만들었으며,   202
아버지가 두려워서 델포이 신전에서 도망쳤던 것은
아버지가 겁을 잔뜩 집어먹고 신의 메시지를
잘못 해석했기 때문이라고 말씀드릴 거예요.
만일 제가 하루 이틀 내로 빨리 아버지의 마음을
회유해 제 충고를 따르게 하지 못한다면,
왕자님께 맹세하지만, 저는 죽어버릴 것입니다."

그리고 사실상 책에 쓰인 내용에 따르면,   203

크리세이드는 이 모든 것을 선의에서 말했다.
트로일러스에 대한 마음은 진실하고 다정했으며
그녀는 마음 그대로를 성실하게 표현했다.
떠날 때 그녀는 슬픔으로 거의 죽을 지경이었지만
그래도 언제나 변치 않겠다고 굳게 마음을 먹었다.
그녀의 행실에 대해 아는 사람들은 그렇게 쓰고 있다.

트로일러스는 마음과 귀를 활짝 열어두고   204
크리세이드가 하는 설명을 빠짐없이 다 들었다.
사실 그도 그녀와 같은 생각이라고
믿었지만, 그녀를 보내야 한다는 사실은
그의 마음을 더욱더 불안하게 만들었다.
그러나 마침내 그는 그녀를 믿기로 마음먹었고
그것이 최선의 방법임을 인정했다.

그러자 노도 같던 그의 고통의 불은   205
희망으로 식어버렸고, 그와 함께 둘 사이에는
기쁨으로 사랑의 춤이 시작되었으니,
마치 해가 비치고 있을 때 파란 잎사귀들 속에서
새들이 즐겁게 노래하는 것과 같이
그들이 함께 나눈 말은 서로를 기쁘게 했으며
그들의 마음을 깨끗이 씻어주었다.

그렇지만 트로일러스는 아무리 애를 써보아도   206

크리세이드가 떠나는 것이 마음에 걸렸으니
그 때문에 여러 번이나 그녀에게
약속한 대로 변치 말라고 간절히 당부하며
이렇게 말했다. "만일 당신이 변심하게 된다면,
그래서 약속한 날짜에 트로이로 돌아오지 않는다면
내게서는 건강도 명예도 기쁨도 다 사라져버릴 거요.

아침이 되면 태양이 떠오르듯 확실하게   207
―오, 제발, 오직 당신만이 이 비참한 나를
잔인한 슬픔에서 건져줄 수 있는 사람이니―
만일 당신이 지체한다면 나는 목숨을 끊고 말 거요.
그러나 내가 죽는 게 그리 대수롭지 않다 해도
그처럼 고통에 시달리게 만들지 말고
차라리 여기서 살아요, 하나뿐인 내 사랑이여.

왜냐하면 사실대로 말해서, 오 나의 여인이여,   208
내가 들어보니 당신이 설명한 그 계책들은
완전히 실패로 끝날 가능성이 매우 높기 때문이오.
사람들이 말하지 않소. '곰 생각이 다르고
그 주인 생각이 또한 다르다'고. 당신 부친은
영리한 사람이오. 그래서 말하지 않소, '영리한 사람을
앞지를 수는 있어도 그의 지혜는 당할 수 없다'고.

절름발이 앞에서 들키지 않고 그 흉내를 내는 것이   209

매우 어려우니 절름발이가 금방 알아채기 때문이오.
당신 부친은 잔꾀에서도 아르고스[17]의 눈을 가졌지요.
설령 그가 가진 재산을 다 뺏기는 일이 있어도
그의 노련한 잔꾀는 여전히 남아 있을 것이고,
당신이 가진 여성적인 재주로도 그를 눈멀게 할 수 없고
어떤 시늉도 통하지 않을 테니, 그게 나의 걱정이오.

장차 평화가 오게 될지 어쩔지 나는 모르오.   210
그러나 평화가 오든 말든, 진심이든 장난이든
내가 아는 한 칼카스는 일단 그리스로 도망갔고
그로 인해 자신의 이름을 더럽혔으므로
치욕스럽게 다시 이곳에 오지 못할 것이오.
그러므로 그런 식으로 희망을 품는다는 것은
내가 아는 한 한낱 헛된 환상에 불과하오.

또한 당신 부친은 당신이 결혼하도록   211
설득하려 할 거요. 그는 말을 잘하니까
그리스 남성을 추천하고 그를 크게 칭찬하며
뛰어난 언변으로 당신을 감동시키거나
혹은 자신이 원하는 바를 강요할 거요.
그러면 이 트로일러스는 당신의 동정도 얻지 못한 채
당신에 대한 언약을 지키다가 억울하게 죽게 되겠지요.

---

17 Argos : 주노 여신의 하인으로 백 개의 눈을 가진 감시 능력이 뛰어난 괴물.

그뿐만이 아니오. 당신 부친은 우리를   212
경멸할 것이며 그리스인들은 우리를 죽이고
성벽을 완전히 무너뜨릴 때까지는
절대로 포위망을 거두지 않을 것이기 때문에
이 도시는 끝장난 것이나 다름없다고 말할 것이오.
그는 이렇게 말로 당신을 겁줄 것이고
그 때문에 나는 당신이 그곳에 남게 될까 봐 두렵소.

또한 당신은 무예가 출중한 그리스인들 가운데   213
건장한 기사들을 매우 많이 보게 되겠지요.
그리고 그들은 저마다 마음과 기지와 힘을 다해서
당신 마음을 사로잡으려고 노력할 것이고,
그래서 만약 연민과 당신의 약속 때문에 가책을
느끼지만 않는다면, 당신은 단순한 트로이인들의
투박한 촌스러움에 싫증을 내게 되겠지요.

그러니 나는 이런 생각만 해도 너무 슬퍼서   214
가슴에서 영혼이 찢겨져나가는 것 같소.
당신이 가버리면 실로 내게는 불길한 생각만
들게 될 테니, 당신 부친의 잔꾀가
우리 사이를 망쳐놓을 것 같기 때문이오.
당신이 떠나면 내가 앞서 얘기했지만,
나는 죽은 사람이나 다름없다고 생각하시오.

그러므로 고개 숙여 진실하고 애통한 마음으로   215
당신이 천배나 더 자비를 베풀기를 청하오.
내 쓰라리고 뼈아픈 고통을 불쌍히 여겨주시오.
그리고 내가 하자는 대로 일을 꾸미고
아무도 모르게 우리 둘이 달아나버립시다.
생각해봐요. 선택이 가능할 때 겉모양 때문에
알맹이를 버린다면 얼마나 어리석은 일이겠소.

내 말은 바로 이거요. 우리가 동트기 전에   216
이곳을 빠져나가서 함께 지낼 수 있는데,
당신이 부친에게 가야 하는 경우라면
당신이 다시 돌아올 수 있을지 없을지를
시험해본다는 게 무슨 의미가 있겠소?
그래서 이렇게 안전한 것을 위태롭게 하는 일은
참으로 큰 어리석음이라는 게 내 생각이오.

그리고 물질적인 부로 말하자면,   217
우리 둘은 세상을 뜨는 그날까지
명예롭고 행복하게 살아갈 수 있을 만큼
충분히 많은 보화를 가져갈 수 있소.
그러니 우리는 그런 두려움은 피할 수 있소.
당신이 생각할 수 있는 그 어떤 방안에도
정말로 내 마음은 동의할 수가 없군요.

확실히 말하지만 가난은 걱정하지 마오.   218
나는 다른 곳에도 친척과 친구들이 있어
비록 우리가 헐벗은 채 그곳에 간다 해도
우리에겐 금도 재물도 부족함이 없을 것이며
그곳에서도 존경받으며 살게 될 거요.
그러니 어서 갑시다. 당신만 허락한다면
내가 믿기로는 이보다 더 좋은 방법은 없소."

크리세이드는 한숨을 쉬며 바로 이렇게 대답했다.   219
"그래요, 진심으로 사랑하는 왕자님.
우리는 왕자님이 제안하는 것처럼 몰래 빠져나가서
그런 보잘것없는 새로운 삶을 찾을 수도 있겠지요.
그러나 나중에 우리는 크게 후회하게 될 거예요.
제가 가장 어려울 때 신께서 도와주시겠지만,
왕자님은 이유도 없이 이 모든 고난을 겪는 것입니다.

왜냐하면─사랑 때문이든 아버지가 두려워서든,   220
아니면 다른 남자 때문이거나, 지위나 쾌락이나
또는 청혼을 받았기 때문에─내가 나의 기사이신
트로일러스 왕자님을 배신하는 바로 그날
토성의 딸 주노 여신은 그녀의 능력으로
아타마스[18]처럼 저를 미치게 만들어

---

18 Athamas : 주노에 의해 미쳐버리게 된 여인. 단테의 《지옥》 1~12 참조.

지옥의 수렁 스튁스[19]에서 영원히 살게 할 겁니다!

그러니 이것을 하늘의 모든 신을 걸고,   221
모든 여신, 모든 님프와 지옥의 신,
그리고—숲 속에 살고 있는 작은 신인—
크고 작은 사티로스와 목신들을 걸고서
저는 이것을 왕자님께 맹세합니다.
오, 아트로포스 님이시여, 제가 배신을 한다면
제 생명 실을 끊으소서! 왕자님, 저를 믿어주세요.

그리고 트로이를 관통해 화살처럼 바다로   222
흘러가는 그대 시모이스[20] 강이여,
여기서 한 나의 말에 증거자가 되어다오.
그리하여 나의 너그러운 사랑 트로일러스 님을
내가 배신하는 바로 그날에
그대는 다시 강의 원천으로 역류하고
나의 몸과 영혼은 지옥의 바닥에 가라앉게 되리라!

그러나 왕자님의 말씀이 이렇게 떠나서   223
친구들을 모두 등지자는 생각이시라면
제발 어떤 여인 때문에라도 그건 안 될 일입니다.

---

19 Styx : 지하 세계의 강들 가운데 하나. 중세 시대에는 지옥도의 대표적인 특성을 보여주
는 곳으로 그려졌다.
20 트로이를 흐르는 강의 이름.

무엇보다 트로이는 지금 큰 도움이 필요합니다.
오직 한 가지 일에만 신경 쓰세요.
만일 이것이 알려지면 제 목숨과 왕자님의 명예는
끝장날 거예요. 신이시여 그런 재앙을 막아주소서!

그리고 분노 뒤에는 늘 기쁨이 오는 것처럼   224
만약 이후에 평화가 오게 된다면,
아, 왕자님은 수치스러워 감히 되돌아올 수 없는
슬픔과 괴로움을 맛보게 될 것입니다.
그처럼 왕자님의 명예가 달려 있는 일이니
이렇게 흥분한 상태에서 너무 서두르지 마십시오.
성급한 사람에겐 근심 걱정이 그치질 않습니다.

또 주변 사람들이 왕자님에 대해 무슨 말을   225
할 거라고 생각하세요? 그건 아주 간단하지요.
의심할 것도 없이 왕자님은 사랑 때문이 아니라
음탕한 욕정과 비겁한 두려움 때문에
그런 짓을 했다고 말할 겁니다.
실로 그렇게 된다면, 오 사랑하는 왕자님,
지금껏 환하게 빛나던 명예도 끝장날 거예요.

그리고 또한 지금 한창 피어나는 제 명성도   226
생각해주세요. 이런 식으로 우리가 떠나버린다면
저는 진실로 제 명성을 망치고 말 것이며

제 이름은 온갖 오물을 뒤집어쓰게 될 것입니다.
그래서 비록 제가 세상 끝 날까지 산다 해도
결코 명성을 회복하지 못할 거예요.
그렇게 된다면 그것은 안타까운 죄가 되겠지요.

그러므로 이성을 찾으시고 흥분을 가라앉히세요.   227
사람들이 말하잖아요, '참는 자에게 복이 있다'고요.
또 '행복을 바란다면 잠시의 즐거움을 포기하라'고요.
이처럼 부득이한 일을 인내로 불평 없이 행하세요.
행운의 여신에게 미련을 두지 않는 사람이 오히려
행운의 여신의 마음을 산다는 걸 생각하세요.
행운의 여신은 비겁한 인간을 내치는 법이에요.

그리고 사랑하는 왕자님, 이렇게 믿어주세요.   228
포이보스의 누이인 빛나는 루키나가
양의 자리를 떠나 사자자리로 가기 전에[21]
저는 분명히 여기에 와 있을 것입니다.
제 말뜻은―하늘의 여왕 주노 님, 저를 도우소서!―
죽음이 저를 덮치지만 않는다면 열흘 뒤에
반드시 왕자님을 다시 만나게 될 거예요."

"그 말이 사실이라면." 트로일러스가 말했다.   229

---

21 다음 새 달이 뜨기 전에. 루키나는 달을 가리킨다.

324

"내가 열흘이 지날 때까지 참고 기다리겠소.
보아하니 그렇게 할 필요도 있을 것 같기 때문이오.
그러나 설령 그렇더라도 제발 부탁하는데
우리 아무도 모르게 영원히 떠나버립시다.
그리고 부부가 되어 오래오래 편안하게 삽시다.
내 마음은 그것만이 최선이라고 말하고 있소."

"오, 맙소사! 인생이 왜 이런지요?" 그녀가 답했다.   230
"아, 왕자님은 저를 슬퍼서 죽게 만드시는군요.
이제 보니 왕자님은 저를 못 믿으시는군요.
하시는 말씀에서 다 알 수 있습니다.
빛나는 킨티아[22]의 사랑과 동정심 때문에라도
이처럼 근거도 없이 저를 불신하지 마세요.
저는 이미 왕자님께 정절을 맹세했잖아요.

그리고 시간을 벌기 위해서는 때때로   231
시간을 쓰는 것도 지혜라고 생각하세요.
제가 아직 왕자님 곁을 떠난 것도 아니잖아요.
비록 우리가 하루나 이틀 떨어져 있다 해도
마음속 헛된 환상은 쫓아버리시고
저를 믿으세요. 그리고 슬픔을 그치세요.
그렇지 않으면 저는 아침까지도 못 살 거예요.

---

22 Cynthia : 달의 여신 디아나(아르테미스).

제가 얼마나 가슴 아파하는지 아신다면   232
더는 그러지 마세요. 왕자님이 아시는 것처럼
제가 그리스 진영으로 가야만 하기 때문에
사랑하는 왕자님이 그토록 우시는 것을 보니
제 가슴속 순수한 영혼도 울고 있어요.
그래요, 만일 제가 돌아오는 방법을 모른다면
저는 바로 여기서 차라리 죽고 말 거예요.

그러나 분명히 말씀드려서 저는 약속한 날에   233
다시 돌아올 방법을 생각해낼 줄도 모르는
그런 숙맥 같은 여자가 아니랍니다.
돌아가려는 사람을 그 누가 막을 수 있겠어요?
제 부친도 못 합니다, 아무리 잔꾀를 부린대도.
그리고 맹세하지만 제가 트로이를 떠나는 것은
또 다른 날 우리가 큰 기쁨으로 만나자는 것이지요.

그러니 제 마음을 다해서 왕자님께 청하오니   234
만일 저의 부탁을 들어줄 준비가 되셨다면,
그리고 왕자님에 대한 저의 사랑을 생각하신다면
제가 이곳에서 왕자님과 헤어지기 전에
왕자님이 편안해 하시고 기분 좋아하시는 모습을
보고 싶습니다. 그래야 왕자님은 찢어질 듯한
제 마음을 진정시킬 수 있으실 것입니다.

그리고 또 하나 부탁이 있습니다." 그녀가 말했다.   235
"왕자님은 진정으로 제 마음에 드시는 분,
저는 왕자님 외에는 누구도 사랑하지 않으니,
제가 이곳에서 떠나 있는 동안 다른 여인들에게
빠져 저를 잊는 일이 있으시면 안 됩니다.
두렵게도 사람들은 언제나 말하잖아요.
'사랑은 언제나 마음 졸이는 근심이다'라고요.

만약 왕자님이 절 버리신다면—신이여, 도우소서!—   236
오로지 왕자님의 진실함만을 믿고 있는 저처럼
그렇게 버림을 받고 슬픔에 빠져 사는 여인은
세상에 아무도 없을 것입니다.
제가 만일 다른 생각을 했다면 의심할 바 없이
죽은 거나 다름없지요. 그래서 부탁하오니
이유가 있기까지는 제게 냉정하게 대하지 마세요."

여기까지 듣고 난 트로일러스는 이렇게 대답했다.   237
"오, 우리들이 그 무엇도 숨길 수 없는 신이시여,
—제가 눈으로 크리세이드를 처음 본 그날 이래—
저는 진실로 그녀를 배신한 적이 없었으며
죽는 날까지도 그러할 것이오니, 제게 기쁨을 주소서.
간단히 말하지만 나를 꼭 믿어주시오.
나의 진실함이 입증될 것이라고 확신하겠소."

"정말 고마워요, 사랑하는 왕자님." 그녀가 말했다.   238
"마땅히 훌륭한 보답을 받을 자격이 있으신 왕자님께
제가 충분히 보답해드릴 수 있는 행운을 얻을 때까지
복되신 비너스 신이시여, 저를 죽지 않도록 지켜주소서.
그리고— 저는 왕자님이 진실하심을 알았으므로—
신께서 제게 지혜를 베풀어주시는 한 언제나
명예를 잃지 않도록 처신할 것입니다.

그러니 왕자님의 왕족 신분이나 공허한 쾌락,   239
전쟁이나 마상 경기에서의 빼어난 용맹함,
허세나 화려한 옷차림이나 귀족적인 자태,
부유함 때문에 제가 왕자님의 고통에
연민을 가졌던 것이 아님을 잊지 마세요.
진실함에 뿌리를 둔 왕자님의 도덕적인 힘,
바로 그것이 제가 처음 연민을 느낀 이유였어요.

그리고 저는 왕자님께서 천박함이나   240
속된 욕망과 같은 사악한 성향을 가진
모든 것들을 경멸하고 이성으로
자신의 쾌락을 통제하는 신사다운 심성과
남성다움을 지니셨다고 생각했습니다.
바로 이 때문에 저는 세상 어느 누구보다도
왕자님의 여자가 되었고 영원히 그럴 것입니다.

이것은 아무리 긴 세월이 가도 변함없을 것이며,   241
변덕스러운 행운의 여신도 훼손할 수 없을 거예요.
그러나 힘으로 슬픈 자들을 기쁘게 하실 수 있는
주피터 신께서 열흘 밤이 가기 전에 우리가
여기서 다시 만날 수 있는 은총을 내려주시어
왕자님과 제 마음이 행복을 얻게 되길 바랍니다.
그러면 안녕히 계세요, 이제 일어날 시간이 되었어요."

그렇게 그들은 오랫동안 서로에게 하소연했고   242
수시로 입을 맞추고, 두 팔로 끌어안고 있었는데
마침내 동이 트기 시작했고, 떠날 준비가 된
트로일러스는 가슴에 싸늘한 죽음의 고통을 느끼며
애절하게 자신의 여자를 바라볼 뿐이었다.
그리고 그는 그녀의 호의에 자신을 모두 맡겼다.
그가 슬펐는지를 내가 굳이 물어볼 필요가 있겠는가.

저 아래 지옥의 온갖 고통을 능가하는   243
이 슬픈 사나이의 잔혹한 고통은
사람의 머리로 상상할 수 없는 것이며,
이성으로 헤아릴 수도, 혀로 다 말할 수도 없으리라.
그녀가 머물 수 없다는 것을 알았을 때
—그 때문에 그의 마음에서 영혼은 찢겨나갔지만—
더 이상 지체하지 않고 그는 방에서 나갔다.

제5권

서시

제우스 신이 운명을 결정하고   1
그대들 성난 세 자매 파르카스[1]에게
그 실행이 맡겨진
운명의 시간이 다가왔구나.
그에 따라 크리세이드는 트로이를 떠나야 하고,
라케시스[2]가 더는 그의 실잣기를 그만둘 때까지
트로일러스는 괴로움 속에서 머물게 되리라.
(서시 끝)

헤카베 왕비의 아들인 트로일러스가   2
크리세이드를 처음 사랑한 이래로
―지금 그는 아침이면 떠나야 하는 그녀 때문에
온통 슬픔에 빠져 있는데―하늘 높이 솟은
황금빛 머리칼의 포이보스는 그 빛나는 햇살로
세 번이나 눈을 녹였고, 서풍 제퓌로스[3]도
세 번이나 푸른 잎사귀들을 다시 피어나게 했다.

---

1 Farkas : 세 운명의 여신들을 일컫는 또 다른 표현.
2 Lachesis : 운명의 세 여신 중 생명의 실을 측정하는 여신. 다른 두 여신 가운데 클로토는
  실을 짜고, 아트로포스는 실을 자르는 역할을 맡고 있다.
3 Zephyros : 그리스신화에서 서풍을 신격화해서 부른 이름. 북풍은 '보레아스'라는 이름으
  로 신격화됐다.

아침 아홉 시에 디오메데스는 크리세이드를   3
그리스 진영으로 인도할 만반의 준비를 하였고,
무엇을 어찌해야 최선일지 알 수 없던 그녀는
슬픈 나머지 가슴이 피를 토하는 심정이었다.
그리고 사람들이 책을 통해 알 수 있듯이
진실로 그녀처럼 그렇게 수심이 가득하고
그토록 떠나기 싫어하는 사람은 없었다.

트로일러스는 자신의 행복을 완전히 잃고   4
무엇을 어떻게 해야 할지 모르는 채
이제까지 모든 욕망과 기쁨의
진정한 꽃이었으며 그 이상의 존재였던
자신의 여인에게 시중을 들고 있었다.
그러나 트로일러스, 그대의 모든 기쁨도 끝이구나.
그대는 트로이에서 다시는 그녀를 보지 못하리니.

사실 그가 이렇게 시중을 들고 있는 동안   5
그는 얼굴에는 잘 나타나지 않을 정도로
매우 남아답게 슬픔을 감추고 있었다.
그리고 그는 그녀가 몇몇 사람들과 말을 타고 떠날
성문에서 서성거리며 그녀를 기다리는데,
슬픔을 참으려고 했지만 가슴이 너무 아팠으므로
말을 타고 있기도 무척 힘들었다.

그는 디오메데스가 말에 오르자 분노에 차서   6
몸을 떨었고 가슴은 타들어갔으니,
혼자서 이렇게 중얼거렸다.
"아, 참으로 고약하고 비참한 처지로구나.
왜 나는 참는가? 왜 바로잡으려 하지 못하는가?
이렇게 시름시름 앓으며 고통을 받느니
당장에 죽어버리는 게 더 낫지 않겠는가?

왜 나는 그녀가 떠나기에 앞서 부자든 빈자든   7
두 손에 가득 넘치도록 베풀려 하지 않는가?
왜 나는 트로이 전체에 소동을 일으키지 못하는가?
왜 나는 이 디오메데스를 죽여버리지 못하는가?
왜 나는 차라리 한두 사람과 함께 그녀를 몰래
빼내가지 못하는가? 왜 나는 이렇게 참기만 하는가?
왜 나는 스스로 슬픔을 치유하지 않으려 하는가?"

그러나 그가 왜 그런 잔인한 행위를 하지 않고   8
제멋대로 하기를 삼갔는지, 나는 그 얘기를 하겠다.
트로일러스는 이러한 소란 와중에 크리세이드가
죽임을 당할지도 모른다는 두려움을 언제나 마음속에
가지고 있었으니, 오, 이것이 그가 염려한 전부였다.
그렇지만 않았다면 내가 앞서 말했듯이
그는 분명히 지체하지 않고 그 일들을 실행했을 것이다.

크리세이드는 말을 타고 떠날 준비가 되자   9
매우 슬프게 한숨을 지으며 "아아 어쩌나!" 하고 말했다.
그러나 무슨 일이 있더라도 가야만 했으므로
마침내 너무도 무거운 발걸음을 내디뎠다.
이 불행에 대처할 어떤 다른 방도가 없었던 것이다.
그녀가 사랑하는 사람에게서 떠나면서
가슴이 미어지도록 슬펐다는 게 어찌 놀라운 일이랴?

트로일러스는 정중하게 예의를 갖추고   10
한 손에 매를 얹고 큰 무리를 이룬 기사들과 함께
말을 타고 그녀를 따라나섰으며
계곡을 지나 멀리 성 밖에까지 나왔다.
그리고 의심할 바 없이 기꺼이 더 멀리까지
배웅하고 싶었으니, 빨리 헤어지는 게 슬펐다.
그러나 그는 돌아서야 했고 그것은 어쩔 수 없었다.

그리고 바로 그 순간 그리스 진영에서   11
안테노르가 돌아왔고 모든 이가 기뻐하며
그가 돌아온 것을 환영한다고 말했다.
트로일러스는 비록 속으로는 기쁘지 않았지만
적어도 울음을 참으려고 온 힘을 다해 애를 썼고,
안테노르에게 입을 맞추며
귀환을 환영한다고 말했다.

그리고 그와 더불어 떠나가야 했으므로   12
시선을 돌려 측은하게 그녀를 쳐다보았다.
그러고는 무슨 변명을 하려는 듯이 그녀에게 다가가
매우 침착하게 그녀의 손을 잡았다.
그런데 오! 그녀가 처절하게 울고 있는 게 아닌가!
트로일러스는 작은 소리로 은밀하게 말했다.
"이제 날짜를 지켜야 하오. 나를 죽게 버려두지 마오."

이렇게 말하고 나서 그는 창백한 얼굴로   13
말머리를 돌렸는데 디오메데스와
그 일행에게는 한마디 말도 하지 않았다.
튀데우스의 아들[4]은 그것에 주목했으니,
그는 이 같은 일에 대해서는 책이 가르치는 것보다
더 많이 알고 있었다. 그는 그녀의 말고삐를 잡았고
트로일러스는 트로이를 향해 떠나갔다.

말고삐를 잡고 그녀를 인도하던 디오메데스는   14
트로이 쪽 사람들이 멀어진 것을 보자
이렇게 생각했다. "그녀에게 말이나 붙여봐야겠다.
잘되면 내 모든 수고가 헛되지 않을 것이고,
최악의 경우라도 가는 길의 지루함을 달래줄 것이다.
'자신의 이익을 망각하는 자는 바보'라는 말을

---

4 크리세이드를 인도받으러 나온 디오메데스를 가리킴.

나는 수십 번도 더 듣지 않았던가?"

그럼에도 그는 충분히 많은 생각을 해보았다.   15
"만일 내가 사랑 얘기를 하거나 저돌적인 행동을 보이면
분명히 아무런 시도도 하지 못한 꼴이 된다.
만일 그녀가 내가 추측하는 그를 생각하고 있다면
그렇게 빨리 그를 잊을 수 없을 것이 확실하다.
그렇다면 그녀가 아직은 내 속마음을 알지 못하게
나름대로 무슨 방법을 한 가지 찾아봐야겠다."

디오메데스는 일이 성공만 하면 자신에게 무슨 득이   16
오게 될지를 잘 알고 있는 사람이었으므로
먼저 이런저런 두서없는 이야기를 시작하며
그녀에게 왜 그렇게 힘들어하느냐고 물었고,
만일 그가 무엇으로든 그녀를 좀 더 편하게
해줄 수 있다면 명령만 내리라고 요청했고
그것을 기꺼이 들어주겠노라고 말했다.

그는 기사로서 진실하게 맹세한다며   17
그녀의 마음을 편하게 해줄 수만 있다면
온갖 수고와 힘을 다해 그녀를
즐겁게 해주지 못할 일이 없다고 했다.
그는 그녀에게 슬픔을 진정하라고 당부하며
"사실 우리 그리스인들은 트로이 사람들은 물론이고

당신의 명예도 기꺼이 존중할 것입니다"라고 말했다.

그는 또 이렇게 말했다. "이상하다고 생각하시겠죠.　　　　18
당신은 일면식도 없는 그리스인들과
면식이 있는 트로이인들을 교환하는 일이
생소하실 테니 이상한 게 당연합니다.
그러나 내가 확신합니다만 당신은
우리 그리스인들 가운데서도 트로이인들 못지않게
친절하고 진실한 사람을 만나볼 수 있을 겁니다.

그리고 나는 이제 당신의 친구가 되어주고　　　　19
온 힘을 다해 도움을 주겠다고 맹세했으므로,
또 내가 어떤 다른 그리스 사람보다도
더 많이 당신과 친숙해졌으므로
부탁입니다만, 아무리 고약한 일일지라도
마음이 즐거워지는 일이라면 무엇이든지
이제부터 언제든 나에게 명령만 내리시지요.

그리고 나를 당신 형제처럼 대하고　　　　20
나의 우정을 업신여기지 말아주십시오.
비록 당신은 무슨 큰일이 있어 슬퍼하고 있겠으나
나는 그 이유를 모릅니다. 그러나 당장이라도
내 마음은 흔쾌히 그 슬픔을 없애주고 싶소.
만일 내가 당신의 괴로움을 해결해줄 수 없다면

진실로 당신의 슬픔이 안쓰러울 뿐입니다.

그리고 당신네 트로이인들은 여러 날 동안   21
우리 그리스인들에게 화를 내고 있지만
사실상 우리 모두는 같은 사랑의 신을 섬기고 있소.
그리고 제발 부탁이니 훌륭하신 숙녀여,
누구를 미워하든 나에게만은 화를 내지 마십시오.
사실상 누구든지 당신을 섬길 수만 있다면
당신의 노여움을 받는 것쯤은 달가워할 것입니다.

만약 우리가 훤히 내다보이는   22
칼카스의 막사 가까이에 이르지만 않았다면
이 얘기를 다 할 수 있겠지만,
그 얘긴 다른 날까지 비밀로 해두겠습니다.
굳게 다짐합니다. 내 생명이 다할 때까지
언제나 이 세상 그 누구보다도
당신 것이며 당신 것이 되겠소이다.

이 말은 이제껏 어느 여인에게도 한 적이 없소.   23
신께서 내 마음을 행복하게 해주시길 바랍니다만,
나는 이제까지 어떤 여인도 열정적으로 사랑한 적이
없었으며 앞으로도 더는 사랑하지 않을 겁니다.
제발 부탁이니 적이 되지 말아주십시오.
아직은 미숙하기 때문에, 오, 소중한 여인이여,

어떻게 하소연해야 좋을지 알지 못하겠소.

나의 아름다운 여인이여, 비록 이렇게 빨리   24
사랑을 고백하지만 이상하게 여기지는 마십시오.
나는 전에 살아서 본 적도 없는 사람을 사랑한
많은 사람들에 대한 얘기를 들은 적이 있습니다.
또한 사랑의 신에 대적해 싸울 힘은 없지만
언제나 사랑의 신께 복종할 것입니다.
그러니 제발 나에게 자비를 베풀어주시오.

이곳에는 매우 훌륭한 기사들이 있습니다.   25
그런데 당신이 무척이나 아름다우니
그들은 저마다 당신의 사랑을 얻으려고 애쓸 겁니다.
그러나 만일 내가 당신의 종이 될 수 있는
그런 행운이 내려지기만 한다면
그들 가운데 어느 누구도 죽는 날까지 당신을
나처럼 겸손하고 진실하게 섬기지 못할 것이오."

크리세이드는 그의 제안에 거의 대꾸하지 않았다.   26
그녀는 슬픔으로 너무나 우울했으므로
군데군데 이따금씩 한두 마디밖에는
그가 하는 얘기를 듣지 못했다.
그녀는 슬픈 가슴이 둘로 쪼개지는 느낌이었다.
그녀가 멀리서 부친을 보았을 때

그녀는 거의 말에서 떨어질 것만 같았다.

그렇지만 그녀는 모든 수고와 친절,   27
그리고 그녀에게 베풀어준 우의에 대해
디오메데스에게 감사했으며
그것을 선의로 받아들였고
그가 마음에 들어할 일을 기꺼이 해주고 싶었다.
그녀는 될 수 있는 한 그를 믿겠다고 말했고
그러고는 말에서 내렸다.

그녀의 부친은 그녀를 두 팔로 얼싸안았고   28
귀여운 딸에게 스무 번이나 입을 맞추며
이렇게 말했다. "오, 내 딸아, 어서 오려무나."
그녀도 아버지를 만나게 되어 기쁘다고 말하며
부드럽고 온화하게 다가섰다.
그러면 여기서 그녀를 부친과 함께 남겨두고
우리는 트로일러스 얘기로 돌아가보자.

슬픈 트로일러스는 어떤 비통한 슬픔보다도   29
더 큰 슬픔에 싸인 채, 분노로 가득 찬
무시무시한 얼굴을 하고 트로이로 돌아왔다.
그는 갑자기 말에서 뛰어내렸으며
미어지는 가슴을 안고 궁궐 안 자신의 방으로 갔다.
그는 무엇에도 관심을 주지 않았으며

두려움에 누구도 그에게 말을 걸지 못했다.

그는 그곳에서 참고 참던 슬픔을   30
토해냈으며, "죽음이여, 오라" 하고 외쳤다.
그러고는 미칠 듯한 단말마 괴로움 속에서
제우스와 아폴론과 큐피드 신들을 저주했다.
케레스[5]와 바쿠스[6]와 비너스를 저주했고,
자신의 탄생과 자기 자신과 자신의 운명과 자연을,
그리고 자신의 여자만 빼고 모든 인간을 저주했다.

그는 침대로 갔으며 마치 지옥의 익시온[7]처럼   31
울분을 참지 못하고 데굴데굴 굴렀는데,
이런 상태로 거의 날이 밝을 때까지 있었다.
그러고 나서 그는 눈물을 펑펑 쏟았는데
그 때문에 마음이 조금 진정되기 시작했다.
그러고는 애절하게 크리세이드를 부르더니
혼자서 이렇게 말했다.

"사랑하는 내 여인은 어디로 갔단 말인가?   32
그녀의 하얀 젖가슴은 어디로, 어디로 가버렸나?

---

5   Keres : 고대 로마의 풍작과 곡물의 여신으로 그리스신화의 데메테르에 해당한다.

6   Bacchus : 포도주의 신으로 디오니소스로도 불린다.

7   Ixion : 테살리의 왕. 제우스의 부인 헤라를 탐한 죄로 제우스의 노여움을 사 지옥에서 돌고 있는 불 수레에 영원히 묶이는 벌을 받는다.

어제 이 시간까지도 나와 함께 있던
그녀의 팔과 영롱한 눈은 어디로 갔단 말이냐?
이제 나는 많은 눈물을 흘리며 슬퍼하고
사방을 더듬어보건만, 이곳에는
베개밖에는 끌어안을 게 아무것도 없구나.

어찌해야 하나? 그녀는 언제 다시 올 것인가?   33
아, 내가 왜 그녀를 보냈는지 정말 모르겠구나.
그때 차라리 죽어버렸더라면 좋았을 것을!
오, 내 사랑 크리세이드, 오 사랑스러운 나의 적이로다.
나만의 사랑이요, 내 마음을 영원히 바친
오, 나의 사랑하는 여인이여,
내가 어떻게 죽든 당신은 나를 구해줄 수 없겠지.

내 진실한 길잡이별, 지금 누가 당신을 보고 있소?   34
지금 당신 앞에 누가 앉아 있거나 서 있소?
이제 누가 있어 당신 마음의 고통을 위로해주겠소?
이제 내가 가버리면 누가 당신 얘기를 들어주겠소?
내가 없는 지금 누가 당신에게 말을 걸어주겠소?
아, 아무도 없겠지—그래서 그것이 내 걱정이오—.
나는 잘 아오, 당신도 나처럼 비참하게 지낸다는 것을.

하룻밤 사이에도 이렇게 큰 슬픔을 겪었는데   35
어떻게 이렇게 열흘이나 견뎌야 한단 말인가?

그녀는 또 슬퍼서 어떻게 견딜 수 있을까?
연약한 그녀가 나로 인한 그 슬픔을 어떻게
참을 수 있단 말인가? 당신이 돌아오게 되면
오, 당신의 생기 넘치던 여성스러운 얼굴은
그리움에 지쳐 창백하고 누렇게 떠 있겠군요."

그리고 그가 잠시 선잠에 빠졌을 때는   36
금세 신음소리를 내기 시작했고
일어날지도 모를 끔찍한 불상사들에 관한
꿈을 꾸고는 했으니, 그는 무시무시한 곳에서
혼자 계속 신음하는 꿈을 꾸기도 했고
또는 적들에게 포위되었다가
그들 수중에 떨어지는 꿈을 꾸기도 했다.

그리고 그런 꿈을 꾸다 몸을 뻘떡 일으키며   37
갑작스럽게 화들짝 잠에서 깨곤 했다.
그는 가슴에 심한 전율을 느꼈으므로
몸은 두려움 때문에 휘청거리곤 했다.
그러면 괴성을 지르곤 했는데
그 소리는 마치 그가 높은 곳에서 아래로
떨어지는 것 같았다. 그리고 나서 그는 울었고

참으로 눈물겹게 자기 처지를 애통해했으니   38
그가 한 상상을 들어보면 기막힐 정도였다.

한번은 그가 애써 자신을 위로하며
이유 없이 그런 두려움을 갖는 것은
어리석은 일이라고 말하곤 했으나
곧 다시 비통한 슬픔이 되살아났으니
어느 누구라도 그의 슬픔을 동정할 만하였다.

과연 누군들 그의 슬픔과 비탄과 시름과 고통을   39
제대로 전하거나 완전하게 설명할 수 있겠는가?
살아 있는 어떤 사람도 할 수 없을 것이다.
독자여, 그대들은 내 재주로는 그런 슬픔을
표현할 수 없다는 것을 매우 잘 알 것이다.
내 머리는 그것을 생각만 해도 피곤해하니
그것을 써보려고 애써봐야 헛수고가 될 것이다.

달은 이제 완전히 창백하게 변해버렸지만   40
하늘에는 아직도 별들이 보였다.
그리고 늘 그렇듯이 동편에선
지평선이 환하게 밝아오기 시작했다.
그리고 포이보스는 장밋빛 마차를 이끌고
곧 공중에 떠오를 채비를 갖추기 시작했으니,
그때 트로일러스는 판다로스를 불러오게 하였다.

판다로스는 만일 바로 전날 같았더라면   41
목을 걸고 맹세를 했더라도

트로일러스를 만나러 올 수 없었을 것이다.
온종일 프리아모스 왕과 함께 있었으므로
어디에도 자유롭게 갈 수 없었기 때문이다.
그러나 아침에 트로일러스가 부르자
판다로스는 그에게로 갔다.

판다로스는 마음속으로 그가 너무 슬퍼하느라   42
밤새도록 잠도 자지 못했음을 짐작할 수 있었다.
또한 트로일러스가 자신의 고통을 털어놓으려는
생각임을 안 보고도 충분히 알 수 있었다.
그래서 판다로스는 내실로 곧장 들어가서는
트로일러스에게 엄숙하게 인사를 하고
곧바로 침대 위에 앉았다.

"판다로스." 트로일러스가 말했다.   43
"내가 겪는 이 슬픔을 오래 견딜 수가 없소이다.
분명히 내일까지도 살 수 없을 것이오.
그 때문에 내가 죽을 것에 대비해
내 장례 형식을 설명해주려고 합니다.
그리고 내 재산은 당신이 생각하기에
가장 좋은 방식으로 처분해주길 바라오.

그러나 내 몸을 태워 재로 만들어줄   44
화장용 장작더미와 밤샘 동안 벌일

잔치와 운동경기에 대해서는
모든 게 잘될 수 있도록 준비를 해주시오.
그리고 내 말과 칼과 투구는 마르스 신께
봉헌해주세요. 친애하는 형제여,
번쩍이는 내 방패는 아테네 여신께 봉헌하시오.

부탁하니, 내 심장이 다 타고 재가 남으면   45
당신이 수습해 사람들이 유골함이라고 부르는
황금 단지에 담아주시오. 그리고 그 단지를
내가 섬기는, 그리고 그녀에 대한 사랑으로
내가 이처럼 불쌍하게 목숨을 잃게 되는
나의 그녀에게 전해주시오. 그녀에게
나를 기념해 그것을 간직하라고 부탁해주오.

나의 병세와 또 내가 지금 그리고 이전에 꾼   46
꿈들로 판단해볼 때 아주 분명히 확신하는데
나는 내가 반드시 죽을 거라고 느끼고 있소.
또한 에스칼리포[8]라고 불리는 올빼미도
벌써 이틀 밤 동안이나 나를 향해 울어댔소.
오, 메르쿠리우스[9] 신이시여, 슬퍼하는 저의 영혼을
이끌어주시고 원하실 때 언제든 거두어가소서!"

---

8   지하 세계의 여왕 프로세르피나가 변신시킨 올빼미.

9   Mercurius : 그리스신화의 헤르메스. 올림포스 12신의 한 명으로 전령의 신이며 사자(死
    者)의 영혼을 저승으로 영혼을 인도하는 역할을 맡고 있어 '영혼의 인도자'라고도 불린다.

판다로스가 대답하여 말했다. "트로일러스 님,   47
나의 사랑하는 형제님, 제가 전에도 얘기했지만
이처럼 쓸데없이 슬퍼하는 건 어리석은 일입니다.
그러므로 저는 더 할 말이 없습니다.
충고와 조언을 받아들이지 않는 사람이면
그에게 상상이나 하도록 내버려두는 수밖에
어떤 다른 대책을 생각할 수 있겠습니까?

그러나 트로일러스 님, 이제 말씀해보세요.   48
나처럼 뜨겁게 사랑에 빠진 적이 있는 사람이
이제까지 과연 있었을까, 하고 생각하십니까?
그렇소이다. 수많은 훌륭한 기사들이
자신의 여인을 떠나서 보름씩 지내곤 했으나
그들도 왕자님처럼 그렇게 울고불고하지는 않았습니다.
이렇게 걱정하는 게 무슨 필요가 있겠습니까?

하루가 멀다 하고 목격하시는 것처럼   49
남자들은 필연적으로 그들의 애인이나
아내와 헤어져야만 합니다.
그들은 비록 자신의 여자를 목숨처럼 사랑하지만
그래도 이렇게 자신과 싸우지는 않습니다.
잘 아시겠지만 사랑하는 형제님,
친구라고 언제나 함께 있을 수는 없습니다.

종종 있는 일이지만, 친구들의 강압에 못 이겨   50
자기가 사랑하는 연인이 다른 사람과 결혼하고
잠자리에 드는 것을 보는 사람들은 어떤가요?
그들은 그것을 현명하게 말없이 받아들이지요.
왜냐하면 희망이 마음을 지켜주기 때문에
슬픔의 때를 참아낼 수 있는 것입니다.
시간이 그들을 아프게 했듯이 시간은 그들을 치유합니다.

그러니 참으면서 시간을 흘려보내야 하며   51
즐겁고 가벼운 마음으로 지내려고 노력하셔야 합니다.
열흘은 기다리는 데 그리 긴 시간도 아닙니다.
그리고 그녀가 돌아온다고 약속을 했으니
다른 사람 때문에 약속을 깨지는 않을 겁니다.
그녀가 돌아올 방법을 찾지 못할까 봐
두려워하지 마세요. 그건 제가 보장합니다.

왕자님이 꾼 꿈들과 온갖 그런 상상들을   52
몰아내 악마에게나 줘버리세요.
그것들은 잠든 동안 왕자님이 온갖 고통을
느끼게 만드는 우울증 때문에 일어나는 것입니다.
모든 꿈은 의미가 하찮은 것입니다!
그래서 저는 꿈을 중요하게 여기지 않습니다.
꿈의 뜻을 제대로 아는 사람은 아무도 없습니다.

사원의 사제들은 꿈을 두고
신들의 계시라고 말하지요.
그들은 또한 꿈을 두고
지옥의 환시라고도 말하지요.
의사들은 꿈이 사람들의 타고난 체질이나
단식이나 탐식에서 온다고 말하지요.
그러니 꿈이 정말 무엇을 뜻하는지 누가 알겠습니까?

어떤 이들은 또 그런 꿈의 환상들이
—마치 사람이 일을 마음에 꼭 담고 있듯이—
기억에서 나오는 것이라고 말하지요.
다른 이들은 책에서 읽을 수 있듯,
사람은 천성적으로 연중 시기에 따라 꿈을 꾸며
꿈의 양상은 달에 의해 결정된다고 말하지요.
그러나 그건 다 틀린 말이니 꿈을 믿지 마십시오.

늙은 여인네들이 언제나 꿈이나 새들의
전조 따위를 대단하게 여기지요.
그래서 사람들은 까마귀나 올빼미 울음소리에도
목숨을 잃지는 않을까 두려워합니다.
그런 걸 믿는 것은 잘못이며 천박한 일입니다.
오, 슬픈 일입니다! 인간처럼 그토록 고매한 존재가
그따위 허접한 것을 두려워하다니!

그러므로 저는 왕자님께서 이 모든 것을   56
다 잊으시길 마음을 다해서 간청드립니다.
이제 더는 아무 말씀 마시고 일어나세요.
어떻게 하면 이 시간을 잘 보낼지
그리고 그녀가 곧 돌아오게 되면
어떻게 신 나게 살 것인지 궁리나 해보십시다.
정말이지 이것이 우리가 할 최선의 일입니다.

일어나세요! 우리가 트로이에서 살아온   57
멋진 인생을 이야기하며 시간을 보내시죠.
그리고 이제 곧 우리에게 행복을 가져다줄
미래의 시간을 두고 즐거워합시다.
이렇게 하면서 열흘 동안
우리를 억누르는 권태로움을 잊는다면
그것은 시련이 되지 않을 겁니다.

이 도시는 사방에 귀족들로 가득합니다.   58
이러는 동안에도 휴전은 계속되고 있지요.
여기서 멀지 않은 곳에 있는 사르페돈[10]에게 가서
우리 함께 유쾌하게 어울리며 시간을 보내십시다.
왕자님의 슬픔의 원인인 그녀를 보게 될
저 행복한 그날 아침까지 즐겁게 지내면서

---

10 Sarpedon : 제우스와 라오다미아 사이에서 태어난 리시아의 왕이다. 그는 트로이 연합
    군 편에서 그리스와 대적해 싸웠다.

시간을 보내는 게 좋을 것 같습니다.

자, 일어나세요, 사랑하는 트로일러스 형제님.   59
눈물이나 흘리면서 이렇게 침대에 머무는 것은
참으로 왕자님께 명예롭지 못한 일입니다.
분명히 한 가지 말씀드리니 제 말을 믿어보세요.
만일 하루든 이틀이든 사흘이든 이렇게 누워만 계시면
사람들은 왕자님이 겁쟁이라서 아픈 척하는 것이며
겁을 먹어서 일어나지 못한다고 생각할 것입니다."

트로일러스가 응답했다. "오, 친애하는 형제여,   60
슬픔의 고통을 겪어본 사람들은 알지요.
사람이 울면서 슬픈 모습을 하고는 있지만
혈관 속까지 해악을 느끼며 아프다는 것은
전혀 놀라운 일이 아니라는 것을. 그리고 비록
내가 한탄하거나 운다 해도 내 잘못은 아니지요.
나는 모든 기쁨의 근원을 상실했으니까요.

그러나 어쩔 수 없이 일어나야 하니까   61
가능한 한 빨리 일어나겠소이다.
오, 내 마음으로 우러르는 신이시여,
어서 빨리 제게 열 번째 날이 오게 하소서.
저의 고통이요 기쁨의 원인인 그녀가
트로이에 오는 날엔 세상에 저만큼

오월을 기뻐하는 새도 없을 것입니다.

그런데 이 도시 어디에서 가장 멋진 시간을   62
보낼 수 있단 말인가요?" 트로일러스가 물었다.
"그건 말이죠." 판다로스가 대답했다.
"사르페돈 왕과 말을 타고 즐기는 것입니다."
오랫동안 이런저런 얘기를 하고 나서
마침내 트로일러스는 자리에서 일어났고
그들은 함께 사르페돈에게로 떠났다.

평생토록 언제나 존경을 받았고   63
매우 관대하기 이를 데 없는 사르페돈 왕은
아무리 많은 비용이 들더라도
기꺼이 그들에게 맛난 음식을 대접하고
매일매일 그들을 먹여주었는데,
그처럼 성대한 대접은 지위고하를 막론하고
이제까지 어느 잔치에서도 주어진 일이 없었다.

또한 관악기든 현악기든 세상에서   64
그렇게 감미로운 악기는 없었으니,
이 세상을 먼 곳까지 여행한 사람이라도
그렇게 조화로운 소리를 잔치에서 들어봤다고
입으로 말하거나 마음으로 기억할 수 없으리라.
또한 그처럼 아름다운 여인들의 춤은

354

이제껏 누구의 눈으로도 본 적이 없었다.

그러나 슬픔으로 아무것에도 마음이 가지 않으니   65
트로일러스에게 이것이 다 무슨 소용이겠는가?
언제나 변함없이 그의 애절한 마음은
그의 여인 크리세이드만을 정신없이 찾고 있었다.
때로는 이런 일 때로는 저런 일을 기억하며
온통 그녀에 대한 생각에 빠져 있었으므로
어떤 잔치도 그를 기쁘게 만들지는 못했다.

이 잔치에는 여자들도 함께했는데   66
그는 자신의 여자가 먼 곳에 있었으므로
여자들을 바라보는 것도 설움이었고
악기 연주를 듣는 것도 슬프기만 했으니
마음의 열쇠를 쥔 그녀가 없기 때문이었다.
아, 차라리 노래하는 이가 아무도 없으면 좋겠다,
하는 것이 바로 그의 생각이었다.

그리고 밤이든 낮이든 그곳에 머무는 동안에   67
아무도 듣는 이가 없으면 그는 늘 이렇게 말했다.
"오, 사랑스럽고 빛나는 나의 여인이여,
이곳을 떠난 이후로 어떻게 지내고 있소?
어서 돌아와주오, 나의 사랑하는 여인이여."
그러나 슬프게도 이 모두가 환상이었으니

운명의 여신은 오히려 그를 조롱하고 있었다.

트로일러스는 그녀가 전에 보내왔던 편지들을   68
한낮부터 다음 날 아침이 밝을 때까지
혼자서 수백 번은 읽고 또 읽으면서
마음속으로 그녀의 생김새와 여성스러운 자태와
둘 사이에 오갔던 모든 말과 행동을
그려보았는데, 이러는 가운데 넷째 날이 지나갔고
그는 이제 집으로 돌아가고 싶다고 말했다.

그가 말했다. "친애하는 판다로스 형제님,   69
사르페돈 왕께서 우리를 보내줄 때까지
당신은 여기에 계속 머무를 생각입니까?
하지만 우리가 떠나는 게 더 나을 것 같소.
이제 곧 저녁이 됩니다. 부탁드리니
우리 함께 떠나 집으로 돌아갑시다.
정말이지 이렇게 머물러 있고 싶지 않습니다."

판다로스가 대답했다. "불을 가져왔다   70
다시 집으로 가져가려고 이곳에 온 것입니까?
솔직히 말씀드리자면 여기서는 사르페돈보다
더 우리를 환대하는 사람이 없는데
대체 우리가 어디로 가야 한다는 건지 모르겠군요.
만일 여기서 황급히 떠나버린다면

저는 그것이 오히려 큰 결례라고 생각합니다.

그와 함께 한 주일을 머물겠다고 말한 건   71
바로 우리가 아닙니까? 그런데 이렇게
넷째 날 갑자기 떠나버린다면
그는 그것을 정말 수상하게 여길 것입니다.
우리가 목표로 했던 것에 충실해야 합니다.
더구나 그에게 머물겠다고 약속을 하셨으니
약속을 지키고 나서 떠나도록 하십시오."

이처럼 판다로스는 온갖 노력을 다하면서   72
그를 잡아두려 했고, 주말이 되어서야
그들은 사르페돈과 작별을 했으며
길을 재촉하며 바쁘게 말을 달렸다.
트로일러스는, "신이여, 은총을 베푸시어
제가 집에 도착하면 크리세이드가 오는 것을
볼 수 있게 하소서!" 하고 노래를 시작했다.

'그래, 그럴듯하군.' 판다로스는 생각했다.   73
그리고 혼자 조용히 이렇게 중얼거렸다.
"이 뜨거운 흥분도 칼카스가 트로일러스에게
크리세이드를 보내기 전에 가라앉고 말겠지!"
그러나 판다로스는 농담도 건네고 얘기도 하면서
그녀가 될 수 있는 한 빨리 달려올 것이라며

맹세코 마음속으로 그것을 확신한다고 말했다.

트로일러스의 궁에 도착하자   74
그들은 말에서 내렸다.
그들은 곧 그의 방으로 들어갔으며
거기서 날이 어두워질 때까지 계속해서
아름다운 크리세이드에 대해 얘기했다.
그런 뒤 그들은 편한 시간을 택해
저녁 식사를 하고 휴식에 들어갔다.

아침이 되어 날이 밝기 시작하자마자   75
트로일러스는 잠에서 깨어났고,
그가 아끼는 형제 판다로스에게
매우 간절하게 말했다. "제발 부탁인데
크리세이드의 저택으로 가봅시다.
우리에게 달리 즐거운 일도 없으니
하다못해 그녀 집에라도 가봅시다."

판다로스와 함께 그는 가솔들을 속이려고   76
시내에 다녀와야 할 핑계거리를 찾아냈다.
그런 뒤 그들은 크리세이드의 집으로 갔다.
그런데, 오! 애통해라, 불쌍한 트로일러스!
그의 슬픈 마음은 찢어지는 것 같았다.
집의 문들이 모두 잠겨 있는 것을 보자

그는 슬픔으로 거의 쓰러질 것만 같았다.

게다가 모든 창문이 닫혀 있는 것을 보며   77
집을 살펴보던 그는 마치 마음이
얼음처럼 차갑게 식는 것을 느꼈다.
그 때문에 얼굴이 죽은 듯 창백하게 변한 그는
아무 말 없이 앞으로 나아갔는데
매우 빠르게 말을 몰았으므로
아무도 안색을 눈치채지 못했다.

그러고 나서 그는 말했다. "오, 쓸쓸하구나.   78
오, 한때는 최고의 집이라고 불리었는데
오, 텅 비고 황량한 저택이 되어버렸구나.
오, 너는 불 꺼진 등이 되었구나.
오, 한때는 낮이더니 지금은 밤 같은 집이로다.
우리를 지켜주던 그녀가 가고 없으니
너는 무너지고 나는 죽어야 하겠지.

오, 한때는 모든 집들 가운데 최고였고   79
온갖 복락의 햇빛을 받던 저택이여.
오, 지금은 루비가 빠져버린 반지 꼴이로다.
오, 행복의 원천이 슬픔의 원천이 되었구나!
그러나 이 무리 앞에서 내 기꺼이
네 차가운 문에 입이라도 맞추고 싶은 심정이다.

이제는 안녕, 성인(聖人)이 떠나버린 성소(聖所)여."

그리고 그는 보기에도 딱하게 변한 얼굴로   80
판다로스에게 시선을 돌렸다.
이제는 떠날 시간이 되었음을 알고
기수를 돌리면서 그는 판다로스에게
복받치는 슬픔과 또한 예전의 행복을
얼굴이 사색이 된 채 매우 애절하게 얘기하니
듣는 이는 누구나 그의 슬픔을 동정했으리라.

그곳에서 그는 말을 타고 이곳저곳을 달렸는데   81
그가 한때 사랑의 기쁨을 만끽했던
그 도시의 여러 장소들을 지나치면서
그는 모든 것을 기억에 떠올렸다.
"아, 저기서 나는 그녀가 춤추는 것을 보았지.
그리고 저 사원에서는 아름다운 그녀가
빛나는 눈으로 처음 나를 사로잡았지.

그리고 저기에서는 그녀가 쾌활하게 웃는   82
소리를 들었고, 또 저곳에서는 그녀가 한때
행복에 가득 차서 노는 모습을 보았지.
그리고 저곳에서 그녀는 내게 말했지.
'사랑하는 임이여, 진정으로 날 사랑해줘요'라고.
저기서 그녀는 나를 다정하게 바라보았으니

내 마음은 죽는 날까지 그녀 것이 되고 말았지.

그리고 저 모퉁이 저쪽 집에서   83
나는 사랑스러운 그녀가 매우 여성스럽게
감미로운 목소리로 그토록 훌륭하고 다정하게
그토록 낭랑하게 노래하는 소리를 들었으니
내 마음속엔 아직도 그 행복한 소리가
들리는 것 같구나. 저기 저쪽에서
그녀가 나를 애인으로 받아주었지."

그러면서 그는 생각했다. "오, 복되신 큐피드 님,   84
당신이 어떻게 사방에서 나를 공격했는지
그 과정을 되돌아보면, 사람들은 그것에서
이야기책 한 권은 족히 써낼 수 있을 정도입니다.
이미 제가 당신 것이며 완전히 당신 뜻에 달려 있으니
굳이 저를 이기려 하실 필요가 어디 있겠습니까?
당신 사람들[11]을 파괴한들 무슨 기쁨이겠습니까?

당신은 저에게 노여움을 푸셨습니다.   85
강력하며 거역하기도 두려운 신이시여.
이제 자비를 베푸소서. 온갖 기쁨 가운데 무엇보다
당신의 은총을 구하고 있음을 당신은 잘 아십니다.

---

11 큐피드의 화살을 맞고 사랑에 빠진 연인들을 가리킴.

그리고 저는 당신에 대한 믿음으로 살고 죽겠습니다.
그러므로 그 보상으로 한 가지 청을 드리오니
가능한 빨리 크리세이드를 제게 돌려 보내주십시오.

제 마음이 열렬히 그녀를 그리워하게 만드시듯   86
그녀의 마음을 채근해 빨리 돌아오게 해주소서.
그녀가 그곳에 남고 싶어 하지 않음을 저는 잘 압니다.
행복의 신이시여, 주노께서 테바이의 혈통[12]에게
자비를 베풀지 않으시고 테바이 백성들을
멸망에 이르게 하신 것처럼 그렇게 트로이의 혈통[13]에게
잔인하지 않으시기를 간곡히 부탁드리옵니다."

그리고 나서 그는 말을 달려   87
크리세이드가 떠났던 성문을 향해 다가갔다.
그리고 그곳에서 여러 번이나 빙글빙글 돌며
자주 혼자 중얼거렸다. "아, 슬프구나!
이곳이 내 행복이요 기쁨이 떠난 곳이구나!
이제 복을 내리시는 신께 바라오니, 저로 하여금
그녀가 다시 트로이로 오는 것을 볼 수 있게 하소서!

나는 그녀를 저 언덕 너머로 배웅해주었고   88

---

12 디오메데스의 부친 튀데우스를 가리킴.
13 트로일러스 자신을 가리킴.

아, 슬프구나! 그곳에서 그녀와 작별을 했고
그녀가 아버지에게로 달려가는 것을 보았지.
그 생각만 하면 슬퍼서 가슴이 메어지는 것 같구나.
저녁이 되었을 때 나는 집으로 돌아왔지.
그리고 이곳에서 모든 기쁨을 잃고 살고 있으니,
그녀를 트로이에서 다시 보게 될 때까지 그러하리라."

그는 자주 자신이 초췌하고 창백하며   89
본래 모습보다 더 여위어버렸다고 상상했고,
사람들이 은근히 "대체 무슨 일이야?
누가 그 속을 알 수 있을까? 왜 트로일러스가
저렇게 슬픈 표정일까?" 하며 수군거린다고 상상했다.
이 모든 것이 그의 우울함 때문이었으니
그 때문에 혼자 그런 상상을 했던 것이다.

또 한번은 그는 지나치는 사람들이   90
모두 자신을 불쌍히 여기면서
"트로일러스가 죽는다니 참 안됐구나"
하고 수군거리는 상상을 하곤 했다.
이런 상태로 그는 하루 이틀을 보냈다.
여러분도 들었겠지만 그는 마치
희망과 절망의 기로에 선 사람처럼 살아갔다.

그 때문인지 그는 노래할 때면 최선을 다해   91

자신의 슬픈 원인을 표현하는 걸 좋아했다.
또한 몇 마디 가사로 노래를 지어
슬픈 마음을 달래고자 하였다.
그가 사람들의 시선에서 벗어났을 때면
떠나고 없는 사랑하는 여인을 두고
부드러운 목소리로 이렇게 노래했다.

"오, 내게서 모든 빛을 거두어간 별이여,   92
아픈 가슴을 안고 나는 통곡해야만 하노니
밤이면 밤마다 암흑에서 괴로워하며
죽음을 향해 나의 배를 몰고 가네.
그러니 내가 열흘째 밤 단 한 시간이라도
그대 빛나는 횃불의 인도를 받지 못하면
카뤼브디스[14]는 나의 배와 나를 집어삼키리."

이렇게 노래를 하고 나서   93
그는 전과 같이 또다시 한숨을 쉬었다.
그리고 늘 그랬던 것처럼 매일 밤이면
환한 달을 바라보고 서서
달에게 모든 설움을 쏟으며
이렇게 말했다. "초승달이 새롭게 뜰 때,
온 세상이 진실하다면, 기쁜 일이 오리라.

---

14 시칠리아와 이탈리아 사이의 위험한 소용돌이 파도.

나에게 고통을 주고 슬픔을 주는
내 사랑하는 여인이 여기에서 떠나던 날,
그날 아침 나는 그믐달을 보았지.
그러므로 오, 환하게 빛나는 루키나[15]여,
바라건대 어서 빨리 그대의 궤도를 돌아라!
왜냐하면 새 달이 떠오르기 시작할 때
내게 행복을 가져다줄 그녀가 올 테니까.”

94

그러나 그에게 낮들은 전보다 더디게 갔고
밤들도 더 길게만 생각되었으며,
태양도 제 궤도를 올바르게 달리지 않고
전보다 더 긴 행로를 따라가는 것 같았다.
그는 말했다. “정말이지 태양신의 아들
파에톤[16]이 되돌아와 자기 부친의 전차를
잘못된 길로 몰고 갈까 봐 나는 두렵구나.”

그는 또한 성벽 위를 오래도록 거닐면서
그리스 진영 쪽을 바라보곤 하였고,
혼자서 이렇게 중얼거렸다.
“오, 저쪽에 내 사랑하는 여인이 있겠지.
아니면 저기 막사들이 세워진 곳에 있겠지.

---

15 달을 가리킴.

16 Phaethon : 태양신 아폴론의 아들로 아버지의 전차를 몰다가 지구를 그을리는 피해를
입혔다. 파에톤이 더 큰 피해를 입힐 것을 염려한 제우스는 그를 파괴해버렸다.

이 상큼한 공기가 그녀가 있는 곳에서 불어오니
그것이 나의 원기를 회복시키는 느낌이 드는구나.

그리고 시시각각 점점 더 세차게   97
얼굴에 불어오는 이 바람은 단연코
내 여인의 아픈 한숨이 분명하리라.
확신하건대 이곳이 아니고 이 도시 전체의
어느 곳에서도 나는 그토록 고통스럽게 부는
바람 소리를 들을 수 없기 때문이니,
바람은 '왜 우리가 헤어졌나요?' 하고 말하는구나."

트로일러스는 아흐레째 밤이 다 지나갈 때까지   98
이런 모습으로 길고 긴 시간을 보냈다.
그리고 곁에는 늘 판다로스가 있었는데
 트로일러스의 마음을 달래주고 즐겁게 해주려고
있는 힘을 다해 부단히 노력했으며
열흘째 날 아침에는 그녀가 돌아올 것이고
그러면 슬픔도 끝날 것이라고 희망을 주었다.

한편 반대쪽에는 용감한 그리스인들 가운데   99
크리세이드가 몇몇 여인들과 함께 있었으니
그녀는 하루에도 여러 번 이렇게 말했다.
"아, 슬프구나. 세상에 태어난 게 원망스럽구나!
마음은 죽음을 원하니 내가 너무 오래 산 것이다.

아, 상황을 도저히 유리하게 만들 수가 없구나.
지금은 내 예상보다 상황이 더 안 좋구나.

내가 아무리 비위를 맞추려고 노력해도   100
아버지는 나를 돌려보내려고 하지 않으시는구나.
만일 내가 돌아갈 기한을 넘기게 된다면
트로일러스 님은 속으로 내가 배신했다고
생각하실 테고, 또 충분히 그렇게 보일 수 있겠지.
그러면 나는 사방에서 욕을 얻어먹게 되겠구나.
오, 내가 태어난 그 시각이 저주스럽구나!

만약 내가 위험을 무릅쓰고 야음을 틈타   101
몰래 이곳을 빠져나가다 혹시라도 잡힌다면
첩자로 의심받게 될 거야.
아니면 아, 무엇보다도 두려운 일인데,
만일 내가 어느 불한당의 수중에 떨어진다면
마음은 변치 않았다 해도 끝장이겠지.
전능하신 신이여, 제 슬픔을 불쌍히 여기소서!"

반짝이는 그녀의 얼굴은 매우 창백해졌고   102
용기가 났을 때 그녀는 온종일 선 채로
태어나고 살아왔던 곳을 바라보느라
그녀의 팔다리가 여위어갔다.
그리고 아, 그녀는 울면서 밤을 새웠고

이처럼 구제할 길 없이 절망에 빠진 채
이 슬픈 여인은 자신의 삶을 이어갔다.

그녀는 하루에도 여러 번 괴로움에 탄식하며   103
트로일러스의 출중하게 훌륭한 모습을
쉼 없이 마음속으로 떠올려보았으며
그들의 사랑이 처음 시작되던 날부터
트로일러스가 했던 멋진 말들을 회고해보았다.
이처럼 그리운 것들을 기억하며
자신의 슬픈 마음에 불을 붙였다.

그녀가 슬픔 속에서 탄식하는 소리를 듣고   104
그녀의 뼈아픈 고통에 눈물을 흘리지 않는다면
세상에 그처럼 냉혹한 사람은 없을 것이니,
그녀는 아침저녁으로 그토록 사무치게 울었다.
그녀에게는 더 이상 빌려올 눈물이 하나도 없었다.
그러나 모든 고통 중에서도 가장 괴로운 것은
그녀가 하소연할 사람이 아무도 없었던 것이다.

커다란 슬픔 속에서 그녀는 트로이를 바라보았고,   105
그곳의 높은 탑과 저택들을 쳐다보면서 말했다.
"아! 저 성벽 안에서 자주 맛보던
나의 모든 즐거움과 환희는 이제
쓰디쓴 쓸개의 맛으로 변하고 말았구나!

오, 트로일러스 님, 지금 무엇을 하고 계신가요?
오, 아직도 이 크리세이드를 생각하시나요?

아, 처음 말하신 대로 왕자님의 충고를 믿고   106
함께 가지 않은 게 후회가 됩니다.
그랬더라면 지금처럼 이렇게 한숨짓지 않았을 것을.
왕자님과 몰래 도망을 쳤다 한들
그게 내 잘못이라고 누가 말할 수 있을 것인가?
그러나 때는 너무 늦었구나.
시신을 무덤으로 옮길 때 약을 가져온들 무엇하리.

뒤늦게 이런 얘길 해보았자 무엇하리.   107
아, 신중함[17]이여! 너의 세 개의 눈 가운데 하나를
내가 여기 오기 전에 빠뜨리고 말았구나.
나는 지나간 시간은 잘 기억하고
현재의 시간 또한 잘 볼 수 있건만,
내가 덫에 걸리기까지는 미래의 시간은
볼 수 없으니, 그것이 이제 근심을 부르는구나.

그렇다 하더라도, 무슨 일이 일어나든   108
나는 내일 밤 동문으로든 서문으로든
어떻게든 이 진영에서 몰래 빠져나가

---

17 Prudence : 의인화된 '신중함'은 세 개의 눈(과거, 현재, 미래)을 가졌다는 관념이 중세 문
    헌에 자주 등장한다.

트로일러스 님과 함께 그분이 원하는 곳으로 가리라.
간악한 혀들이 벌이는 말싸움에도 내 마음은
흔들리지 않으리라. 이것만이 최선의 길이다.
상스러운 자들이나 사랑을 시기하는 법이다.

사람들이 하는 모든 말에 신경을 쓰거나   109
그들의 견해에 좌지우지되는 사람은
의심할 것도 없이 절대로 성공하지 못한다.
어떤 사람들이 늘 비난하는 것에 대해서
또 다른 사람들은 언제나 칭찬하지 않던가.
그러나 그 같은 차이가 있다 해도
행복이야말로 내가 원하는 모든 것이다.

그러므로 더 이상 여러 말 할 것도 없이   110
내가 트로이로 가야 한다는 게 결론이다."
그러나 누가 알았으랴. 두 달이 다 가기도 전에
그녀 마음이 완전히 변하게 될 줄을.
트로일러스와 트로이 시가 모두 거침없이
그녀 마음에서 미끄러져 나가버리고
그대로 머무를 결심을 하게 될 것이었다.

내가 여러분에게 얘기했던 디오메데스는   111
이제 어떻게 하면 지체 없이 단기간에
크리세이드의 마음을 그의 그물망에 사로잡아

넣을 수 있을까 하고 온갖 꾀를 다 부리며
마음속으로 궁리에 궁리를 거듭하고 있었다.
이 목적을 도저히 포기할 수 없었던 그는
그녀를 낚기 위한 낚싯줄과 바늘을 준비했다.

그렇지만 그는 크리세이드가 트로이에 남기고 온   112
정인이 없지 않음을 속으로 간파했으니,
그녀를 트로이에서 데리고 온 이래로
그녀가 웃거나 기뻐하는 것을 볼 수 없었기 때문이다.
그는 그녀 마음을 어떻게 달래야 할지 몰랐다.
그는 말했다. "시도해본다고 해가 될 건 없겠지.
시도하지 않는 자는 아무것도 얻지 못하는 법이다."

어느 날 밤 디오메데스는 이렇게 생각했다―   113
"그녀가 다른 사람에 대한 사랑으로 슬퍼하는 것을
내가 잘 알고 있는데, 지금 그녀의 사랑을
얻으려고 시도한다면 바보가 아니겠는가?
그런 짓은 아무런 득도 되지 않음을 알아야 한다.
현자들도 책에서 그것을 가르치고 있지 않은가.
'슬픔에 빠진 사람에겐 구애해서는 안 된다'고.

그러나 그녀가 밤낮으로 애절하게 그리는   114
그에게서 그 꽃을 빼앗을 수 있는 남자라면
그는 자신을 정복자라고 말할 수 있는 것이다."

디오메데스는 담대한 사람이었으므로 즉시
이렇게 생각했다. "무슨 일이 일어나든 알게 뭐람.
죽는 한이 있더라도 그녀 마음을 시험이나 해보자.
내가 잃어봐야 뱉은 말밖에 더 잃을 게 있겠는가."

책들이 밝히고 있는 것처럼 이 디오메데스는   115
자신이 필요할 때는 잽싸고 과감한 사람이었으며,
단호한 목소리와 강하고 튼튼한 사지를 가졌고
그의 부친 튀데우스처럼 행동은
굳건하고 고집이 세며 강인하고 기사다웠다.
어떤 이들은 그가 하는 말이 거침없다고 했다.
그리고 그는 칼리돈과 아르고스[18]의 상속자였다.

크리세이드는 평균 키를 가진 여인이었다.   116
거기에다 몸매와 얼굴과 생김생김에서
그녀보다 더 아름다운 여인은 없을 정도였다.
그리고 이것은 종종 그녀의 습관이었는데,
빛나는 머리칼을 곱게 땋아
금줄로 묶은 뒤 목뒤로 넘겨
등 뒤로 늘어뜨리고 돌아다니곤 했다.

그녀의 양 눈썹이 한데 붙은 것을 빼면   117

---

18 그리스의 도시들로 칼리돈은 펠로폰네소스의 북쪽에, 아르고스는 그 남서쪽에 위치하
    고 있다.

내가 보기엔 어디에도 부족한 곳이 없었다.
해맑은 그녀의 두 눈에 대해서 말하자면,
오, 실로 그녀를 본 사람들이 기록하듯이
천국이 그녀의 두 눈에 아로새겨져 있었으며,
그녀 안에서는 사랑의 신이 누가 더 훌륭한지를
가리려고 그녀의 아름다움과 대결하고 있었다.

그녀는 명석하고 소박하며 지혜로운 여자였으니,   118
받을 수 있는 최상의 교육을 받았으며
일반적으로 말솜씨도 훌륭했고
자비심이 많으며 품위 있고 쾌활하고 너그러웠다.
또한 다소 불안정한 면도 있었지만
부드러운 마음에는 동정심도 많았다.
그러나 나는 정말로 그녀의 나이를 알 수 없다.

그리고 트로일러스는 키가 출중했으며,   119
매우 완벽하게 균형 잡힌 몸매를 가졌으므로
자연도 거기에 더할 것이 없을 정도였다.
그는 젊고 신선하며 강하고 사자처럼 용감했으며,
어느 면을 보아도 강철처럼 진실했으니
그는 이제까지, 또는 세상이 지속되는 한 앞으로도
가장 훌륭한 능력을 부여받은 사람 중 하나였다.

그리고 이야기에서 확실히 알 수 있듯   120

트로일러스는 그 당시 누구와 비교해도
기사가 마땅히 갖추어야 할 용맹함에서
결코 조금도 뒤떨어지는 일이 없었다.
비록 거인이 그보다 힘은 더 세다 할지라도
그의 마음은 원하는 무엇에든 도전하려는
언제나 으뜸가는 최상의 속성들을 갖추고 있었다.

그러나 디오메데스에게로 얘기를 돌려보자.   121
크리세이드가 트로이에서 떠나간 이후
열흘째 되던 날 일어난 일인데
오월 나뭇가지처럼 싱싱한 디오메데스가
칼카스에게 볼일이 있는 척하며
칼카스가 누워 있는 막사로 왔다.
그의 의도를 곧 여러분에게 얘기해주겠다.

간단히 얘기해서 크리세이드는   122
그를 환영하며 가까이에 앉게 했는데
그는 그곳에서 시간을 보낼 준비를 충분히 하고 왔다.
그러고 나서 더 기다릴 것도 없이 하인들이
그들에게 향료와 포도주를 차려냈다.
그리하여 그들은 마치 친구 사이처럼 이런저런
얘기를 나누었는데 그것을 들어보기로 하자.

우선 그는 그리스인들과 트로이인들 사이의   123

374

전쟁 이야기를 시작했으며,
포위에 대해서 어떻게 생각하는지
크리세이드의 의견도 물어보았다.
이러한 물음에 이어 그리스인들의 풍습과
그들이 하는 활동이 그녀에게 낯설지는 않은지,
그리고 그녀의 부친은 왜 그렇게 오래 그녀를

홀륭한 남자와 혼인시키는 데 지체하고 있는지   124
계속해서 그녀에게 물어보았다.
그녀의 기사 트로일러스에 대한 사랑 때문에
큰 아픔을 겪고 있던 크리세이드는
그녀가 아는 한 또는 할 수 있는 데까지
그에게 대답을 했지만, 그가 질문을 하는
속내는 알지 못하는 것처럼 보였다.

그럼에도 이 디오메데스는 대담해졌으며   125
이렇게 그녀에게 말했다.
"만일 내가 당신을 바르게 이해했더라면!
오, 나의 숙녀 크리세이드여,
당신이 아침에 트로이에서 떠나오던 날
내가 처음 당신의 말고삐를 잡은 이후 지금까지
나는 당신이 슬퍼하지 않는 것을 본 적이 없었소.

그것이 어떤 트로이 사람에 대한 사랑 때문이 아니라면   126

과연 그 이유가 무엇일지 알 수가 없군요.
그곳에 사는 어떤 사람 때문에
당신이 그토록 많은 눈물을 흘려야 한다면,
아니 그처럼 비통하게 자신을 기만해야 한다면
그건 참으로 슬픈 일이라는 생각이 듭니다.
왜냐하면 명백히 그럴 가치가 없기 때문이지요.

당신도 알다시피 트로이 사람들은   127
말하자면 모두가 감옥에 갇힌 셈이오.
태양과 바다 사이의 모든 황금을 다 준다 해도
그곳에선 단 한 사람도 살아 나오지 못할 겁니다.
나를 믿고 내 말을 이해하셔야 합니다.
살아서 나가는 자비는 누구도 얻지 못할 겁니다.
설령 그가 열 나라의 주인이라 하더라도요.

헬레네를 납치한 대가로 우리가 이곳을 떠나기 전에   128
그들에게 참으로 가혹한 보복이 가해질 것이니
고통을 가하는 영들인 마네스[19]마저도
그리스인들이 자신들을 능가할까 봐 두려울 겁니다.
그러면 이곳에서 세상 끝 닿는 곳까지의 모든 사람이
두려운 나머지 왕비를 납치해가지 못할 것이니,
그렇게 우리 보복은 참으로 잔혹할 것입니다.

---

19 Manes : 고대 로마의 종교에서 말하는 죽은 자들의 영혼들. 이들은 지하 세계에서 머문
    다고 믿어졌으며 산 사람들의 위로를 받기 위해 때때로 지하 세계에서 나왔다고 한다.

그리고 칼카스께서 모호한 말을 하면서　　　　　　　　129
―말하자면, 사람들이 '양면성을 가진 말'이라고 하는
교묘한 이중의 말로―우리를 오도하지 않는 한
당신은 내 말이 거짓이 아님을 알게 될 것이며
그 모든 것을 당신의 눈으로 직접 보게 될 것인데
그것도 곧, 믿을 수 없을 만큼 곧 있게 될 겁니다.
그것은 반드시 일어날 일이니 신중히 생각하십시오.

만일 트로이가 멸망할 것을 모르셨다면,　　　　　　130
현명하신 당신 부친께서는 왜 당신을
안테노르와 쉽게 맞바꾸었다고 생각하십니까?
아, 내 말의 진실을 믿게 할 수 있다면 좋겠소!
그는 트로이인은 한 사람도 도망칠 수 없다는 것을
너무 잘 알았던 겁니다. 그는 너무도 두려워서
더 이상 그곳에서 살 엄두가 나지 않았던 것입니다.

사랑스러운 여인이여, 더 무엇을 기대하십니까?　　　131
트로이와 트로이인은 마음에서 떠나보내십시오.
쓰디쓴 희망을 몰아내고 즐겁게 사십시오.
그리고 짜디짠 눈물로 망가진
당신의 아름다운 얼굴을 되찾으십시오.
트로이는 너무나 큰 위기에 빠져 있으므로
이제 그것을 구할 방법이 하나도 없습니다.

잘 생각해보십시오. 당신은 날이 저물기 전에   132
그리스인들 가운데 어느 트로이인보다
더 완벽하고 더 친절하며 또 당신을 더 잘 섬기려고
최선을 다하려는 애인을 구할 수 있을 것입니다.
그리고 만일 승낙하신다면, 아름다운 여인이여,
나는 그리스 병사 열두 명의 대장이 되느니
차라리 당신을 섬기는 종이 되고 싶습니다."

이렇게 말하는 그의 얼굴이 빨개지기 시작했고   133
말하는 목소리도 조금 떨리고 있었다.
그는 고개를 약간 옆으로 돌리고는
잠시 침묵했다 잠시 후 평정을 되찾더니
시선을 똑바로 그녀에게로 향하며
이렇게 말했다. "비록 즐겁게 들리지는 않겠지만
나는 어느 트로이인 못지않은 귀족입니다.

만일 부친 튀데우스께서 살아계셨다면,   134
크리세이드여, 나는 벌써 칼리돈과 아르고스의
왕이 되어 있었을 겁니다. 그리고 진실로 말해서
나는 장차 그렇게 될 거라고 기대하고 있소.
그러나 아! 부친께선 불행하게도 테바이에서
너무 일찍 목숨을 잃으셨으니 그것이 폴리니케스[20]와

---

20 Polynices : 오이디푸스의 아들. 테바이의 주도권을 잡으려고 형제 에테오클레스에 대항
    해 싸웠다. 이때 튀데우스는 폴리니케스 편에서 싸우다 전투 초기에 죽어 큰 손실이 됐다.

그의 부하들에게 더 큰 손실이었소.

그러나 사랑하는 여인이여—당신의 남자로서   135
내가 땅에 발을 붙이고 사는 한 언제나
성심을 다해 당신을 섬기고 싶어서
당신의 은총을 구하는 첫 사람이고자 하오니—
내가 여기서 떠나기 전에 부탁하오.
내가 내일 좀 더 여유 있는 시간에 당신에게
내 슬픔을 털어놓을 수 있게 허락해주시오."

내가 그의 말을 다 옮길 필요가 있겠는가?   136
그는 적어도 그날 충분히 많은 말을 했다.
결국 그가 얘기한 대로 크리세이드는
그가 더 이상 그 문제를 거론하지 않도록
그가 요청한 대로 다음 날 아침에
그와 만나 얘기를 나누겠다고 했다.
그리고 그녀가 그에게 한 말은 이런 것이다.

트로일러스에 대한 마음이 너무도 굳건해   137
누구도 그녀의 마음을 떼어놓을 수 없었으므로
그녀는 디오메데스에게 차갑게 대하며 말했다.
"오, 디오메데스 님, 저는 제가 태어난 저 트로이를
사랑합니다. 제우스 신께서 은혜를 베푸시어
트로이를 괴롭히는 모든 것들을 빨리 거두어주시고,

신께서 당신의 능력으로 평화를 주시기 바랍니다.

그리스인들이 할 수만 있다면 트로이에   138
앙갚음하려고 하는 것을 저는 잘 알고 있습니다.
그러나 말씀처럼 그런 일은 일어나지 않을 겁니다.
그리고 신께 맹세코 좀 더 말씀 드리자면
제 부친은 지혜롭고 영리하신 분입니다.
그래서 말씀대로 아버지께서 저 때문에 비싼 대가를
치르셨으니 그만큼 저는 더 아버지께 매인 몸입니다.

그리스 사람들이 매우 훌륭하다는 것은 저도   139
잘 알고 있습니다. 그러나 분명히 트로이 쪽에도
오르크니 군도[21]와 인도 사이에 살고 있는
재주 있고 완벽하며 친절한 사람들만큼이나
많은 훌륭한 사람들이 있다는 것을 아십시오.
당신은 당신의 숙녀를 잘 섬기실 것이며
그녀에게서 감사를 받으실 분임을 저도 잘 압니다.

그러나 사랑에 대해 말씀드린다면." 그녀가 말했다.   140
"저는 제가 혼인을 약속한 주인이 있으며,
제 마음은 그분이 죽는 날까지 오직 그분 것입니다.
그리고—오, 아테네 신이시여 도와주소서!—제 마음은

---

21 스코틀랜드 북동쪽의 여러 섬으로 세상의 서쪽 끝을 나타낸다.

다른 남자를 사랑하지 않으며 사랑한 적도 없습니다.
그런데 저는 당신이 매우 고매한 인품을 지녔다고
사람들이 말하는 것을 분명히 들었습니다.

그런 분께서 여성을 그처럼 조롱하려 하시니   141
그것이 크게 의아할 따름입니다.
하늘이 아시듯 저는 애인과 멀리 떨어져 있습니다.
맹세코 죽는 날까지 차라리
슬프게 통곡하며 살고 싶은 마음입니다.
앞으로 제가 무엇을 할지 알 수 없습니다만
아직은 쾌락을 추구하고 싶지 않습니다.

지금 제 마음은 고통을 겪고 있습니다.   142
그리고 당신은 매일 전투로 분주하십니다.
향후 당신들이 트로이에게 승리를 거둔다면,
아마 그때 가봐야 알 수 있는 일이겠지만
제가 전에 본 적이 없는 것을 보게 된다면
그때 저는 전에 한 적이 없는 일을 하겠지요.
이 말이 당신에게 충분한 답변이 될 것입니다.

이 문제를 더 언급하지만 않으신다면   143
저는 내일도 기꺼이 대화에 응하겠습니다.
원하시면 언제든 이곳에 다시 오십시오.
그리고 가시기 전에 이 말씀을 드립니다.

빛나는 머릿결의 아테네 여신이여, 저를 도와주소서!
만일 제가 그리스 사람에게 연민을 갖게 된다면
진심으로 말하지만 그것은 당신이 될 것입니다.

당신을 사랑하겠다는 말도 아니고   144
사랑하지 않겠다는 말도 아닙니다. 그렇지만
높으신 신께 맹세코 제 마지막 말은 진심입니다."
그러면서 그녀는 시선을 아래로 떨구었고
한숨을 내쉬며 이렇게 말했다. "오, 트로이여,
나는 그대의 평화와 안정을 위해 신께 기도하노라.
그렇지 않으면 차라리 내 가슴이 무너져버려라."

그러나 몇 마디로 간략하게 말한다면   145
디오메데스는 또다시 새로운 압박을 가해왔고
집요하게 그녀의 동정심을 구걸하였다.
사실을 말하자면, 그러고 나서 그는
그녀의 장갑을 받았고 기뻐서 어쩔 줄 몰랐다.
마침내 날이 저물었고 모든 일이 잘되자
그는 자리에서 일어나 그곳에서 떠나갔다.

둥근 해 포이보스가 내려앉는 바로 그곳에서   146
환한 비너스가 뒤따라 나와 길을 안내했고,

킨티아²²는 그녀의 말들을 몰아
힘차게 사자좌에서 휘돌아나왔으며,
황도대가 촛불들을 환하게 밝힐 때
크리세이드는 부친의 화려한 막사 안에 있는
그녀의 잠자리로 들어갔다.

그녀는 이 갑작스러운 디오메데스의 말들이며   147
그의 신분, 그리고 트로이가 처한 위기,
그녀가 혼자라는 사실과 친구들의 도움이
필요하다는 것을 마음속으로 하나하나
되짚어보았다. 사실을 말하자면 그와 같이
그녀는 이곳에 그냥 머물기로 결심하게 될
이유를 만들어나가기 시작했다.

아침이 밝았다. 그리고 진실하게 말해서   148
디오메데스가 크리세이드에게로 왔다.
내 얘기가 지루하지 않도록 간단히 말하자면
그는 자기 얘기를 매우 훌륭하게 했으므로
그녀의 아픈 한숨도 가라앉아버렸다.
그리고 사실대로 말하자면, 마침내 그는
그녀에게 대부분의 고통을 잊게 해주었다.

---

22 달을 가리킴.

전하는 이야기에 따르면, 그 뒤로 그녀는   149
전에 트로일러스에게서 받은
아름다운 밤색 말을 그에게 주었으며,
트로일러스가 그녀에게 주었던 브로치도
—이제는 필요가 없어서—디오메데스에게 주었고,
디오메데스가 슬픔에서 더 빨리 벗어나도록
자신의 소맷자락을 지니게 했다고 한다.

또 내가 읽은 다른 이야기들에 따르면,   150
디오메데스가 트로일러스에게 부상당했을 때
그녀는 그의 큰 상처에서 피가 나는 것을 보고
많은 눈물을 흘리며 그를 극진히 보살폈고,
내 얘기가 아니고 사람들이 하는 말에 따르면,
그녀는 그의 쓰라린 슬픔을 치유하려고
자신의 마음을 바쳤다고도 했다.

그러나 사실상 원전이 전하는 바에 따르면,   151
그녀가 트로일러스를 배신했을 때
그녀보다 더 슬퍼한 여인은 아무도 없었으며,
그녀는 이렇게 말했다고 한다. "아, 슬프구나!
정절의 여인이란 내 명성은 영원히 죽었구나!
나는 이제까지 살았던 가장 고귀하며
가장 훌륭한 사람을 배신한 꼴이 되었구나.

슬프구나! 나는 책들 속에서 비난거리가 될 터이니,   152
세상 끝나는 날까지 나에 대해서는
좋은 말도 없고 칭송가도 불리지 않겠구나.
오, 수없이 인구에 회자되면서 나의 오명은
종소리처럼 온 세상에 울려 퍼지겠구나.
그러면 여성들은 나를 가장 혐오하겠지.
슬프구나, 그런 일이 나에게 일어난다니!

여자들은 말하겠지. 나는 그들에게   153
내가 할 수 있는 최대의 불명예를 안긴 것이라고!
비록 내가 잘못을 저지른 첫 여자는 아니지만
그게 나에 대한 비난을 막는 데 무슨 소용인가?
그러나 더 이상 어쩔 도리가 없음을 알기에,
그리고 이제는 후회해도 때가 너무 늦었으니
어쨌든 디오메데스에게 충실해야 하겠지.

그러나 트로일러스 님, 어쩔 수가 없군요.   154
그리하여 당신과 나는 이렇게 헤어지고 말았군요.
당신은 내가 이제껏 보았던 사람들 가운데
충실하게 섬기기로는 가장 고매한 사람이었고
늘 자기 여인의 명예를 가장 잘 지켜주는 분이었으니
나는 신에게 당신의 행운을 빌겠습니다.”
이렇게 말하며 곧 그녀는 울음을 터뜨렸다.

"저는 결코 당신을 미워하지 않겠습니다.   155
그리고 제가 계속 살아 있는 한 당신에게
우정 어린 사랑과 칭찬의 말을 할 것입니다.
당신이 역경에 처한 것을 보게 되면
진실로 가슴이 아플 것입니다.
우리 이별이 당신 잘못이 아님을 저는 압니다.
모든 것은 지나가며 그렇게 저는 떠납니다."

정말로 얼마나 오랜 기간이 지난 뒤에   156
그녀가 그를 버리고 디오메데스에게 갔는지는
어떤 작가도 말하고 있지 않은 것 같다.
누구든지 자신이 가진 책을 잘 살펴본다면
정확한 시기에 대한 언급이 없음을 발견할 것인데,
비록 디오메데스가 곧 그녀에게 구애를 시작했지만
그녀를 얻기 전에 할 일이 더 있었던 것이다.

나는 원저자가 말하고 있는 것 이상으로   157
이 가여운 여인을 비난하고 싶지는 않다.
그녀 이름은 너무도 널리 퍼졌으므로
죗값은 그것으로 충분한 것이리라.
또한 그녀는 자신의 배신을 매우 고통스러워하므로
만일 내가 어떤 식으로든 그녀를 변명하게 되면
그것은 실로 동정심에서 그렇게 하는 것이리라.

내가 앞서 언급했던 것처럼 트로일러스는   158
있는 힘을 다해 자신의 시간을 보내고 있었다.
그러나 그의 가슴은 종종 뜨거워지기도 하고
차가워지기도 했는데, 그다음 날 아침
그녀가 그에게 다시 오겠노라고 약속했던
아홉째 날에 특히 그러했다. 그날 밤 그는 거의
잠도 자지 못했고 자고 싶지도 않았다.

월계관을 쓴 포이보스가 자신의 궤도를 따라   159
공중으로 솟아오르면서 그의 뜨거운 열로
동편 바다의 젖은 파도를 데우기 시작하고,
니소스의 딸[23]이 새로운 열정으로 노래할 때
트로일러스는 판다로스를 불러오게 했다.
그리고 그들은 크리세이드의 모습을 보려고
트로이 성벽 위에서 시간을 보냈다.

정오가 될 때까지 그들은 그곳에 서서   160
누가 오는지 지켜보았다. 그리고 멀리서 누가 오면
그 사람이 누군지 확실히 밝혀질 때까지는
아마도 그것이 그녀일 것이라고 말했다.
그들의 마음은 때로는 어두워졌다가 때로는

---

23 종달새를 가리킴. 메가라의 왕인 니소스의 딸 스킬라는 크레타의 왕 미노스를 짝사랑하
    여 자신의 부친을 죽음에 이르게 했는데 이에 대한 복수를 피하기 위해 그녀는 새로 변
    신했다.

밝아지기도 했으니 그렇게 허탕을 치며
아무 득도 없이 바라보고 서 있었다.

그러자 트로일러스가 판다로스에게 말했다.   161
"내가 생각하기로 분명히 크리세이드는
정오 이전에 이곳으로 올 수 없을 겁니다.
확신하건대 그녀는 부친과 헤어지기에 앞서
할 일이 꽤 많이 있을 거라고 믿어지는군요.
그녀의 늙은 부친은 떠나기 전에 밥이라도
먹여 보내려고 하겠지요. 망할 영감 같으니!"

판다로스가 대답했다. "분명히 그럴 겁니다.   162
그러니 부탁입니다만 우리도 식사나 하지요.
그리고 정오가 지난 다음에 다시 와서 봅시다."
그들은 두말 않고 집으로 갔다가 다시 왔다.
그러나 그들은 오랫동안 기다린 끝에야 비로소
그들이 찾고 있는 바를 알게 될 것이었다.
운명의 여신은 그 두 사람을 조롱할 셈이었던 것이다.

트로일러스가 말했다. "이제 잘 알 것 같소.   163
그녀가 늙은 부친 때문에 너무 늦어지므로
그녀가 오기 전에 날이 저물게 될 겁니다.
자, 어서 성문으로 갑시다.
이 문지기들은 언제나 생각이 좀 모자랍니다.

그러니 그녀가 늦게 올 것에 대비해서
문을 열어두도록 할 구실을 찾아야겠소."

낮이 금세 지나가고 이어서 저녁이 왔으나   164
크리세이드는 여전히 트로일러스에게 오지 않았다.
그는 멀리 숲과 나무와 동산을 살펴보았고
성벽 넘어 먼 곳까지 목을 빼고 바라보았다.
그리고 마침내 돌아서며 말했다.
"아, 이제 그녀의 뜻을 알겠소, 판다로스!
실로 슬픔이 다시 시작되려 하고 있소.

분명히 크리세이드는 무엇이 최선인지를 알고 있어요.   165
그녀는 은밀히 도망칠 생각인 것입니다.
맹세코 지혜가 훌륭합니다.
그녀는 어리석게 사람들의 눈에 띄면서
오려는 것이 아니고, 야음을 틈타 조용히
시내로 도망쳐 올 생각을 한 것입니다.
그러니 오래 지체하지는 않을 거라고 생각합니다.

정말이지 우리가 달리 해야 할 일은 없습니다.   166
판다로스, 이제 내 말이 믿어집니까?
정말로 그녀가 보입니다! 저기 그녀가 보여요!
눈을 쳐들고 보세요. 그녀가 보이지 않습니까?"
판다로스가 대답했다. "제 눈엔 안 보이는데요.

분명 잘못 보신 겁니다. 어디에 뭐가 보인다고요?
저기 보이는 것은 지나가는 마차일 뿐입니다."

"아, 바로 보셨군요." 트로일러스가 말했다.   167
"그러나 지금 내 가슴이 이렇게 기뻐 뛰니
확실히 무슨 이유가 있는 게 분명합니다.
무언가 좋은 일이 생길 것 같은 느낌입니다.
어찌 된 영문인지는 모르지만 난생처음으로
그런 편안한 느낌을 받았다고나 할까요.
목숨 걸고 맹세하지만 오늘 밤 그녀가 옵니다."

판다로스가 대답했다. "그럼요, 그렇고말고요."   168
그는 트로일러스의 모든 말에 적극 동의했다.
그러나 속으로 생각하며 웃었고
매우 진지하게 혼자서 중얼거렸다.
"여기서 왕자님이 기다리는 모든 것은
졸리 로빈이 놀던 개암나무 숲²⁴에서 올 것이다.
그래, 지난해에 내린 모든 눈이여, 잘 가거라."

성문 수문장은 성문 밖에 있는 사람들에게   169
가축을 모두 안으로 들여보내라고 독려하며
그렇게 하지 않으면 그들은 밤새도록 성 밖에서

---

24 여기서 '개암나무 숲'은 '아무런 소식도 오지 않는 곳'이라는 뜻이다. 판다로스는 크리세
    이드가 결코 돌아오지 않을 것임을 예견하고 있는 듯하다.

머물러 있어야 한다고 외치기 시작했다.
그리고 트로일러스는 밤이 늦어서야
많은 눈물을 흘리며 집으로 말머리를 돌렸다.
기다려도 소용없음을 알았던 것이다.

그럼에도 그는 이렇게 스스로를 위로했다.   170
곧, 그는 날짜를 잘못 세었는지도 모른다며
이렇게 말했다. "내가 모든 걸 착각한 거야.
크리세이드를 마지막 보던 그날 밤에
그녀가 말했어. '지금 양자리에 있는 달이
사자자리에서 나오기 전에, 오, 사랑하는 이여,
할 수 있는 한 저는 이곳에 돌아올게요'라고.

그러니까 그녀는 아직 약속을 지킬 수 있어."   171
아침이 되자 트로일러스는 성문으로 갔다.
그리고 성벽을 위에서 아래로,
또 서쪽과 동쪽을 따라서 사방을 둘러보았다.
그러나 헛수고였다. 그의 희망은 늘 좌절로 끝났다.
그 때문에 밤이 되면 그는 슬픔과 한숨 속에서
아무 말 없이 집으로 되돌아왔다.

트로일러스의 마음에서 희망은 완전히 사라졌다.   172
이제 그는 무엇에 믿음을 두어야 할지 몰랐다.
가슴은 괴로움으로 피를 쏟는 듯했으니

그토록 그의 고통은 예리했고 놀랄 만큼 깊었다.
그는 그녀가 너무 오래 지체하는 것을 알았고
그것은 그에게 한 약속을 지키지 않은 것이었으므로
어떻게 판단해야 좋을지 몰랐다.

내가 얘기한 그 열흘도 지나갔는데   173
셋째, 넷째, 다섯째, 여섯째 날에도
그의 마음은 희망과 절망 사이를 헤매면서
웬일인지 아직도 그녀의 약속을 믿고 있었다.
그러나 그녀가 날짜를 지키지 못할 것을 알자
그에겐 빨리 죽어버리는 것 말고는
달리 아무런 방법도 생각나지 않았다.

그러자 사람들이 미친 질투심이라고 부르는   174
사악한 영이—신이여, 우리를 보호해주소서!—
온통 슬픔에 빠져 있는 그에게 기어들어갔다.
그리하여 가능한 빨리 죽고 싶었던 그는
우울함 때문에 먹지도 마시지도 않았고
친구들과의 모든 만남도 일절 피해버렸다.
그렇게 그는 하루하루 목숨을 부지해갔다.

트로일러스의 몰골은 무척 크게 상해버렸으므로   175
어딜 가도 사람들은 그를 거의 알아보지 못했다.
그는 매우 여위고 피골이 상접했으며

몸이 허약해져 지팡이에 의지해 걸어다녔다.
그리고 분노로 몸이 상하고 말았다.
누가 그에게 어디가 아프냐고 물으면
가슴에 통증이 있어 그런다고 말했다.

프리아모스 왕과 사랑하는 어머니, 176
그리고 형제자매들은 왜 모습이
그렇게 슬프게 보이며 고통의 원인이
도대체 무엇이냐고 자주 그에게 물었다.
그러나 소용이 없었다. 그는 이유는 말하지 않고
그저 가슴 전체에 우울증을 느끼고 있으며
그냥 죽고 싶은 마음뿐이라고 말했다.

그러던 어느 날 그는 누워 잠이 들었는데 177
잠 속에서 우연히도 이러한 고통을
안겨준 그녀가 그리워서 실컷 울려고
숲 속으로 걸어 들어가는 자신을 느꼈다.
그리고 숲 속을 이리저리 구석구석 살피던 중에
큰 이빨을 가진 멧돼지를 보았는데
그것은 밝은 태양 볕을 쬐면서 잠자고 있었다.

그리고 이 멧돼지 옆에는 그 팔에 꼭 안겨서 178
아, 그의 여인 크리세이드가 입 맞추고 누워 있었다.
트로일러스는 그 광경을 보고는

슬프고 또한 분개해 잠에서 번쩍 깨어났다.
그는 큰 소리로 판다로스를 부르며 말했다.
"오, 판다로스, 이제 모든 것을 알았소.
나는 죽은 것이나 다름없소. 어쩔 도리가 없소.

내가 이 세상 그 누구보다 믿었던 여자인   179
나의 아름다운 크리세이드는 나를 배신했으며
그녀는 지금 다른 곳에서 만족을 구하고 있소.
은혜로운 신들께서 그들의 큰 능력을 통해
내 꿈속에서 그 사실을 올바로 보여주셨소.
그렇게 꿈속에서 나는 크리세이드를 보았소."
그러면서 그는 판다로스에게 모든 걸 얘기했다.

"오, 나의 크리세이드여, 무슨 간계한 꾀에 넘어가서,   180
아니 어떤 새로운 쾌락과 아름다움과 지혜 때문에,
아니 무슨 정당한 분노 때문에 내게 이러는 것이오?
내가 무슨 죄를 저질렀으며, 아, 어떤 끔찍한 경험이
나에게서 그대의 관심을 거두게 했단 말인가요?
아, 굳게 믿었고 또 확신했건만 도대체 누가
내 기쁨의 전부인 크리세이드를 앗아갔는가?

슬프구나, 내가 왜 여기서 당신을 떠나보냈던가?   181
그 때문에 나는 거의 정신이 나가버리지 않았는가?
이제 누군들 다시 맹세 따위를 믿을 것인가?

오, 아름다운 여인 크리세이드, 나는 정녕코
그대가 한 모든 말을 복음이라고 생각했었건만.
그러나 마음만 먹는다면 가장 안전하다고 신뢰받는
사람보다 더 잘 속일 수 있는 자가 어디 있겠는가?

판다로스, 이제 나는 어찌하면 좋소?   182
이제 이 일에는 아무런 대책도 없기 때문에
내 고통은 새록새록 너무도 강하게 느껴지니
이렇게 계속해서 하소연이나 하느니
차라리 이 두 손으로 나를 베는 게 나을 것 같소.
하루하루 목숨을 부지하며 자신을 욕되게 하느니
차라리 죽어버린다면 내 슬픔도 모두 끝나겠지요."

판다로스는 이렇게 대답했다. "아, 제가 태어난   183
그날이 원망스럽습니다. 많은 사람들이 꿈 때문에
속아 넘어간다고 말씀드린 적이 있지 않습니까?
왜냐고요? 사람들이 꿈을 잘못 해석하기 때문이지요.
어떤 꿈을 꾸셨든 왕자님의 두려움 때문에 온 것인데
어떻게 자신의 여자를 부정하다고 말할 수 있습니까?
꿈을 해석할 줄 몰라 그러시니 부질없는 생각은 마십시오.

왕자님께서 멧돼지 꿈을 꾸셨을 때   184
그것은 아마 이런 뜻이었을 겁니다.
곧, 늙고 머리가 하얀 그녀의 부친이

죽을 때가 되어 햇볕을 쬐며 누워 있는 것이며,
그녀는 슬퍼서 눈물을 흘리며 울기 시작하고
바닥에 누운 아버지에게 입을 맞추는 것입니다.
이것이 올바른 꿈의 해석이 될 것입니다."

"아무리 작은 일이라도." 트로일러스가 말했다.   185
"그것을 내가 어떻게 확신할 수 있겠소?"
"말씀 잘하셨습니다." 판다로스가 대답했다.
"이렇게 해보십시오. 왕자님은 글을 잘 쓰시니
서둘러 그녀에게 편지를 써 보내십시오.
편지로 왕자님은 지금 의심스러워하고 있는
모든 것들의 진위를 파악하실 수 있을 겁니다.

왜 그러냐 하면, 제가 감히 말씀드리지만   186
만약 그녀가 배신한 게 사실이라면 분명히
그녀는 답장을 하지 않을 것이기 때문입니다.
만약 그녀가 답장을 한다면 그녀가 다시 돌아올
가능성이 있을지 곧 아실 수 있을 것이며,
혹시 그녀의 귀환이 방해를 받고 있다면
어느 구절에선가 그녀가 이유를 말할 것입니다.

왕자님은 그녀가 떠난 후 아직 편지를 안 쓰셨고   187
그녀도 마찬가지입니다. 제가 감히 장담합니다만
그녀 생각에는 그곳에서 지체하는 게

두 분에게 최선이 될 만한, 그리고 왕자님도
쉽게 수긍할 만한 무슨 이유가 있을 것입니다.
그러니 이제 편지를 쓰세요. 그러면 모든 진실을
곧 파악하실 겁니다. 그것밖엔 다른 방법이 없습니다."

두 사람은 이런 결론에 대해서   188
곧 생각을 같이 하게 되었다.
그래서 트로일러스는 서둘러 자리에 앉은 뒤
어떻게 하면 그녀에게 자신의 슬픔을 잘 전할 수 있을지
이리저리 마음속으로 생각을 굴려보았다.
그리고 사랑하는 여인 크리세이드에게
다음과 같은 내용의 편지를 썼다.

트로일러스의 편지

신선한 꽃이여, 나는 오로지 당신만을 섬기려고   189
마음과 몸과 생명, 힘과 생각과 모든 것을 다해
살아왔으며 앞으로도 살아갈 것이니
슬픔에 빠진 나는 혀가 말할 수 있는
아니 마음이 표현할 수 있는 가장 겸손한 자세로
마치 물질이 공간을 차지하듯 그처럼 가득히
당신의 드높은 은혜를 받고자 하오.

사랑하는 이여, 당신도 잘 아는 것처럼   190
오래전 당신이 나를 떠나던 날
당신이 나를 얼마나 쓰라린 슬픔의 고통에
빠지게 했는지요.
나는 아직도 그 슬픔에서 벗어나지 못한 채
나날이 불행만 더해가고 있으며 내 행복과 슬픔의
원천인 당신이 원하는 한 그렇게 살 수밖에 없소.

그러므로 슬픔 때문에 쓸 수밖에 없는 사람처럼,   191
나는 두려우면서도 진실한 마음으로 당신에게
시간이 갈수록 커져가는 내 슬픔을 편지로 써서
가능한 한 많이 나의 애통함을 전해주려고 하오.
편지가 얼룩진 것은 내 눈에서 쏟아진
눈물 자국들인 것을 알 수 있을 것이니,
눈물이 스스로 나의 애통함을 말하고 있다오.

우선 당신에게 부탁하니 이 편지를 읽는 것이   192
당신의 영롱한 눈을 더럽힌다는 생각은 말아주오.
그리고 사랑하는 여인이여, 나는 당신이 무엇보다
이 편지를 끝까지 읽어주기를 부탁드리겠소.
그리고 또한 나의 싸늘한 근심이 이성을
마비시켜 혹시라도 잘못된 말이 내게서 나왔다면
나를 용서해주오, 나의 아름다운 사랑이여.

만약에 어떤 연인이 있어 감히, 아니 당연하게   193
그가 애인에게 애절한 하소연을 해야 한다면
그 사람은 다름 아닌 바로 나라고 믿습니다.
왜냐하면 사실대로 말하자면 당신은
그리스 진영에서 열흘만 머물 것이라고
말하고도 두 달을 지체했으며,
두 달이 지났어도 아직 돌아오지 않기 때문이라오.

그러나 당신이 좋아하는 모든 것을 나 역시   194
좋아하는 까닭에 나는 감히 불평하지 않습니다.
겸손하게 그리고 비통한 한숨을 쉬면서
당신에게 나의 소란한 슬픔을 적어 보내니,
날이 갈수록 점점 더 나는, 당신만 괜찮다면
당신이 그곳에 있는 동안 무엇을 하며
어떻게 지내는지 소상히 알고 싶을 뿐이오.

신께서 당신의 행복과 건강과 명예를   195
크게 돌보셔서 그러한 것들이 결코 그치지 않고
언제나 풍성하게 해주시길 기원하리다.
사랑하는 나의 여인이여, 신께 기도드리니,
당신의 소원이 성취될 수 있기를 바라며
그리고 또한 내가 매사에 당신에게 진실하듯
그렇게 당신도 내게 자비를 베풀기를 바라오.

만일 당신이 그 누구도 형언할 수 없는   196
슬픔에 빠져 있는 내 상황이 궁금하다면
나는 온갖 근심이 담긴 상자와 같은 신세로
이 편지를 쓰고 있는 지금 비록 살아 있으되
이 애통한 영혼을 떠나보낼 모든 준비를 마쳤소.
당신에게서 소식을 기다리느라 지체하면서
아직 내 영혼을 잡아두고 있소이다.

볼 수는 있으되 더는 쓸모없는 나의 두 눈은   197
슬픔으로 가득 찬 눈물의 샘이 되고 말았소.
나는 역경을 한탄하는 노래만 부르고,
나의 선은 해악이, 나의 즐거움은 지옥이 되었소.
나의 기쁨은 슬픔이 되었으니, 당신에게
나의 모든 기쁨과 즐거움이 완전히 뒤바뀌었다는
말밖에는 할 말이 없소. 아, 저주스러운 내 인생이여!

그러나 당신이 트로이에 다시 오게 된다면   198
이 모든 것은 치유될 수 있으며, 나의 기쁨은
전보다 천배 이상 더 커질 것이오.
내가 당신을 보는 순간 느끼게 될 기쁨은
이제껏 사람이 살아서 느껴본 적이 없는
기쁨이 될 것이오. 당신이 어떤 동정심도
느끼지 않는다면 당신이 한 맹세를 생각하시오.

내 잘못이 내가 죽어 마땅한 것이었다면,　　　　　　　　199
아니 만일 당신이 나를 더는 보고 싶지 않다면
그래도 내가 한때 당신을 섬긴 데 대한 보답으로
간곡히 부탁하니, 나의 사랑하는 여인이여,
당신은 나의 진실한 길잡이별이니
죽음으로 나의 모든 고난을 끝낼 수 있도록
제발 편지를 보내 소식이나 전해주오.

만일 다른 이유로 당신이 지체하고 있다면　　　　　200
편지로 다시 나를 위로할 수 있을 것이오.
비록 당신의 부재가 나에겐 지옥 같지만
나는 인내로 슬픔을 견딜 수 있으며
희망을 담은 당신 편지로 자신을 위로하겠소.
그러니 편지를 해주오. 나를 이렇게 슬픔에 버려두지 마오.
희망으로든 죽음으로든 나를 고통에서 벗어나게 해주오.

내 소중하며 진실한 사랑인 크리세이드,　　　　　201
진실로 당신이 다음에 나를 보게 될 때
나는 건강을 크게 잃고 혈색도 사라졌으므로
당신은 나를 잘 알아볼 수 없을 겁니다.
내 마음의 대낮이요 내 고귀한 여인이여,
진실로 내 마음은 아름다운 당신이 너무나
보고 싶어서 간신히 목숨을 지탱하고 있다오.

당신에게 할 말은 더 많이 있지만   202
이제 여기서 그만할까 합니다.
그러나 당신이 나를 살게 하든 죽게 하든
신께서 당신에게 행운을 내려주시길 기도하리라.
그러면 잘 지내요, 나에게 삶과 죽음을
명령할 수 있는 아름답고 훌륭한 여인이여.
나를 당신의 진실에 맡기겠소.

당신이 나에게 허락하지 않으면   203
내가 얻지 못할 그런 행복이 함께하기를.
당신이 원한다면 내 무덤이 나를 덮을 그날은
당신에게 달려 있으니 내 생명은 당신 것이며
나를 질병처럼 괴롭히는 온갖 고통에서
건져줄 수 있는 힘도 당신에게 있습니다.
소중하고 아름다운 내 사랑, 잘 있어요.

이 편지는 크리세이드에게 보내졌으며   204
그녀가 보낸 답장 내용은 이러했다.
곧, 그녀는 매우 애절하게 답장을 썼는데
진실로 그녀는 가능한 빨리 돌아올 것이며
잘못된 모든 일을 바로잡을 것이라고 했다.
그리고 마지막에 그녀는 이렇게 말했다.
돌아가겠지만 언제가 될지는 모른다고.

그러나 편지에서 그녀는 놀라울 만큼 다정했고   205
누구보다 그를 가장 사랑한다고 맹세했는데
그는 그것이 공허한 약속에 불과한 것임을 알았다.
그러나 트로일러스여, 그대는 이제 동쪽이든 서쪽이든
그대가 원하면 담쟁이 잎피리를 불어도 되리라.[25]
세상이 다 그런 것이다. 신이여, 우리를 불행에서
지켜주시고, 자신의 말에 충실한 이들을 도와주소서.

크리세이드의 지체로 인한 트로일러스의   206
슬픔은 낮부터 밤까지 점점 커져갔고
그의 희망과 기력도 쇠진해갔으니
그 때문에 그는 자리에 눕고 말았다.
그는 먹지도 마시지도 않았고 잠도 이루지 못했으며
말도 하지 않았고, 그녀가 잔인하다고 상상했으니
거의 넋이 나간 상태가 되었다.

내가 앞서 얘기한 바 있는 꿈은   207
결코 트로일러스의 뇌리에서 떠나지 않았다.
그는 정말로 자신의 여인을 잃은 것이며
제우스 신이 사려 깊은 섭리로 현몽하여
크리세이드의 배신과 자신의 불운의 의미를
보여주었던 것이며 멧돼지는

---

25 '담쟁이 잎피리를 불다'는 말은 관용적 표현으로, 이제 트로일러스가 무슨 짓을 해도 달라질 게 없다는 말을 의미한다.

그것을 상징으로 보여준 것이라고 생각했다.

그래서 그는 사람들이 캇산드라라고도 부르는   208
누이 시빌라[26]를 불러오게 했다.
그는 그녀에게 자신의 꿈을 소상히 얘기하고
단단한 이빨을 가진 힘센 멧돼지에 대한
의문을 풀어달라고 부탁했다.
그러자 얼마 걸리지 않아 마침내 캇산드라는
다음과 같이 꿈을 풀이해주었다.

그녀는 먼저 미소를 짓고는 이렇게 말했다.   209
"오, 사랑하는 동생, 만일 네가 이 일의
진실을 알고자 한다면 옛날에 운명의 여신이
장군들을 쓰러뜨렸던 얘기를 좀 들어봐야 한다.
그렇게 한다면 사람들이 책에서 읽을 수 있듯이
짧은 시간 안에 너는 이 멧돼지의 존재와
그것이 어디서 왔는지 알게 될 것이다.

그리스인들이 디아나 여신에게 제사를 바치지 않고   210
그 제단에 향불을 피우려 하지 않았으므로
여신은 크게 분노했는데,
여신은 그리스인들이 그렇게 무시한 데 대해

---

26 Sibylla : 캇산드라를 가리키는데 그녀는 무녀를 총칭하는 '시빌라'라고도 불렀다.

404

잔인한 방법으로 복수를 했지.
여신은 마구간의 황소처럼 거대한 멧돼지가
그들의 곡식과 포도밭을 다 먹어치우게 한 것이다.

이 멧돼지를 죽이기 위해 온 나라가 일어섰는데,   211
그 가운데는 이 멧돼지를 보러 온 처녀[27]가 있었다.
그녀는 세상에서 가장 명성 높은 이들 중 하나였지.
그런데 그 나라 장군인 멜레아그로스[28]는
이 젊고 훌륭한 처녀를 무척 사랑했으므로
지체하지 않고 용감하게 이 멧돼지를 쫓아가
죽이고 그 머리를 그녀에게 보내주었지.

옛 책들이 전하는 바에 따르면 그 때문에   212

---

27 Atalante : 아탈란테 또는 아탈란타라고도 불림.

28 Meleagros : 칼리돈의 왕 오이네우스와 알타이아 사이에서 태어난 아들. 아버지인 오이
네우스 왕이 디아나(아르테미스) 여신을 홀대하자 여신은 그에 대한 복수로 칼리돈에
멧돼지를 보내 그곳을 황폐화시킨다. 그러자 멜레아그로스는 그리스 전역에서 영웅호
걸들을 불러 모아 멧돼지 사냥에 나선다. 이때 멜레아그로스는 여자 사냥꾼 아탈란테를
보고 첫눈에 반한다. 아탈란테가 쏜 화살이 멧돼지의 귀에 명중하자 다른 남자들이 자
괴감에 열심히 멧돼지에게 달려들었으나 사냥은 실패로 끝난다. 그때 멜레아그로스가
창을 던져 결국 멧돼지를 쓰러뜨리고 사냥의 영광을 자신이 사랑하는 아탈란테와 나누
고자 그녀에게 멧돼지의 가죽과 머리를 상으로 준다. 그러나 멜레아그로스의 외삼촌인
플렉시포스와 톡세우스 형제는 그녀가 상을 가져가는 것에 반대하고 나선다. 이에 격분
한 멜레아그로스는 두 외삼촌을 죽이고 만다. 멜레아그로스의 어머니인 알타이아는 자
신의 두 남동생이 죽었다는 소식을 듣고 복수를 다짐하고 아들을 죽이기로 결심한다.
그녀는 집안 구석에 숨겨왔던 운명의 장작개비를 꺼내 불태웠고 장작이 타들어가자 멜
레아그로스의 몸도 불에 타버린다. 알타이아는 아들을 죽인 죄책감에 자살하고 멜레아
그로스의 누이들은 산비둘기로 변한다.

싸움이 일어났고 큰 시샘이 있었지.
그리고 튀데우스는 그 장군의 후손이었어.
그렇지 않다면 책들이 거짓말을 하는 것이지.
그러나 이 멜레아그로스가 그의 어머니 때문에
어떻게 죽음을 맞게 됐는지는 설명하지 않겠다.
그러면 이야기가 너무 길어질 테니까."

또한 그녀는 어떻게 해서 튀데우스가   213
그의 친구인 폴리니케스를 위해
— 형제인 에테오클레스가 매우 부당하게
테바이 왕권을 차지하고 있었으므로 —
철옹성 같은 테바이 시에 쳐들어가
도시 주권을 요구했는지를 얘기해주었다.
그녀는 차분하고 상세하게 그것을 설명했다.

그녀는 튀데우스가 쉰 명의 기사를 죽이자   214
어떻게 헤모니데스가 도망을 쳤는지도 얘기했다.
그녀는 또 모든 예언들을 하나하나 얘기했고
일곱 왕들이 군사들을 이끌고
도시 전체를 포위했던 얘기며
성스러운 뱀과 샘물 얘기며
분노의 신들 얘기도 모두 해주었다.

그리고 아르케모로스²⁹의 매장과 장례 경기,   215
암피아라오스³⁰가 갈라진 땅에 빠진 얘기와
아르고스 원정 대장인 튀데우스가 어떻게 죽었으며
그 후에 곧 히포메돈이 어떻게 익사했으며,
파르테노파이오스가 부상당해 죽은 얘기와
오만한 카파네우스가 요란하게
내리치는 벼락에 맞아 죽은 얘기도 했다.

그녀는 또한 어떻게 해서 형제지간인   216
에테오클레스와 폴리니케스가
전투에서 싸우다 서로 죽이게 되었으며,
아르게이아³¹가 슬피 울었던 얘기며,
어떻게 그 도시가 불탔는지 얘기해주었다.
그리고 이런 옛이야기들은 거슬러 내려와
디오메데스에 이르렀으니, 그녀는 이렇게 말했다.

"바로 이 멧돼지가 튀데우스의 아들   217
디오메데스를 나타내는데,
그는 멧돼지를 죽인 멜레아그로스의 자손이다.

---

29 Archemoros : 리쿠르고스의 아들인 네메아의 왕 오펠테스를 가리킨다. 그는 유모의 실
    수로 테바이 원정 일곱 용사가 찾는 샘가에서 뱀에 물려 죽었다.

30 Amphiaraus : 싸움에 나가면 죽는다는 것을 예언으로 알면서도 테바이 원정 일곱 용사
    에 가담해서 싸우다 도망 중 갈라진 땅에 빠져 죽은 영웅이다.

31 Argeia : 아드라스토스의 딸.

너의 여자는, 그녀가 어디 있든 사실은
디오메데스의 여자이고 또 그는 그녀의 남자이다.
울어도 좋고 무시해도 좋다. 그러나 확실한 것은
디오메데스가 승자고 너는 패자라는 것이다."

"거짓말 마시오." 그가 말했다. "누이는 온통   218
거짓 예언의 영으로 가득 찬 마법사입니다!
누이는 자신이 대단한 예언자라고 생각하나 본데,
누이는 믿을 수 없는 바보처럼 억지를 쓰며
여인들에 관해 거짓말을 지어내는 게 분명하오.
가버려요! 제우스 신에게 슬픔의 벌이나 받으시오!
내일이면 누이의 거짓이 탄로나게 될 겁니다.

차라리 누이는 사람들 말이 거짓이 아니라면   219
세상에서 가장 훌륭하고 친절한 사람이었던
알케스티스³²에 관해 거짓말을 짓는 게 낫겠어요.
그녀는 자신이 죽지 않으면
남편이 죽을 위험에 처하게 됐을 때
스스로 죽어서 지옥에 가겠다고 자청했고,
책이 전하듯이 곧 죽음을 선택했소."

---

32 Alkestis : 남편 아드메토스 왕을 구하려고 스스로 죽음을 택한 여인이다. 헤라클레스는
    아드메토스의 친절에 보답하려고 지하세계로 내려가 죽음의 신 타나토스를 제압하고
    그녀를 다시 아드메토스에게 돌려주었다. 에우리피데스의 비극《알케스티스》는 그녀의
    이야기를 극화하고 있으며, 초서는《열녀전》의 서문에서 그녀를 이상적인 열녀로 칭송
    하고 있다.

칸산드라는 떠났다. 그는 그녀의 말에   220
분개하여 비통한 마음으로 슬픔을 잊었다.
그리고 마치 의사가 그의 병을 완치시킨 것처럼
갑자기 자리에서 벌떡 일어났다.
그리고 매일매일 온갖 열성을 다하여
일의 진상을 알아내려고 조사를 시작했다.
그는 이렇게 자신의 운명을 견디며 살아갔다.

높으신 제우스 신의 섭리와 생각에 따라   221
세상일을 변화시키는, 곧 왕권이 한 사람에게서
다른 사람에게로 넘어가게 하거나
또는 왕국들이 언제 멸망하게 될지 등을
결정하는 임무를 맡은 운명의 여신은
마침내 사람들의 기쁨이 바닥이 날 때까지
트로이의 깃털을 하나하나 뽑기 시작했다.

이런 가운데 헥토르의 인생 마지막 순간이   222
놀라울 만큼 빠르게 다가오고 있었다.
운명은 그의 영혼이 몸에서 떠나기를 원했고
그것을 강력히 추진할 계획을 했으니
그러한 운명에 대항하는 것은 부질없는 짓이었다.
그리하여 그는 어느 날 싸우러 나갔으며
그 전투에서 안타깝게 최후를 맞았다.

그리고 무인(武人)의 길을 가는 사람이라면   223
누구나 이 고매한 기사의 죽음을 애도하는 것이
지극히 마땅한 일이라고 나는 생각한다.
그가 쓰러진 왕의 목을 일으키고 있을 때
아킬레우스가 부지불식간에 창으로
그의 갑옷과 몸을 꿰뚫어버렸다.
이렇게 하여 훌륭한 기사는 죽음을 맞았다.

옛 책들이 우리에게 전하고 있듯   224
그에 대한 애도는 이루 말할 수 없을 정도였는데,
헥토르 다음으로 가장 용맹스러운 기사인
트로일러스의 슬픔은 특별히 더욱 큰 것이었다.
그는 비탄에 빠졌는데
슬픔과 사랑 때문에, 그리고 불안 때문에
가슴은 하루에도 여러 번 터질 지경이었다.

그러나 비록 그가 절망에 빠지기도 했고   225
그녀가 배신했을까 봐 늘 걱정했지만
마음은 언제나 그녀에게로 되돌아갔다.
그리하여 여느 연인들처럼 그는 계속해서
빛나는 크리세이드를 되찾으려고 노력했다.
그리고 그녀가 못 오는 건 칼카스 때문이라며
마음속으로 그녀를 변호했다.

트로일러스는 자신을 순례자로 위장해
그녀를 보러 가야겠다는 결심을 하기도 했다.
하지만 그는 민첩한 자들에게 들키지 않도록
위장할 수도 없었고, 혹시 그가 그리스인들에게
신분이 들통나는 경우엔 만족스럽게 둘러댈
적당한 구실도 찾을 수 없었다.
그래서 그는 연신 눈물만 흘려야 했다.

그는 그녀에게 몇 번이고 거듭해서 구구절절
편지를 써서—그는 편지에 게으른 적이 없었다—.
자신은 변하지 않았으니 다시 돌아와
그녀가 한 맹세를 지켜달라고 애원했다.
그래서 어느 날인가 크리세이드는 동정심에서
—나는 그렇게 판단한다—. 이 일과 관련해
답장을 보냈는데 내용은 이러했다.

크리세이드의 편지

큐피드의 아들이시며 훌륭함의 모범이시고
오, 기사의 검이시며 고매함의 샘이신 분!
고통과 두려움에 빠져 건강도 잃은 사람이
어떻게 당신에게 기쁨을 전할 수 있겠습니까?
당신이 저와 그리고 제가 당신과 함께할 수 없으니

상심하고 병들고 슬픔에 빠진 저로서는
마음도 건강도 당신에게 보내드릴 수가 없군요.

하소연으로 지면을 가득 채운 당신 편지들은   229
제 가슴에 연민을 불러일으키고도 남습니다.
또한 저는 당신 편지가 눈물로 얼룩진 것을
보았으며, 아직은 불가능하지만 당신이 얼마나
제가 돌아오기를 원하시는지 알았습니다.
그러나 왜 불가능한지는, 이 편지가 발각될까 봐
두렵기에 지금은 그 이유를 말씀드릴 수가 없군요.

제가 진심으로 안타까워하는 것은 당신의 불안과   230
조급함입니다. 제게는 당신이 신들의 섭리를
최선으로 받아들이지 않는다는 생각이 듭니다.
그리고 제 생각에 당신 머릿속에는
당신의 쾌락만 있지 다른 것은 없는 것 같습니다.
부탁드리니 제게 화를 내지는 마세요.
지체되는 이유는 모두 중상모략 때문이니까요.

저는 우리 둘과 관련해 상황이 어떠했는지   231
예상한 것보다 더 많은 얘기를 들었습니다.
모르는 척하면서 저는 이것을 바로잡을 것입니다.
그리고 또한—화내지 마세요!—들리는 소문에 당신은
나를 속이는 것 말고 아무것도 하지 않는다더군요.

그러나 지금 저는 당신이 매우 진실하고 고매한
분이라는 것 말고 다른 것은 상상되지 않습니다.

저는 돌아갈 겁니다. 그러나 지금   232
매우 힘든 곤경에 처해서 그게 어느 해가 될지
혹은 어느 날이 될지 약속드릴 수가 없습니다.
결론적으로 간곡히 부탁드리오니
언제나 저에게 좋은 말씀과 우정을 베풀어주세요.
진실로 말씀드리지만 제 인생이 지속되는 한
친구로서 저를 신뢰해주시면 고맙겠습니다.

그리고 부탁이오니 제가 보내는 편지가   233
짧다고 저에게 역정 내지 않으시길 바랍니다.
제가 있는 곳에선 긴 편지를 쓸 수도 없고
저는 글 쓰는 재주도 별로 없답니다.
대단한 내용도 작은 공간에 기록될 수 있지요.
내용이 중요하지 길이가 중요한 게 아니겠지요.
그러면 안녕히 계세요. 신의 은총이 함께하기를.

편지를 읽고 난 트로일러스는 편지가 참으로   234
이상하다고 생각하며 슬프게 한숨지었다.
그에게 그것은 변화의 시작처럼 생각됐다.
그는 그녀가 스스로 한 약속을

깨버릴 것이라고는 완전히 믿을 수가 없었다.
진정으로 사랑하는 사람에겐 비록 슬픔이 될지언정,
그 사랑을 중단하기가 무척 괴로운 것이다.

그렇지만 사람들이 말하듯 어떤 일이 있어도   235
결국에는 모든 진실이 밝혀지게 될 것이다.
그리고 그 일이, 그것도 매우 빠르게 일어났으니
트로일러스는 당연히 기대했던 것과는 달리
그녀가 그에게 진실하지 않다는 것을 깨달았다.
그리하여 그는 마침내 온 마음을 쏟아왔던
모든 것이 사라졌음을 이제는 확실히 알았다.

어느 날 트로일러스가 우울한 마음으로   236
그가 사랑 때문에 목숨을 끊을 생각까지 했던
크리세이드를 의심하며 서 있었는데
그때, 전하는 얘기에 따르면 관습에 따라
사람들이 데이포보스가 전투에서 승리한 표시로
그의 앞에서 갑옷의 겉옷을 들었다 내렸다 하면서
트로이 시내를 도는 일이 있었다.

그런데 그 겉옷은, 롤리우스의 말에 따르면   237
바로 그날 전투에서 데이포보스가 디오메데스에게서
찢어낸 것이었다. 그리고 그것을 본
트로일러스는 그 옷의 크기와 넓이와

만든 솜씨에 주목하며 유심히
살피기 시작했다. 그러나 그가 옷을 보던 순간
가슴이 갑자기 싸늘하게 식고 말았으니

옷의 목덜미에 꽂힌 브로치를 발견한 것이다.   238
그것은 크리세이드가 트로이에서 어쩔 수 없이
떠나야 했던 날 아침에 그녀에게 자신을 기억하고
자신의 슬픔을 잊지 말라고 그가 주었던 것이며
그녀는 그것을 언제나 간직하겠노라고
맹세했다. 그러나 이제 그는 더 이상 그녀를
믿을 수 없음을 분명히 깨달았다.

그는 곧바로 집으로 가서 판다로스를 부른 뒤   239
이 모든 새로운 사건 전말과
브로치에 관한 모든 얘기를 했으며
그녀의 변덕스러운 마음과 자신의 오랜 사랑,
그리고 자신의 충실함과 고통에 대해 불만을 토했다.
그리고 큰 소리로 죽음을 향해
마음의 평화를 돌려달라고 외쳤다.

그리고 그는 이렇게 말했다. "오, 크리세이드,   240
나의 여인이여, 당신의 신의와 약속은 어디로 갔으며
당신의 사랑과 당신의 진실은 어디로 가버렸소?
이제는 모든 기쁨을 디오메데스에게서 얻고 있구려.

슬프도다! 나는 적어도 당신을 믿고 있었소.
비록 당신이 내게 한 약속을 못 지킬지라도
당신이 이처럼 나를 기만하지는 않을 것이라고.

이제 누군들 맹세 같은 걸 믿으려 할 것인가?   241
아! 크리세이드, 당신이 그렇게 변할 줄
나는 생각조차 한 일이 없었으며,
내가 당신에게 잘못을 저지르지 않은 한
당신 마음이 이처럼 나를 죽게 할 만큼
잔인하다고는 생각하지 않았소. 이제 당신 명예는
더럽혀졌으니 그것이 슬플 따름이오.

나를 잊지 말라고 눈물을 흘리며   242
당신에게 주었던 바로 그 브로치 말고
그 새 애인에게 주고 싶었던
다른 브로치는 없었단 말이오?
아! 다른 이유는 없고 단지 나를 경멸하려고
그리고 그런 당신 뜻을 완벽히 전달하려고
그자에게 그것을 주었던 것이군요.

그것으로 나는 당신이 마음에서 나를   243
완전히 추방했음을 알겠소. 그러나 정녕코
나는 마음속에서 한시라도 당신을
사랑하지 않은 때가 있었는지 모르겠소.

내게 이 모든 슬픔을 겪게 하는 당신이
세상에서 내가 가장 사랑하는 사람이라니,
슬프구나, 나는 저주받은 시각에 태어났구나.

오, 신이시여." 그는 말했다. "은총을 베푸시어   244
제가 디오메데스와 조우할 수 있게 해주소서!
진실로 제가 능력과 기회를 얻게 된다면
그자의 옆구리를 갈라놓고야 말겠습니다.
오, 진실을 도모하고 잘못을 벌하는 데
마땅히 마음을 쓰셔야 할 신이시여,
왜 이런 악행에는 보복을 하지 않으십니까?

오, 꿈 따위를 믿는다고 나를 비난하고   245
자주 질책하던 판다로스, 당신의 아름다운 조카딸
크리세이드가 얼마나 진실한 여인인지를
이제는 당신 스스로가 알 수 있겠구려.
분명히 말하지만 신들은 여러 가지 형태로
꿈속에서 기쁨과 슬픔을 모두 보여주며
그것은 내 꿈을 통해서도 입증되었소.

그러므로 진실로 나는 더 이상 지체하지 않고   246
이 시각부터 가능한 한 빠른 시일 안에
전쟁터에서 죽음을 맞으려고 하오.
그날이 아무리 빨리 온다 해도 나는 상관없소.

그러나 오, 내가 언제나 온 힘을 다해 섬겨왔던
아름다운 내 사랑 크리세이드, 정녕코 나는
당신에게 배신당할 아무 짓도 하지 않았소."

판다로스는 이 모든 얘기를 듣고 나더니   247
그의 말이 일리가 있음을 잘 알게 되었으므로
입이 있어도 한 마디 대구를 하지 못했다.
판다로스는 벗의 슬픔을 안타까워했으며
조카딸이 저지른 잘못을 수치스러워했다.
그는 이 두 가지 이유로 당혹스러웠으므로
돌부처처럼 서서 아무 말도 하지 못했다.

그러나 마침내 그는 입을 열고 이렇게 말했다.   248
"형제님이여, 더는 해드릴 게 없군요.
제가 무슨 말을 하겠소? 정말 크리세이드가 밉군요.
맹세코 앞으로도 그녀를 미워하게 될 것입니다.
그런데 맹세하지만 저는 결코 쉬지도 않고
아무런 보상도 없이 왕자님이 부탁한 일들을
분부대로 충실히 다했을 뿐입니다.

만일 제가 왕자님이 기뻐하실 일을 했다면   249
그건 저의 기쁨입니다. 그리고 이 배신으로 말하면
분명히 말씀드려 이것은 제게도 슬픈 일입니다.
그래서 왕자님의 마음을 편하게 해드릴 방법을

알기만 한다면 기꺼이 그렇게 해드리고 싶습니다.
전능하신 신께서 그녀를 어서 빨리
이 세상에서 데려가기를 바랍니다. 그게 전부입니다."

트로일러스의 비통함은 참으로 컸으나   250
운명의 여신은 언제나 자신의 길을 갔다.
크리세이드는 튀데우스의 아들을 사랑했고
트로일러스는 싸늘한 근심 속에서 울어야 했으니
세상은 그런 곳이다. 누구나 이해할 수 있겠지만
어떤 상황에 있든 마음의 평화는 거의 없는 것이다.
신이여, 우리가 그것을 최선이라고 생각하게 하소서!

의심할 것도 없이 수많은 잔혹한 전투에서   251
─옛날 책들에서 읽을 수 있는 것처럼─
이 훌륭한 기사 트로일러스는
용맹스러움과 막강한 힘을 보여주었다.
그리고 그리스인들은 밤낮으로
그의 분노에 참혹한 대가를 치러야 했는데,
무엇보다도 그는 늘 디오메데스를 찾으려 했다.

내가 읽은 바로 그들은 자주 유혈이 낭자하게   252
격투를 벌였고, 고성이 오가는 가운데 서로에게
자신들의 창이 얼마나 예리한지 시험해보았다.
그리고 종종 끓어오르는 분노로

트로일러스는 그들의 투구를 가격하였다.
그렇지만 운명의 여신은 두 사람 가운데
어느 하나도 상대의 손에 죽는 것을 원하지 않았다.

만일 이 훌륭한 기사의 용감무쌍함이   253
내가 글을 쓰려는 주제였더라면
그의 전투 장면들에 대해 쓰고 싶다.
그러나 나는 애초부터 그의 사랑에 대해
쓰기 시작했으므로 최대한 그렇게 해왔다.
그의 용맹함에 대해 듣고 싶다면 다레스[33]를
읽어보라. 그가 모든 얘기를 해줄 것이다.

나는 그 누구든 용모가 수려한 모든 여인과   254
정숙한 모든 여인에게 간절히 부탁하는데,
비록 크리세이드가 절개 없는 여인이기는 하지만
그 허물에 대해서 나에게 화를 내지는 마시라.
여러분은 다른 책들[34]에서도 그것을 읽을 수 있다.
할 수만 있다면 나는 차라리 페넬로페[35]의 정절과
진실한 알케스티스 이야기를 쓰고 싶은 마음이다.

---

33 Dares : 《트로이 멸망사》의 저자인 다레스 프리기우스(Dares Phrygius).

34 보카치오의 《일 필로스트라토》에서 그 예를 볼 수 있을 뿐이다.

35 Penelope : 호메로스의 《일리아스》에서 그리스의 영웅인 오디세우스의 아내. 페넬로페
    는 20년에 걸친 남편의 트로이 원정 동안 많은 구혼자들을 물리치고 정절을 지켜냈다
    고 한다.

나는 남성들만을 위해서가 아니고 무엇보다
거짓된 남성들에게 배신당하는 여성들을 위해서
이 이야기를 쓴다. 술수와 잔꾀로 여자들을 배신하는
그런 남자들에게 신이여, 불행을 내려주소서, 아멘!
그리고 이것이 내 마음을 움직여 글을 쓴 것이니,
결론적으로 내가 여성 여러분 모두에게 당부하니
남자를 조심하고 내 말에 귀 기울여 들어보시오.

에필로그

가라, 작은 책이여. 가라, 나의 작은 비극 책이여.
너의 저자[36]가 세상을 뜨기 전에 희극[37]을 쓸 수 있도록
능력을 보내주시라고 나는 하느님께 기도드리노라!
그러나 작은 책이여, 누구 작품도 부러워 말고
모든 시 앞에서 겸손해라. 그리고 베르길리우스,
오비디우스, 호메로스, 루카누스, 스타티우스 등[38]
그들이 지나간 계단에 입 맞출지어다.

영어와 우리의 말과 글에는

---

36 본서의 저자인 초서 자신을 가리킴.

37 시인이 장차 쓰려고 마음을 먹고 있는 《캔터베리 이야기》를 암시하는 것으로 보인다.

38 이들은 제프리 초서 시대에 가장 위대한 시인들로 칭송받던 고대 그리스와 로마의 작가들이다.

매우 큰 다양성이 있으므로
언어 결핍 때문에 글을 못 쓴다거나
운율이 맞지 않는 일이 없기를 기도하노라.
그대의 글이 읽혀지든 혹은 낭송되든 간에
그대가 이해할 수 있기를 하느님께 기도하노라.
그건 그렇고 하던 얘기로 돌아가야지—.

내가 얘기를 꺼낸 것처럼, 그리스 군대는   258
트로일러스의 분노에 비싼 대가를 치렀으니
수천 명이 그의 손에 죽음을 맞았다.
내가 듣기로 당시에 헥토르를 제외하면
누구도 그와 견줄 자가 없었던 것이다.
그러나 슬프게도 신의 뜻에 따라
아킬레우스는 헥토르를 무참하게 죽여버렸다.

그리고 그가 그렇게 죽었을 때   259
다른 원소들은 모두 다 아래에 남겨둔 채
그의 가벼운 영혼은 매우 행복하게
여덟 번째 천구의 공간[39]으로 올라갔다.
그는 그곳에서 움직이는 별들이
천상의 선율 소리들로 가득 찬 화음을
경청하는 모습을 아주 분명하게 보았다.

---

39 여기서 '여덟 번째 천구의 공간'은 별들의 궤도를 가리킨다.

그는 그곳에서 아래로 시선을 돌려   260
바다로 둘러싸인 이 작은 땅덩어리를 보았는데
이 비천한 세상이 극도로 경멸스러웠으며
천상 세계의 완전한 행복에 비하면
세상 모든 것이 허망하다고 생각하였다.
그리고 마침내 그는 시선을 아래로 돌려
그가 죽임을 당한 그 장소를 바라보았다.

그는 사람들이 그의 죽음을 두고 그토록   261
울며 슬퍼하는 것을 보니 속으로 웃음이 나왔다.
그리고 천상에서 우리 마음이 다 드러나건만
영원하지도 못한 눈먼 욕망을 열심히 뒤좇는
우리의 모든 행실을 비난하였다.
그리고 나서 그는, 간단히 말하자면
메르쿠리우스가 배당해주는 장소로 떠나갔다.

보라! 트로일러스의 사랑도 그렇게 끝났고   262
그의 모든 위대한 용맹함도 그렇게 끝났으며
그의 높은 왕족 신분도 그렇게 끝났고
그의 욕망도, 그의 고매함도 그렇게 끝났으며
믿지 못할 변덕스러운 말들도 그렇게 끝났다.
내가 말했듯이, 크리세이드에 대한 그의 사랑은

그렇게 시작됐고, 이렇게 그는 죽었다.[40]

오, 즐거움을 만끽하는 청춘 남녀들이여,   263
나이가 들면서 그대들의 사랑도 커져가지만
세상 허욕에서 마음을 돌리고
당신의 모상대로 그대들을 지으신 하느님께
그대들의 마음의 눈을 들어올려라.
그리고 이 세상 모든 것은 일시적인 것일 뿐
아름다운 꽃처럼 금방 사라지는 것임을 잊지 마라.

사랑 때문에 우리 영혼을 구원하려고   264
십자가에서 돌아가시고 부활하신 뒤
하늘나라에 앉아계신 그분을 사랑하라.
마음을 온전히 그분께 두는 사람에게
분명히 그분은 실망을 주지 않으실 것이다.
그분은 최고의 사랑이며 가장 온유한 분이시니
헛된 사랑을 찾아헤맬 필요가 어디 있겠는가?

여기서[41] 보라, 이교도들의 저주스러운 옛 의식들을.   265
보라, 그들의 신들이 과연 무슨 도움을 주는지를.

---

40 트로일러스의 죽음에 대해서는 상세히 기술되고 있지 않으나 그는 트로이전쟁 막바지
    전투 중 아킬레우스에 의해 죽임을 당했다고 전해진다.
41 이 책에서, 또는 이 책을 읽음으로써. 서술자는 이 책을 통해 얻을 수 있는 교훈은 이교
    도 신앙의 운명론과 그 허망함을 깨닫는 것이라고 말한다.

보라, 이 비참한 세상의 욕망의 모습들을.
보라, 제우스와 아폴론과 마르스, 그리고 그런
허접한 신들이 베푸는 보상과 말로를.
그리고 공부한다면 여기서 볼 수 있을 것이다.
시에서 나타나는 옛 시인들의 언어 형식을.

오, 도덕가인 가우어,[42] 그리고 철학자인   266
스트로데,[43] 이 책을 자네들에게 보내노니
자네들의 훌륭한 자비와 열정으로
필요한 곳을 정정해주겠다고 약속하게나.
그리하여 이제 나는 십자가에서 돌아가신
진실하신 그리스도께 온 마음으로 자비를 구하며
주님께 이렇게 기도하노라—.

영원히 살아계시며, 셋이요 둘이요 한 분으로서   267
언제나 무한히 다스리시나 모든 것을 감싸고 계신
한 분이며 둘이시며 셋이신 하느님,
눈에 보이거나 보이지 않는 적들에게서 저희들을
지켜주소서. 그리고 예수님, 동정녀이시며
당신의 자애로운 어머니에 대한 사랑을 생각하시어
우리 모두에게 당신의 자비를 베푸소서. 아멘.

---

42 John Gower : 초서와 동시대 시인으로 장편 시 《연인의 고백》의 저자이다.
43 누구인지 확실하지 않으나 이 책을 읽고 조언을 해줄 초서의 지인으로 보인다.

작품 해설

제프리 초서의 생애(1343~1400)

영국 문학의 아버지로 불리는 제프리 초서(Geoffrey Chaucer)는 중세 영국의 가장 위대한 시인이었으며 오늘날 세계문학에서도 여전히 그 명성을 유지하고 있다. 그는 1343년 포도주 사업을 하는 부유한 집안에서 태어났는데, 왕실에 포도주를 공급하는 집안의 연줄을 통해 일찍부터 궁정과 인연을 맺게 됐다. 그는 에드워드 3세, 리처드 2세, 헨리 4세 등 다사다난했던 세 번의 국왕 통치 기간을 거치는 동안 작가, 철학자, 연금술사, 천문학자로서 명성을 얻었고 궁정인, 외교관, 행정가로서 공적 직무를 수행하기도 했다. 이렇게 다양하고 복잡한 경력은 초서의 문학 세계를 심화하고 발전시키는 데 크게 기여해 《트로일러스와 크리세이드(Troilus and Criseyde)》, 《캔터베리 이야기(The Canterbury Tales)》를 비롯한 다수의 걸작을 남기게 했다. 그는 1400년 10월 원인 미상의 정치적 이유로 죽임을 당했다고 전해진다. 초서가 웨스트민스터 사원 '시인의 코너'에 첫 번째로 유해가 안장된 시인이었음을 볼 때 그가 영국 문학에서 얼마나 커다란 문학적 위상을 차지하는지 충분히 짐작할 수 있다.

제프리 초서의 주요 작품들

초서의 작품들은 편의상 그의 작품에 영향을 준 나라에 따라 초기(프랑스 시기), 중기(이탈리아 시기), 후기(영국 시기) 세 단계로 구분된다. 초기 저작 가운데 가장 유명한 작품은 중세 최고 인기 작이었던 프랑스《장미설화(Roman de la Rose)》를 영역한 것이었으며, 이 시기 그의 대표작은 후견인이었던 곤트의 존 공작부인의 죽음을 기리기 위해 쓴《공작부인의 서(The Book of the Duchess)》이다. 중기인 이탈리아 시기를 대표하는 작품은 트로이전쟁 후반기를 시대적 배경으로 한 장편 로맨스《트로일러스와 크리세이드》이다. 당대 초서의 문학적 명성은 주로 이 작품에 기인한 것이었는데, 이것은 트로이 왕자 트로일러스와 예언자 칼카스의 딸 크리세이드의 사랑과 비극적 이별을 그린 장편 연애시이다.

두 주인공 트로일러스와 크리세이드의 사랑 이야기는 중세 작가들에게 가장 인기 있는 작품 소재 가운데 하나였는데, 16세기에 셰익스피어가 희곡《트로일러스와 크레시다(Troilus and Cressida)》에서 같은 소재를 다루었을 정도로 인기가 높았다. 이 시기 초서의 다른 작품들로《명성의 집(The House of Fame)》과《열녀전(The Legend of Good Women)》등이 있는데 이들 모두 미완성 작품으로 남았다. 후기인 영국 시기에는 오늘날 초서의 문학적 명성이 세계적으로 알려지게 된《캔터베리 이야기》를 썼다. 사실상 이 작품은 영국 시기 이전부터 집필되던 방대한 구상을 담은 책이며 명실공

히 초서의 대표작으로 평가되는데 그의 돌연한 죽음으로 미완성
으로 남고 말았다.

《트로일러스와 크리세이드》의 줄거리

초서의 《트로일러스와 크리세이드》는 5권의 책으로 구성되어
있으며 줄거리를 간단히 정리하면 다음과 같다.

〈제1권〉

사월 봄 축제에 부하들과 함께 나온 트로이의 왕자 트로일러스
는 사랑에 빠져 상사병을 앓는 남자들을 경멸한다. 그러던 중 그
는 축제를 구경 나온 크리세이드를 보는 순간 첫눈에 깊은 사랑에
빠지며 상사병을 앓게 된다. 집으로 돌아온 그는 그동안 상사병을
앓는 남자들을 경멸했던 과오를 사랑의 신 큐피드에게 뉘우치며
용서를 빈다. 그러면서 크리세이드와의 사랑을 갈구하며 사랑의
슬픔과 괴로움에 몸부림친다. 그의 친구이며 크리세이드의 삼촌
인 판다로스가 우연히 상황을 알아채고 기꺼이 돕겠다고 나선다.

〈제2권〉

다음 날 크리세이드를 방문한 판다로스는 트로일러스가 그녀
에 대한 사랑 때문에 거의 죽을 지경이 되었다고 밝힌다. 그러나
그녀는 그 의도가 명예롭지 못한 것일 수 있다고 경계하는데, 그
런 그녀에게 판다로스는 트로일러스의 사랑이 매우 진실한 것임
을 주장하며 그의 진심을 받아주도록 종용한다. 판다로스의 조언

428

에 따라 트로일러스는 크리세이드의 관심을 얻으려고 부하들을 거느리고 그녀의 집 앞을 지나며 기사답고 늠름한 위용을 보여준다. 다행히 그녀는 그에게 마음이 끌리게 되고 자신에게 불명예가 되지 않도록 우정을 나누는 관계로만 그를 만나겠다고 생각한다. 판다로스는 두 사람이 직접 만날 수 있는 기회를 만들기 위해 그들을 왕족 여럿과 함께 하는 식사에 초대한다. 여기서 상사병에 시달리던 트로일러스는 마침내 크리세이드에게서 그의 섬김을 승낙받는다.

〈제3권〉

단순한 섬김의 관계에 만족하지 못하는 트로일러스의 사랑은 날로 더 깊어진다. 그러자 판다로스는 두 사람의 사적인 은밀한 만남을 주선하려고 비와 천둥이 예상되는 날을 잡아 그녀를 하인들과 함께 자신의 집으로 초청하고 잔치를 베푼다. 돌아갈 때가 되자 갑자기 비가 쏟아지고 천둥이 치기 시작했으므로 그녀는 판다로스의 설득을 받아들여 그가 정해준 방에서 하룻밤 묵고 가기로 작정한다. 이때 이미 그곳에 숨어서 때를 기다리던 트로일러스는 판다로스의 계획대로 마침내 그녀와 은밀히 만나게 되고 두 사람은 밀고 당기는 사랑싸움 끝에 뜨겁고 행복한 사랑을 불태우며 밤을 새운다. 그들은 사랑의 정표로 반지를 교환하고 크리세이드는 그녀의 브로치를 그의 옷에 달아준다. 이후 그들의 사랑은 걷잡을 수 없이 뜨거워지고 깊어져서 서로 헤어질 수 없는 연인 사이가 된다.

〈제4권〉

이즈음 그리스와 트로이 군 사이에 일대 접전이 벌어지고 트로이 장수 여럿이 그리스 군에 포로로 잡히는 일이 발생한다. 양측은 휴전을 선포하고 포로 교환을 하게 되는데, 칼카스는 그리스 원로들을 설득해 딸 크리세이드를 포로로 잡힌 트로이 장수 안테노르와 교환하는 데 동의를 얻어낸다. 트로이 의회는 헥토르의 적극적인 반대를 무릅쓰고 그리스 측의 교환 제의를 전격 수용한다. 이렇게 하여 두 연인의 운명은 기로에 놓인다. 트로일러스는 극도의 절망감으로 괴로운 나날을 보내는데 판다로스는 다시 이 두 연인을 은밀히 만나게 해주고 해결책을 모색토록 한다. 상심과 깊은 슬픔에 빠진 크리세이드는 트로일러스를 만나는 순간 혼절했다가 다시 깨어난다. 고심 끝에 그녀는 그에게 언제까지나 충실하겠다는 굳은 맹세를 하고 그리스로 갔다가 열흘 뒤에 반드시 되돌아오겠다는 약속을 한다.

〈제5권〉

트로일러스는 부하들을 대동하고 크리세이드를 호송해 교환 장소까지 배웅을 나간다. 그곳에서 그는 안테노르를 인도받고 그리스의 호송관 디오메데스에게 크리세이드를 넘겨준다. 트로이로 돌아온 트로일러스는 크리세이드가 약속한 열흘이 지나가기를 간절히 바라며 잠시도 그녀를 잊지 못하고 기다린다. 한편 그녀를 호송했던 디오메데스는 그녀에게 집요하게 구애를 계속해 점차 그녀의 마음을 얻는 데 성공한다. 마침내 그녀는 이별할 때 트로일러스에게 받은 브로치를 디오메데스에게 주고, 트로일러스에게서 받았던 밤색 말도 그에게 준다. 약속한 열흘이 지나고 몇 주 동안이나 애타게 기다리던 트로일러스는 판다로스의 조언에 따라 크리세이드에게 편지를 썼고, 그녀는 변함없는 사랑을 맹세하면서 기회가 오는 대로 빨리 되돌아가겠노라는 답장을 한다. 그러나 편지에서 트로일러스는 그녀가 변했음을 감지한다. 어느 날 그는 전투에서 돌아온 트로이 장수의 전리품(디오메데스의 갑옷 웃자락)에서 그가 그녀와 헤어지면서 사랑의 정표로 주었던 브로치를 발견한다. 트로일러스는 크리세이드가 마침내 그를 배반하고 디오메데스에게로 갔음을 알고 운명의 신을 저주하며 미친 듯이 전쟁에 뛰어든다.

《트로일러스와 크리세이드》 해설

1380년대 중반에 완성된 것으로 추정되는 《트로일러스와 크리세이드》는 초서의 작품들 가운데 문학적 완성도가 가장 높은 걸작으로 평가된다. 이 작품은 서구의 수많은 작가들에게 신화적 상상력을 불러일으킨 트로이전쟁에서 소재를 가져온 8,200여 행의 장편시로서 트로이 왕자 트로일러스와 트로이를 버리고 그리스로 도망친 예언자 칼카스의 딸 크리세이드 간의 열정적 사랑과 비극적 이별을 그리고 있다. 그러나 초서의 작품이 이 두 연인의 사랑을 다룬 최초 작품은 아니었다. 이미 1160년경 프랑스의 생트-모르(Benoit de Sainte-Maure)가 이들을 소재로 《트로이 이야기(Roman de Troie)》를 썼고, 이탈리아의 보카치오도 《일 필로스트라토(Il Filostrato)》에서 이들의 비극적 사랑을 그렸다. 초서는 특히 보카치오의 작품에서 영감을 받고 그의 창작 방식을 따랐던 것으로 알려져 있다. 중세 작가들은 일반적으로 트로이전쟁 이야기를 연대기처럼 처음부터 끝까지 서술하는 방법을 사용했는데, 보카치오는 이와는 다르게 호메로스의 이야기들에서 작은 에피소드를 취하고 그것을 상세히 다루어 독립적인 작품을 창작하는 방법을 택했다. 이것은 이미 고대 그리스의 아이스퀼로스, 소포클레스, 에우리피데스 같은 극작가들이 호메로스나 신화 이야기들에서 일부 내용을 취해 독립된 작품으로 완성시키던 방법과 맥을 같이하는 것이었다. 그럼에도 초서의 《트로일러스와 크리세이드》는 보카치오를 비롯하여 같은 소재를 다루는 중세의 다른 작품들에 비해 훨씬 더 풍부하고 흥미로운 특징들을 보여주는데, 이것은 무엇보다도 그의 풍부한 문학적 상상력과 후기작 《캔터베리 이야기》에서 여실히 증명되고 있듯 이야기를 풀어나가는 그의 뛰어난 스토리텔링 재능 때문이라고 할 수 있다. 곧, 그는 단순할 수도 있었을 두 연인의 사랑 이야기에 이른바 '궁정풍 연애(courtly love)' 형식과 시대를 아우르는 사실적 사랑의 심리를 매우 흥미롭게 결합하면서 독자들이 두 주인공의 사랑에서 눈을 뗄 수 없게 하고 있다. 또한 그는 이야기를 전달하는 서술자(내레이터)를 도입하는 매우 현대적 기법을 사용하면서 작품 내용과 객관적 거리를 유지하고, 줄거리의 과감한 생략과 독자의 상상을 강조하여 이야기 흐름에 일관성과 선명성을 부여하는 고도의 예술적 기교를 보여준다.

그러나 《트로일러스와 크리세이드》의 가장 두드러진 특징 가운데 하나는 초서가 당대 다른 어떤 문학작품에서도 보기 힘든 개성 있고 생동하는 인물들을 창조하고 있으며 그들을 통해 매우 사실적인 사랑의 모습을 보여준다는 점이다. 그는 사회적 통념이나 보수적 애정 윤리를 강조하려고 두 주인공의 사랑을 단순화하거나 이상화하지 않는다. 말하자면 그는 중세 로맨스에서 흔히 볼 수 있는 것처럼 도덕과 종교의 이상들을 구현한 정형화한 알레고리적 인물들을 그리지 않는다. 이와는 반대로 그는 두 주인공을 통해 실제로 인간이 사랑으로 겪는 열정과 난관, 희망과 불안, 기쁨과 슬픔 등을 있는 그대로 보여주려 하며, 이렇게 사랑하고 갈등하고 고뇌하는 사랑의 진솔한 모습을 통해 독자들의 마음을 사로잡는다.

결론적으로 초서는 호메로스의 이야기에서는 사실상 서로 만난 적조차 없는 두 인물 트로일러스와 크리세이드를 택해 그들을 연인으로 발전시키고 작가 자신이 살았던 중세의 시각으로 사랑의 사실적이고 심층적인 심리를 보여준다. 그래서 작품을 읽다 보면 독자는 자신도 모르게 작품의 주인공이 되어 사랑에 빠지고 기뻐하고 고뇌하는 트로일러스 혹은 크리세이드와 하나가 되는 것을 발견할 수 있다. 이것은 무엇보다도 초서가 도식화된 전통적 애정관에서 벗어나 인간이 보편적으로 겪는 사랑의 환희와 고통, 이별과 절망 등을 사실적으로 포착하고 예술적으로 승화시킨 데에 기인하는 것이다. 이렇듯 초서는 작품에서 사랑의 심리적 사실을 보여주는 가운데 독자들로 하여금 "사랑이란 무엇인가?" "남자란 누구이며 여자란 누구인가?" "인생이란 무엇인가?" 등과 같은 인간 실존의 본질적 문제들을 직시하게 한다.

비하재에서
옮긴이

옮긴이 **김영남**

충북대학교 사범대학 영어교육과를 졸업하고,
서강대학교 대학원 영문과에서 석사 및 박사과정을 수료했다.
충북대학교 인문대학 영어영문학과 교수로 재직했으며,
현재 충북대학교 영어영문학과 명예교수이다.
옮긴 책으로는 《불멸의 금강석》,
《자연과 사람과 시 - 영미 자연 시 감상》, 《홉킨스 시선》 등이 있으며,
제라드 M. 홉킨스(Gerard. M. Hopkins), 존 던(John Donne),
제프리 초서(Geoffrey Chaucer) 등에 관한 30여 편의 논문이 있다.

트로일러스와 크리세이드

지은이   제프리 초서
옮긴이   김영남
펴낸이   전준배
펴낸곳   (주)문예출판사
신고일   2004. 2. 12. 제 2013-000360호
         (1966. 12. 2. 제 1-134호)
주 소   서울특별시 마포구 월드컵북로 6길 30
전 화   393-5681 팩 스   393-5685
이메일   info@moonye.com
블로그   blog.naver.com/imoonye

제1판 1쇄 펴낸날 2015년 4월 30일

ISBN 978-89-310-0946-0   03840

■ 문예 세계문학선

★ 서울대, 연세대, 고려대 필독 권장도서　　▲ 미국 대학위원회 추천도서
● 《타임》 선정 현대 100대 영문 소설　　▽ 《뉴스위크》 선정 세계 100대 명저

1 젊은 베르테르의 슬픔 괴테 / 송영택 옮김

▲▽　2 멋진 신세계 올더스 헉슬리 / 이덕형 옮김

▲●▽　3 호밀밭의 파수꾼 J. D. 샐린저 / 이덕형 옮김

4 데미안 헤르만 헤세 / 구기성 옮김

5 생의 한가운데 루이제 린저 / 전혜린 옮김

6 대지 펄 S. 벅 / 안정효 옮김

●▽　7 1984년 조지 오웰 / 김병익 옮김

▲●▽　8 위대한 개츠비 F. 스콧 피츠제럴드 / 송무 옮김

▲●▽　9 파리대왕 윌리엄 골딩 / 이덕형 옮김

10 삼십세 잉게보르크 바흐만 / 차경아 옮김

★▲　11 오이디푸스왕 · 안티고네

소포클레스 · 아이스퀼로스 / 천병희 옮김

★▲　12 주홍글씨 너새니얼 호손 / 조승국 옮김

▲●▽　13 동물농장 조지 오웰 / 김병익 옮김

★　14 마음 나쓰메 소세키 / 오유리 옮김

★　15 아Q정전 · 광인일기 루쉰 / 정석원 옮김

16 개선문 레마르크 / 송영택 옮김

★　17 구토 장 폴 사르트르 / 방곤 옮김

18 노인과 바다 어니스트 헤밍웨이 / 이경식 옮김

19 좁은 문 앙드레 지드 / 오현우 옮김

★▲　20 변신 · 시골의사 프란츠 카프카 / 이덕형 옮김

★▲　21 이방인 알베르 카뮈 / 이휘영 옮김

22 지하생활자의 수기 도스토옙프스키 / 이동현 옮김

★　23 설국 가와바타 야스나리 / 장경룡 옮김

★▲　24 이반 데니소비치의 하루

A. 솔제니친 / 이동현 옮김

25 더블린 사람들 제임스 조이스 / 김병철 옮김

★　26 여자의 일생 기 드 모파상 / 신인영 옮김

27 달과 6펜스 서머싯 몸 / 안흥규 옮김

28 지옥 앙리 바르뷔스 / 오현우 옮김

★▲　29 젊은 예술가의 초상 제임스 조이스 / 여석기 옮김

▲　30 검은 고양이 애드거 앨런 포 / 김기철 옮김

★　31 도련님 나쓰메 소세키 / 오유리 옮김

32 우리 시대의 아이 외된 폰 호르바트 / 조경수 옮김

33 잃어버린 지평선 제임스 힐턴 / 이경식 옮김

34 지상의 양식 앙드레 지드 / 김붕구 옮김

35 체호프 단편선 안톤 체호프 / 김학수 옮김

36 인간실격 · 사양 다자이 오사무 / 오유리 옮김

37 위기의 여자 시몬 드 보부아르 / 손장순 옮김

●▽　38 댈러웨이 부인 버지니아 울프 / 나영균 옮김

39 인간희극 윌리엄 사로얀 / 안정효 옮김

40 오 헨리 단편선 O. 헨리 / 이성호 옮김

★　41 말테의 수기 R. M. 릴케 / 박환덕 옮김

42 파비안 에리히 케스트너 / 전혜린 옮김

★▲▽　43 햄릿 윌리엄 셰익스피어 / 여석기 옮김

44 바라바 페르 라게르크비스트 / 한영환 옮김

45 토니오 크뢰거 토마스 만 / 강두식 옮김

46 첫사랑 투르게네프 / 김학수 옮김

47 제3의 사나이 그레엄 그린 / 안흥규 옮김

★▲▽　48 어둠의 속 조셉 콘래드 / 이덕형 옮김

49 싯다르타 헤르만 헤세 / 차경아 옮김

50 모파상 단편선 기 드 모파상 / 김동현 · 김사행 옮김

51 찰스 램 수필선 찰스 램 / 김기철 옮김

★▲▽　52 보바리 부인 귀스타브 플로베르 / 민희식 옮김

53 페터 카멘친트 헤르만 헤세 / 박종서 옮김

★　54 몽테뉴 수상록 몽테뉴 / 손우성 옮김

55 알퐁스 도데 단편선 알퐁스 도데 / 김사행 옮김

56 베이컨 수필집 프랜시스 베이컨 / 김길중 옮김

★▲　57 인형의 집 헨릭 입센 / 안동민 옮김

★　58 심판 프란츠 카프카 / 김현성 옮김

★▲　59 테스 토마스 하디 / 이종구 옮김

★▽　60 리어왕 셰익스피어 / 이종구 옮김

61 라쇼몽 아쿠타가와 류노스케 / 김영식 옮김

▲▽　62 프랑켄슈타인 메리 셸리 / 임종기 옮김

▲●▽　63 등대로 버지니아 울프 / 이숙자 옮김

64 명상록 마르쿠스 아우렐리우스 / 이덕형 옮김

65 가든 파티 캐서린 맨스필드 / 이덕형 옮김

66 투명인간 H. G. 웰스 / 임종기 옮김

67 게르트루트 헤르만 헤세 / 송영택 옮김

68 피가로의 결혼 보마르셰 / 민희식 옮김

(뒷면 계속)